ullstein

CHRISTINA RENTZING, 1984 im Sternzeichen Fisch geboren, ist Radiojournalistin und Autorin zahlreicher Romane. Ihr Glück hat sie auch ohne astrologischen Leitfaden gefunden – aber ein gelegentlicher Blick ins Horoskop schadet nie. Mit Hund, Kindern und Mann wohnt sie in einer gemütlichen Kleinstadt in Nordrhein-Westfalen. *Aszendent zum Happy End* ist ihr erster Roman bei Ullstein.

CHRISTINA RENTZING

Aszendent zum Happy End

Roman

Ullstein

Besuchen Sie uns im Internet:
www.ullstein.de

Originalausgabe im Ullstein Taschenbuch
1. Auflage Dezember 2023

Umschlaggestaltung: Sabine Kwauka, München
Titelabbildung: Shutterstock / © Vlada Young (Schütze); Shutterstock / © Evgenia Pichkur (Wolken); Shutterstock / © Chikovnaya (Sterne); Shutterstock / ©YagudinaTatyana (Paar)
Gesetzt aus der Quadraat powered by *pepyrus*
Druck und Bindearbeiten: ScandBook, Litauen
ISBN 978-3-548-06724-7

Erste Phase

Neumond

Drücken Sie in Ihrem Leben auf den Resetknopf und setzen Sie sich neue Ziele und Wünsche. Wagen Sie einen Neuanfang.

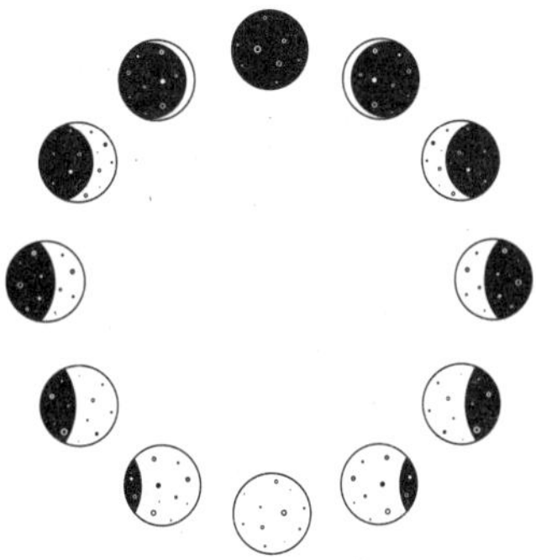

Auf Fische kommen harte Zeiten zu.

Neumond

Heute war mein Glückstag. Ich spürte es genau. Der Toast hüpfte perfekt gebräunt aus dem Toaster, der Kaffee blubberte schwarz und heiß aus dem Vollautomaten in meine Lieblingstasse, und das Obst machte meinen Smoothie zum besten des Jahres. Mein Grinsen wurde noch breiter. Der Tag fing genial an und wurde vermutlich noch besser. Nur dass der Automat anschließend piepsend nach mehr Kaffeebohnen verlangte, war seltsam. Eigentlich füllte ich ihn immer erst am Wochenende auf. Mysteriös, aber darum musste ich mich später kümmern.

Ich verschlang meinen Toast im Stehen, während ich am Tresen meiner heiß geliebten, wenn auch wenig benutzten Küche lehnte und die neuesten Börseninformationen auf meinem Handy studierte. Das sah ebenfalls gut aus. Schwarze Zahlen. Genau das brauchte ich für heute.

Das Küchenradio schaltete sich um Punkt sieben Uhr automatisch ein, sodass ich nebenbei die Nachrichten erfuhr.

Direkt danach drehte ich normalerweise wieder aus, doch gerade fesselten mich die Börsenzahlen zu sehr. Als ein aufgeregter Moderator verkündete, dass heute Neumond sei, horchte ich auf. Da war eine Euphorie in seiner Stimme, die mich interessierte.

»Wusstet ihr, dass der Neumond als absoluter Neuanfang gilt?«, sagte er in diesem Moment zu seiner Hörerschaft. »Er bedeutet eure Chance, alte Dinge loszulassen und etwas Neues zu beginnen. Startet durch. Packt es an!«

»Ich finde ja Neumondnächte eher unheimlich. So dunkel und düster, weil der Mond am Himmel fehlt«, mischte sich eine Frauenstimme ein. Vermutlich die Co-Moderatorin. »Für mich ist das eine finstere Phase.«

»Oder du siehst die Dunkelheit als Schutzschild an, kommst zur Ruhe und nutzt die Zeit, neue Ziele zu finden. Es wird ja auch mit jeder Nacht wieder heller. Ich finde …«

Genug gequatscht. Entschlossen drehte ich dem Radio den Saft ab. Mit den Mondphasen war ich in meiner Kindheit oft genug gequält worden. Meine Großmutter hatte ständig auf den Mondkalender geschaut und meine Haare danach geschnitten, den Rasen gemäht, Blumen gepflanzt und sogar ihre Medizin danach eingenommen. Sie hatte bis zu ihrem Tod fest an den Einfluss des Mondes geglaubt. Im Gegensatz zu mir und meiner Mutter.

Für mich zählten Daten und Fakten deutlich mehr als jeder spirituelle Ansatz. Der Mond konnte mir wohl kaum dabei helfen, den wichtigsten Klienten meines Lebens an Land zu ziehen. Mein Verstand hingegen schon.

Beim Gedanken an den heutigen Tag sauste pures Adrenalin durch meine Adern. Das sorgte dafür, dass ich wie ein junges Reh unter die Dusche hüpfte und dabei vergnügt vor mich hinpfiff. Nur dass mein Shampoo fast leer war, ließ mich kurz innehalten. Seltsam. Benutzte mein Freund Jan etwa mein Haarwaschmittel mit? Das konnte ich mir kaum vorstellen.

Ich verwarf den absurden Gedanken und ging stattdessen im Geiste noch einmal den anstehenden Tag durch. Zum dritten Mal, seit mein Wecker geklingelt hatte. Anziehen, schminken, zum Kunden fahren, Chef beruhigen, Vortrag halten, Auftrag ergattern, Beförderung einheimsen. Das klang gar nicht mal so kompliziert. Immerhin war ich gut vorbereitet und hatte seit Monaten wie eine Irre für genau diesen Moment geschuftet. Ich arbeitete als Analytikerin in einer mittelständischen Unternehmensberatung. Zahlen und Fakten waren genau mein Ding, allerdings war dieser Klient etwas speziell. Ich hatte den Auftrag dennoch angenommen, um meine Karriere anzukurbeln. Schon immer wollte ich ein eigenes Team unter mir haben, schon immer Chefin sein. Heute war dieser Traum in erreichbare Nähe gerückt.

Während ich mich sorgsam vor dem Spiegel schminkte, ging ich den Vortrag erneut im Geiste durch. Es durfte nicht auswendig gelernt klingen und musste natürlich flüssig wirken. Ich wollte Kompetenz aus jeder Pore ausstrahlen.

»Du schaffst das«, sagte ich zu meinem Spiegelbild und übte noch einmal mein gewinnendes Lächeln.

Mein Chef hatte mich beim Probevortrag am Tag zuvor immer wieder ermahnt, freundlicher zu gucken. »Das Lächeln sollte auch die Augen erreichen. Nein, nicht so. So sehen Sie aus, als ob Sie Ihre Zuhörer fressen wollen. Nicht so wölfisch. Ja! Fast!«

Ich fand mein Lächeln nett. Mehr war einfach nicht drin, immerhin wollte ich die Männerrunde beeindrucken und nicht bezirzen. Als Frau war das ein schmaler Grat. Wirkte man zu geschäftlich, galt man als kalt und unnahbar. Lächelte man zu viel, war das auch nicht richtig.

Mein Handy riss mich brummend aus meinen Überlegungen. Mama hatte wie immer den passenden Moment gewählt, um mich in die Spur zurückzuzwingen.

Du wirst das rocken. Ruf an, sobald du die Beförderung hast. Dann stoßen wir später darauf an. Mach mich stolz.

Ich lächelte beim Lesen, schluckte allerdings beim letzten Satz. Mama hatte schon immer eine spezielle Gabe gehabt, mich einerseits zu fördern und mir das Gefühl zu geben, alles erreichen zu können, und andererseits den Druck noch zu erhöhen. Als Professorin in Wirtschaftswissenschaften an den renommiertesten Universitäten hatte sie die Karriereleiter im Rekordtempo erklommen. Ohne es auszusprechen, erwartete sie das auch von mir.

Jetzt keine Panik. Mama hat recht. Du rockst das, ermahnte ich mich, atmete tief durch und bemühte mich, meinen Flow wiederzufinden.

Da ich mich am Abend bereits einmal testweise geschminkt hatte, ging mir das Aufhübschen schnell von der Hand. Auf den Lippenstift verzichtete ich nach einigem

Überlegen. Zu erotisch. Stattdessen pinselte ich etwas mehr Rouge als sonst auf meine Wangen, um meine blässliche Haut interessanter zu gestalten.

Jetzt noch schnell die blonden Haare zu einem Dutt hochstecken. Nein. Zu omamäßig. Das war mir gestern Abend gar nicht aufgefallen. Lieber offen. Nein. Zu mädchenhaft. Das ging gar nicht. Also doch der Dutt, nur ließ ich eine vorwitzige Strähne seitlich hervorgucken. Übermäßiger Perfektionismus machte den Leuten Angst.

Ein Blick auf die Uhr offenbarte mir, dass ich gut in der Zeit lag. Noch eineinhalb Stunden bis zum Meeting. Ich zog mir meinen dunkelblauen Blazer über, schlüpfte in die sündhaft teuren Pumps und stöckelte zur Haustür. Auf dem Weg schnappte ich mir meine Echtlederhandtasche und lächelte, als ich das Post-it im Flur entdeckte.

»Viel Erfolg«, stand darauf. Jan hatte also wirklich an meinen Tag der Tage gedacht. Ein warmes Kribbeln breitete sich in meinem Magen aus. So viel Aufmerksamkeit hätte ich ihm gar nicht zugetraut. Wir waren schon seit eineinhalb Jahren zusammen. Vor gut acht Monaten war er nach einem Wasserschaden bei mir eingezogen – zunächst als Übergangslösung, aber vermutlich blieb es dabei. Es funktionierte erstaunlich gut, mal davon abgesehen, dass wir uns kaum sahen. Wir waren beide Workaholics. Vielleicht lief es deshalb auch so entspannt zwischen uns. Wir ließen uns gegenseitig die Freiräume, die wir brauchten.

Ich schnappte mir ein unbeschriebenes Post-it. »Es wird spät«, schrieb ich darauf und pappte es an die Wand. Dabei fiel mein Blick auf die Einkaufsbons in der dafür vorgesehenen Ablage. Stimmt! Die hatte ich noch gar nicht in mein Haushaltsbuch übertragen. Ich nahm sie spontan mit. Vielleicht ergab sich eine Gelegenheit, diese entspannende Arbeit zu erledigen. Anschließend verließ ich meine Wohnung.

Zeit, die Welt zu erobern!

Fortuna war mir weiterhin hold. Der Verkehr in der Aachener Innenstadt war ausnahmsweise kein Desaster, und ich fand sogar recht zügig einen Parkplatz. Vor zwei Tagen hatte ich die Gegend ausgespäht, um potenzielle Parkgelegenheiten zu entdecken. Das zahlte sich jetzt aus. Gute Vorarbeit war das A und O.

Noch mal schnell im Rückspiegel die Zähne gecheckt – kein Obstrest vom Smoothie zu sehen. Es konnte also losgehen.

Ich stockte im Schritt, als ich meinen Chef vorm Eingang des Bürogebäudes unseres Kunden stehen sah. Wie immer erinnerte Herr Schellwig eher an einen Bibliothekar auf dem Weg zur Pensionierungsfeier als an einen millionenschweren Businessmann. Warum er grundsätzlich eine schreiend orangefarbene Krawatte und dazu passende Socken trug, blieb mir ein Rätsel. Vermutlich hatte ihm mal irgendwann jemand erzählt, man brauche etwas als Wiedererkennungseffekt. Aber musste es ausgerechnet diese Farbe sein?

»Frau Lichtenstein. Sie sind früh dran«, begrüßte er mich mit einem warmen Lächeln. Generell war mein Chef ein herzensguter Mensch. Einer der wenigen, die es durch Ehrlichkeit und Klugheit fast bis ganz an die Spitze geschafft hatten.

»Ich habe vom Besten gelernt. *Komm niemals zu spät.*« Ich überreichte ihm einen Thermosbecher mit heißem Kaffee. Gut, dass ich aufgrund einer Eingebung noch schnell bei seinem Lieblingscafé angehalten hatte. Ein wenig Schleimen konnte nie schaden.

Er nahm das Getränk dankend an und musterte mich eingehend. »Sind Sie eigentlich nie gestresst?«

»Nicht, wenn ich gut vorbereitet bin – und genau das sind wir. Beruhigen Sie sich. Den Kunden haben wir so gut wie in der Tasche.« *Inklusive meiner heiß ersehnten Beförderung*, setzte ich in Gedanken hinzu. Was sollte an meinem Glückstag schon schiefgehen?

Wir warteten noch zwanzig Minuten und sahen dabei zu, wie die rotgoldenen Strahlen der Morgensonne an der frisch geputzten Glasfassade entlangwanderten. Unser Kunde war buchstäblich ein dicker Fisch: Die Firma handelte sehr erfolgreich mit Meeresfrüchten aller Art. Import. Export. Sogar eigene Zuchtanlagen gab es. Meine Aufgabe war es gewesen, den Handel zu optimieren. Dass ich unter einer potenziell tödlichen Schalentierallergie litt, hatte ich bislang wohlweislich verschwiegen. Aß ich auch nur einen Hauch davon, schwoll ich an wie ein Kugelfisch, wie ich von einem unangenehmen Vorfall vor sechs Jahren wusste. Damals war ich in der Notaufnahme gelandet und mit Spritzen malträtiert worden.

»Wollen wir?«, fragte Herr Schellwig und hielt mir ganz gentlemanlike die Tür auf. Dabei fixierte er mich auf etwas zu intensive Art und Weise. »Denken Sie ans Lächeln. Sonst machen Sie unseren Kunden Angst«, raunte er mir zu.

Mein Lächeln verrutschte prompt und blieb bis zum Beginn des Vortrags verschollen. Sechs Männer in schwarzen Anzügen saßen um einen riesigen, auf Hochglanz polierten Tisch. Jeder Stuhl hier war etwa so teuer wie meine gesamte Esstischgarnitur, das erkannte ich sofort. Nur das Feinste vom Feinen. Natürlich gab es die obligatorischen Getränke, dazu Kaffee und Minibananen für den Vitaminkick zwischendurch.

Vor Kopf saß der CEO des Unternehmens, ein grauhaariger Griesgram, wie üblich mit finsterster Miene. Ich mied seinen Blick möglichst, da wir uns nicht so ganz sympathisch waren. *Oh, natürlich. Das Lächeln!*

Ich kramte es in letzter Sekunde wieder heraus, bevor ich mich ganz in meinen Zahlen und Fakten verlor. Herr Schellwig und ich waren ein eingespieltes Team. Wie der gute und der böse Bulle. Er versprühte Charme, väterliche Kompetenz und absolute Zuverlässigkeit, ich glänzte mit meinen geliebten Analysen.

Die Zeit verflog so schnell, dass ich kaum zum Atmen kam. Ich war voll in meinem Element und tauchte erst wieder aus meinem Rauschzustand auf, als wir in einen Warteraum verfrachtet worden waren, um dort auf das Urteil der Chefetage zu warten. Sie wollten sich innerhalb einer halben Stunde entscheiden. Hatten wir den Deal oder nicht?

Ich für meinen Teil entspannte mich sofort, was in der sterilen Umgebung gar nicht mal so einfach war. Ein Designertisch plus weiße Designersitze vor einer weißen Wand sorgten nicht gerade für eine Wohlfühlatmosphäre. Von den düsteren Schwarz-Weiß-Gemälden an der Wand dahinter ganz abgesehen. Ich konnte nicht mal erkennen, was darauf zu sehen war.

Seufzend ließ ich mich in einem der schicken Stühle nieder und bereute es sofort. Hilfe. Der sah nur repräsentativ aus, war aber total unbequem.

Egal. Es war gut gelaufen. Sogar sehr gut. Da konnte mir die Umgebung schnuppe sein. Etwa zehn Minuten später war meine Tiefenentspannung jedoch verschwunden. Mein Chef teilte sie nämlich offensichtlich nicht und tigerte nervös in dem acht Quadratmeter großen Raum herum, immer vom Designertisch zum Fenster und zurück.

»Bitte, Herr Schellwig, setzen Sie sich. Sie machen mich mit Ihrem ewigen Herumgerenne ganz nervös.« Ich hatte mir wirklich vorgenommen, meinen Chef nicht ständig zu tadeln, doch heute ging er mir zu sehr auf den Geist. Wenn er noch einmal dramatisch aufseufzte, würde ich meine guten Manieren vergessen. »Wir haben den Pitch gewonnen. Vertrauen Sie mir.«

Herr Schellwig stockte in der Bewegung und drehte sich auf dem Absatz zu mir um. »Woher wollen Sie das wissen?«, fragte er mich leicht atemlos. Seine sonst perfekt sitzende schreiend orangefarbene Krawatte saß schief, sein blütenweißes Hemd hing halb aus der Hose. Die Anzugjacke hatte er längst ausgezogen, sonst wäre er vermutlich bereits kross gedünstet gewesen.

»Mein Vortrag war tadellos, die Zuhörer haben an den geplanten Stellen herzlich gelacht, der Kaffee war heiß und unsere Zahlen unschlagbar. Außerdem sind wir günstiger als die Konkurrenz. Zwar nur um einen Hauch, aber das wird den Ausschlag geben.« Ich bemühte mich, möglichst lässig zu wirken, was auf diesem Stuhl schwierig war.

Ich vergaß den Gedanken beim Anblick meines Chefs. Schweiß stand ihm auf der Stirn, und in seinen Augen glänzte etwas, das mich an Wahnsinn erinnerte. Für ihn bedeutete dieser Auftrag alles. Bekamen wir diesen Kunden, konnten wir endlich mit den ganz großen Unternehmensberatungen mithalten. Aber warum war er bei meinen Worten schlagartig blass geworden?

»Frau Lichtenstein, was haben Sie jetzt schon wieder getan? Woher wissen Sie, dass unsere Konkurrenz teurer ist?«

»Ich habe meine Kontakte, die das bestätigen konnten.« Rasch hob ich die Hände. »Keine Sorge. Ich habe mir die Unterlagen erst angesehen, nachdem wir unsere Kalkulation beendet hatten.«

»Das nennt man Betriebsspionage!«

»Nein, das nennt man gut vorbereitet sein. Ich bin auf legalem Weg an die Daten gekommen und habe mein Wissen nicht gegen unsere Konkurrenz eingesetzt, sondern mich lediglich nachträglich informiert.«

»Ihr Sinn für Recht und Unrecht ist wie immer bemerkenswert.«

Solche Gespräche führten wir regelmäßig, und an dieser Stelle brachen wir für gewöhnlich unsere Unterhaltungen ab. Eigentlich wollte mein Chef meine Methoden gar nicht so genau kennen, denn diese Informationen waren für seinen Blutdruck semioptimal. Diesmal jedoch starrte er mich so intensiv an, dass ich mich unwohl unter seinem bohrenden Blick fühlte.

»Woran arbeiten Sie da eigentlich noch?«, fragte er misstrauisch mit Blick auf den Laptop, den ich auf meinen Knien balancierte.

»An einer Kalkulation.«

»An welcher? Ich habe Ihnen seit Monaten nur diesen einen Kunden zugeteilt. Volle Konzentration darauf. Sie erinnern sich? Was also haben Sie jetzt noch zu erledigen?«

»Ich ... also ... um ehrlich zu sein, mache ich gerade privaten Kram. Das beruhigt mich.«

Seltsamerweise entspannte sich mein Chef ebenfalls umgehend. »Manchmal macht mir Ihr Arbeitswahn Angst«, sagte er in einem seltsamen Tonfall. »Darf ich fragen, was für privaten Kram Sie da erledigen?«

»Ich übertrage meine Einkaufsliste in meine Excel-Tabelle.«

Mein Chef blinzelte. Blinzelte erneut. »Sie machen *was?*«, hakte er ungläubig nach.

»Ich führe mein Haushaltsbuch. Vor jedem Einkauf schreibe ich mir eine Einkaufsliste, hake die Produkte danach ab, notiere mir den Preis und übertrage das dann in meine Excel-Liste. Wussten Sie, dass Milchprodukte in den letzten fünf Monaten im Durchschnitt um neunzehn Cent teurer geworden sind? Schön für die Kuh, schlecht für meinen Geldbeutel.«

»Nein, wusste ich nicht. Wie ... äh ... spannend. Und was bringt Ihnen dieses Wissen?«

»Na ja, ich weiß jetzt zum Beispiel, dass ich mir zwanzig Cent mehr pro Monat für meine Milch zur Seite legen muss. Außerdem erkenne ich allein anhand meiner Zahlen, dass ich entweder dringend zum Friseur muss, weil meine Haare länger geworden sind, oder dass die Shampoofirma etwas an der Füllmenge meines Conditioners verändert haben muss.«

»Aha. Will ich wissen, woran Sie das erkennen?«

»Laut meiner Liste habe ich diesen Monat exorbitant viel Conditioner verwendet. Ich muss schon wieder nachkaufen. Das kann gar nicht sein.« Ich bemerkte seinen Gesichtsausdruck. »Jetzt schauen Sie nicht so entgeistert. Führen Sie kein Haushaltsbuch, um Ihre Einkäufe im Blick zu haben?«

»Ich drücke auf die Tube. Kommt nichts mehr raus, muss ich mir neues Shampoo kaufen oder das Zeug von meiner Frau beziehungsweise bald Ex-Frau nehmen.«

»Oh …«, brachte ich schwach heraus. »Das geht natürlich auch.« Ich spürte, wie mir wie so oft eine leichte Röte in die Wangen schoss, was in meinem Job äußerst unangenehm und lästig war. Statt undurchschaubar kompetent wirkte ich in diesen Momenten sicher mädchenhaft verschämt.

»Wie wäre es, wenn Sie mal Ihre Excel-Listen zur Seite legen würden und die Welt wieder mit eigenen Augen erleben?«, fragte mein Chef ganz ungebeten.

Genau wegen solcher Kommentare gab ich so ungern etwas über mein Privatleben preis. Umgehend setzte ich zu einer scharfen Erwiderung an, kam jedoch nicht dazu. Mein Chef trat vor, klappte meinen Laptop zusammen und klemmte ihn beunruhigend lieblos unter seinen Arm. »Frau Lichtenstein, wir müssen dringend …«

»Herr Schellwig? Wir sind zu einem Ergebnis gekommen. Wenn Sie mir bitte folgen würden?«, unterbrach ein junger Herr in einem zweifellos überteuerten Nadelstreifenanzug meinen Chef. Er war nach einem kurzen Anklopfen geradezu in den Raum gestürmt.

Mein Chef schaltete augenblicklich in den Kundenmodus um und verwandelte sich in Prince Charming. »Aber natürlich. Gerne«, flötete er.

Ich wollte ebenfalls aufstehen und den Herren folgen, doch der Nadelstreifenanzug stoppte mich mit einem entschuldigenden Lächeln. »Nur der Chef.«

»Was? Ernsthaft?« Ich hatte bereits geahnt, dass mein neuer Kunde gewisse Vorurteile gegenüber Frauen hatte. Der Vorstand war komplett von Männern besetzt, und die Frauenquote im gesamten Unternehmen war besorgniserregend. Jüngere Frauen wurden höchstens als Empfangsdame eingestellt, das hatten meine Analysen ganz klar ergeben. Ich passte eindeutig nicht ins Unternehmenskonzept. Dass ich ausgeschlossen werden sollte, war schlicht eine Unverschämtheit. Zu meinem Entsetzen sprang mir mein Chef nicht zur Seite, sondern zwinkerte mir lediglich beruhigend zu.

»Entspannen Sie sich bitte. Lesen Sie das Käseblättchen oder die Tageszeitung«, raunte er in meine Richtung und war Sekunden später mitsamt Nadelstreifenanzug verschwunden.

Einen Moment kochte ich vor Wut still vor mich hin, dann erinnerte ich mich an meine geliebte Excel-Liste. Die würde mich beruhigen und … nein! Mein Chef hatte meinen Laptop mitgenommen. Wie gemein!

Unruhig sah ich mich nach Stift und Papier um, doch in der aufgeräumten Designer-Umgebung gab es so etwas Altbackenes nicht. Weil mir nichts anderes übrig blieb, setzte ich mich wieder auf den ungemütlichen Stuhl und starrte für lange zehn Sekunden die weiße Wand vor mir an. Nichtstun. Das hatte ich definitiv verlernt.

Mein Blick fiel auf die Zeitschrift neben mir. *Handelsreport*. Lustlos blätterte ich ihn durch, nahm dann aber lieber die Zeitung, um mir den Börsenbericht noch einmal genauer anzusehen. Leider hatte ein Unhold die Ordnung der Seiten komplett durcheinandergebracht. Leise knurrend sortierte ich alles neu und stolperte dabei über die Seite mit den Horoskopen.

Astrologie und ich waren eine Sache für sich. Meine Großmutter war sehr spirituell gewesen, meine Mama hingegen total verkopft. Wann immer wir bei Oma gewesen waren, hatte sie mir anschließend lang und breit erklärt, wie lächerlich Omas Ansichten waren. Ich hatte mich ein wenig zwischen den Stühlen wiedergefunden. Da Mama aber recht vehement werden konnte, hatte ich schnell gelernt, Horoskopen, Wahrsagerei und Tarot aus dem Weg zu gehen.

Das hatte leider auch dazu geführt, dass die Besuche bei meiner Großmutter weniger geworden waren. Dabei hatte ich die Zeit bei Oma sehr genossen. Mehr, als ich es meiner Mama eingestanden hatte – sie hätte das prompt als Affront gegen sich aufgefasst.

Bei Oma konnte ich so sein, wie ich wollte. Ihr war egal, ob ich meine Frisur modisch trug, die Klassenbeste war oder mich stets zielstrebig verhielt. Für sie war es völlig in Ordnung gewesen, wenn wir stundenlang Mensch-ärgere-dich-nicht gespielt oder uns mit Pippi Langstrumpf in andere Welten geträumt hatten. Sie hatte immer darauf beharrt, dass ich meine kreative Ader nicht brachliegen lassen durfte. Meine Mama hatte das lächerlich gefunden. Oma nicht. Für sie war das Malen genauso wichtig wie das Rechnen. »Du bist ein Fisch als Sternzeichen, genau wie ich. Wir Fische müssen träumen, um nicht zu vergehen«, hatte sie in solchen Momenten zu mir gesagt.

Ein kleiner Stich ging durch mein Herz, als ich daran dachte, wie die Geschichte ausgegangen war. Um Mama zu gefallen, hatte ich irgendwann in die gleiche Kerbe geschlagen. Mit zwölf Jahren hatte ich Oma erklärt, wie lächerlich ich die Sache mit den Sternzeichen fand.

An ihre traurige Miene erinnerte ich mich bis heute mit einem Schaudern. Ihr war in dieser Sekunde klar geworden, dass Mama gewonnen hatte. Wie immer. Ich war zu ihrem Ebenbild geworden.

Ich schüttelte den Gedanken ab und schaute wieder auf das Horoskop vor mir. Ich war Sternzeichen Fische, allerdings war ich der ungewöhnlichste Fisch aller Zeiten. Ein Umstand, den meine Oma in meiner Kindheit nie müde geworden war, zu erwähnen.

Ohne es verhindern zu können, las ich den Text.

Auf Fische kommen harte Zeiten zu. Sie sollten dringend etwas ändern. **Beruf**. Im Job müssen Sie einen herben Rückschlag verkraften. Ihr Vorgesetzter überrascht Sie mit einer ungewöhnlichen Nachricht. **Liebe**. Ihr Partner ist nicht immer ganz ehrlich mit Ihnen. Sprechen Sie offener über Ihre Probleme und Gefühle. Als Single sollten Sie aus Ihrer Komfortzone herauskommen. **Freundschaft**. Privat läuft es bei Ihnen momentan nicht rund. Sie sollten sich dringend wieder mehr um Ihren Freundeskreis bemühen. Schieben Sie nicht ständig alles auf die lange Bank. Seien Sie spontan. **Gesundheit**. Sie sind gestresst und unsicher. Legen Sie einen Wellnesstag ein oder gönnen Sie sich zumindest eine kurze Verschnaufpause.

Ha! Genau wegen solch eines Geschreibsels las ich die Dinger nie. Konnten die nicht mal was Nettes prognostizieren? Warum immer so negativ?

Ganz ungewollt kamen mir die Worte meines Chefs in den Sinn. Sie passten auf unheimliche Weise zu meinem Horoskop.

Tiiiief durchatmen, ermahnte ich mich. Das war genau das Problem mit Horoskopen. Eigentlich glaubte niemand daran, nur uneigentlich hatte man sie anschließend als finsteres Stimmchen im Ohr. Wütend über mich selbst und das Horoskop riss ich die Seite heraus und wollte sie gerade in handliche kleine Teile zerlegen, als mein Chef hereinkam.

Sein breites Grinsen sprach Bände.

»Wir haben den Pitch gewonnen«, jubelte er.

»Sag ich doch. Das ist großartig!«, antwortete ich und hielt ihm gleichzeitig meine Hand hin. »Darf ich jetzt meinen Laptop wiederhaben?«

Mein Chef war gerade so glücklich, dass er mir den Laptop schwungvoll wie einen Blumenstrauß überreichte. Erstaunlicherweise ließ er sich danach auch zu einem kurzen Tätscheln meiner Schultern hinreißen. Da er mich aber kannte, kam zum Glück nicht noch eine kumpelhafte Umarmung. Ich hasste solche Momente. Wie freute man sich mit seinem Chef, wenn nicht gerade Schampus in der Nähe war? Händeabklatschen? Umarmen? Gettofaust? Das passte irgendwie alles nicht. Ich zog es vor, wenn wir uns gegenseitig verbal gratulierten. Mehr brauchte es in meinen Augen nicht.

Erleichtert zog ich mir meine Kostümjacke wieder an, verstaute meinen Laptop sicher in der Tasche und lachte in Gedanken über das absurde Horoskop. Von wegen! Die Beförderung hatte ich so was von in der Tasche. Wochenlang, nein, monatelang hatte ich an diesem Pitch gesessen und kannte den Kunden besser als er sich selbst.

»Und warum durfte ich nicht dabei sein, als sie uns die freudige Botschaft verkündet haben?«, fragte ich möglichst nebenbei, während ich meine Sachen zusammensuchte.

»Also ... na ja ... weil ...«

Oh. Mein Chef stotterte. Das kam selten vor und war ein schlechtes Zeichen. Ich sah ihn scharf an. »Spucken Sie es aus!«

»Die haben Angst vor Ihnen«, brach es aus ihm hervor.

Jetzt war ich es, die ihn entgeistert ansah. »Angst vor mir? Ich bin eins fünfundfünfzig, achtundzwanzig Jahre alt, blond gelockt und total niedlich. Was ist an mir so angsteinflößend?«

»Es ist nicht Ihr Aussehen. Eher Ihre ... Art. Aber lassen Sie uns das bitte in Ruhe besprechen. Ich lade Sie ins Café nebenan ein. Wir müssen ohnehin dringend miteinander über Ihre berufliche Zukunft in meinem Unternehmen sprechen.«

Na endlich. Das war genau das, was ich hatte hören wollen. Die Sätze davor ignorierte ich lieber. Das klang in meinen Ohren völlig lächerlich. Ich und unheimlich? Absurd!

Herr Schellwig hielt mir wirklich jede einzelne Tür zuvorkommend auf und grinste dabei wie ein Honigkuchenpferd. Seine gute Laune behielt er bei, bis wir zwei wunderbar schaumige Milchkaffees, Croissants und genug Marmelade für fünfzig Brötchen vor uns stehen hatten. Dann ließ er seine glückstaumelige Miene von einer Sekunde auf die andere fallen und starrte mich auf eine Weise an, die mich frösteln ließ.

Als müsse er mir das Datum meines Todestages verkünden.

»Frau Lichtenstein, ich schicke Sie in den Urlaub.«

Beruflich müssen Sie einen herben Rückschlag verkraften.

Neumond

»In den Urlaub?« Mein Gehirn brauchte etwas, um das zu verstehen. Eigentlich hatte ich mich auf den Satz »Frau Lichtenstein, herzlichen Glückwunsch zur Beförderung« eingestellt.

Herr Schellwig atmete tief ein, inhalierte dabei Kakaopulver von seinem puffigen Milchschaum und war die nächste Minute mit Husten beschäftigt. Mit jeder Sekunde wurde es mir mulmiger. Da ging etwas schief. Ganz und gar schief!

»Ich schätze Sie sehr«, krächzte er zwischen zwei lungenzerfetzenden Hustern. »Sie sind so was wie mein Schützling.«

So was? Ich betrachtete ihn jedenfalls als meinen Mentor. Ruhig, Anja. Ganz ruhig. Bleib cool und lässig. Das wird sich alles als großer Irrtum und seltsamer Scherz auf deine Kosten aufklären. Garantiert.

»Sie erinnern mich extrem an mich selbst: erfolgsorientiert, zielstrebig und karrierefixiert.« Es folgte eine Kunstpause, die mich irritierte. Das war doch eigentlich ein Kompliment, oder? Herr Schellwig fuhr fort. »Auch ich habe mir nie eine Pause gegönnt, habe nie durchgeatmet oder das Leben genossen. Ständig hatte ich mit der Personalabteilung Probleme, weil ich meinen Urlaub mal wieder nicht genommen hatte.«

Oh ja. Das Thema kannte ich nur zu gut. Ich hatte mir mittlerweile angewöhnt, die Frau in der Personalabteilung zu ghosten. Das war besser für unser beider Nervenkostüm.

»Das ist auch der Grund, weshalb ich Sie mit sofortiger Wirkung in den Zwangsurlaub schicke. Erholen Sie sich und nutzen Sie die Zeit, sich über Ihre Ziele und Wünsche klar zu werden.«

»Aber die kenne ich doch schon längst! Ich will Chefin vom Team in Singapur werden und die Außenstelle weiter ausbauen. Mit der Seafish Company haben wir buchstäblich einen dicken Fisch an der Angel, der uns ganz neue Möglichkeiten eröffnet. Das müssen wir schnell in Angriff nehmen. Statt Urlaub zu nehmen, sollte ich sofort nach Singapur fliegen!«

»Nur dass mir in dem Fall die Personalabteilung die Hölle heißmachen würde. Frau Lichtenstein, ich trage als Chef Verantwortung für Sie. Ihre Arbeit ist tadellos, Ihr Eifer unglaublich. In letzter Zeit ist Ihnen allerdings das Gespür für das Zwischenmenschliche verloren gegangen. Daher denke ich, dass Sie eine Pause von Ihrem Job brauchen.« Herr Schellwig sah vermutlich, wie mir alles aus dem Gesicht plumpste. Er hob beruhigend die Hände. »Nicht für lange. Sie sollen nur mal durchschnaufen. Ich will den Druck auf Ihren Schultern umverteilen.«

»Umverteilen?« Vor Schock klappte mir die Kinnlade herunter. Gleichzeitig schoss meine Hand in die Höhe. »Ober! Einen Schnaps, bitte!«

Der Ober sah mich entgeistert an. »Es ist elf Uhr morgens«, erklärte er pikiert. Im Café hatten sich sämtliche Gäste zu mir umgedreht, und mir schoss die Röte in die Wangen.

Herr Schellwig wirkte hingegen als Einziger amüsiert. »Frau Lichtenstein, bitte! Beruhigen Sie sich.«

»Wie soll ich mich beruhigen, wenn Sie solche Sachen sagen? Was habe ich denn so Schlimmes getan, dass Sie mich in den Zwangsurlaub schicken wollen?«

»Sie haben unter anderem auf ein Kompliment des CEO der Seafish Company entgegnet, dass er besser auf das Wesentliche fokussiert bleiben sollte.«

Ups. Ja, an den kleinen Vorfall erinnerte ich mich lebhaft. Es war vor sechs Wochen bei einem Geschäftsessen gewesen. Er hatte meinen Weingeschmack gelobt, ich hingegen hatte lieber über den neuen Auftrag sprechen wollen. »Das war doch nur eine Lappalie«, brauste ich auf.

»Für den CEO nicht. Er ist der Meinung, dass es Ihnen an Führungsqualität fehlt. Sie sind nicht empathisch genug, um Menschen anzuleiten, behauptet er. Ich weiß es besser. Sie können das. Es liegt Ihnen im Blut. Als Sie vor drei Jahren zu mir gekommen sind, waren Sie der freundlichste, sympathischste und gleichzeitig fleißigste Mensch, den ich kannte. Ihre Kollegen haben Sie geliebt.«

Haben? Wieso sprach Herr Schellwig denn bitte in der Vergangenheitsform? Und er war noch lange nicht fertig.

»Sie haben es meisterhaft verstanden, Ihr Privatleben mit Ihrer Karriere zu vereinbaren. Ab und zu haben Sie mal ein Treffen mit Ihren Freunden ausfallen lassen, um zu arbeiten, aber ich erinnere mich noch gut an eine Standpauke, die Sie mir vor etwa drei Jahren gehalten haben. Ich wollte Sie zum dritten Mal in Folge zur Wochenendarbeit verdonnern, und Sie haben mir klargemacht, dass ein Leben ohne Freunde kein Leben ist. ›Arbeit allein macht nicht glücklich.‹ Das haben Sie wortwörtlich zu mir gesagt.«

So was hatte ich mal gesagt? Ich erinnerte mich nicht einmal mehr daran – und jetzt pulverisierte dieser eine blöde Satz meine ganze Karriere?

Gerade setzte ich dazu an, eine flammende Verteidigungsrede meines heutigen Ichs und meiner aktuellen Arbeitseinstellung zu halten, als mich mein Chef mit einem einzigen Blick zum Schweigen brachte.

»Damals wäre Ihnen solch eine *Lappalie* niemals passiert, doch mit der Zeit sind Sie immer verbissener geworden. Normalerweise schätze ich Kampfgeist, doch in Ihrem Fall macht er den Auftraggebern leider Angst. Daher auch der Zwangsurlaub. Sie müssen abschalten. Durchatmen. Mehr mit Menschen in Kontakt kommen statt nur mit Zahlen. Werden Sie fit für das Kommende.«

Hoffnung keimte in mir auf. »Das Kommende?«

Herr Schellwig nickte. »Die Seafish Company mag zwar Angst vor Ihnen haben, ich aber nicht. Wenn Sie den Job in Singapur nach Ihrer Auszeit noch immer haben wollen, werde ich Ihnen die Verantwortung für das Team übergeben. Das bedeutet aber auch, dass Sie sich absolut sicher sein müssen, dieser Herausforderung gewachsen zu sein. Wenn Sie nach Singapur gehen, werden Sie über Ihr aktuelles Arbeitspensum lachen. Sie werden all Ihre Kraft und Energie brauchen, um dort zu brillieren. Sie können den Laden rocken. Da bin ich sicher. Aber nur mit aufgeladenem Akku und dem Willen, alles zu geben. Für Freunde oder Familie wird kaum noch Platz sein. Ordnen Sie Ihr altes Leben, damit Sie in ein spannendes neues Leben starten können. Nutzen Sie die sechs Wochen gut!« Er stand auf, legte ein ganzes Bündel Scheine auf den Tisch und sah mich bitterernst an. »Bis dahin will ich nichts mehr von Ihnen hören. Keine Mail. Keine Anrufe. Keine Nachricht über Messengerdienste. Ich wünsche Ihnen einen angenehmen Urlaub. Machen Sie was draus!«

Damit verschwand er.

Wie betäubt blieb ich am Tisch sitzen und ließ meinen Kaffee kalt werden. Zuerst konnte ich keinen Gedanken fassen. Ich atmete lediglich und bemühte mich, die aufsteigende Panik niederzukämpfen. Was sollte ich denn jetzt machen? Und ... oh nein. Wie sollte ich das Mama erklären?

Zwangsurlaub statt Beförderung. Was für ein absoluter Horror!

»Alles in Ordnung bei Ihnen?« Eine samtene Männerstimme riss mich aus meinen selbstkasteienden Gedanken. Ein Typ stand vor mir. Karohemd, dunkle Jeans, breiter Gürtel. Durchschnittlich groß und weder dick noch dünn. Genau richtig. Keine beeindruckenden Muskelpakete an Bauch oder Brust, dafür aber die schönsten dunkelbraunen Augen der Welt. Er deutete auf meinen von Leckereien überquellenden Tisch. »Sie sitzen seit einer kleinen Ewigkeit in exakt dieser Haltung da und starren auf Ihr Croissant.«

»Auf den Kaffee. Nicht aufs Croissant«, antwortete ich tonlos.

Der Fremde runzelte die Stirn. »Sie sehen aus, als ob Sie unter Schock stehen.«

»Stehe ich auch.«

»Das klingt bedenklich.« Ganz ungebeten zog er sich Herrn Schellwigs Stuhl heran und setzte sich. Danach griff er nach meinem Arm und hielt ihn fest.

»Hey«, protestierte ich.

»Nur die Ruhe. Ich messe lediglich Ihren Puls. Sie sind leicht grün im Gesicht, und Ihnen steht kalter Schweiß auf der Stirn. Ich mache mir schon seit geraumer Zeit Sorgen um Sie.«

»Haben Sie denn nichts Besseres zu tun?«

Er lachte leise, hielt seinen Blick aber weiter auf die Uhr gesenkt. Offenbar zählte er. »Ihr Kreislauf ist im Eimer«, stellte er fest und schob mir meinen Kaffee hin. »Hier! Trinken Sie. Vielleicht belebt das Koffein Sie wieder.«

»Vielleicht? Ich dachte, Sie hätten den Durchblick, Herr Doktor.«

»Ich wünschte, das wäre so. Puls messen kann ich gerade noch, und ich weiß, was ein zu niedriger oder zu hoher Puls ist. An der Stelle hört es allerdings schon auf. Ich bin Ingenieur, kein Doktor. Aber eins weiß ich durchaus: Kaffee hilft. Trinken Sie!«

»Der ist kalt.« Ich schob die Tasse angewidert weg und biss stattdessen in eine bereits mit Marmelade geschmierte Croissanthälfte. Dann kaute ich und kaute und kaute. Es fühlte sich wie klebrige Pappe in meinem Mund an.

Der Fremde beobachtete mich mit Argusaugen. Ich sagte nichts, sondern stierte wieder vor mich hin. Schließlich orderte er einen neuen Kaffee – »schön schwarz, aber mit drei Päckchen Zucker« – und nötigte ihn mir auf. Ich trank allein, um ihn loszuwerden.

»Wollen Sie darüber reden?«, fragte er, nachdem ich mir die heiße Brühe einverleibt hatte.

Ich schüttelte den Kopf, hauchte jedoch gleichzeitig: »Mein Chef hat mich in den Urlaub geschickt.«

»Klingt doch eigentlich ganz nett. Urlaub ist doch etwas Tolles!«

»Aber ... ich hasse Urlaub. Ich mag meinen Job. Was soll ich denn jetzt machen?«

»Verreisen? Wellness? Freunde besuchen oder sich selbst verwirklichen mit Malkursen und Fechttraining? Es gibt tausend Möglichkeiten. Sie müssen nur wählen. Wo ist das Problem?«

Eine einzige Träne löste sich aus meinem rechten Augenwinkel. Mehr billigte ich mir nicht zu. In der Öffentlichkeit zu heulen war nicht mein Stil. Stattdessen konzentrierte ich mich in solchen Situationen auf etwas völlig anderes. Auf mein Gegenüber zum Beispiel.

Der Typ saß vollkommen entspannt an meinem Tisch, als gehöre er da hin. Was fiel dem eigentlich ein, mich in meinem Selbstmartyrium zu stören? »Retten Sie immer vermeintlich in Not befindliche Frauen?«, ging ich spitz in den Angriff über.

Er bemerkte die veränderte Stimmung sofort und hob die Hände. »Ich sehe Sie nicht als leichtes Opfer für Annäherungsversuche. Keine Sorge. Ich sitze nur seit etwa einer Stunde dort an dem Tisch am Fenster und frühstücke. In der Zeit haben Sie sich keinen Millimeter gerührt. Selbst als die Bedienung Sie angesprochen hat, haben Sie durch sie hindurchgesehen und was von einem schrecklichen Horoskop gemurmelt. Zunächst wollte ich wie alle anderen an Ihnen vorbei nach draußen gehen, nur habe ich das nicht über mich gebracht. Ich wollte lediglich helfen.«

»Das ist sehr nobel von Ihnen. Vielen Dank. Jetzt dürfen Sie gehen. Bei mir ist alles wieder in Ordnung.«

Er wirkte wenig überzeugt, verstand den Wink aber. Zögernd stand er auf. »Kann ich nicht doch noch was tun? Sie zum Arzt fahren? Ins Krankenhaus? Ich kann mir zwar kaum vorstellen, dass jemand bei der Nachricht, Urlaub zu bekommen, einen lebensbedrohlichen Schock erleidet, aber man hat schon Pferde kotzen sehen. So ein Schock ist nicht zu unterschätzen.«

Ich rang mir ein mildes Lächeln ab. »Alles gut. Der Kaffee hat sehr geholfen. Vielen Dank.«

»Na gut. Ich gehe, aber … hier! Meine Karte. Für den Fall, dass Sie doch Hilfe benötigen.«

»In dem Fall rufe ich besser einen Krankenwagen als einen Ingenieur«, wandte ich ein.

Er wurde leicht rot am Halsansatz. Trotzdem schob er mir hartnäckig seine Karte über den Tisch. »Nur für den

Fall«, sagte er kryptisch und verschwand danach in etwa so plötzlich wie vorher Herr Schellwig.

Ich blieb zurück und kam mir seltsam verlassen vor in einer völlig unbekannten Welt. In einer Welt mit Urlaub. Der blanke Horror.

Ihr Partner ist nicht immer ganz ehrlich mit Ihnen.

Neumond

Mechanisch zog ich die Visitenkarte heran und warf einen Blick darauf. Soso. Mein Retter hieß also Malte Althaus, war Bauingenieur und errichtete Holzhäuser. Das Foto traf ihn perfekt. Selbst seine hübschen Augen kamen gut zur Geltung.

Warum ich die Karte tatsächlich in die Jackentasche schob, wusste ich nicht. Ich brauchte keinen heldenhaften Retter, der mich in der Not beschützte. Und wenn doch, wäre Jan meine erste Wahl gewesen. Trotzdem hatte Maltes Auftritt etwas Charmantes an sich gehabt. Beim Verstauen der Karte berührte ich etwas anderes im Inneren der Tasche. Es knisterte leise.

Das Horoskop, schoss es mir durch den Kopf.

Ich zog die herausgerissene Seite wieder hervor und starrte den Text ein zweites Mal an, nach den Ereignissen dieses Morgens sah ich ihn nun allerdings mit völlig neuen Augen.

Beruflich müssen Sie einen herben Rückschlag verkraften.

»Das kannst du laut sagen«, knurrte ich das Horoskop finster an.

Sie sollten sich dringend wieder mehr um Ihren Freundeskreis bemühen.

Hmmm. Wann hatte ich denn zuletzt mit Sarah gesprochen? Letzte Woche? Nein ... herrje ... das war an ihrem Geburtstag gewesen. Am zwanzigsten Januar. Heute war der erste April. Monate waren vergangen. Und mit Vanessa, Tom oder Katharina? Das war noch länger her. Viel länger!

Sarah aber jetzt in dieser Situation anzurufen erschien mir auch nicht richtig. Dafür brauchte ich Zeit. Und gute Nerven. Also atmete ich tief durch und las einen weiteren Satz des Horoskops.

Sie sind gestresst und unsicher.

Definitiv. Gestresster ging nicht. Plötzlich hielt ich es hier nicht mehr aus. Ich sprang auf, bezahlte mit dem Geld vom Chef vorne an der Theke und hastete nach draußen.

Das Café befand sich direkt am Domplatz in der hübschen Altstadt von Aachen. Kleine Gässchen mit Pflastersteinen lagen rund um den beeindruckenden Dom aus dem ... ich kramte kurz in meinem Gedächtnis ... achten Jahrhundert? Jedenfalls irgendwas mit Karl dem Großen. Vor Jahren hatte ich mit Sarah und Vanessa eine Touriführung gemacht. Von diesem Event waren mir ein paar Zahlen im Gedächtnis geblieben: Zweiunddreißig Millionen Mosaiksteinchen waren im Inneren des Doms verbaut worden, und zweiunddreißig Meter hoch war der Turm. Ich hatte nicht viel Ahnung von Architektur, aber selbst ich fand den pompösen Bau mehr als beeindruckend.

Zum ersten Mal seit Monaten nahm ich den Dom überhaupt wieder wahr. Die letzten Wochen war ich immer nur vorbeigehastet, um mir schnell was zu essen in der Innenstadt zu kaufen. Ein Stich ging durch mein Herz. Mein Büro. Wie gerne wäre ich jetzt dorthin gegangen, doch das war unmöglich.

Unschlüssig sah ich mich um. Und nun? Was sollte ich mit mir anfangen? Langsam wich das Adrenalin aus meinen Adern. Ich fühlte mich müde und abgekämpft. Eine Art Muskelkater setzte an meinem ganzen Körper ein. Das kannte ich schon. Sobald die Anspannung fort war, plagten mich Gliederschmerzen.

Nach Hause, entschied ich mich. Einigeln. Fernsehen. Mich selbst bedauern, bis Jan von der Arbeit kam. Ja, genau. Das würde ich machen. Und Mamas Anrufe ignorieren. Sie klingelte schon zum zweiten Mal durch. Was sollte ich ihr bloß sagen? Und wie würde Jan auf die Neuigkeiten reagieren?

Auf dem Weg zu unserer Wohnung kaufte ich mir zwei riesige Schachteln Eis, fünf Tafeln Schokolade und drei Flaschen Cola. Das sollte mich wiederbeleben. Mit meinen Einkäufen bewaffnet, schleppte ich mich bis nach Hause. Als ich es mir auf der Designercouch bequem machen wollte, stellte ich zum ersten Mal fest, dass die echt hart war. Einkuscheln war beinahe unmöglich.

Die Welt hatte sich gegen mich verschworen. Jetzt war es offiziell.

Furchtbar genervt warf ich meine Flauschdecke aus Studententagen über die Couch, holte zwei alte Troddelkissen aus einem Umzugskarton, der tief im begehbaren Kleiderschrank vergraben war, und schuf mir dadurch eine kleine Oase der Gemütlichkeit. Danach schrieb ich Mama eine kurze Textnachricht.

Wir haben den Pitch gewonnen. Es ist prima gelaufen, und ich feiere gerade. Daher kann ich nicht reden.

Gelogen war das nicht, nur dass ich ganz alleine mit mir selbst feierte, ließ ich aus. Okay. Feiern war vielleicht auch nicht das richtige Wort, aber ... egal. *Entspann dich!*

Entschlossen zappte ich durch die Kanäle und entdeckte, dass Jan verschiedene Streamingdienste abonniert hatte. Praktisch. Das hob meine Laune ein wenig, allerdings nur kurz.

Nanu? Seit wann sah sich Jan im Akkord Liebesfilme an? Bei ihm standen doch Actionfilme hoch im Kurs? Die »Empfehlungen für Sie«-Liste war generell eher ungewöhnlich für einen Mann. Sogar Highschool-Dramen waren darunter.

An einem von ihnen blieb ich hängen, klickte es an und hielt den gesamten Vorspann durch. Als der eigentliche Film startete, hatte ich schon meinen Laptop aufgeklappt und loggte mich ins Firmenportal ein.

Jaja. Ich war beurlaubt. Aber ein wenig Unterstützung konnte doch nicht schad...

Mein Zugang war gesperrt. Nein! Das ... das tat fast so weh, als ob mir Herr Schellwig direkt gekündigt hätte. Es fühlte sich wie ein Verrat an. Wie ein Rausschmiss aus der Familie. Wie …

Eine Mail ploppte auf.

> Sie sind im Urlaub! In Ihrem Interesse habe ich Ihren Zugang von unserer IT blockieren lassen. Versuchen Sie gar nicht erst, das zu umgehen. Jetzt lesen Sie ein gutes Buch oder schauen sich einen Film an. ENTSPANNEN SIE SICH. Grüße. Hannes Schellwig

Mein Chef hatte mich von meinem bisherigen Leben ausgeschlossen. Wie gemein. Wie hinterhältig. Wie fies!

Zähneknirschend klappte ich den Laptop wieder zu und widerstand in letzter Sekunde dem Drang, ihn mit Schwung in die nächste Ecke zu pfeffern. Das arme Ding konnte schließlich nichts dafür. Stattdessen bemühte ich mich, den Film zu genießen, futterte Eis, naschte jede Menge Schokolade und trank kannenweise Kaffee und flaschenweise Cola. Trotzdem ging es mir nicht besser. Im Film half das auch immer! Warum mir nicht?

Ich öffnete gerade die zweite Eispackung und den obersten Knopf meiner Hose, als ich einen Schlüssel im Türschloss hörte. Sofort tat mein Herz einen Sprung. Jan! Er kam heim. Als hätte ihn eine höhere Macht bestellt, um mich in den Arm zu nehmen und zu trösten. Genau das, was ich jetzt brauchte.

Von der Couch aus konnte ich die Haustür sehen. Mein Post-it von heute Morgen hing dort noch unberührt neben dem von Jan. Hastig glättete ich meine zerzausten Haare.

Mein Dutt war längst Geschichte, stattdessen hatte ich mir einen lockeren Pferdeschwanz gebunden. Trotzdem machte ich mir keine Illusionen: Ich sah verheerend aus. Mein Blick fiel auf das Schokomassaker auf der Flauschdecke, die Eiskleckse auf dem hübschen Beistelltisch und die Kaffeepfütze am Fußboden. Herrje. Wann hatte ich das alles angerichtet?

Ich kam nicht mehr dazu, Ordnung zu schaffen, denn die Tür ging auf.

Entgeistert starrte ich eine attraktive Blondine an, die mit Einkaufstüten bewaffnet hereinstöckelte. Da sie ein Handy zwischen Kinn und Schulter geklemmt hatte, die Tür hinter sich zutrat und parallel die Tüten balancieren musste, bemerkte sie mich etwa fünf Sekunden später als ich sie.

Wir musterten einander.

»Ich muss Schluss machen«, sagte sie mit weit aufgerissenen Augen ins Telefon. Die Tüten polterten gleichzeitig zu Boden. Das Handy fing sie in letzter Sekunde auf.

Seltsamerweise schob ich mir noch seelenruhig ein dickes Stück Nougatschokolade in den Mund, bevor ich auf mein unerwartetes Gegenüber reagierte. »Wer sind Sie denn?«, fragte ich eisig, während im Fernseher gerade eine junge Frau mit acht Schüssen ermordet wurde. Ich war inzwischen von den Liebesschnulzen zu Crime-Serien gewechselt.

»Ich ... ich ...«, stammelte die Frau mit unruhigem Blick. Sie hatte blondes Haar mit beinahe weißen Highlights, das ihr ordentlich geglättet bis zur Taille reichte. Der Pony stand ihr unverschämt gut, genau wie die riesige Brille auf der

Nase. Sie sah aus wie eine spannende Mischung aus trivialer Büchernerdin und Businessfrau im Hosenrock.

»Ich warte noch auf eine Antwort«, sagte ich mit vollem Mund. »Wer sind Sie?«

»Ich … bin die Putzfrau«, platzte sie mit hochrotem Kopf heraus.

Ernsthaft? Die Ausrede grenzte ja schon an eine Beleidigung. »Putzen Sie immer mit hohen Absätzen?«, fragte ich süffisant und biss dem armen Osterhasen in meiner Hand beherzt den Kopf ab.

Sie hatte wenigstens den Anstand, dunkelrot anzulaufen. Hastig ließ sie ihr pink umhülltes Handy in der sündhaft teuren Lederhandtasche verschwinden und schnappte sich die Einkaufstüten. »Ich wusste nicht, dass jemand da ist«, sagte sie, als würde das alles erklären. Dabei näherte sie sich rückwärtsgehend der rettenden Haustür.

»Ich wusste nicht, dass ich mich bei Ihnen anmelden muss, um in *meiner* Wohnung fernzusehen. Bitte verzeihen Sie die unangenehme Störung«, entgegnete ich. Dabei fühlte ich mich wie in Watte gepackt. Vermutlich schaffte mein Hirn es nicht, das Geschehen angemessen zu begreifen.

Völlig ungebeten schlichen sich die Worte des Horoskops in meine Erinnerung. Ihr Partner ist nicht immer ganz ehrlich mit Ihnen. Sprechen Sie offener über Ihre Probleme und Gefühle.

Mir wurde speiübel. Ein Stück des Osterhasen blieb mir buchstäblich im Halse stecken, sodass ich würgen musste.

Die Augen der Unbekannten wurden noch größer. »Es

tut mir leid«, hauchte sie, dann fiel die Tür hinter ihr ins Schloss.

Ich starrte ihr schweigend hinterher, während im Fernseher die Angehörigen der Erschossenen bittere Tränen vergossen. »Wir finden den Mörder«, sagte ein Polizist, begleitet von dramatischer Hintergrundmusik.

Ich bitte darum, dachte ich traurig. *Und kümmer dich auch um mein ermordetes Herz*. Um nicht durchzudrehen, schaltete ich den Fernseher stumm und rief Jan an.

»Du Arsch«, sagte ich eisig, kaum dass er abgenommen hatte. »Wie abgebrüht muss man sein, damit man sein Betthäschen in die Wohnung seiner Freundin einlädt.«

Das Schweigen am anderen Ende war Antwort genug. Jan räusperte sich unbehaglich. »Sie ist nicht mein Betthäschen«, begann er vorsichtig. »Ich helfe ihr nur im Moment ein wenig.«

»Wie denn das? Jetzt sag nicht, dass sie wirklich unsere Putzfrau ist.«

»Putzfrau?« Jans offensichtliche Verwirrung beantwortete meine Frage. »Hat sie das gesagt?«

»Ja, nachdem sie wie selbstverständlich hier reinspaziert ist. Sie hat einen Schlüssel? Ernsthaft?«

»Die Sache ist kompliziert. Sie hält es zurzeit bei sich zu Hause nicht aus. Ihr Mann ist ein derartiges Kontroll-«

»Ihr Mann?«, rief ich empört. »Etwa ihr *Ehemann*?«

»Ich sag doch, dass es kompliziert ist. Ach, komm schon, Anja. Mach kein Drama draus.«

Also ... also ... da hörte wirklich alles auf! Ich warf die Kuscheldecke samt Eisschachtel, Osterhasenschokokrümeln und leerer Kaffeetasse von mir, dass es nur so schepperte. Gleichzeitig sprang ich auf. »Kein Drama?«, brüllte ich erbost. »Du lädst deine Geliebte in meine Wohnung ein, und ich soll kein Drama machen?«

»Schon gut, schon gut. Jetzt, wo du das so sagst, klingt es wirklich nicht ganz normal. Aber herrje, Anja! Du bist doch sonst zu so einer Uhrzeit nie zu Hause.«

»Ach? Jetzt ist es meine Schuld, dass ich dich als betrügerischen Fiesling enttarnt habe? Weil ich unverschämterweise früher von der Arbeit gekommen bin?«

»Nein, nein«, versicherte Jan schnell. »Es ist nur ... Wir hatten uns doch darauf verständigt, uns Freiräume zu lassen. Das mit der Wohnung war vermutlich keine gute Idee, aber alles andere ... kein Grund, sich aufzuregen.«

Wie bitte? Ich schnappte nach Luft. »Sag mal, tickst du noch ganz sauber? Natürlich wollten wir uns Freiräume lassen. Aber ich dachte, da reden wir von unseren absurd langen Arbeitszeiten und dass wir uns deswegen nicht gegenseitig nerven. Nie im Leben hätte ich gedacht, dass du das als Freifahrtschein für eine andere Frau verstehst!«

»Oh.« Allein der Laut, den Jan hervorbrachte, sagte alles. Ich erstarrte in der Bewegung. Vor Aufregung war ich in der Wohnung herumgetigert, doch nach diesem »oh« hatte ich selbst dazu keine Kraft mehr. An Ort und Stelle ließ ich mich auf den Boden plumpsen.

»Jetzt sag nicht, die angebliche Putzfrau ist nicht die einzige«, hauchte ich schwach.

»Na ja ... Ich schätze, wir haben uns da einfach missverstanden. Ich dachte, wir führen eine offene, sehr liberale Beziehung. Gerade das hat mir so gut gefallen. Und ganz ehrlich: Besonders oft haben wir uns in letzter Zeit ja nicht gesehen. Du weißt doch wie das ist, ein Mann hat schließlich Bedürfnisse.«

Das hat er gerade nicht gesagt, dachte ich finster. Doch. Er hatte. Gleichzeitig fielen mir die vielen kleinen Ungereimtheiten ein. Der hohe Shampooverbrauch. Die seltsame Filmauswahl. Der ständig leere Kaffee. Da hatte sich ernsthaft eine fremde Frau, wenn nicht sogar mehrere, in meiner Wohnung eingenistet – und ich hatte es nicht einmal bemerkt.

»Ich will, dass du ausziehst. Sofort! Hol deinen Krempel ab, sonst werfe ich ihn auf die Straße.«

»Aber ...«

»Kein Aber. Wir zwei sind geschiedene Leute. Ich werde das Wochenende über woanders schlafen. So lange hast du Zeit. Ich will dich nicht mehr wiedersehen, Jan. Hast du verstanden?«

»Okay. Hab ich.«

»Und hol gefälligst alle meine Wohnungsschlüssel von deinen tausend Flittchen zurück. Oh! Ich bekomme außerdem einhundertdreiundfünfzig Euro von dir.« Wie immer war ich im Kopfrechnen enorm schnell.

»Was? Wofür das denn?«

»Seit fünf Monaten wundere ich mich über meine exorbitanten Ausgaben für Haarprodukte und Kaffee. Die will ich von dir wiederhaben. Auf den Cent genau.« Mit diesen Worten drückte ich ihn weg und schmiss diesmal tatsächlich etwas in die Ecke, nur nicht meinen Laptop, sondern mein Handy. Das Display zerschellte an der Wand wie mein Herz an der Wahrheit.

Mein Chef hatte meine Karriere einbetoniert und mein Freund mein Liebesleben zerschreddert. Genau wie das Horoskop es vorausgesagt hatte.

Ich bekam eine Gänsehaut, als ich an die dritte Vorhersagung dachte. Meine Freunde. Hoffentlich waren sie mir treuer als mein betrügerischer Ex-Freund.

Sie sollten sich dringend wieder mehr um Ihren Freundeskreis bemühen.

Neumond

Ich hielt es keine Sekunde länger in meiner Wohnung aus. Das Sofamassaker ließ ich entgegen meiner sonstigen Gewohnheiten zurück. Okay, ich putzte noch schnell über den Tisch, weichte die Decke ein und hängte sie zum Trocknen über die Badewanne. Aber das war's.

Dann packte ich nur das Nötigste für zwei Übernachtungen ein. Zahnbürste, Zahnpasta, Haarbüste, mein duftendes Shampoo ... oder lieber doch nicht. Jetzt, wo ich die Wahrheit über seinen Verbleib herausgefunden hatte, sah ich es nicht mehr mit der gleichen Euphorie. Zwei Hosen warf ich noch rasch in den Koffer, Pyjama, Unterhosen, Schlafbrille, Beißschiene und natürlich Ohropax. Nach kurzem Überlegen räumte ich den Koffer wieder aus und entschied mich stattdessen für meinen kleinen Rucksack. Früher hatte ich ihn ständig dabeigehabt, aber mein Arbeitsnotebook hatte nicht hineingepasst. Das würde ich in den nächsten Tagen nicht brauchen ... Ladekabel ... nein. Das brauchte ich auch nicht. Mein Handy war Schrott.

Das wiederum brachte mich zur Besinnung.

Wo wollte ich überhaupt hin? Ins Hotel? In meinem Zustand? Ich sah mich tränenüberströmt quer durch eine Lobby laufen und spürte schon die neugierigen Blicke der Gäste und Angestellten. Nein. Nein, auf keinen Fall.

Zu Mama? Ich stöhnte leise auf. Wie sollte ich bei ihr unterkriechen? Sie würde mich mit diesem ganz speziellen Blick ansehen. Eine Mischung aus Enttäuschung, Verwirrung und Überforderung. Mama kam nur mit Gewinnern klar. Leute in Krisen waren ihr suspekt.

Nein. Zu Mama konnte ich unmöglich gehen.

Sarah? Ja! Genau. Meine älteste Freundin würde mir bestimmt Unterschlupf gewähren. Allerdings war es Freitagnachmittag. Hoffentlich war sie überhaupt da.

Mein Blick fiel auf das kaputte Handy. Verflixt. Ich hatte ihre Handynummer nicht, um bei ihr vorzufühlen.

Wie dämlich konnte man sein? Es half nur leider nichts. Ich musste hier weg.

Kurz bevor ich die Wohnung verließ, riss ich noch das Post-it von der Wand und bekritzelte ein neues. Ein seltsames Gefühl. Heute Morgen war ich so voller Energie und Vorfreude gewesen, und jetzt das. Mein Leben war völlig aus den Fugen geraten.

Zunächst schrieb ich ein paar Schimpfwörter, doch das kam mir zu kindisch vor. Also zerknüllte ich den ersten Zettel und notierte lediglich: *Mach das Licht aus.*

Ja, das klang sehr erwachsen und über die Dinge erhaben. Gleichzeitig sah ich das Licht als Sinnbild unserer Beziehung. Hoffentlich kapierte Jan die Metapher.

Zufrieden lief ich zum Auto, doch kaum saß ich drin, war bei mir die Luft wieder raus. Das Steuer umklammernd kämpfte ich mit meinen durchgehenden Nerven. Ein echter Horrortag – und es war erst fünfzehn Uhr.

Zum Glück wusste ich, dass Sarah meist von daheim arbeitete. Sie war Werbetexterin und lebte ihre kreative Ader am liebsten in ihrem Zen-Garten im Hinterhof aus. Besonders spirituell war sie nicht veranlagt, aber sie fand den ordentlich gekiesten Bereich cool. Genau wie ich. Im Geiste sah ich mich bereits in einem der riesigen Korbstühle sitzen und einen beruhigenden Chai Latte trinken. Das hatten wir früher ständig gemacht und dabei über wirklich alles geredet. Jedes Problem, jedes Drama, jede Lebenskrise hatten wir gemeinsam gemeistert. Sarah war meine beste Freundin. Mein sicherer Hafen. Zwischendurch hatten wir uns immer mal aus den Augen verloren, dann aber jedes Mal wiedergefunden. Das schätzte ich so an unserer Freundschaft: dass sie beständig war. Wie eine Eiche. Zugegeben, eine derart lange Funkstille hatte es in unserer Freundschaft bislang nicht gegeben, aber auch das würden wir überwinden. Da war ich sicher – oder hoffte es zumindest.

Sarahs Wohnung lag im Frankenberger Viertel. Auch ich hatte dort eine Wohnung gesucht, aber keine gefunden. Künstler, junge Familien und Geschäftsleute hatten hier eine Art Friedenspakt geschlossen. Das Zentrum war der Frankenberger Park mit der imposanten Frankenburg. Ich mochte die entspannte, geradezu gemütliche Atmosphäre.

Kein Wunder, dass sich Sarah hier niedergelassen hatte. Ihre Eigentumswohnung lag im Erdgeschoss einer niedlichen Gründerzeitvilla mit Erkerchen und Türmchen an der Fassade. Nach hinten hin erstreckte sich der beeindruckende Garten, der sich von der Straße aus nicht einsehen ließ.

Bevor ich aus dem Auto stieg, atmete ich noch mal tief ein. Wann hatte ich Sarah zuletzt gesehen? Und warum war ich plötzlich derart nervös? Als würde ich eine längst verloren geglaubte Schwester nach Jahren wiedertreffen. Lächerlich.

Also los!

Ich klingelte und wartete ängstlich auf das Summen des Türöffners. Mein Gepäck hatte ich zunächst im Auto gelassen. Ich wollte nicht ganz mit der Tür ins Haus fallen. Hmmm ... hoffentlich war Sarah überhaupt da. Sie brauchte ungewohnt lange.

Kurzerhand klingelte ich erneut. Wartete. Also noch mal, diesmal mit eindringlicher Melodie gemorst, bis es schließlich in der Gegensprechanlage knarzte.

»Ja bitte?« Das war Sarah, wenn auch genervter als erwartet. Meine Freundin brachte eigentlich nichts so schnell aus dem Tritt.

»Hey, Sarah! Ich bin's«, sagte ich möglichst fröhlich.

»Wer ist denn ›ich bin's‹?«

»Anja.«

»Anja, wer?«

»Na, Anja!« Wollte die mich veräppeln?

Das nun folgende ungläubige »Anja?« klang auch nicht viel besser. Wenigstens ertönte fast sofort der Türsummer.

Ich betrat den kühlen Hausflur. In der gleichen Sekunde riss Sarah ihre Wohnungstür auf und starrte mich aus großen Augen an.

»Ist wer gestorben?«, fragte sie panisch.

»Wie kommst du denn darauf?«

»Weil du mich nie besuchst?« Sie stand noch immer im Türrahmen und machte keine Anstalten, mich hereinzuwinken.

Langsam stellte sich bei mir das beklemmende Gefühl ein, absolut unwillkommen zu sein. Vielleicht war es doch unklug gewesen, hier so unerwartet aufzutauchen.

»Warum rufst du denn nicht an?«, fragte Sarah prompt.

»Mein Handy ist kaputt, und ich …« Da fing ich an zu weinen. Einfach so. Dieser Tag hatte schlecht angefangen und wurde sogar immer schlimmer. Ich wollte nur noch in Sarahs Zen-Garten und einen Chai Latte … nein! Keinen Chai Latte! Ich brauchte langsam einen Schnaps. Einen doppelten, nachdem es im Café schon nicht geklappt hatte.

»Anja«, sagte Sarah entsetzt ob meiner Tränen. Endlich kam Bewegung in sie. Mit ausgebreiteten Armen trat sie auf mich zu und zog mich fest an sich. »Mensch, was ist denn bloß geschehen?«

»Mein Horoskop. Es war ganz schrecklich düster, und alles ist so eingetroffen, wie das Horoskop es vorhergesehen hat. Alles! Mein Chef hat mich beurlaubt, und die Putzfrau war gar keine Putzfrau. Meine Couch ist voller Kaffeeflecken, mein Shampoo ist leer, und ich hab Jan aus der Wohnung geschmissen. Meine Beförderung ist hin, man hat mich aus meinem Arbeitsaccount ausgesperrt, meine Einkaufs-Excel-Liste hat mich belogen und ... ich hab nur Hauspuschen in Tigeroptik an.«

»Okay. Die Hauspuschen sehe ich, aber alles andere ... jetzt komm erst mal rein!«

Na endlich! Der erlösende Satz. Vor Erleichterung weinte ich gleich noch ein bisschen heftiger und stolperte dankbar los, bis ich im Hausflur wie vom Donner gerührt stehen blieb.

»Ist bei dir eingebrochen worden?«, fragte ich schockiert. Sarahs sonst so durchgestylte Wohnung sah aus, als hätte eine Horde Vandalen darin ein mehrtägiges Rockfestival abgehalten. Kleidung hing wild durcheinander an den Haken für die Schlüssel, der schicke Schuhständer quoll über mit allem Möglichen außer Schuhen, Briefe, Zeitschriften und lose Blätter flogen auf dem Boden herum, und überall lag ... Spielzeug.

»Nein, keine Einbrecher, aber Anja ... es gibt da etwas ... ach, vergiss es. Lass uns darüber später sprechen. Das ist jetzt nicht der richtige Zeitpunkt.« Sie sah mich mit einem merkwürdigen Blick an. Eine Mischung aus Mitleid und leichter Aggression. Kein Zweifel. Sie war ernsthaft böse auf mich. Vermutlich, weil ich mich so lange nicht gemeldet hatte? Aber ... das war doch immer mal wieder in unserer langen Freundschaft passiert. Selbst das Drama, als sie mir die Hauptrolle bei der Schulaufführung weggeschnappt hatte, konnte unsere Freundschaft nicht erschüttern. Wir hatten viele Höhen erlebt und uns gemeinsam aus den Tiefs herausgearbeitet.

Ich wollte mich gerade ausufernd rechtfertigen, da hatte

sie mir bereits meine Jacke von den Schultern gezogen und sie über ein Mäntelchen mit rosafarbenen Einhörnern gehängt. Gleich darauf war sie schon in die Küche geeilt. Ich folgte ihr etwas langsamer und bemühte mich, nicht auf Bauklötze, dudelndes Spielzeug und Spucktücher zu treten. Vergebens. Aua! Das kugelrunde Mini-Auto beschwerte sich auf seine Weise. »Ich bin Kalle, der flitzende Flitzer, tuuut, tuuut!«

Ich war heilfroh, als ich in Sarahs Küche angekommen war, wo sich Babyfläschchen, Gläschen und seltsame Stühle für Kleinkinder tummelten. Sie räumte einen Schemel für mich frei. »Möchtest du was trinken?«

Einen Schnaps, dachte ich erneut, obwohl ich normalerweise gar nicht viel Alkohol trank. Heute war jedoch alles etwas anders. Da Schnaps um diese Uhrzeit aber weiterhin nicht gesellschaftskonform war, sagte ich nur: »Hast du noch diesen leckeren Chai Latte?«

»Ja, klar. Ich mach dir einen.«

Zu meinem Entsetzen ging Sarah nicht wie sonst zu ihrem ultracoolen Milchtopf, um mit viel Liebe den besten Chai Latte der Welt zu kochen. Stattdessen zog sie eine Kapsel aus dem Schrank und legte sie mit wenig Elan in einen Kaffeeautomaten. Brummend spuckte er bräunliche Flüssigkeit aus, und mein Traum von purer Entspannung zerbarst.

Meine Oase der Glückseligkeit gab es nicht mehr. Sie war von tutendem Spielzeug und der dezent aggressiven Laune meiner Freundin ausradiert worden.

Während der Chai Latte in die Tasse floss, breitete sich

eine unangenehme Stille zwischen uns aus. Früher hatten wir selbst nach langer Pause sofort ins Gespräch zurückgefunden. Diesmal war es anders. Sarah war mir ernsthaft böse.

Endlich war das Getränk fertig. Dass Sarah selbst auf einen Chai verzichtete, war kein gutes Zeichen. Ich kannte die Hinweise. Sie erwartete von mir, bald wieder zu gehen. Oh weh! Vielleicht sollte ich doch besser ins Hotel ausweichen?

Nein! Mein Horoskop war eindeutig gewesen. Ich sollte mich wieder um meinen Freundeskreis kümmern. Wie es schien, war das auch bitter nötig.

»Dein Horoskop hat dir so richtig den Stinkefinger gezeigt?«, fragte Sarah schließlich in die Stille hinein.

Ich nickte bekümmert, doch mein Anliegen musste zunächst warten. »Wollen wir nicht erst über die Babysachen hier sprechen?«, erkundigte ich mich zaghaft.

Sarah winkte ab, als sei das kein spannendes Thema. »Das hat dich die letzten Monate auch nicht interessiert, warum sollte es das jetzt tun? Deine Lebenskrise ist viel spannender als meine.«

Autsch. Die Spitze hatte ich durchaus verstanden. »Sarah ...«, hob ich an, doch meine Freundin unterbrach mich unwirsch.

»Ich habe ein paar echt harte Monate hinter mir. Mein Leben stand kopf. Ständig habe ich dich angerufen. Entweder du bist gar nicht erst drangegangen, oder du hast gehetzt zurückgerufen und mir versprochen, dich später zu melden. Auf dieses *Später* warte ich übrigens noch immer. Schließlich habe ich aufgegeben und meine Probleme selbst gelöst. Und dann ... ganz plötzlich ... tauchst du in meiner Wohnung auf und heulst mir was vor.«

Doppel-Aua. Ich zog den Kopf ein und starrte bedröppelt in meine Tasse. Der Chai Latte hatte auch mal besser ausgesehen. Natürlich hütete ich mich, das laut auszusprechen. Vielmehr war es an der Zeit, kleine Brötchen zu backen. Ganz kleine Brötchen!

»Es tut mir leid«, platzte ich heraus. »Ich wäre wirklich gerne öfter zu dir zu Besuch gekommen, aber ...«

»... dein Job. Ich weiß. Wir hatten alle viel um die Ohren, doch im Gegensatz zu dir haben wir die Prioritäten etwas anders gesetzt.« Sarahs Blick war weiterhin stahlhart. Sie trug die Haare jetzt modisch kurz, was ihr gut stand und sie gleichzeitig strenger und unnahbarer wirken ließ. Sie seufzte tief. »Also schön, Anja. Warum genau bist du hier?«

»Mein Chef hat mich in den Zwangsurlaub geschickt. Sechs Wochen. Damit ich die Akkus aufladen kann für Singapur.«

»Singapur?«

»Ja, Singapur. Ich habe die Chance, dort ein Team zu leiten. Die Außenstelle ganz neu aufzubauen. Mich voll zu entfalten.«

Sarah zog eine Augenbraue in die Höhe. »Du meinst wohl, dich noch mehr für den Job aufzuopfern, als du es ohnehin schon tust.«

»Das ist kein Aufopfern. Das ist mein Leben. Ich liebe es so, wie es ist.«

In diesem Moment hätte man die viel besungene Stecknadel im Heuhaufen definitiv fallen hören können. Die Stille war beeindruckend. »Wenn das so ist, solltest du direkt nach Singapur fliegen. Was machst du noch hier?«

Auweia. Da hatte ich mich ja in eine unangenehme Situation manövriert. »So meinte ich das doch gar nicht«, sagte ich schnell.

»Was meintest du dann? Anja Lichtenstein – die Karrierefrau. Sie braucht weder Freunde, Freizeit noch einen Partner in ihrem Leben. Alles, was zählt, ist die Karriere.«

»Man kann auch alles haben. Familie, Freunde und Karriere.«

»Ach ja? Hab ich was verpasst? Wo ist denn deine Familie gerade? Wo sind denn deine Freunde?« Sarah beobachtete mich auf diese spezielle Weise, die nur sie beherrschte. Als bekäme sie meine Gefühle auf dem Silbertablett serviert und könnte sie direkt analysieren.

Ich spürte, wie mein Kopf heiß wurde wie ein Teekessel kurz bevor das Wasser kocht. Vermutlich wurde ich auch knallrot, denn Sarah ließ mich vom Haken. Sie wechselte das Thema. »Dein Chef zwingt dich also zu einer Pause, zum Nachdenken. Das ist schön für dich, erklärt aber immer noch nicht, was du hier machst.«

Mist. Jetzt war es an der Zeit, mit der Sprache herauszurücken, allerdings hatte ich das dumpfe Gefühl, dass meine Bitte nicht so ganz auf Gegenliebe treffen würde. Plötzlich kam ich mir wie der egoistischste Mensch auf Erden vor. Am liebsten hätte ich einen Rückzieher gemacht und wäre geflohen, doch halt!

Schieben Sie nicht alles auf die lange Bank.

Das hatte mir mein Horoskop aufgetragen. Heute hatte

es schon erschreckend oft recht gehabt. Zeit also, auf es zu hören. »Darf ich hier übernachten?«

Sarah sah mich ungläubig an. »Meinst du das ernst? Was ist denn mit deiner schicken Wohnung? Hast du die gekündigt, weil du eh nie da warst und immer unterm Bürotisch genächtigt hast?«

Sarah war ja noch wütender auf mich als gedacht. Wie sollte ich das nur geradebiegen? Mir war wichtig, was Sarah von mir hielt. Sie war mein moralischer Kompass in vielen Dingen gewesen. Meine Mama hatte stets sehr streng geurteilt, doch Sarah hatte immer genau das richtige Maß gekannt. Wie viel Schulschwänzen war noch in Ordnung? Ab wann musste man definitiv zu Hause sein? War der Minirock zu kurz? Ihr Wort war lange Gesetz für mich gewesen. Umso heftiger traf es mich jetzt, dass sie mich so kritisch musterte.

Mittlerweile ging es mir nicht mehr nur darum, eine Bleibe zu haben. Ich liebte Sarah. Auf keinen Fall wollte ich sie verlieren. Dass das schon fast geschehen war, fand ich schlimm genug. Der Moment war gekommen, das Steuer rumzureißen und ihr meine ganze Misere offenzulegen. »Jan hat mich betrogen. Bis er ausgezogen ist, will ich nicht in die Wohnung zurück.«

Sarah ließ sich Zeit mit der Antwort, starrte mich eine gefühlte Unendlichkeit an. »Ich weiß nicht recht …«

»Ich räume auch für dich auf«, unterbrach ich sie eifrig. »Deine Wohnung wird danach wieder die alte sein.«

Sarahs Blick veränderte sich schlagartig. War er mir vorher friedfertiger erschienen, wurde er nun abrupt hart und unnahbar. »Meine Wohnung ist gut so, wie sie ist«, antwortete sie schärfer, als ich es je bei ihr gehört hatte. »Nicht nur sie hat sich verändert. Auch ich bin längst nicht mehr die alte. Vielleicht ist es doch besser, wenn du gehst.«

»Aber ...« *Schnell*, dachte ich. *Sag das Richtige! Versau es dir nicht komplett mit deiner besten Freundin!* »Ich ... ich will nicht gehen.« Genau! Das war es. Ich richtete mich etwas auf und erwiderte Sarahs durchdringenden Blick möglichst selbstbewusst. »Sarah«, hob ich feierlich an. »Ich gehe nicht!« Als ich Verärgerung in ihren Augen aufblitzen sah, hob ich rasch um Frieden bittend die Hände. »Ich will um unsere Freundschaft kämpfen. Ja, ich hätte mich viel früher melden müssen. Ja, ich habe es echt versaut. Ja, ich habe deinen Rausschmiss verdient, aber ... Sarah! Um der alten Zeit willen: Gib mir noch eine Chance.«

Ich hielt den Atem an, während ich auf Sarahs Urteil wartete. Dabei klopfte mein Herz vor Aufregung so heftig, dass ich jedes Klopfen in der Schläfe spürte.

In Sarahs Kopf schienen sich die Argumente gegenseitig niederzuringen. Ich registrierte durchaus, wie es in ihr arbeitete. Zwischendurch sah es nicht gut für mich aus, doch schließlich nickte sie. »Eine Nacht«, sagte sie mahnend.

»Vier!«

»Anja, übertreib es nicht.«

»Dann drei.«

Endlich lachte Sarah. Nur ganz leicht, aber immerhin. »Du bist echt eine Nudel. Im Verhandeln warst du schon immer gut. Also schön. Drei Nächte, doch es gibt Bedingungen.«

»Die wären?«

»Du löcherst mich nicht mit Fragen zu meinem Chaos. Kein Bohren wegen der Babysachen. Sobald ich nicht mehr stinksauer auf dich bin, erkläre ich es dir vielleicht. In der Zwischenzeit ... na ja ... ein wenig aufräumen könntest du schon, aber übertreib es nicht anjamäßig.«

Anjamäßig übertreiben? Das klang ja, als sei das ein geflügeltes, häufig verwendetes Wort! In letzter Sekunde schluckte ich meinen Protest hinunter und nickte hektisch. »Alles, was du willst.«

»Fein. Dann trink endlich deinen Chai Latte aus und tu zumindest so, als ob er dir schmecken würde. Danach mach ich dir die Couch fertig.«

Okay. Ich hatte aufs Gästezimmer gehofft, aber ... Couch war auch in Ordnung. Hauptsache, ich konnte bleiben und die Sache mit Sarah wieder geradebiegen.

»Und, Anja ...«

»Ja?«

»Ich bin echt sauer auf dich.«

»Hab ich bemerkt.«

»Aber ... es ist auch schön, dass du mal wieder hier auftauchst. Zwar wäre es mir lieber, wenn es keine Notlösung für dich wäre, aber zumindest bist du da. Das heißt nicht, dass alles wieder beim Alten ist, verstanden?«

»Klar. Ich bin auf Bewährung. Habe verstanden.« Ich setzte meinen besten Dackelblick auf und fragte mich gleichzeitig, wie mein Leben nur so hatte aus der Bahn geraten können, dass meine beste Freundin mir widerwillig Unterschlupf gewähren musste.

Nachdem Sarah in ihrem Arbeitszimmer verschwunden war, ließ ich mich auf die frisch bezogene Couch fallen. Was sollte ich denn jetzt machen? Freund weg, Karriere womöglich im Eimer, beste Freundin verärgert, Mama belogen. Da musste sich dringend etwas ändern.

Seufzend holte ich mir das Festnetztelefon von Sarah und rief meine Mutter an. Um ehrlich zu sein, war ihre Nummer die einzige, die ich auswendig konnte. Alle anderen waren mit meinem Handy verloren. Als Zahlengenie merkte ich mir Nummern eigentlich gut, doch offenbar hatte ich mich zu sehr auf die Technik verlassen. Ein Fehler. Gleich morgen würde ich mich um ein neues Handy kümmern müssen.

Mama ließ sich erstaunlich lange Zeit, bis sie endlich ranging. »Andrea Lichtenstein«, sagte sie förmlich.

»Hallo, Mama, ich bin's. Anja.« Kaum hatte ich das gesagt, bemerkte ich, dass ich in letzter Zeit eigentlich nur mit Mama oder mit Geschäftskunden telefoniert hatte.

»Anja! Bist du mit deiner Feierei fertig? Herzlichen Glückwunsch zur Beförderung.« Mama hörte sich ehrlich euphorisch an.

Mist. Jetzt musste ich erst mal zurückrudern. Das hatte ich von meiner Halbwahrheit. »So ganz in der Tasche habe ich die Beförderung nicht, aber das ist nur eine reine Formsache. Ich ... ich wurde in den Zwangsurlaub geschickt.«

»In den Zwangsurlaub? Was soll das heißen?«

»Nichts Schlimmes. Keine Sorge.« Zeig niemals Schwäche vor Mama! Das war eine Überlebensphilosophie. Witterte sie auch nur den Hauch von Blöße, biss sie sich daran fest. So lange, bis die Schwäche zu einer Stärke wurde – oder man sie wohlweislich vertuschte. »Ich habe in den letzten Monaten nie Urlaub gemacht. Das rächt sich nun. Die Personalabteilung macht Ernst und zwingt mich dazu.«

»Aber danach gehst du doch nach Singapur, oder?«

Das »oder« klang schon leicht hysterisch. Vermutlich hatte sie bereits all ihren einflussreichen Mitmenschen von der anstehenden Beförderung ihrer Tochter erzählt. »Ja, klar«, beeilte ich mich, zu sagen.

»Dann ist ja gut.« Mama wirkte seltsam erleichtert. »Und bis es offiziell so weit ist, lass uns doch einfach den Abschluss deines neuen Deals feiern. Morgen Abend im Restaurant vom Hotel Dittrichsen? Um neunzehn Uhr? Vielleicht kommt Jan dann endlich mal mit, damit wir uns kennenlernen können.«

Einen kleinen Moment war ich versucht, zu lügen, allerdings war mir die letzte Halbwahrheit schon nicht so gut bekommen. »Jaaa«, sagte ich gedehnt. »Das mit Jan ist nicht mehr.«

Kaum hatte ich das ausgesprochen, traf mich die Erkenntnis mit voller Breitseite. Mein Freund hatte mich betrogen! Er hatte mich …

Ich musste mich setzen, weil mir schwindelig wurde. »Jan hatte andere Frauen neben mir«, murmelte ich kraftlos und wappnete mich vor dem, was jetzt kommen würde.

Mama brauchte etwa eineinhalb Sekunden, um die Nachricht zu verdauen, dann spulte sie sämtliche ihrer Vorurteile gegen das männliche Geschlecht herunter. »Typisch Männer. Sie behaupten immer, treu zu sein, und hintergehen uns Frauen dann trotzdem. Dabei treten sie unseren

Stolz mit Füßen. Ich hab dir gleich gesagt: Konzentrier dich auf die Karriere statt auf diesen windigen Typen.«

»Du kennst ihn doch gar nicht! Er ist nicht windig. Es ist nur so, dass er tatsächlich dachte, wir würden eine offene Beziehung führen. Wir haben uns da komplett -«

»Er wollte mich nie treffen. Das allein hat mich schon misstrauisch gemacht.«

Ich verdrehte die Augen, was Mama zum Glück nicht sehen konnte. Bei meiner Mutter waren sämtliche Kerle grundsätzlich *windig*. Kein Wunder. Papa hatte sie vermutlich ein Dutzend Mal betrogen, ehe er mit einer zwanzig Jahre jüngeren Version von Mama nach Paris abgehauen war. Seitdem waren Männer ein rotes Tuch. Ich hatte mich immer dagegen gewehrt, ins gleiche Horn zu blasen. Bis jetzt jedenfalls.

»Sei froh, dass du ihn losgeworden bist. Dann hast du den Kopf frei für Singapur. Eine Fernbeziehung ist ohnehin nichts für dich. Besser ein Ende mit Schrecken als ein Schrecken ohne Ende.«

War klar, dass sie mir die Binsenweisheit um die Ohren hauen musste. Ich schluckte. »Ich bin schon traurig«, gab ich zu.

»Natürlich, mein Schatz. Gönn dir ein paar Tage, um die Neuigkeiten zu verkraften, und nutz danach die Zeit, um dich bestmöglich auf Singapur vorzubereiten. Ich kann dir hervorragende Ökonomie-Bücher empfehlen, sodass du optimal durchstarten kannst.«

Okay. Offenbar war der kurze Mutter-Tochter-Moment schon vorbei, und es ging wieder ums Business. Ich bemühte mich, mich auf Mamas Perspektive einzulassen, doch so richtig gelingen wollte es mir nicht. Sie fragte nicht mal, wie es mit der gemeinsamen Wohnung weiterging. Stattdessen plante sie akribisch, wie ich die nächsten sechs Wochen an meiner Arbeit feilen konnte. Wohlweislich verschwieg ich ihr, dass nicht meine Arbeitsweise das Problem war, sondern der Small Talk dazwischen. Wann hatte ich mich in der Kantine mal zu anderen dazugesellt? Ein privates Gespräch mit einem unserer Kunden geführt? Das war schon lange her.

Irgendwie schaffte ich es, Mama so abzuwimmeln, dass sie nicht auf ein Treffen am Samstag bestand und trotzdem nicht verstimmt war. Eine Kunst für sich. Wir verabschiedeten uns wie immer mit einer seltsamen Mischung aus liebevoller Ermahnung und geschäftlichen Überlegungen. Emotional völlig erschöpft starrte ich das Telefon an, legte es ordentlich zurück auf die Ladestation und beschloss, mich zuerst um das Badezimmer zu kümmern.

Putzen half mir oft, einen klaren Kopf zu bekommen.

Ich ließ meinen Frust an der Toilette aus, schrubbte, bis die Bürste abbrach, und setzte mich danach auf die zugeklappte Klobrille, um eine Runde zu heulen. Was für ein Fiasko.

Mein Leben sah ungefähr so aus wie diese Wohnung: völlig außer Kontrolle geraten.

Nach einer Weile raffte ich mich auf, schmiss die Bürste in den Müll und legte mich mit der chaotischen Küche an. Dass Sarah sich nicht daran störte, mich hier werkeln zu lassen, beruhigte mich ein wenig. Wir waren uns noch so vertraut, dass sie mir in dieser Sache volle Freiheiten einräumte. Wenn ich eins konnte, dann war es sortieren, organisieren und ... wegschmeißen!

Ich mistete die Küche aus und wünschte mir dabei, ich könnte das mit meinem Leben genauso machen. Die Babysachen räumte ich in Kisten, die ich im Flur gefunden hatte. Dabei hielt ich Ausschau nach Hinweisen zu dem ominösen Kind. Im Wohnzimmer wurde ich dann fündig.

Die Wände waren vollgehängt mit Fotos eines pausbäckigen kleinen Mädchens, das am Anfang zahnlos, später mit zwei kleinen Mäusezähnchen in die Kamera grinste. Eine Ähnlichkeit mit Sarah entdeckte ich jedoch nicht. Seltsam. Wo war das Kind bloß abgeblieben? Wo kam es überhaupt her? Und vor allem: Was suchte es bei Sarah, der Businesslady? Sie steckte als Designerin oft in völlig anderen Welten. Webseiten erstellen, Buchcover gestalten, Flyer entwerfen. Dafür lebte sie und stand mir in Sachen Karriere in nichts nach, mal abgesehen davon, dass sie sich offenbar besser um Familie und Freunde gekümmert hatte.

Mit dem Handfeger in der einen und dem Staubwedel in der anderen Hand starrte ich die Bilder an der Wand an und fing an zu heulen. Schon wieder.

Bleiben Sie mit beiden Beinen am Boden.

Neumond

Mein Schluchzen rief schließlich Sarah auf den Plan. Sie stellte sich schweigend neben mich, musterte ebenfalls die Fotos und nahm mir die Putzsachen aus der Hand.

»Weißt du, was, Anja? Setz dich doch einfach nach draußen auf die Terrasse und atme durch. Ich bringe dir einen neuen Chai Latte.« Zum ersten Mal, seit ich hier war, klang sie freundlich und zugewandt.

Ich sah sie mit tränenverhangenen Augen an. »Ich hab voll Bockmist gebaut.«

Sarah nickte. »Aber vielleicht kannst du ja die nächsten sechs Wochen dafür nutzen, alles wieder geradezubiegen. Fang doch erst mal damit an, dass du dir selbst eine Verschnaufpause gönnst. Heul dich aus, geh in dich und überleg, wohin dich die Reise führen soll. Ich komme gleich nach.«

»Verzeihst du mir?«, brach es aus mir heraus. Ich wollte wirklich dringend meine alte Freundin zurückhaben.

Zu meiner bitteren Enttäuschung schüttelte sie den Kopf. »Das geht nicht von heute auf morgen. Gib mir Zeit. Gib dir Zeit. Jetzt geh erst mal raus und atme durch.«

Ich setzte mich mit einer Decke in Sarahs Zen-Garten und starrte in der Dämmerung auf das monströse Klettergerüst, das neuerdings mittendrin stand. Eins war klar: Was auch immer das für ein Baby war – es lebte hier.

Weil ich in diesem Punkt jedoch ohnehin in einer Sackgasse landete, musste dieses Rätsel warten. Ich blickte in den Himmel hinauf, der dunkel und verhangen war. Die Sonne war gerade untergegangen, die Sterne kamen hervor. Viel sah ich nicht, um ehrlich zu sein. Die Stadtlichter um mich herum waren zu grell, sodass die Sterne kaum und der Mond überhaupt nicht zu sehen waren.

Moment. Da war doch was mit Neumond und finsterster Nacht. Ich erinnerte mich an das Stück Papier in meiner Hosentasche. Schrecklich müde zog ich das mittlerweile hoffnungslos zerknitterte Horoskop heraus und starrte es an. Anschließend blickte ich erneut in den Himmel, als könnte ich dort die Antworten auf meine brennendsten Lebensfragen finden.

Dieser Text hatte mir den Tag versaut und gleichzeitig auf beeindruckende Weise recht mit seinen Vorhersagen gehabt. Mein Blick fiel auf den zweiten Satz direkt am Anfang.

Sie sollten dringend etwas ändern.

Verdammt. Das stimmte. Bevor ich nach Singapur auswanderte, musste ich mein altes Leben ordnen. Sarah war unglaublich wütend auf mich. Vermutlich sah es bei meinen anderen Freunden ähnlich aus. Wenigstens musste ich mir keine Gedanken darum machen, einen Lebenspartner zurückzulassen. Ich hatte ja keinen mehr. Der Stich im Herzen tat mehr weh, als er sollte.

Single mit achtundzwanzig? Das fühlte sich an, als hätte ich es vergeigt.

Als Sarah hinauskam und mir statt des Chai Latte ein Glas Wein in die Hand drückte, war ich noch deprimierter als zuvor. Sechs Wochen Zeit. Allein. Ohne meine Arbeit. Den Gedanken fand ich grässlich. Hastig nahm ich einen Schluck Wein, um den schalen Geschmack im Mund loszuwerden.

»Hier.« Sarah hielt mir ein Blatt Papier hin. Neugierig nahm ich es und faltete es auseinander. Es wurde größer und größer und größer.

»Was ist das?«, fragte ich irritiert, als ich jede Menge Wölkchen, Herzen und Sprechblasen entdeckte.

»Sag bloß, du erkennst es nicht. Das, meine Liebe, ist dein fulminanter Lebensplan. Ersonnen im zarten Alter von zehn Jahren, sicher verwahrt von deiner besten Freundin.« Es raschelte, als sie ebenfalls ein Blatt auseinanderfaltete. »Das ist meiner.«

Jetzt endlich erkannte ich das Teil. Ich war schon damals äußerst akribisch gewesen und hatte meine Ziele und Meilensteine grafisch dargestellt. Diese Übersicht war beeindruckend genau und sehr hübsch aufgearbeitet. Vom vielen Glitzer und den Herzchenstickern mal abgesehen.

»Wo ich mich in zwanzig Jahren sehe«, las ich laut vor. »Beruflich: Ich mache mein Abitur. Danach studiere ich BWL und finde einen Job, der mir gefällt.« Ich musste grinsen. Das hatte ich geschafft. Definitiv. »Freunde: Natürlich leben Sarah und ich in der coolsten WG der Welt in der schönsten Stadt der Welt: in Aachen. Wir finden zwei heiße Zwillings-Jungs und feiern eine Doppelhochzeit. Danach wohnen wir Haustür an Haustür. Familie: Ich habe den tollsten Mann der Welt gefunden und habe zwei hübsche Kinder, die regelmäßig mit den Kids von Sarah spielen. Gesundheit: Ich bin sehr glücklich.«

Ich starrte die Zeilen blicklos an und fühlte zunächst nichts. Dann überkam mich eine tiefe Traurigkeit. Wie naiv ich damals gewesen war. Ich hatte mir eine Bilderbuchfamilie ausgemalt. Mit Bilderbuchfreunden und einer Bilderbuchkarriere. Gut. Letzteres hatte sich beinahe bewahrheitet, aber war ich wirklich glücklich?

Ich spürte Sarahs intensiven Blick auf mir. Bevor ich mich dem stellen konnte, nahm ich noch einen großen Schluck Wein. »Was steht denn bei dir?«, fragte ich, obwohl ich das noch ziemlich genau wusste. Sie hatte Ähnliches aufgeschrieben, nur dass sie sich keinen Ehemann und keine Kinder gewünscht hatte. Sie hatte Karriere machen und unabhängig ihr Leben rocken wollen. Natürlich mit mir an ihrer Seite.

»Mein Leben ist komplett anders verlaufen, als ich es geplant hatte. Allerdings bin ich zufrieden. Sehr zufrieden. Ich bin glücklich. Ja, das letzte Jahr war heftig, aber mittlerweile bin ich mit mir und meinen Entscheidungen im Reinen. Was ist mit dir?«

Das war keine richtige Antwort auf meine Frage. Offenbar hatte Sarah das Ausweichen perfektioniert. Ich dachte eine Weile über ihre Worte nach und überlegte, ob ich glücklich war oder nicht. »Momentan habe ich den Eindruck, mein Leben vor die Wand gefahren zu haben. Das Einzige, das wirklich funktioniert, ist meine Karriere. Singapur ruft.«

»Aber du liebst doch Aachen! Du wolltest nie weg von hier. Was hast du für ein Drama gemacht, als dich die Uni nicht sofort angenommen hat. Dabei war deine Zusage nur in der Post verschüttgegangen. Und was ist mit deinen anderen Plänen? Deinen Freunden? Familie? Ein Haus?«

»Das kann ich doch alles auch in Singapur haben.« In der Sekunde, in der ich es ausgesprochen hatte, erkannte ich selbst, dass ich mir was vormachte. Natürlich ließen sich Karriere und Familie irgendwie unter einen Hut bekommen. Aber auswandern in ein fremdes Land, Verantwortung für ein riesiges Projekt übernehmen, nach dem perfekten Mann suchen und Kinder kriegen? Ui. Da hatte ich mir was vorgenommen.

Herr Schellwig hatte es selbstredend nie so konkret ausgesprochen, doch er erwartete in Singapur vollen Einsatz von mir. Eine Familiengründung durfte da ein wenig schwierig werden.

Und meine Freunde? Tja. Das sah ganz finsterböse aus.

Es stimmte, ich liebte Aachen aus tiefstem Herzen. Das hier war meine Heimat. Allerdings hatte ich sie in den letzten Jahren nur noch selten wahrgenommen. Das Büro war mein Zuhause geworden und weniger der idyllische Aachener Stadtpark.

»Ich lebe für meine Arbeit«, sagte ich schließlich müde.

»Das glaube ich dir sofort«, sagte Sarah. »Immerhin hast

du viel dafür geopfert. Allerdings sitzt du momentan wie ein Häufchen Elend vor mir und fühlst dich einsam und verlassen. Glückseligkeit sieht anders aus.«

Das stimmte. Was sollte ich denn jetzt sechs Wochen lang mit ... Mooooment mal. Das Horoskop fiel mir ganz plötzlich wieder ein, und dabei ploppte eine Idee auf. Seltsam und ein wenig irre. Merkwürdig und vollkommen anja-untypisch, aber gerade deshalb so anziehend.

»Wie wäre es, wenn ich die sechs Wochen dafür nutze, mein Glück in Aachen zu finden? Das volle Programm. Meine alten Freunde zurückgewinnen, die Liebe meines Lebens treffen, vielleicht sogar ein hübsches Haus kaufen. Sollte ich einen Mann finden, für den ich sogar Singapur sausen lassen möchte, muss er die Liebe meines Lebens sein. Mein Seelenpartner. Finde ich ihn nicht, gehe ich nach Singapur.«

»Ach, Anja«, seufzte Sarah kopfschüttelnd. »Wie wäre es, wenn du die sechs Wochen einfach damit verbringst, dich zu entspannen? Eine kopflose Jagd nach dem Glück klingt eher bedenklich.«

»Sie wird nicht kopflos.« Meine Idee erweiterte sich, blähte sich zu einem fulminanten Plan der Extraklasse auf. »Ich werde nicht wie sonst auf meinen Verstand hören, sondern auf die Weisheit der Sterne. Schau! Das hier ist mein Horoskop von heute Morgen. Es hatte recht. Mit allem. Mein Chef hat mir eine wirklich erstaunliche Nachricht überbracht, mein Freund hat mich wahrhaftig betrogen, meine Freunde habe ich fast vergessen, und meine Gesundheit ... na ja. Ich sollte wohl mal zum Check-up.«

»Und was sagt uns das jetzt?«, fragte Sarah skeptisch.

»Ich richte mein Leben ab sofort nach den Sternen!«, sagte ich euphorisch. »Dieses Horoskop hat mir die Augen geöffnet. Es hat mir den schlimmsten Tag meines Lebens prophezeit und recht damit behalten. Gleichzeitig hat es mir gute Tipps gegeben, um mein Leben neu auszurichten. Das muss Schicksal sein.«

»Seit wann glaubst du denn ans Schicksal? Ich erinnere mich an so manche hitzige Diskussion mit deiner Oma über Vorhersehung, Wahrsagerei und Monddeutungen.«

»Ja, ja. Zugegeben. So richtig glaube ich nicht dran, aber mein Verstand hat mich bislang auch nicht ans Ziel gebracht. Erinnerst du dich an dieses gruselige Geburtshoroskop, das mir meine Oma zum vierzehnten Geburtstag geschenkt hat?«

»Wie könnte ich das je vergessen. Deine Mama und sie haben sich deswegen dermaßen zerstritten.«

Ich nahm einen großen Schluck Wein, um mir Mut zuzusprechen. »Ich hab sogar den Inhalt noch einigermaßen im Kopf. Das Horoskop hat mir genau diesen Moment vorhergesagt! Mein Leben am Scheideweg. Es hat mir prophezeit, dass ich mich zwischen meiner Rationalität und meiner spirituellen Neigung entscheiden muss.«

»Welche spirituelle Neigung denn? Du hast dich immer gegen all das gesträubt. Dafür hat schon allein deine Mutter gesorgt.«

Mama. An sie wollte ich gerade gar nicht erst denken. Sie würde meinen Plan so was von bescheuert finden. Ich hingegen erwärmte mich mehr und mehr dafür. »Ich habe nie ausprobiert, ob mich das Spirituelle nicht vielleicht doch weiterbringen könnte. Im Gegenteil. Ich habe mich immer geweigert, daran zu glauben. Hat es mich glücklich gemacht? Nö. Also ist es an der Zeit, das zu ändern. Ja, der Job ist toll. Ja, er füllt mich aus. Gleichzeitig habe ich das Gefühl, möglicherweise etwas zu verpassen. Ich muss herausfinden, ob dem so ist oder ob ich beruhigt nach Singapur gehen kann. Seit Jahrhunderten fragen die Menschen die Sterne um Rat. Horoskope sind so alt wie die Menschheit selbst. Kriegsherren richteten ihre Entscheidungen nach den Sternen. Da kann ich ja wohl meine sechs Wochen in ihre Hände legen!«

»Das ist so dermaßen verrückt, dass es funktionieren könnte.«

Aufgeregt deutete ich in den Nachthimmel, wo der Mond nicht zu sehen war. »Heute ist Neumond. Er steht für den Neuanfang, für die perfekte Zeit, mir neue Ziele zu stecken. Die Sterne und das Horoskop aus der Zeitung werden mich dabei leiten. Das wird spannend, genial und anders als alles, was ich bisher gemacht habe. Ich werde auch zum Arzt gehen, mich durchchecken lassen, und als Belohnung buche ich mir Wellness pur. Mit dir und der restlichen Clique will ich so viel Zeit wie möglich verbringen. Und ich werde daten. Jawohl. Ich werde daten, was das Zeug hält, und dabei die Sterne um Rat bitten. Die suchen mir hoffentlich einen besseren Typen aus als Jan.«

Abrupt kämpfte ich wieder mit den Tränen. Das Ende meiner Beziehung saß als Stachel in meinem Fleisch. Richtiger Liebeskummer war es allerdings nicht. Eher ... Frust.

Ich hatte Angst, mein Leben ganz alleine verbringen zu müssen. So wie Mama.

Mittlerweile waren viele kleine Lämpchen in Sarahs Garten angegangen und beleuchteten das Klettergerüst auf hübsche Weise. Ein paar wenige Sterne konnte ich nun ebenfalls ausmachen, nur der Mond blieb verborgen. Ich atmete tief die frische Aprilluft ein. Das beruhigte mich sogar mehr als der Wein.

Jan. Ich hatte ihn eigentlich schon bei seinem Einzug aus meinem Leben ausgeschlossen. Wie oft hatten wir uns gesehen? Wie viel Zeit hatten wir miteinander verbracht? Vermutlich holte er gerade seine Sachen ab. Das tat natürlich weh, doch hauptsächlich ging es dabei um meinen verletzten Stolz. »Dass Jan der Falsche war, ist mir schon länger klar gewesen. Ich habe ihn gemocht, und es war schön, einen festen Freund zu haben. Nur die ganz große Liebe war es nicht. Also habe ich sechs Wochen Zeit, Mr Perfect zu finden.«

»Oder Mrs Perfect«, wandte Sarah ein.

»Ich denke, ich stehe definitiv auf Männer, aber wer weiß, was die Zukunft bringt. Das Leben steckt voller Überraschungen und unerwarteter Wendungen. Zeit, es anzupacken – selbst, wenn du mich schon wieder als übereifrig empfindest. Das wird super. Vertrau mir.«

Sarah wirkte weiterhin kritisch. »Ich finde deinen Plan ja total verrückt, aber so wie ich dich kenne, kann ich dich eh nicht stoppen. Von daher versuche ich mich mal an Schadensbegrenzung, bevor du bei deinem Glück mit Männern noch den nächsten Axtmörder erwischst. Für dein erstes

Date habe ich den richtigen Kandidaten. Ein guter Freund von meinem Cousin.«

»Kenn ich den?«

»Nein. Pauls Kumpel ist vor Kurzem nach Aachen gezogen, und ich habe ihn ein wenig herumgeführt. Er ist total sympathisch. Und: Er ist single, lustig, freundlich, zugewandt. Zum Testen deiner Sterntheorie perfekt.«

»Sieht er gut aus?«

»Wie jetzt? Kommt es aufs Aussehen an oder auf die Weisung deiner Sterne?«

Zweite Phase

Zunehmender Mond

Sie sind voller Energie. Nutzen Sie das Potenzial und setzen Sie Ihre neuen Ziele in die Tat um. Die Chance, dass es Ihnen gelingt, ist hoch. Doch Vorsicht: Übernehmen Sie sich nicht!

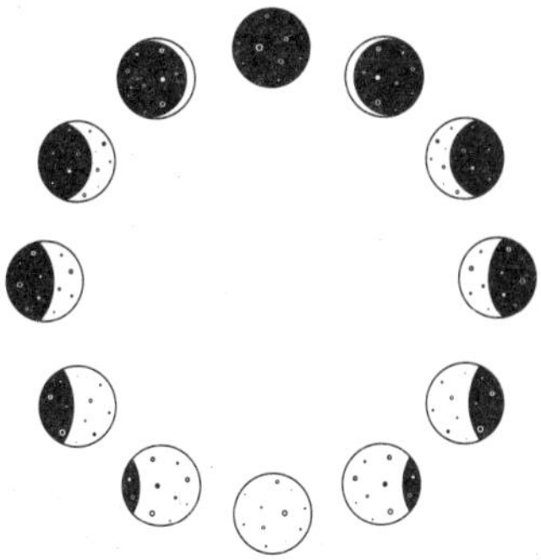

Seien Sie mutig.

Zunehmender Mond

Die Nacht auf Sarahs Couch war grässlich. Da ich ohnehin nicht mehr liegen bleiben konnte, sprang ich noch vor Sonnenaufgang unter die Dusche und bereitete ein »Bitte-entschuldige-meine-lange-Abwesenheit-in-der-Vergangenheit«-Frühstück für Sarah vor. Der Tag konnte beginnen. Noch bevor Sarah aufgestanden war, schlich ich mich aus der Wohnung, in Schuhen, die ich mir heimlich von Sarah geliehen hatte. Mit meinen Hauspuschen konnte ich schlecht einkaufen gehen.

Als erste Amtshandlung besorgte ich mir ein neues Handy. Ohne kam ich mir nackt und wie abgeschnitten von meinem bisherigen Leben vor. Ich gönnte mir ein teures Modell und war den Morgen über damit beschäftigt, das neue Teil einzurichten. Zum Glück hatte ich eine sorgsam gepflegte Cloud, sodass meine alten Daten nicht verloren waren.

Zurück in Sarahs Wohnung setzte ich mich an meinen

neuen Sterne-Masterplan. Dafür wandte ich sämtliche Projektplanungs-Methoden an, die ich kannte: Mindmap, Wasserfall-Methode, Meilensteintrendanalyse, Risikobewertung, Fünfjahresplan. Also das volle Programm.

Je tiefer ich mich in die Materie einarbeitete, desto aufgeregter wurde ich. Ich brannte für solche Projektstarts.

Meine Ziele standen ohnehin fest, ebenso wie die Methoden, um sie zu erreichen: Die Sterne sollten mich leiten. Fehlten nur noch die exakte Herangehensweise, meine Zwischenbewertungen und Meilensteine. Dafür nutzte ich die Netzplantechnik und hatte schon bald eine genaue Vorstellung davon, bis wann ich erste Erfolge vorweisen musste.

Das sah machbar aus.

Sarah war mittlerweile aufgestanden, hatte sich zu mir an den reich gedeckten Tisch gesetzt und sah mir Kaffee schlürfend zu.

»Dir ist klar, dass deine Vorgehensweise gerade absolut konträr zu deiner neuen Lebensweise ist?«, fragte sie skeptisch. »Statt die Sterne entscheiden zu lassen, gehst du wieder analytisch vor.«

Ich erstarrte bei ihren Worten. Verdammt! Hatte sie etwa recht? »Mein Experiment startet erst morgen«, bestimmte ich nach kurzer Denkpause. »Planung ist alles. Ich muss mir zunächst einen Überblick verschaffen.«

Sarah grunzte, stand auf und sah mich dabei mit hochgezogenen Augenbrauen an. »Lass die Planerei lieber ganz sein.«

Von wegen! Ihre Worte stachelten mich geradezu an, und schon bald hatte ich eine hübsche Übersichtsliste mit

Horoskop-Anbietern zusammengestellt. Oder sollte ich mich doch lieber auf die Tageszeitung verlassen? Die hatte ich allerdings nicht immer und überall zur Verfügung. Da war eine Handy-App praktischer. Ich klickte mich durch zig verschiedene Anbieter, nur um letztlich erneut bei der Zeitung zu landen. Die Kosten-Nutzen-Analyse war eindeutig: Die Tageszeitung hatte ich ohnehin abonniert, und deren Horoskop hatte bereits unter Beweis gestellt, was es konnte.

Hmmm. Das brachte mich zu der Frage, wie so ein Horoskop überhaupt erstellt wurde. Immerhin schrieb es sich nicht von selbst. War es wirklich zuverlässig?

Ich recherchierte im Internet und machte mir parallel Notizen. Das Horoskop hatten die Babylonier erfunden, als Richtwert hatten sie die Planeten festgelegt. Merkur, Venus, Mars, Jupiter und Saturn, dazu noch Sonne und Mond sollten ihnen den Blick in die Zukunft erlauben. Zunächst wurden nur die Positionen der Gestirne festgehalten, später wurden sie gedeutet. Die Babylonier glaubten, dass die Ausrichtung der Himmelskörper Einfluss auf das menschliche Leben hatte. Die Griechen und die Römer hatten das Horoskop später aufgegriffen.

Dann kam irgendwann das Zeitalter der Aufklärung, und damit war es erst mal vorbei mit der Sterndeutung. Sie wurde ins Reich der Mythen und des Übersinnlichen abgeschoben.

Das erste gedruckte Horoskop stand 1930 in einer Zeitung – und zwar war es für die britische Prinzessin Margaret erstellt worden. Das kam so gut an, dass weitere folgten. Das Zeitungshoroskop war geboren.

Blieb die Frage, warum sich so viele Menschen dafür interessierten. Glaubten sie alle wirklich daran?

Ich zumindest wollte mich drauf einlassen. Sterne waren eine Konstante im Dasein aller Menschen. Sie gaben Halt. Orientierung. Nicht nur in der Seefahrt, sondern auch im Alltag. Ein schöner Gedanke, mit dem ich mich anfreunden konnte.

Nur wie funktionierte das Horoskop jetzt genau?

Das Jahr wurde in zwölf gleiche Zeitabschnitte eingeteilt, denen je ein Tierkreiszeichen zugeordnet wurde. Hinzu kamen Aszendenten, die Anordnung der Planeten mit Sonne und Mond sowie die Stellung der Häuser. An dem Punkt war ich kurz raus, las ihn mir noch mal durch und entschied, dass ich das nicht im Detail wissen musste. Ich wollte immerhin nicht meine eigenen Horoskope erstellen, sondern nur nach dem aktuellen aus der Tageszeitung leben.

Trotzdem war es ganz nett, sich die Tierkreiszeichen anzusehen. Ich druckte mir den Kreis aus und heftete ihn in meinem Ordner ab. Ein gutes Gefühl.

Grob wusste ich jetzt, wie ein Horoskop erstellt wurde. Es gab Leute, die dieses Wirrwarr aus Symbolen, Linien und Zahlen deuten konnten. Ich musste nur noch entscheiden, wie ich mein eigenes Horoskop in mein Leben einbinden würde.

Nach kurzer Überlegung kam ich zu dem Schluss, dass ich mir jeden Morgen mein Horoskop einprägen und den Tag streng danach gerichtet verbringen wollte. Die Wochenhoroskope für die nächsten sechs Wochen schnitt ich aus und legte sie in meine im Moment recht leere Terminübersicht. Dazu fügte ich noch die Tipps aus meinem Mondkalender ein.

Heute sollten Sie säen.

Gemüse? Blumen? Zweifel? Hm. Ich überlegte eine Weile, stand dann auf und suchte in Sarahs Küche nach Kartoffeln. Aha. Da waren bereits zahlreiche im Sack vorgekeimt. Perfekt.

Ich schnappte mir einen Topf mit vertrocknetem Gestrüpp auf der Fensterbank. Keine Ahnung, was das mal gewesen sein mochte, ich war nur scharf auf die Erde. Das tote Zeug warf ich in den Müll, dann verbuddelte ich meine Kartoffeln, wässerte sie und stellte sie raus auf die Terrasse.

Fertig mit Säen. Ob da was bei rauskam, wagte ich zu bezweifeln.

Pfeifend klopfte ich mir die Erde von den Händen und beschloss, mich konkreter mit meinem Sternzeichen zu beschäftigen. Ich musste mehr über mich und meine spirituelle Ausrichtung erfahren. Ich öffnete eine Website nach der anderen und überflog sie nach Informationen.

Ich war von Sternzeichen Fische. Freundlich, offen, kreativ. So wurden sie beschrieben. Klang prima, wenn auch nicht ganz nach mir. Hm. Überempfindlich. Nicht so gut. Fische waren das letzte der zwölf Sternzeichen. Das allein ging mir gegen den Strich. Wer wollte gerne der Letzte sein? Doch Moment. Dass der Fisch die Essenz aller anderen Sternzeichen verkörperte, gefiel mir wiederum. Klang nach einem Superlativ, oder? Vor allem, weil der Fisch Anfang und Ende symbolisieren konnte. Da stand auch etwas von *potenzieller Wiedergeburt*, aber daran glaubte ich nun wirklich nicht. Ich kam ja schon mit diesem einen Leben nicht klar. Da brauchte ich nicht auch noch die Erinnerungen an Aberhundert frühere. Bitte nicht!

Entschlossen übersprang ich den Part und ging direkt zum Sternbild Fische über. Dargestellt wurde es, wie konnte es auch anders sein, mit zwei Fischen, die zusammen einen Kreis bildeten, allerdings in unterschiedliche Richtungen strebten.

Ui. Das kam mir bekannt vor.

Interessiert las ich weiter. Der eine Fisch stand für das Spirituelle, der andere Fisch stand für das Weltliche. Ein leises, hysterisches Kichern entglitt mir. Ich fühlte mich schon seit meiner Kindheit zwischen diesen beiden Bereichen hin- und hergerissen. Vage erinnerte ich mich, dass mich meine Oma ständig an dieses Ungleichgewicht in mir erinnert hatte. »Normalerweise gehören beide Welten zum Fisch. Nur bei dir nicht.«

Meine Mutter hingegen schimpfte, ich solle bloß nicht auf meine Oma hören. Kein Wunder, dass ich im Zwiespalt mit mir selbst und meiner Familie aufgewachsen war.

Mist. Das konnte ja heiter werden.

Ich zwang mich wieder, mich ganz auf meine Fische zu konzentrieren.

Oh, wie nett. Bruce Willis war ein Fisch, genau wie Albert Einstein. Analytisches Denken lag dem Fisch genauso wie die Fantasie. Das gefiel mir so gut, dass ich anfing, ein übergroßes Plakat zu malen, um alle Eigenschaften der Fische für mich zu visualisieren. Malen war nicht gerade meine Stärke, aber angeblich konnte man sich auf diese Weise Dinge besser merken.

Also los. Ich malte und malte und ... hmm. Hübsch war anders. In meinem Kopf hatte der kunterbunte Fisch mit den Matheformeln darüber definitiv schöner ausgesehen. Egal. Kunst musste ja nicht immer ansehnlich sein, nicht wahr?

Jetzt wurde es spannend. Das Potenzial der Fische: mutig und kämpferisch, wenn es um die eigenen Ziele geht. Das war doch mal eine Aussage. Ich malte dem Fisch gleich noch einen Säbel an die Flosse. Aber auch Einfühlungsvermögen hatte der Fisch. Ich malte ein Herz. Ja, das passte. Dass Fische es immer allen recht machen und Friede-Freude-Eierkuchen wollten, um nur ja keinen Konflikt ausleben zu müssen, machte mich nachdenklich.

Ich wollte mich mit meiner Mama vertragen und hatte schon immer versucht, sowohl ihren Anforderungen als auch meiner Oma gerecht zu werden. Das roch verdächtig nach Friede-Freude-Eierkuchen-Bestrebungen. Dabei hatte ich mich immer als durchaus streitbaren Menschen betrachtet.

Kurzerhand malte ich dem armen Fisch einen Pfannkuchen auf den Kopf und eine Friedenstaube oben in die Ecke. Gefiel mir.

So. Dann mal gucken, mit welchem Märchenprinzen ich mich verbinden musste. An Seelenpartner glaubte ich nun wirklich nicht, aber es konnte nicht schaden, mir die passenden Sternzeichen rauszupicken.

Hier kam ich ein wenig ins Schwimmen. Je nachdem,

welchen Internetratgeber ich las, wurden unterschiedliche Sternzeichen als Partner für den Fisch empfohlen. Schon bald schwirrte mir der Kopf.

Okay. Da blieb mir nur übrig, das erste Date abzuwarten und zu schauen, ob das Sternzeichen des Manns zu meinem passte. Ab diesem Punkt würde ich vermutlich professionelle Hilfe brauchen.

Hmmm ...

Ich arbeitete den gesamten Vormittag wie eine Besessene an meiner Idee. Sarah kam immer mal vorbei, blickte mir über die Schulter und verschwand kopfschüttelnd in ihrem Büro. Kurz vor Mittag kehrte sie mit einem Zettel zurück, den sie mir auf den Tisch warf.

»Dein Date für morgen. Zwanzig Uhr. Den Ort musst du noch ausmachen. Er ist gespannt, dich kennenzulernen.«

»Mein Date? Aber ich bin doch noch in der Planungsphase!«

»Dann plan schneller«, sagte Sarah streng. »Der Kumpel von Paul hat nur morgen Zeit. Von deiner komischen Horoskopsache habe ich ihm lieber nichts erzählt. Sonst hätte er bestimmt abgesagt.«

Etwas panisch nahm ich den Zettel an mich und erstellte schnell eine To-do-Liste. Bloß nichts vergessen. Bei meinem ersten Feldversuch durfte nichts schiefgehen. Mit neuer Energie reservierte ich in meinem Lieblingsrestaurant einen Tisch und bestätigte mein Date per Kurznachricht. Dabei rauschte pures Adrenalin durch meinen Körper. Ich packte es wirklich an. Die neue Anja war geboren!

Die nächsten Anrufe waren schwieriger. Um mein Date

optimal per Sternedeutung zu durchleuchten, brauchte ich die Hilfe eines Profis. Die war schwer zu bekommen, doch letztlich fand ich eine Person, die bereit war, mir zu helfen. Es würde teuer werden. Sehr teuer. Aber das war es mir wert.

Gegen Abend war ich fertig mit allem und rundum glücklich. Ich hatte nicht ein einziges Mal an meine Arbeit gedacht und nicht ein einziges Mal über Herrn Schellwig oder über Jan philosophiert. Das war doch ein gutes Zeichen, oder?

»Haben dir deine Sterne denn auch verraten, was du morgen anziehen wirst?«, fragte Sarah, die sich erneut zu mir gesetzt hatte und eine Aura schrecklicher Negativität aussendete.

Ich sah an mir runter. »Im Moment möchte ich noch nicht zurück in meine Wohnung. Da ich nur die Sachen hier habe und meinen Blazer, muss es wohl der Blazer sein. Und Schuhe wären auch nicht schlecht.«

Sarah seufzte und stand auf. »Komm schon, du super Sterndeuterin. Wir gucken mal in meinem Kleiderschrank nach. Wenn du so bei deinem Date auftauchst, ist die Romantik eh gelaufen. Und im Blazer siehst du aus, als wolltest du deinem Lover eine Versicherung aufquatschen. Du musst Sex-Appeal ausstrahlen und keinen Businessvibe.«

Sex-Appeal. Guter Punkt.

Bevor ich Sarah folgte, schrieb ich noch rasch »Sexier werden« auf meine lange To-do-Liste. Ei, ei, ei. Da kam ja was auf mich zu!

Als ich drei Styling-Stunden später auf der ungemütlichen Couch lag, war ich glücklich, nervös und verzweifelt zugleich. Das Gefühl, mich auf unbekanntes Terrain zu begeben, brannte in meinem Magen. Ich wusste aber ganz genau, dass ich keinen Rückzieher machen würde. Ab morgen galt es, nach den Sternen zu leben. Die Feuertaufe würde direkt das erste Date sein. Hoffentlich ging alles glatt. Hoffentlich machte meine Projektpartnerin mit. Hoffentlich …

Schlaf endlich ein, Anja, ermahnte ich mich. Deine neue Lebensart wird dir neue Türen eröffnen. Hoffentlich.

Manchmal ist Freundschaft die bessere Wahl.

Zunehmender Mond

Vor lauter Aufregung konnte ich kaum still sitzen, faltete zum dritten Mal die Serviette auf dem Teller auseinander und rollte sie danach wieder auf, um sie wie unberührt neu zu drapieren.

Ich wartete in meinem Lieblingsrestaurant auf mein Date, das wiederum auf sich warten ließ, und so langsam wurde ich ungeduldig.

Bloß nicht nach links gucken, dachte ich dabei beständig. Dort saß meine Projektpartnerin. Sie war doch anders, als ich es erwartet hatte. Um genau zu sein, lagen wir so ganz und gar nicht auf der gleichen Wellenlänge, aber aller Anfang war schwer, nicht wahr?

Wir mussten uns bestimmt erst aneinander gewöhnen.

»In einer Stunde habe ich eine Séance«, informierte mich meine Projektpartnerin Madame Esmeralda kühl.

»Ich weiß, ich weiß. Er wird schon kommen. So lange dauert Ihr Einsatz ja auch gar nicht.« Wie zuvor mied ich den

Blick zu ihr nach links. Der Anblick war einfach zu skurril, um ruhig zu bleiben.

Was tat ich hier bloß?

Die Frage stellte ich mir nicht zum ersten Mal. Kneifen ging nicht mehr. Wenn doch nur mein Date endlich auftauchte! Je eher Sarahs Bekannter Michael kam, desto schneller war ich die seltsame Dame neben mir wieder los.

Wieso hatte ich auch ausgerechnet die Astroexpertin auswählen müssen, die am meisten Sterndeutung und Wahrsagerei ausdünstete? Das war selbst mir eine Spur zu stereotyp. Nie im Leben hätte ich gedacht, dass es so jemanden wie Madame Esmeralda wirklich gab.

Aber doch. Sie saß direkt neben mir.

Nervös ließ ich meinen Blick zum bestimmt tausendsten Mal zur Tür wandern. Da! Sie öffnete sich mit einem leisen Klingeling, und ein Mann kam herein. Wow! Ja, der sah gut aus! Sehr gut sogar. Maskulin, aber nicht zu …

»Na, so was.« Jemand sprach mich von der Seite an. »Offenbar laufen wir uns immer in Restaurants und Cafés über den Weg. Wie geht es Ihnen?«

Verwirrt blickte ich nach rechts, wo ein Mann stand und mich aus treuen Augen ansah. Typ netter Nachbar. Diese hübschen Augen erkannte ich sofort.

»Mein aufdringlicher Lebensretter aus dem Café!«, rief ich und wunderte mich, wie erfreut ich klang.

Er musterte die Sternendecke vor mir auf dem Tisch und ließ seinen Blick ganz, ganz kurz zu meiner Begleiterin huschen. Die Irritation in seinen Augen konnte ich nachempfinden. Ich fühlte ähnlich. Wenig später hatte ich wieder seine volle Aufmerksamkeit. »Was machen Sie hier?«, fragte er.

»Ich hab jetzt ein Blind Date, aber der Typ lässt auf sich warten.«

Sein Lächeln erlosch. »Oh«, sagte er.

Nanu? Was hatte denn die Reaktion zu bedeuten? Seltsam ... Noch seltsamer war, dass er sich abrupt einen Stuhl heranzog und sich setzte.

Ich sah ihn verwirrt an. »Jetzt sagen Sie nicht, Sie sind mein Blind Date. Aber wo ist Ihr Erkennungszeichen? Der Regenschirm mit den Sternen drauf?«

Er zögerte einen winzigen Moment, was vielleicht an meiner durchaus Furcht einflößenden Begleiterin liegen mochte. »Von einem Regenschirm als Erkennungszeichen wusste ich nichts.« Er hielt mir über den Tisch seine große Hand hin. »Malte Althaus, wie Sie vielleicht noch von meiner Visitenkarte her wissen. Freut mich.«

Ich hätte schwören können, dass Sarah mir gesagt hatte, dass mein Blind Date Michael hieß, aber vielleicht hatte es da einen Übermittlungsfehler gegeben? Langsam nahm ich seine Hand und schüttelte sie. »Anja Lichtenstein. Freut mich sehr.«

»Mich auch. Und wer ist die Dritte hier im Bunde?« Er sah fragend die in Tüchern gewandete Dame neben uns an.

»Das ist Madame Esmeralda«, erklärte ich, als würde das alles sagen.

»Aha. Und was macht Madame Esmeralda bei deinem Blind Date?«

»Ich bin Lebensberaterin sowie Karten- und Astroexpertin«, mischte sich die Angesprochene in unser Gespräch ein und glättete eine imaginäre Falte in ihrem Sternendeckchen. Sie hatte es sich nicht nehmen lassen, das Deckchen auf dem Restauranttisch auszubreiten. Darauf lagen bereits einige Tarotkarten nebst Sternenkarte und ein Tablet. Ich musste mich erst noch daran gewöhnen, dass Madame Esmeralda statt einer Kristallkugel einen Minicomputer benutzte, um Sternenkonstellationen schneller berechnen zu können. Offenbar war technischer Fortschritt auch in der Wahrsagerei angekommen.

»Astroexpertin?«, hakte Malte nach und zog dabei eine Augenbraue ulkig in die Höhe. Seine Irritation wuchs eindeutig mit jeder Sekunde.

»Ich verfolge bei meinen Blind Dates eine neue Strategie.« Es war wohl besser, wenn ich mich selbst erklärte und das nicht Madame Esmeralda überließ. »Statt mich auf meinen im Männergeschmack fehlgeleiteten Verstand zu verlassen, vertraue ich auf die Kraft der Sterne. Madame Esmeralda wird für uns herausfinden, ob wir als Paar funktionieren können.«

Malte starrte mich an, als sei ich verrückt geworden. *Jetzt geht er*, dachte ich und konnte es ihm nicht mal verdenken. Ich wäre am liebsten mitgegangen. Doch zu meiner Überraschung blieb er sitzen. »Ja, dann«, sagte er ergeben und hielt Madame Esmeralda seine Hand hin. »Lesen Sie mal, was da steht.«

»Ich bin keine Handleserin«, antwortete Madame Esmeralda pikiert.

»Sie müssen ihr sagen, wann Sie geboren sind. Am wievielten, um wie viel Uhr und in welcher Stadt. Je genauer, desto besser«, half ich nach. Solche Fakten gaben mir Halt in dieser ansonsten eher unbekannten Materie.

»29. Januar 1992, Sternzeichen Wassermann, äh … gegen sieben Uhr? Vielleicht auch acht? Jedenfalls in Köln.«

Als ich ihr meine Daten genannt hatte, hatte Madame Esmeralda fleißig auf ihr Tablet eingehackt, wild die Sternenkarte bewegt und Tarotkarten fliegen lassen. Jetzt hingegen … packte sie alles wieder ein. Ohne ein Wort.

»He!«, rief ich entgeistert. »Was tun Sie da?«

»Mein Job ist erledigt. Er ist Wassermann, Sie Fisch. Wir brauchen nicht weiterzureden.«

»Wieso? Was ist denn daran so schlimm?«

Madame Esmeralda musterte mich, als sei ich mit besonderer Blödheit geschlagen. »Wassermann und Fisch ist die schlimmste Kombination, die es gibt. Egal, wie wir es drehen und wenden: Dieses Date ist zum Scheitern verurteilt. Fische sind sanftmütig, verträumt, kreativ und unscheinbar. Wassermänner sind viel zu wankelmütig für die armen Fische. Sie kommen ständig zu spät, ändern ihre Meinungen wie das Wetter und neigen zur Selbstdarstellung. Dem Fisch ist das völlig fremd. Wenn zumindest Streitpotenzial vorhanden wäre, um der Beziehung einzuheizen! Doch der Fisch zankt nicht gerne. Fisch und Wassermann sprechen zwei unterschiedliche Sprachen. Es ist ihnen unmöglich, sich zu verständigen. Daher schlage ich vor, dass wir dieses Date beenden. Sofort.«

So entrückt die Astroexpertin aussah, so flink konnte sie werden. In Wahnsinnstempo hatte sie ihre Utensilien in einem ledernen Köfferchen verstaut und nickte uns noch ein letztes Mal zu. »Ich schicke Ihnen dann die Rechnung.« Schon verschwand sie auf nahezu magische Weise hinter einem herannahenden Kellner.

Ich starrte ihr mit offenem Mund hinterher und vergaß dabei Malte Althaus, der in dieser Sekunde seelenruhig bestellte. »Ich hätte gerne ein Bier und für die Dame hier bitte einen Kaffee. Schwarz mit drei Beutelchen Zucker.«

»Hey! Ich mag Kaffee so überhaupt nicht.«

»Aber du brauchst eindeutig was für deinen Kreislauf, um wieder klar denken zu können, denn du bist noch immer verwirrt. Anders ist diese Szene nicht zu erklären.«

Ich wollte protestieren, doch der Kellner war so im Stress, dass er schneller als der Schall verschwunden war. Mist. Jetzt bekam ich erneut schlechten Kaffee. Das wurde langsam zur Unart.

Dann erst erkannte ich den Fehler im System – und das war nicht die Tatsache, dass Malte mich plötzlich duzte. So was störte mich im Privatleben nicht. »Aber das Blind Date ist beendet!«

»Ich bitte dich. Du hörst doch hoffentlich nicht auf das, was diese Frau von sich gegeben hat. Astroexpertin? Ernsthaft? Ist das überhaupt ein Ausbildungsberuf?«

»Sie ist jedenfalls eine Koryphäe auf ihrem Gebiet. Wenn sie sagt, dass das hier keinen Sinn macht, dann ist das auch so.«

»Umso besser. Das nimmt uns reichlich Druck aus diesem Blind Date. Ich hasse Dates ohnehin. Wie wäre es, wenn wir stattdessen nett zusammen essen?«

Mein Magen knurrte als Antwort. Ich hatte schrecklichen Hunger. Die Warterei auf meinen unbekannten neuen, tollen Freund und das mystische Seufzen meiner Begleiterin hatten mich den letzten Nerv gekostet. »Na schön«, gab ich nach. »Aber damit wir uns richtig verstehen: Ich höre auf die Sterne, und wenn die sagen, lass die Finger vom Wassermann, dann mache ich das auch.«

Malte nickte zwar, wirkte jedoch keineswegs einverstanden. »Sonderlich sanftmütig, friedfertig und verträumt wirkst du nicht gerade. Von unscheinbar wollen wir gar nicht erst anfangen.«

»Fisch ist eben nicht gleich Fisch. Ich bin halt ein ... äh ... Regenbogenfisch. Eine Wundertüte.«

Malte lachte leise. Ein sehr schöner Laut, wie ich zugeben musste. Freundlich und zugewandt. »Wohl eher eine Knalltüte.« Als er mein empörtes Gesicht bemerkte, hob er rasch die Hände. »Schon gut, schon gut. Das war nicht nett, passte aber schön. Also wenn du eine Wundertüte als Fisch bist, könnte ich doch ein verträumter Wassermann sein, findest du nicht?«

»Du bist zu spät gekommen. Genau wie Wassermänner es eben tun.«

»Aber ich bin total nett, freundlich und umgänglich. Findest du nicht?«

»Du bist ein Selbstdarsteller – typisch Wassermann. Ich kann das beweisen.« Eifrig holte ich meinen Rechercheordner hervor. So ganz hatte ich mich nämlich nicht auf Madame Esmeralda verlassen wollen.

Behauptungen gegenzuchecken war nie verkehrt. Daher

schlug ich beim Wassermann nach. Oje. Meine Sterndeuterin hatte nicht übertrieben.

Malte beobachtete mich interessiert. »Jetzt bin ich gespannt. Was sagen die Sterne laut deinem Super-Aktenordner genau über mich?«

Ich las meine Aufzeichnungen und fasste gleichzeitig für Malte zusammen. »Du sagtest bei unserer letzten Begegnung, dass du Ingenieur bist – ein typischer Beruf für einen Wassermann. Technik fasziniert euch, genau wie schicke Autos. Ihr gebt viel auf Prestige, seid eher Einzelgänger und ... bitte verzeih den Ausdruck ... häufig arrogante Schnösel.«

»Autsch. Komme ich wirklich so rüber?«

Ich musterte ihn. »Nein, nicht so richtig schnöselig, aber der Ansatz ist da.«

»Ich und schnöselig? Immerhin bringe ich keinen halben Aktenschrank mit zu einem Date!«

Okay. Punkt für ihn. Memo an mich: Ich musste meine Aufzeichnungen auswendig lernen, um nicht so aufzufallen.

»Du wirkst halt etwas altbacken«, rechtfertigte ich mich. »Das liegt vermutlich an den hässlichen Karohemden, die du scheinbar ständig trägst. Sind die bei den Ingenieuren der RWTH Aachen noch immer Pflicht? Kommt ihr damit zur Welt, oder wachsen sie euch als zweite Haut an?«

Jetzt lachte Malte laut auf. »Ich mag dich, Anja. Selbst wenn du der aggressivste Fisch auf Erden wärst und ich der schnöseligste Wassermann der Welt, finde ich, wir sollten dem Abend eine Chance geben. In Ordnung?«

»Aber nur, wenn du die Rechnung zahlst. Madame Esmeralda hat mich ein Vermögen gekostet. Wenn hier noch nicht mal die Liebe meines Lebens bei rausspringt, kann ich mir keine weiteren Investitionen in unsere Beziehung leisten. Ich hab noch viel vor.«

»Ja, ich erinnere mich. Sechs Wochen Urlaub. Das ist es, was du mit deiner neu gewonnenen Freizeit anfängst? Du terrorisierst deine Blind Dates?«

Ich gab mein wölfischstes Grinsen zum Besten. Das hatte ich für ganz bestimmte Notfälle vor dem Spiegel geübt. »Ich habe einen Lebensplan und nicht viel Zeit, ihn umzusetzen. Innerhalb von sechs Wochen muss ich den Mann meiner Träume finden. Den Mann, mit dem ich Kinder bekommen, ein Haus bauen und alt werden will.«

»In sechs Wochen? Was ist, wenn sich dieser Mann später als Mogelpackung herausstellt?«

»Dafür habe ich die Sterne. Die werden mich schon vor absoluten Fehlgriffen warnen. Apropos. Ich muss es wohl noch mal in aller Deutlichkeit sagen: Du darfst mir gerne ein Essen spendieren, aber mehr wird nicht aus uns. Falls du dir also irgendwelche Hoffnungen machst ... vergiss das lieber schnell. Die Sterne lügen nicht. Diesen superekligen Kaffee musst du allerdings so oder so bezahlen. Dafür gebe ich keinen Penny aus.«

»Ist ja gut, ich hab es verstanden. Bei uns ist nur Freundschaft drin.«

»Vermutlich nicht mal das, aber ich denke, wir können es riskieren. Ich suche eher nach einem emotionalen Krebs als nach einem eigensinnigen Wassermann. Diese Woche verspricht günstig zu werden, um meine romantische Ader auszuleben. Sagt jedenfalls mein Horoskop.« Ich zog eine sorgfältig ausgeschnittene Seite meiner Tageszeitung aus der Jackentasche. Wie einen Schatz schob ich den Zettel zu Malte rüber.

Der las pflichtschuldig: »Seien Sie mutig und konsequent, dann erreichen Sie Ihre Ziele. Beruf. Selbst wenn es im Job momentan nicht so vorangeht, wie Sie hoffen, wartet bereits die nächste Chance auf Sie. Greifen Sie zu. Liebe. Die Sterne stehen günstig für amouröse Anbandelungen. Aber Vorsicht! Alte Liebschaften kreuzen Ihren Weg. Ignorieren Sie sie nicht. Solange Sie mit offenen Augen durch die Welt gehen, werden Sie Ihren perfekten Partner bald finden. Manchmal ist allerdings Freundschaft die bessere Wahl. Freundschaft. Geben und Nehmen ist die Basis jeder Freundschaft. Diese Woche ist es an der Zeit, wieder mehr zu geben. Testen Sie neue Wege. Gesundheit. Ihr Magen macht Probleme. Vielleicht sollten Sie ein wenig Druck aus Ihrem Leben nehmen.«

Ich hatte zu jedem Absatz fleißig genickt. Sobald Malte fertig gelesen hatte, klatschte ich begeistert in die Hände. »Ist das nicht unglaublich? Dieses Horoskop ist wie für mich gemacht!«

»Sind das nicht alle Horoskope? Die sind doch so offen geschrieben, dass sie zutreffen müssen.«

»Banause!«

»Gesunder Menschenverstand.«

Verschnupft holte ich mir meinen Zettel zurück und verstaute ihn sorgsam in der Jackentasche. »Ich gebe zu, dass ich bis vor Kurzem genauso skeptisch war wie du. Und da ich weiß, dass man Ungläubige nicht bekehren kann, lassen wir das Thema lieber ruhen. Falls du allerdings einen Bruder oder Cousin hast, der im Sternzeichen Krebs geboren wurde, sag mir gerne Bescheid.«

»Das ist das Verrückteste, was ich je gehört habe.«

»Verrückt ist mein zweiter Vorname. Man muss etwas wagen, um Großes zu erreichen.«

»Jetzt klingst du wie eins deiner Horoskope.« Er hob sein Bierglas und tippte es gegen meine Kaffeetasse. »Auf dass du innerhalb kürzester Zeit den Mann deiner Träume findest. Ich bin gespannt, wie dir das gelingen wird.«

Ich prostete zurück und schnappte mir danach die Speisekarte. »Zunächst muss ich allerdings was essen. Männerjagd macht hungrig – und da kommen ein paar interessante Dates auf mich zu.«

»Nur lass beim nächsten Mal bitte Madame Esmeralda daheim. Sonst wird das nie was mit dem Mann fürs Leben.«

Seien Sie konsequent, dann erreichen Sie Ihre Ziele. Innerer Frieden beginnt bei Ihnen selbst.

Zunehmender Mond

Ich gab es nicht gerne zu, doch dieses Date machte wirklich, wirklich Spaß. Nein! Halt! Es war ja gar kein Date. Es war lediglich ein nettes Essen mit einer Zufallsbekanntschaft, aus dem mehr nicht werden konnte. Immer wieder rief ich mir mein Wochenhoroskop in Erinnerung. Konsequenz! Das war das A und O, um mein Ziel – sprich: den Mann meiner Träume – zu erreichen. Also sollte ich diesen Abend rasch beenden, damit ich nicht vom Weg abkam.

Aber der Mensch musste essen, nicht wahr? Und allein essen war doof. Außerdem war es gerade so gemütlich und lustig. Ich beschloss, dass ich am Anfang meines Experiments nicht zu streng mit mir selbst sein durfte. Ein paar holprige Abweichungen waren gewiss zu verkraften. In meinem Fall hieß diese Abweichung eben Malte Althaus, seines Zeichens Wassermann und ein sehr eloquenter, netter Gesprächspartner.

Wir stellten schnell fest, dass wir uns in bestimmten Dingen erstaunlich ähnelten und in anderen Bereichen ergänzten. Er las gerne Thriller, ich liebte Wissenschaftsbücher über Kriminaltechniken. Das reichte, um Gesprächsstoff zu haben. Er angelte gerne, ich hatte immerhin eine gefährliche Fischallergie vorzuweisen. Er joggte leidenschaftlich, ich fand, dass Forrest Gump der beste Film der Welt war. Dass er meine Gedankengänge als äußerst krude und amüsant bezeichnete, störte mich kein bisschen. Ich war es gewöhnt, dass meine Herangehensweise die Menschen verwirrte.

Nur was die Sache mit den Sternen anging, blieb Malte hartnäckig. Er hielt es nach wir vor für eine Schnapsidee.

»In Ordnung, Anja. Dann nehmen wir dein Horoskop mal ganz wortwörtlich. Wir zwei sind im Moment in der Sparte Freundschaft, nicht wahr?«

Ich nickte abwartend, während ich an meinem Weißwein nippte. Bei einem richtigen Date hätte ich auf Alkohol verzichtet, um jedes noch so kleine Zucken meines Gegenübers analysieren zu können. Da Malte jedoch ohnehin aus dem Rennen war, hatte ich mir einen Wein gegönnt.

Malte griff, ohne zu fragen, nach meinem Terminkalender und zog das ausgeschnittene Wochenhoroskop hervor. »Geben und Nehmen ist die Basis jeder Freundschaft. Diese Woche ist es an der Zeit, wieder mehr zu geben. Testen Sie neue Wege«, las er vor und zog gleichzeitig sein Handy aus der Hosentasche. Konzentriert tippte er auf dem Display herum.

»Was hast du vor?«, fragte ich nervös.

»Melodrama oder Liebesschnulze?«

»Äh … keins von beiden? Ich hab genug Melodrama in meinem eigenen Leben, und bei Liebesschnulzen werde ich komisch.«

»Komisch? Was meinst du?«

»Eben komisch. Glaub mir. Das willst du nicht herausfinden.«

»Du sollst doch ›neue Wege testen‹. Wann warst du das letzte Mal im Kino und hast einen Liebesfilm geschaut?«

»Noch nie? Ich gebe kein Geld dafür aus, vor Publikum zu heulen.«

Malte wirkte amüsiert. »Du siehst gar nicht wie jemand aus, der emotional auf Filme reagiert.«

»Du machst dir keine Vorstellung. Nach außen bin ich taff und spiele die knallharte Geschäftsfrau, aber innen drin bin ich Schokoladenmus auf Wackelpudding. Diese Seite zeige ich jedoch nur meinem Fernseher daheim. Allein und mit Eiscreme bewaffnet.« Ich erinnerte mich an mein letztes Eismassaker. Hoffentlich hatte das Einweichen gereicht, um den fiesen Schokofleck aus meiner Lieblingsdecke herauszubekommen. Und hatte ich die Schokokrümel vom Tisch womöglich auf den weißen Teppich gefegt? Wenn Jan da drüberlief und die Krümel verteilte, dann … Stopp! *Entspann dich, Anja*, ermahnte ich mich. *Weniger Druck in deinem Leben. Sagt auch das Horoskop.*

Malte hatte mich die ganze Zeit beobachtet und grinste mich an, allerdings auf eine warme, sympathische Weise. »Du hast gerade einen epischen Machtkampf mit dir selbst ausgetragen, oder?«

»Falls dem so ist, wirst du es nie erfahren. Ich bin total geheimnisvoll. Außen knallhart, innen Schokomus. Schon vergessen?«

»Ich hab den Wink durchaus verstanden. Und ... gekauft.«

»Was hast du gekauft?«, fragte ich entgeistert.

»Die Kinokarten. Iss endlich dein überteuertes Schweinekotelett auf Kartoffelpüree, damit wir loskönnen.«

»Das ist ein Filet vom Iberico-Schwein auf Wurzelgemüse. Das schlinge ich bestimmt nicht runter. He! Wehe, du rufst jetzt schon den Kellner.«

Genau das tat Malte, und es kam noch schlimmer. Er fragte den verdutzten Mann, ob er unsere Speisen einpacken könnte. Der kam Maltes Wunsch nach. Bei der Gelegenheit brachte er auch gleich die Rechnung, die Malte ganz brav allein beglich.

Ich trank derweil mit hochrotem Kopf meinen Wein leer und folgte Malte eher unwillig zur Tür. »Kino ist doch so abgedroschen«, maulte ich.

»Ich weiß, aber auf diese Weise entkommst du mir wenigstens nicht direkt nach dem Essen.«

Das ... kam überraschend, musste ich zugeben. »Du Fuchs«, sagte ich anerkennend.

Malte nickte wissend. »Gib es zu: Du hattest deinen Abgang schon minutiös geplant. Wie lange hatte ich noch? Eine halbe Stunde?«

»Zwanzig Minuten«, gab ich zu und hob entschuldigend die Hände, als ich seinen tadelnden Blick bemerkte. »Hey, ich hab nicht viel Zeit, um meinen Traummann zu finden.

Da kann ich auf deine zarten Gefühle keine Rücksicht nehmen.«

»Geben und Nehmen ist die Basis jeder Freundschaft«, zitierte Malte gnadenlos mein Horoskop.

»Ja, ja. Ich hab es verstanden. Dann lass uns eben ins Kino gehen.«

Jetzt, wo die Entscheidung gefallen war, freute ich mich darauf. Es war allerdings ein Kulturschock, denn aus dem piekfeinen Restaurant liefen wir in die völlig von Studenten überfüllte Pontstraße, wo sich eine Szenebar an die nächste reihte. Malte hatte sich gegen die große Kinokette am anderen Ende der Stadt entschieden und die Karten beim kleineren Kultkino bestellt.

Wir besorgten uns Popcorn, und ja, ich gab es nicht gerne zu, aber ich freute mich diebisch über den Flutschfinger, den ich auch noch kaufte. Das kultige Eis in Form einer Hand hatte ich bereits als Kind geliebt und mir seit Jahren nicht mehr gegönnt. Ich hatte es schon aufgegessen, bevor wir Platz genommen hatten.

»Welchen Film sehen wir denn überhaupt?«, fragte ich neugierig, während ich mir die letzten Eisreste von den Fingern leckte. Malte hatte es bislang geschafft, den Filmtitel vor mir zu verbergen.

»In Zeiten der Liebe so tief ist die Nacht«, sagte er mit Grabesstimme.

Ich riss die Augen auf. »Oh Gott. Das klingt ja übel.«

»Ja, nicht wahr?« Malte lachte und nahm sich dabei reichlich Popcorn aus meinem Becher. Schnell zog ich den Becher weg, um kein weiteres Körnchen an ihn abzutreten.

Dass Malte mir mein Filet vom Iberico-Schwein vorenthalten hatte, musste ich ihm erst noch verzeihen.

Wir plauderten zwanglos über alte Kinos, längst geschlossene Lokale in Aachen und die Uni. Da wir beide hier studiert hatten, gab es natürlich einige Gemeinsamkeiten und genügend Unterschiede, um viel zu erzählen. Beinahe war ich traurig, als der Film begann.

Schon nach zehn Minuten wusste ich, dass ich ein Problem hatte. Der Film war grausam rührselig. Ich schniefte bereits nach dem Vorspann und hielt mich dabei krampfhaft am Popcornkübel fest. Bei Minute sieben schob mir Malte unauffällig ein Taschentuch zu. Bei Minute zehn war es komplett durchnässt, und bei Minute fünfzehn befand ich mich im Stadium völliger Selbstauflösung.

Mir war wieder klar, warum ich nie in Liebesfilme und schon gar nicht in Melodramen ging. Das verkrafteten meine Nerven nicht! So hartgesotten ich mich im Alltag gab: Ein einziger rührseliger Film reichte, und es war um mich geschehen. All meine unterdrückten Gefühle brachen sich Bahn.

Als der Film nach einer halben Stunde endlich das Fahrwasser von verlorener Liebe, verzweifelter Sehnsucht und finsterster Traurigkeit verließ, trafen wir direkt auf das nächste Problem.

Es gab eine goldene Regel bei Dates. Ich hatte sie noch nie anwenden müssen, weil ich bei Dates nie ins Kino ging. Doch jetzt entsann ich mich und wusste sofort, warum es diese Regel gab: Schaue niemals beim ersten Date erotische Szenen! Ei, ei, ei. In diesem Film ging es zur Sache. Und wie! Ich taumelte von einer Rote-Ohren-Szene in die nächste Heiße-Wangen-Situation. Dabei bemühte ich mich verzweifelt, nur ja nicht Malte anzusehen. War ich prüde? Wahrscheinlich. Aber herrje, das hier war wirklich eine sehr, sehr schwierige Lebenslage! Dass ich lautstark Popcorn in mich reinknusperte, um mich abzulenken, machte die Sache auch nicht viel besser.

Schau ihn nicht an, dachte ich bei einer besonders sinnlichen Szene. Am liebsten hätte ich mir den Popcorn-Eimer über den Kopf gestülpt. Bevor es zu dieser letzten Verzweiflungstat kam, riskierte ich schließlich einen Blick nach rechts zu Malte – und erstarrte.

Er lachte. Völlig lautlos, aber so herzlich, dass er sich die Lachtränen aus den Augenwinkeln wischen musste. »Es tut mir so leid«, flüsterte er mir zu. »Das konnte doch bei dem Titel keiner ahnen.« Kopfschüttelnd und noch immer glucksend nahm er sich doch eine Handvoll von meinem Popcorn und knusperte mit mir mit, um das wilde Gestöhne zu übertönen. Natürlich nur mit mäßigem Erfolg. »Willst du gehen?«, fragte er mitfühlend.

»Was? Nein! Auf keinen Fall. Jetzt will ich wissen, wie es ausgeht.« Also hielten wir durch. Zwei Stunden und fünfundvierzig Minuten. Überlänge. Malte hatte ganze Arbeit geleistet, um unser Date niemals enden zu lassen.

Als endlich der Abspann kam, löste ich meine verkrampften Finger vom Popcornbecher, stellte ihn auf dem leeren Platz links von mir ab und schüttelte mich ausgiebig. »Das war eine heftige emotionale Achterbahn.«

»Aber wir haben viel Neues gelernt«, warf Malte ein.

Ich brauchte einen Moment, um zu verstehen, und bekam prompt wieder einen heißen Kopf. Spielerisch schlug ich nach ihm und antwortete lieber nicht. Das brachte uns in gefährliche Gewässer. Der Blick, den mir Malte zuwarf, war für meinen Geschmack ein wenig zu intensiv. Er verursachte ein seltsames Kribbeln tief in meinem Magen. Ich kannte das Gefühl und wusste genau, dass ich in Schwierigkeiten war.

Immerhin saß da ein Wassermann neben mir. Das durfte ich nicht vergessen.

Malte musste die veränderte Stimmung zwischen uns ebenfalls bemerkt haben, denn er räusperte sich etwas zu lautstark. Abrupt beugte er sich vor und zog eine Plastiktüte auf seinen Schoß. »Möchtest du jetzt noch dein Kotelett auf Kartoffelpüree essen, um deine Nerven zu beruhigen?«, fragte er.

Das brach den seltsamen Bann zwischen uns. Ich musste lachen, knuffte ihn in die Seite und alberte mit ihm herum. Schließlich drängte ich ihn und mein Schweinefilet, das Kino zu verlassen.

Draußen atmete ich in der kühlen Nachtluft tief ein und aus und schüttelte mich. »Dieser Film hat mich völlig aus der Bahn geworfen. Ehrlich gesagt weiß ich nicht, ob ich ihn jetzt gut oder schlecht fand.«

»Er war jedenfalls anders als erwartet.« Malte gluckste in sich hinein und deutete auf eine Bar, die um diese Uhrzeit noch geöffnet hatte. Mittlerweile musste es kurz vor halb zwölf sein.

Ich zögerte, aber Malte setzte prompt seinen besten Dackelblick auf. »Komm, gib dir einen Ruck. Der böse Wassermann weiß sich zu benehmen.«

Ach, Mann. Ich hatte wirklich Lust, doch mein Bauchgefühl warnte mich. Malte erinnerte mich auf verheerende Weise an Jan. Dieses Funkeln in den Augen. Der Frohsinn. Die Leichtigkeit, mit der er durchs Leben ging. Genau das hatte mich bei Jan angezogen und …

Ich musste erbleicht sein, denn Malte sah mit einem Schlag besorgt aus. »Was? Was ist los?«, fragte er hastig und hob sogar die Hand, als wollte er mich stützen.

»Jan ist auch Wassermann«, hauchte ich fast tonlos.

Malte blinzelte verwirrt. »Wer ist Jan? Und was hat er mit mir zu tun?«

»Ich muss gehen.« Schnell zog ich mein Handy heraus, um ein Taxi zu rufen.

»Anja, komm schon. Rede mit mir. Was ist los?«

»Mir ist gerade klar geworden, dass die Sterne mich die ganze Zeit warnen wollten. Mein Ex-Freund ist auch Wassermann!«

»Aha. Und das bedeutet …?«

»Mein Ex-Freund hat mich betrogen. Nicht nur ein Mal. Mehrfach. Er ist schuld, dass mein Leben gerade mächtig in Schieflage geraten ist. Ich kann noch nicht mal in meine Wohnung, weil er seine Sachen abholen muss und ich das nicht mitansehen will. Er ist ein Schuft der Extraklasse. Und Wassermann.« Ich sah Malte herausfordernd und gleichzeitig bedeutungsschwer an. »Wie du«, setzte ich hinzu.

»Ja, und? Ich kenne den Kerl gar nicht und versichere dir, dass ich die treueste Person dieser Welt bin. Treuer als treu.«

»Das würde jeder Wassermann behaupten, um seine Beute abzuschleppen. Halt, nein. Sei still. Ich weiß, dass du protestieren willst, aber an dieser Stelle muss ich die Reißleine ziehen. Wir beenden den Abend, bevor ich noch was Dummes tue.«

Malte entspannte sich plötzlich. »Es hat dir also auch gut gefallen!«, sagte er erleichtert.

Jetzt war ich an der Reihe, verdutzt zu sein. »Ja«, gab ich schließlich zu. »Sogar sehr. Viel zu sehr. Deswegen muss ich auch gehen. Verstehst du?«

»Nö. Deine Gedankengänge sind manchmal etwas verwirrend.«

»Du verwirrst mich auch. Was zur Hölle machst du da?« Malte hatte auf einmal begonnen, seinen Körper abzutasten.

»Ich suche mein Handy. Ich glaube, ich hab es im Kino liegen lassen. Kannst du mich mal kurz anrufen?«

»Klar.« Da ich mein Handy ohnehin schon in der Hand hatte, tippte ich brav die Nummer ein, die er mir diktierte, und ließ es klingeln. Es bimmelte direkt in seiner linken Hosentasche.

»Ah, da ist es ja«, rief er mit einem seltsamen Grinsen. Dann deutete er auf mein Display. »Du kannst die Nummer direkt mal einspeichern. Malte Althaus. Nur für den Fall, dass du diesen wirklich schönen Abend wiederholen möchtest.«

Mir blieb die Luft weg bei so viel Frechheit. »Du Halunke! So also kommst du an die Nummern von Frauen?«, rief ich. Nie im Leben würde ich die Nummer einspeichern.

Eigentlich hatte ich sie eh schon. Sarah hatte sie mir schließlich gegeben.

Malte hingegen schien meinen Namen einzutippen. Wobei er seltsam lange brauchte. Ich stellte mich auf die Zehenspitzen, um über seine Hand hinweg etwas lesen zu können.

Niedliche Horoskoplady stand da.

»Ich heiße Anja Lichtenstein«, informierte ich ihn verschnupft.

»Ah, danke. Deinen Nachnamen hatte ich schon wieder vergessen.« Er lachte leise, während er aus dem *Horoskoplady* ein *Anja Lichtenstein* machte. »Du bist echt gut zu manipulieren.«

Das reichte. Ich knuffte ihn diesmal deutlich heftiger, drehte mich auf dem Absatz um und stapfte Richtung Busbahnhof los.

Malte folgte mir natürlich. »Sei nicht böse auf mich, Anja. Ich finde dich total spannend, charmant und attraktiv. Da du mich unbedingt aus deinem Leben ausradieren willst, bevor ich dir beweisen kann, wie spannend, charmant und attraktiv *ich* bin, musste ich zu härteren Mitteln greifen. Darf ich dich anrufen?«

»Nein.«

»Auch nicht, um den Stand der Dinge abzufragen? Es interessiert mich, was aus deiner Horoskopsache wird.«

»Nein.«

»Ich hab Kotelett mit Kartoffelpüree zur Bestechung.« Er hob die Plastiktüte in die Höhe.

Nun blieb ich doch stehen, rupfte sie ihm aus den Händen und sah ihn finsterböse an. »Na gut, Malte Althaus. Damit wir uns richtig verstehen. Ich bin gewillt, dich über den Stand der Dinge zu informieren. Ganz einfach, weil ich dich als absoluten Skeptiker überzeugen möchte. Ich *werde* den Mann meines Lebens finden. Ich *werde* mein Leben in den Griff bekommen, und ich *werde* glücklich sein. Alles dank der Sterne. Das möchte ich dir beweisen. Du wirst staunen.«

»In Ordnung. Darf ich dich also anrufen?«

Ich nickte, bevor mich die Vernunft davon abhalten konnte. »Du darfst.«

Ich wollte eigentlich weitergehen, doch erstens war meine Wut auf Malte schon verpufft, und zweitens hatte ich keine wirkliche Lust, in Sarahs Wohnung zurückzukehren. So ganz willkommen fühlte ich mich bei ihr nach wie vor nicht. »Ein letzter Drink kann nicht schaden«, sagte ich und hob rasch die Hand, als ich Malte lächeln sah. »Alles rein platonisch. Kapiert?«

»Klar. Können wir dann noch mal über den Film sprechen? Ich habe Redebedarf. Sehr viel Redebedarf. Also dieses Kamasutra-Dingen, was der Typ da …«

»Stopp!«, rief ich mit rotem Kopf und musste lachen. »Für dieses Gespräch brauche ich erst einen Cocktail. Oder zwei.«

Testen Sie neue Wege. Pflegen Sie Ihre Freundschaften und bleiben Sie hartnäckig dabei.

Zunehmender Mond

Ich bemühte mich, möglichst leise in die Wohnung zu schleichen. Leider war mir der zweite Cocktail doch sehr zu Kopf gestiegen, und ich hatte meine Gliedmaßen nicht vollständig unter Kontrolle. Erst rumpelte ich mit dem Ellbogen gegen die Eingangstür, danach ließ ich meine Handtasche fallen und den Kleiderbügel samt Jacke gleich hinterher. Mist.

»Anja?«, kam es prompt aus der Küche. Erst jetzt bemerkte ich, dass dort noch Licht brannte.

»Wen hast du sonst erwartet?«, rief ich zurück, schüttelte meine Pumps von den Füßen und lief barfuß in Richtung Licht. Kaum hatte ich den Raum betreten, blieb ich abrupt stehen. »Tom!«, sagte ich erstaunt. »Was machst du denn hier?«

Sarahs und mein Freund aus Kindertagen sprang schwungvoll vom Barhocker und kam mit einem breiten

Grinsen auf mich zu. »Als ich hörte, dass Anja Lichtenstein aus ihrem Büroknast entkommen konnte und wieder unter uns weilt, musste ich das mit eigenen Augen sehen. Tatsache. Du lebst!«

Seine Worte waren Messerstiche in mein Herz. Tom hatte ich noch länger nicht gesehen als Sarah. In unseren wilden Jugendjahren gehörten wir zu ein und derselben Clique, hatten jede freie Minute zusammen rumgehangen und gemeinsam dumme Dinge erlebt. Uns verband viel.

Tom und ich hatten schon im Kindergarten Freundschaft geschlossen. Ich räumte für ihn die Spielsachen auf. Er beschützte mich vor den Raufbolden. Ich lenkte von seinen vielen Streichen ab, damit die Erzieher und später die Lehrer ihn nicht bestraften. Er schleuste mich in die angesagtesten Cliquen ein und machte mich cooler, als ich war. Was zunächst eine Zweckgemeinschaft gewesen war, mündete sehr schnell in einer echten Freundschaft fürs Leben. Gemeinsam Nacktbaden im See und anschließende Flucht vor der Polizei. Partys in Toms Elternhaus, die völlig aus dem Ruder gelaufen waren, weswegen wir mitten in der Nacht eine ganze Wand neu streichen mussten, um die Rotweinspritzer zu vertuschen. Notendramen, Abschlusspanik, die erste Liebe.

Eine Zeit lang war ich sogar in Tom verschossen gewesen, doch der hatte immer nur Augen für seine Katharina gehabt. Den Zusammenzug der beiden hatte ich verpasst. Ich war damals für ein halbes Jahr in die USA gegangen, um mein Englisch zu verbessern und Auslandserfahrung zu sammeln. Ein Meilenstein in meiner Karriere, der leider mit einem entscheidenden Moment im Erwachsenwerden meines Kumpels zusammengefallen war. Wie so oft in meinem Leben.

Tom ließ mich wieder los, klopfte mir munter auf die Schulter und kehrte zu seinem Bier zurück, das auf dem Küchentresen auf ihn wartete.

Sarah prostete mit ihrer eigenen Flasche in meine Richtung. »Wie war dein Date?«

Ich spürte, wie mir die Röte in die Wangen schoss. »Es war toll«, sagte ich, rutschte auf den Hocker direkt neben Tom und zog mir sein Bier heran. »Leider ist er Wassermann.«

»Ja, und?«, hakte Sarah nach.

»Wassermann und Fisch geht gar nicht. Jan war Wassermann. Ich habe meine Lektion gelernt und lasse zukünftig die Finger von denen.«

Tom und Sarah musterten mich auf eine Weise, die mich den Kopf einziehen ließ. »Es war echt schön«, gab ich zu. »Und er ist auf seine Weise attraktiv. Nicht klassisch schön, aber -«

»Auf die *inneren Werte* kommt es an«, mischte sich Tom grinsend ein. »Unsere Anja ist schließlich nicht oberflächlich.«

Ich streckte ihm die Zunge raus. »Sagen wir so: Es war ein wirklich Erfolg versprechender Abend, aber ich werde nicht zum zweiten Mal auf einen sprunghaften Wassermann hereinfallen!«

Stille. Dann lachte Tom leise in sich hinein. »Das ist anjamäßig. Du hast dir so sehr in den Kopf gesetzt, dass die

Sterne dich schon leiten werden, dass ein netter Kerl nur wegen des falschen Geburtsdatums keine Chance mehr hat.«

Ich funkelte Sarah wütend an. Offenbar hatte sie mit Tom über meine Pläne gesprochen. Mir war das unangenehm. Grundsätzlich war ich nicht gern der Anlass für Tratsch. Wenn es um mein Liebesleben ging, war ich sogar noch zugeknöpfter.

»Das mit den Sternen lasse ich langsam angehen«, antwortete ich lahm.

»Langsam? Sarah hat mir die fünf Ordner gezeigt, die du zur Vorbereitung angelegt hast. *Langsam* sieht für mich anders aus.«

Sarah knuffte Tom warnend. Sie kannte mich gut genug, um zu wissen, dass mir ihr Getratsche nicht gefiel.

Bevor es noch unangenehmer wurde, wechselte ich das Thema. »Wie geht es Katharina?« *Bitte*, flehte ich stumm, *lass sie noch zusammen sein.*

»Gut. Wir haben uns langsam an das Leben zu dritt gewöhnt.«

»Ach, stimmt ja«, sagte ich rasch. »Das Baby. Wie geht es dem ... der ... äh ... Maus denn?« Dass Tom und Katharina Eltern sein sollten, war mir erschreckend neu – wie so vieles im Leben meiner Freunde. In Gedanken drückte ich die Daumen, dass ihm das nicht aufgefallen war. Wie peinlich, dass ich nicht mal wusste, ob es ein Junge oder Mädchen war. Hatte ich überhaupt gratuliert?

Tom lachte jetzt so heftig, dass er den Kopf in den Nacken warf. »Welches Baby denn?« Als er meinen Gesichtsausdruck sah, amüsierte er sich noch mehr. »Unser Dackel, du Dummerchen! Wir haben doch einen Dackel aus dem Tierheim aufgenommen.«

»Oh, äh, ja. Der Dackel. Natürlich.« Aaaaah. Peinlich, peinlich, peinlich. Ich spürte, wie mein Gesicht hochrot anlief, und mied Sarahs Blick.

»Anja hat meinen Familienzuwachs jedenfalls nicht mitbekommen«, sagte sie ernst. »Daher geht sie vermutlich davon aus, dass das bei euch auch der Fall war.«

Toms Lachen erstarb. »Wie? Du hast vom Drama um Mia nichts gewusst?«

Mit einem Schlag sank die Temperatur in der Küche um mindestens vier Grad. Meine Hitzewelle starb einen eisigen Tod, genau wie ich einen gefühlten. »Vielleicht klärt mich mal jemand auf?«, sagte ich zaghaft.

Daraufhin knallte Sarah ihr Bier auf den Tresen und stand auf. »Komm, Tom. Ich bring dich zur Tür. Wird Zeit, dass du zu Katharina und eurem Dackel zurückkommst. Du hast eh schon genug getrunken. Nicht, dass du wieder vor fremde Autos läufst.«

»Das war ich nicht. Das war Anja, damals an Silvester. Der Fahrer war betrunken. Du erinnerst dich?«

Sarah runzelte die Stirn und scheuchte ihn in Richtung Tür. »Stimmt. Egal. Du solltest jetzt aber trotzdem gehen. Morgen früh musst du schließlich ins Büro, und ich muss mich mit meinem Schurkenauftraggeber herumplagen. Die Einzige, die morgen freihat, ist Anja.«

Autsch. Da hatte sie mir noch mal einen mitgegeben und klargemacht, dass das Gespräch beendet war. Aus irgendeinem Grund wollte sie nicht, dass ich mehr über das Baby erfuhr. Aber warum? Was war nur geschehen, dass sie mich derart aus ihrem Leben verbannte?

Bedrückt lief ich ins Wohnzimmer, um die Couch für die Nacht vorzubereiten.

Bevor ich unter die Laken kroch, ging ich noch kurz auf die Terrasse, legte den Kopf in den Nacken und starrte zu den Sternen rauf. Wenigstens konnte ich heute ein Zipfelchen vom Mond entdecken. Zunehmend. Die beste Zeit, um Dinge anzupacken. Hatte zumindest mein Astroguide behauptet. Dabei ging es um die Beantwortung unbequemer Fragen: Wohin willst du in deinem neuen Leben? Was macht dich glücklich? Was für Fehler hast du in der Vergangenheit gemacht? Wie willst du sie ausbügeln?

Da kam eine Menge Arbeit auf mich zu. Zeit, schlafen zu gehen, um für den nächsten Tag gestärkt zu sein. Ich sagte den Sternen Gute Nacht, kehrte zur Couch zurück und krabbelte erschöpft unter die Decke. Dann checkte ich mein Handy auf neue Nachrichten. Eine alte Angewohnheit, die ich vielleicht auch überdenken sollte.

Malte: Der Abend war toll. Ich hoffe, du fandest das ebenfalls und meldest dich bei Gelegenheit bei mir. Übrigens habe ich mir das hier besorgt.

Ein Foto mit einem Buch darauf war zu sehen. Das Mysterium der Sterne. Sterndeutung für Anfänger.

Mir wurde warm ums Herz. Diesmal auf die schöne Art und Weise. Langsam beugte ich mich nach vorne und zog genau das gleiche Buch vom Wohnzimmertisch. Ich hatte es mir zu Beginn meines Abenteuers bestellt, um mich bestmöglich vorzubereiten. Schweigend fotografierte ich es ab und schickte das Bild Malte zu. Die Antwort ließ nicht lange auf sich warten.

Malte: Ich bin jetzt auf Seite 7. Und du?

Sofort beschleunigte sich mein Herzschlag. Ich wollte schon die Antwort tippen, doch ich hielt mich zurück. Wenn ich das tat, überschritt ich eine weitere Schwelle. Das Foto war bereits ein Fehler gewesen. Ich hatte Malte ein Lebenszeichen geschickt und ihn damit in meine Welt eingeladen.

Testen Sie neue Wege, ging es mir durch den Kopf.

Vielleicht war es an der Zeit, einen neuen Freund in meinem Leben willkommen zu heißen. Meine alten Kumpel waren mir seltsam fremd geworden. Ich musste ständig aufpassen, was ich sagte. Trat ich in ein Fettnäpfchen? Zündete ich ein Pulverfass an? Bei Malte war das anders. Wir hatten keine Vergangenheit und keine Geschichte. Für ihn war ich ein unbeschriebenes Blatt.

Die alte, neue Anja.

Anja: Ich bin auf Seite 93. Bin gespannt, wie du es findest. Vermutlich zu esoterisch.

Dann erst fiel mir auf, was hier merkwürdig war.

Anja: Wie kommst du denn an das Buch? Das mit meiner Horoskopsache weißt du doch erst seit heute Abend.

Malte tippte enervierend lange.

Malte: Ich hab das Buch schon eine Weile hier rumliegen. Nenn es Schicksal, die Macht der Sterne oder schlicht Zufall. Meine Mama liebt alles, was mit Horoskopen zu tun hat, und hat es mir geschenkt. Ich musste etwas kramen, aber schließlich habe ich es gefunden.

Anja: Dann viel Spaß beim Lesen. Ich gehe jetzt schlafen.

Malte: Gute Nacht und … ich freue mich sehr, dass du tatsächlich geantwortet hast. So ganz sicher war ich mir nicht. Träum was Schönes von Sternen und Wassermännern. Die sind nämlich entgegen der landläufigen Meinung gar nicht so doof, und ich habe vor, dir das zu beweisen.

Richten Sie sich gemütlich ein. Das gehört an Stiertagen dazu – genau wie ein gutes Bad.

Zunehmender Mond

Am nächsten Morgen lud ich mir als Allererstes verschiedene Dating-Apps herunter. Ich fand sogar eine, die auf Sternzeichen achtete. Sachen gab es. Unfassbar.

In diese App setzte ich all meine Hoffnung, doch schon beim Scrollen durch die Profile stellte ich fest, dass sich dort fast nur Frauen tummelten. Männer waren Mangelware. Offenbar standen die wirklich nicht so auf Sterndeutung, was mich vielleicht gar nicht so verwundern sollte.

Danach organisierte ich meinen Masterplan um. Madame Esmeralda bestellte ich ab. So ganz wohl hatte ich mich mit ihr nicht gefühlt. Sie war mir zu spirituell. Zu wahrsagerisch. Quasi genau das, was meine Oma verkörpert und meine Mama immer belächelt hatte. Das musste doch auch anders gehen.

Also suchte ich im Internet, bis ich eine Seite zum Thema Sterndeutung gefunden hatte, die mich nicht nur optisch, sondern auch von den Texten her ansprach. Nicht zu esoterisch, aber auch nicht zu rational.

Hier ging es um innere Balance, darum, sich selbst zu reflektieren und durch die Sterne einen anderen Blickwinkel auf sich und sein Leben zu bekommen. Das gefiel mir schon mal außerordentlich gut. Außerdem wohnte die Betreiberin hier in Aachen. Sehr gut. Ihre Handynummer stand auf der Seite.

Kurzerhand klingelte ich durch und wunderte mich, wie aufgeregt ich war. Als würde ich einen großartigen Schritt in die richtige Richtung gehen. Dabei wusste ich nicht mal genau, wer mich am anderen Ende erwartete.

»Nicole Amhild, was kann ich für Sie tun?«

Uff. Sie klang schon mal nett. Sehr viel netter als die unheimliche Madame Esmeralda.

»Guten Morgen«, sagte ich etwas steif. »Ich bin Anja Lichtenstein, und ich möchte mein Leben nach den Sternen ausrichten.« Was für ein Satz. Mir schoss prompt die Röte in die Wangen.

»Das ist ein hehres Ziel, das Sie sich ausgesucht haben«, antwortete Nicole Amhild zum Glück recht gelassen. »Falls Sie allerdings auf der Suche nach Wahrsagungen und kryptischen Prophezeiungen bezüglich Ihres Lebenswegs sind, muss ich Sie enttäuschen. Das mache ich nicht. Ich lege Ihnen gerne die Karten und leite Sie, sich auf sich selbst zu besinnen. Gerne können wir -«

»Das ist super«, unterbrach ich sie übereifrig. »Klingt toll. Ich bin im spirituellen Business recht neu und dankbar für jedes nicht so sphärisch-mystische Geblubber.«

Ein leises Lachen ertönte. »Geblubber? Also sind Sie eher Skeptikerin?«

»Nein, ich bin total aufgeschlossen«, log ich ganz offensichtlich und räusperte mich. »Ich versuche es zumindest. Meine Oma war etwas speziell, daher bin ich mit der Materie vertraut. Aber mit Lebenssteinen, mentalen Sternenwanderungen zum ätherischen Selbst meines Wesens und Kristallkugeln hab ich es nicht so. Das war der Bereich meiner Oma. Ich bin wie meine Mutter ein rationaler Typ, möchte aber trotzdem neue Wege ausprobieren.«

Pause. Dann wieder das leise Lachen. »Sie gefallen mir. Ich bin allerdings schrecklich ausgebucht. Ich kann leider erst nächsten Samstag wieder. Da hätte ich Zeit für Sie.«

»Gerne. Wann?«

Wir verabredeten uns, und ich legte so aufgeregt wie ein Kleinkind kurz vorm Geburtstag auf. Nicole Amhild hatte mir auch gefallen.

Ich trug den Termin in meinen Terminplaner ein und pfiff fröhlich vor mich hin, während ich meinen neu gekauften Mondkalender studierte. *Ein Bad nehmen*, wurde mir dort empfohlen. Gute Idee!

Zum Glück hatte Sarah eine Badewanne. Ich ließ Wasser ein und räumte parallel ein wenig auf. Die Handtücher sortierte ich nach Farben, wusch den Staub von den unechten Pflanzen ab, drapierte ein paar Kerzen daneben und putzte Klo, Waschbecken und Dusche ein weiteres Mal. Konnte ja nicht schaden.

Danach machte ich es mir in der Wanne bequem und zwang mich vehement zu absoluter Entspannung.

Richten Sie sich gemütlich ein.

Punkt erledigt. Ich hakte ihn in Gedanken ab, wartete noch fünf Minuten geduldig im kälter werdenden Wasser und hüpfte danach beschwingt und erstaunlich entspannt aus der Wanne. Wasser raus, durchgeputzt, fertig.

Zeit, mich wieder meiner Herzensangelegenheit zu widmen. Der Suche nach dem richtigen Kerl.

Gegen Mittag hatte ich mit einigen nett wirkenden Männern geschrieben und lernte meinen dicken Aktenordner über Sterne auswendig. Auf Madame Esmeralda musste ich zukünftig verzichten, daher war es wichtig, mich selbst zu bilden.

Als Sarah völlig verschlafen auftauchte, war ich bereits voller Elan. Ich hatte drei Dates für das kommende Wochenende festgelegt, zwölf Entschuldigungsbriefe an meine Freunde geschrieben, adressiert und gebriefmarkt und fühlte mich so gut wie lange nicht mehr. Mein Anti-Aggressionstraining war gebucht, meine Massagen in den Terminplaner eingetragen und die Yogamatte bestellt. Ich war vorbereitet auf mein neues Leben.

»Bald gehe ich wieder aus«, erklärte ich Sarah triumphierend. »Und ich vertrage mich mit all meinen Freunden! Ich habe ihnen nämlich Glitzerflitterbriefe mit persönlichen Horoskopen geschrieben.«

»Hmm«, brummte Sarah mit winzig kleinen Äuglein und wandelte planlos durch die Küche, scheinbar auf der Suche nach Kaffee. Ich schenkte ihr rasch aus der neuen Thermoskanne ein, die ich ganz hinten im Schrank völlig unbenutzt entdeckt hatte. Sie nahm die Tasse schweigend, setzte sich an ihren Stammplatz am Tresen und trank müde in kleinen Schlückchen.

»Hast du gestern Abend nach Toms Abgang weitergetrunken?«, fragte ich irritiert. Sie sah aus wie nach einer durchzechten Nacht.

»Ich hab bis fünf Uhr heute Morgen gearbeitet. Diese Woche wird chaotisch. Vermutlich habe ich kaum noch Zeit, meine Projekte zu beenden.« Sie richtete sich abrupt auf. »Weißt du überhaupt, dass ich Mitte des Monats eine Party gebe?«

Das war mir neu. »Bin ich denn eingeladen?«, fragte ich vorsichtig. Bei Sarah wusste ich nicht mehr so recht, woran ich war.

Zu meiner Erleichterung zögerte sie keine Sekunde. »Klar. Du darfst dir sogar gerne einen Singlemann angeln, nur bitte lass deine Sterndeuterin zu Hause.«

Wir grinsten uns beide an. »Heißt das, ich kann bis dahin auch noch hier wohnen? Ich will gerade nicht zurück in die Wohnung, wo mich alles an Jan erinnert.«

Ihr Grinsen erlosch. »Ich weiß nicht. Warten wir mal bis nächste Woche Mittwoch ab.«

»Was ist denn nächste Woche Mittwoch?«

Sarah nahm einen großen Schluck Kaffee und gab einen Schmerzlaut von sich. »Hilfe, ist der noch heiß!«

»Ich hab die beste Thermoskanne rausgesucht, die ich finden konnte, aber lenk nicht ab. Was passiert nächsten Mittwoch?«

»Hast du nächsten Dienstagabend Zeit? Ich glaube, wir müssen reden.«

»Klingt ja dramatisch.« Ich öffnete den Terminplaner auf meinem Handy und checkte meine Dates. »Übernächste Woche Samstag ist die Party?«, fragte ich verdutzt.

»Ja. Warum?«

»Weil das der Tag des Wassermanns ist.«

»Und?«

»Nur so.« Ich runzelte über mich selbst die Stirn. Warum dachte ich sofort an Malte und daran, ihn auf die Party einzuladen? Wie dämlich. Dabei wollte ich doch dringend die Finger von ihm lassen. »Es ist jedenfalls auch der Tag, an dem Geheimnisse ans Licht kommen«, lenkte ich rasch ab.

»Ach ja? Ich dachte, das passiert an Vollmond. Der ist eine Woche vorher.«

Mist. Sarah hatte offenbar aufgepasst, was ich so von mir gab. »Am Tag des Wassermanns gilt das auch«, log ich ungeniert.

»Dieses Geheimnis lüften wir besser schon nächsten Dienstagabend.«

»Warum so lange warten? Können wir nicht einfach jetzt reden?«

Sarah seufzte. »Dafür brauche ich Zeit. Das geht nicht zwischen Tür und Angel. Diese Woche hab ich aber keine Luft. Nächsten Montag ist bei mir Abgabe. Bis dahin rotiere ich. Also? Kannst du am Dienstagabend oder nicht?«

Ich bemühte meinen Terminplaner. »Um einundzwanzig Uhr bin ich verabredet. Mein Date arbeitet lange, und wir wollen uns für einen Drink nach Feierabend treffen. Ich könnte das aber auch verschieben.«

»Nein, ist vielleicht besser, wenn du noch was vorhast.

Dann kannst du alles in Ruhe verarbeiten. Buch mich mal für neunzehn Uhr ein. Ich mach Käsemakkaroni nach Art des Hauses.«

Meine Güte. Das klang ja immer schlimmer. Brav tippte ich den Termin ein.

»Sag mal ...« Sarah runzelte die Stirn.

»Was?«, fragte ich.

»Wie hast du eigentlich deine Dates klargemacht?«

»Ich hab verschiedene Dating-Apps runtergeladen.«

»Tinder?«

»Hmm ... hmmm ... mmmh?« Prompt stieg mir die Röte ins Gesicht, als mir klar wurde, auf was Sarah hinauswollte. »Meine Dates sind keine Schwerenöter«, beeilte ich mich, zu sagen.

»Klar. Mit dem ersten verabredest du dich an einem Dienstagabend um einundzwanzig Uhr zu einem *Drink*. Liebe Anja, das klingt nicht nach der Liebe deines Lebens.«

Ach, Mist. Sie hatte vielleicht sogar recht. Rasch holte ich die Liste mit meinen Verabredungen. Dort hatte ich minutiös aufgeschrieben, wo ich wen kontaktiert hatte, und sogar den ausgedruckten Chatverlauf angehängt. Das Dienstagsdate hatte ich über Tinder gefunden. Tatsache. Aber er schrieb fehlerfrei, sah smart aus und hatte ein umwerfend schönes Lächeln. Sogar die Frage nach dem Sternzeichen hatte er brav beantwortet.

Stier.

Den Satz dahinter las ich allerdings jetzt erst. Ich hatte parallel mit fünf anderen gechattet und wohl ein wenig den Überblick verloren.

Mächtig prächtig, wenn du verstehst, was ich meine.

Mir stieg das Blut in den Kopf. Vor allem, als ich meine Antwort las.

Das freut mich. Geht bei dir nächsten Dienstagabend? Das Leben ist zu kurz, um nur zu schreiben.

Waaaah!

Sarah war mittlerweile um den Tresen herumgekommen und hatte den Chatverlauf ebenfalls gelesen. »Ich weiß nicht, was ich unheimlicher finde. Dass du deine Chats ausdruckst und ordentlich abheftest oder dass du mit diesem Satz auf seinen Satz reagiert hast«, sagte sie trocken, woraufhin wir beide herzhaft lachen mussten.

»Schätze, ich sage dem prächtigen Stier mal ab«, sagte ich und bekam gleichzeitig Muffensausen vor meinen anderen Verabredungen. »Sarah, du musst mich vorbereiten«, sagte ich düster. »Von Dating habe ich echt null Ahnung.«

Sarah lachte noch immer in sich hinein. »Schätzchen, das merke ich. Zum Glück steht hier die Dating-Queen vor dir. Ich habe jede App durch und so ziemlich alles erlebt. Mach mir noch einen extrastarken Kaffee, dann weise ich dich in die Mysterien des Datings ein.«

Jetzt erinnerte ich mich auch, woher ich die erste Regel des Datens kannte. Schaue niemals erotische Filme mit einem unbekannten Date! Sarah hatte mir das vor Jahren eingetrichtert. Offenbar konnte ich noch viel von ihr lernen.

Nachdem Sarah ihren Erfahrungsschatz mit mir geteilt hatte, ging sie wieder an ihre Arbeit. Ich hingegen betätigte mich erneut als Künstlerin und malte mir ein Plakat mit den wichtigsten Datingregeln.

Danach fuhr ich in die Praxis von Doktor Brugner. Ich hatte mir einen Termin ausgemacht, um mich durchchecken zu lassen. Als Doktor Brugner von meinem Urlaubsstress erfuhr, reagierte er überraschend einfühlsam. Er riet mir, mich wirklich zu entspannen und es ruhig angehen zu lassen. Mein Blutdruck konnte ein wenig Entspannung jedenfalls gebrauchen. Ich war ein wenig schockiert, wie schlecht mein EKG ausfiel, von meinem Lungenvolumen ganz zu schweigen.

Mehr Sport. Das war sein klarer Auftrag. Ärgerlich war nur, dass mein Mondkalender empfahl, heute auf körperliche Anstrengungen zu verzichten. Hm. Dafür schlug mir mein Horoskop vor, mich etwas zu bewegen. Klarer Fall. Spazierengehen war angesagt.

Also wanderte ich durch sämtliche Aachener Parks. Ich machte eine Stadtführung von einem Brunnen zum nächsten mit und stellte fest, dass Aachen verteufelt viele Brunnen hatte. Ich kaufte mir eine Picknickdecke und trödelte von einer Rasenfläche zur nächsten. Zum Glück schien die Sonne, als wollte sie mich tatkräftig in meinen Plänen unterstützen. Ich nahm das als Zeichen des Universums, dass ich mich auf dem richtigen Weg befand. Mein Handy piepste. Malte hatte geschrieben.

Malte: Wie steht es so mit dem Sternprojekt?

Anja: Prima. Ich befolge gerade den Rat meines Horoskopes bezüglich meiner Gesundheit: Entspannung im Elisengarten. Wusstest du, dass so ziemlich jeder im Stadtpark grillt, obwohl das eigentlich verboten ist? Ich bin die Einzige ohne Steak.

Malte: Du Arme. Soll ich dir Grillzeug vorbeibringen, damit du nicht mehr länger auffällst?

Meinte er das ernst? Malte war alles zuzutrauen. Entsprechend lange überlegte ich, was ich antworten sollte.

Anja: Ich habe mich schon hinreichend angepasst. Dank meiner pinken Flipflops falle ich gar nicht mehr so auf. Aber Hölle, tun die Dinger zwischen den Zehen weh! Jeder behauptet, dass Pumps unbequem sind. Ernsthaft? Flipflops sind die größte Modefolter.

Ungeduldig wartete ich auf eine Antwort von Malte, doch die blieb aus. Wie schade. Enttäuscht legte ich mein Handy weg. Dann halt nicht. Ich schnappte mir wieder meine Frauenzeitschrift und wunderte mich gerade über die Abnehmtipps auf der einen und die Kochrezepte mit sehr viel Crème fraîche auf der anderen Seite, als mein Handy klingelte.

Seltsamerweise war mein erster Gedanke: *Juchhu! Malte ruft an.* Woher kam denn bitte dieser Wunsch? Bevor ich das näher beleuchten konnte, hatte ich die Nummer bereits erkannt.

Theo Habling. Ein Arbeitskollege und vermutlich bald mein Untergebener, bloß ahnte er davon noch nichts.

Hmm ... rangehen oder ignorieren?

Mit jedem weiteren Klingeln wurde ich nervöser. Das hier war meine Standleitung in die Vergangenheit. Meine Arbeit rief an. Noch vor ein paar Tagen wäre ich umgehend rangegangen und hätte mir parallel meinen Laptop geschnappt, bereit für jede Art von Auftrag. Jetzt allerdings saß ich in einem Park, umgeben von grillenden Menschen, und hätte gerne das Rezept für himmlischen Browniekuchen mit Banane weiterstudiert.

Klick. Ich hatte den Anruf angenommen. Der himmlische Browniekuchen musste sich noch ein bisschen gedulden.

»Herr Habling, was kann ich für Sie tun?«, grüßte ich mit meiner besten Geschäftsstimme.

»Frau Lichtenstein. Gut, dass Sie rangehen.« Okay. Theo Habling klang merkwürdig erleichtert. Fast den Tränen nahe. Sofort bimmelten bei mir alle Alarmglocken.

Verdammt! War was mit meiner Seafish Company schiefgelaufen? Der Abschluss in Gefahr? Die ...

»Wir gehen hier gerade unter ohne Sie«, sprach Theo Habling weiter. »Ich weiß, dass Sie beurlaubt wurden, aber Sie müssen sich die neuesten Zahlen für das Singapur-Projekt ansehen. Ich bin mir absolut sicher, dass da was nicht stimmt, aber ich finde den Fehler partout nicht. Wenn jemand derlei Fehler entdeckt, dann Sie.«

Singapur. Das war noch schlimmer als die Seafish Company.

»Ich bin beurlaubt, und man hat mir meinen Zugang gesperrt«, sagte ich nach einer längeren Denkpause.

»Ich weiß. Der Chef hat uns auch streng verboten, Sie anzurufen, doch … die Hütte brennt, Frau Lichtenstein. Ihr Team braucht Sie.«

Zustimmendes Gemurmel im Hintergrund. Waren da noch mehr?

»Bin ich auf Lautsprecher?«, fragte ich irritiert.

»Nein, aber bei mir sind Frau Nowaski, Herr Dimir und Frau Massenauer. Wir sitzen seit Tagen an den Analysen und stecken fest. Uns ist bewusst, dass Sie im Urlaub sind, aber … hätten Sie fünf Minuten?«

»Ich habe keinen Laptop.« Wow. Dass ich diesen Satz mal sagen würde, hätte ich nie im Leben gedacht. Schon gar nicht, während ich mit meiner Frauenzeitschrift, einem Krimi und Sonnenbrille auf einer Picknickdecke den Tag vertrödelte. Ich hatte nicht mal eine Sekunde daran gedacht, meinen Laptop mitzunehmen. Verrückt.

»Wir kommen zu Ihnen. Mit allem, was Sie brauchen«, sagte Theo Habling eilig.

Ich zögerte erneut, dann gab ich nach. Ich war neugierig auf die Aufgabe, geschmeichelt von dem Anruf und erfreut über potenzielle Gesellschaft. Also nannte ich dem Team meinen aktuellen Standort. Ich vertiefte mich wieder in das Rezept für himmlischen Browniekuchen, bis zehn Minuten später meine Arbeitskollegen eintrudelten.

Die staunten nicht schlecht über meine Lektüre und mein lässiges Outfit. Die Damen meines Teams mühten sich etwas ab, um sich mit ihren schicken Röcken auf meiner

Picknickdecke niederzulassen. Es dauerte eine Weile, bis wir uns so arrangiert hatten, dass jeder halbwegs gut saß.

Vermutlich sahen wir sehr seltsam aus, wie wir da so hockten. Da schwitzten zwei Anzugträger in Krawatte und gestärkten Hemden neben zwei aufgebrezelten Damen mit Stöckelschuhen und Kostümchen in der prallen Sonne. Das Zentrum bildete ich: in Shorts, T-Shirt mit der Aufschrift *Mondpower* und mit einem lässigen Pferdeschwanz. Selbstredend ungeschminkt und barfuß. Auf meinen Flipflops saß Theo Habling.

Er überreichte mir seinen Laptop wie den heiligen Gral. Viel erkennen konnte ich in der Sonne nicht, doch ich genoss das Gefühl des warmen, brummenden Motors auf meinen Oberschenkeln. Ein Laptop. Mit Excel. Wie toll!

Gleich darauf hatte ich die Frauenzeitschrift, mein Team und den Park komplett vergessen. Ich versank in Zahlen und Analysen, nahm stöbernd wie ein Bluthund die Fährte des Fehlers auf und entdeckte ihn gut eine halbe Stunde später mit einem leisen Quieken.

»Hab ich dich«, rief ich euphorisch. »Du fieser, dreckiger …«

»So also sieht für dich Urlaub aus?«

Verwirrt blickte ich auf und sah Malte, der unerwartet vor uns aufgetaucht war. In seinen Händen trug er einen kleinen Einweggrill, eine Kühlbox und eine Tüte mit unbekanntem Inhalt.

Ich spürte, wie ich knallrot anlief. »Malte«, brachte ich schwach hervor. »Was machst du denn hier?«

»Ich hab früher Feierabend gemacht, um dir im Park

Gesellschaft zu leisten. Steak gefällig?« Er hob die Kühlbox hoch und musterte die seltsame Ansammlung von Menschen um mich herum. »Allerdings wusste ich nicht, dass du hier eine Party veranstaltest. Steak für alle habe ich leider nicht dabei.«

Ich zögerte keine Sekunde. In Windeseile korrigierte ich den Fehler, speicherte ab und drückte den Laptop in Theo Hablings Hände. »Fertig«, sagte ich. »Läuft wieder. Singapur kann kommen.«

»Wollen wir nicht noch mal drüber sprechen?«, fragte er irritiert.

»Ich bin sicher, dass Sie das auch ohne mich hinbekommen. Sie trauen sich viel zu wenig zu. Packen Sie es an. Leiten Sie das Team, während ich weg bin.«

»Ich *bin* der aktuelle Teamleiter.«

Ach, ja. Das hatte ich im Eifer des Gefechtes vergessen. »Äh, klar«, ruderte ich zurück. »Ich meinte ja auch nur, dass Sie … äh … Wissen Sie, was? Ich hab Urlaub. Wir sehen uns in fünf Wochen.«

Theo Habling ließ mich vom Haken. Dass ich Teamleiterin für Singapur werden sollte, wusste er vermutlich noch nicht. Seine Aufgabe war es, das Projekt vorzubereiten. Selbst nach Singapur gehen wollte er nicht. Zumindest hatte er das behauptet. Bei ehrgeizigen Businessmenschen wusste man nie. Ich selbst hatte aus meinen Ambitionen niemals einen Hehl gemacht. Ich hatte mich lange genug Theo Habling untergeordnet, obwohl ich die inoffizielle Teamleaderin war. Selbst zum Pitchen vor den Kunden war ich mitgekommen. Sehr zum Missfallen des eigentlichen Teamleiters.

»Dürfen wir Sie bei Schwierigkeiten noch mal kontaktieren?«, fragte er mich, während er Frau Nowaski samt ihren Stöckelschuhen auf die Beine brachte.

»Klar. Ob ich rangehe, weiß ich noch nicht. Das hängt von den Sternen ab.«

Vermutlich hielt er mich nun für völlig durchgeknallt. Immerhin trollte er sich und nahm seine Ansammlung schräger Vögel mit. Dass ich vor nicht mal einer Woche selbst Teil dieser Truppe gewesen war, störte mich ein wenig. Hatten wir schon immer so steif und pinguinmäßig gewirkt?

Egal.

Auffordernd klopfte ich neben mir auf die Picknickdecke und strahlte Malte an. »Du hast Steaks dabei?«

»Schon, allerdings bezweifle ich, dass du dir die verdient hast. Ernsthaft? Du hältst heimliche Businessmeetings auf einer Picknickdecke ab?«

»Es war ein Notfall.«

»Ich sehe niemanden, der gerade stirbt.« Kopfschüttelnd packte Malte die Kühlbox aus, drückte mir ein kühles Wasser in die Hand und legte einen Salat aus dem Discounter neben mir ab. Plastikgeschirr und Becher zauberte er aus der Tüte hervor. »Singapur? Klang ja wichtig.«

Ah. Mist. Dass ich nach Singapur gehen würde, stand ja noch nicht fest, und bis dahin war ich abergläubisch und wollte nicht zu viel darüber sprechen.

»Wir bereiten ein recht großes Projekt in Singapur vor. Da gab es Probleme, und ich musste kurz einspringen. Eine einmalige Sache.«

»Klar.« Er wirkte wenig überzeugt, stellte aber immerhin den Einmalgrill auf. »Hat dir dein Horoskop nicht befohlen, dir Ruhe anzutun?«

»Das habe ich heute hinreichend befolgt. Kein Grund, mich zu schelten. Das hier war ein Ausrutscher, der auch nur …« Ich sah auf meine nicht vorhandene Uhr. Wann hatte ich die denn abgelegt? Ich lebte echt wie aus der Zeit gefallen. »… ganz kurz gedauert hat. Jetzt bin ich wieder voll im Ruhemodus. Ist das ein Nackensteak?«

»Hast du denn Steak verdient?«

»Total!«

Malte warf mir noch einen letzten strafenden Blick zu, den ich geflissentlich übersah. Mir hatte mein kurzer Ausflug in die Arbeitswelt nichts ausgemacht. Es war kein Stress für mich gewesen, sondern eine Freude.

Ja, genau. Ich liebte meinen Job. Das war mir erneut bewusst geworden. Allerdings gefiel mir das hier ebenfalls. Im Park sitzen. Grillen. Mit Malte quatschen. Außerhalb des Büros etwas erleben.

Ging nicht beides? War eine Work-Life-Balance so schwer zu erreichen? In Singapur bestimmt. Und wenn ich hierblieb? Würde ich mich für immer und ewig wegen der verpassten Karrierechance ärgern?

Steak! Malte!, ermahnte ich mich streng und schob die Zukunftspläne von mir. Ich wollte im Hier und Jetzt leben. Den Moment genießen. Das hatte mir mein Horoskop schließlich so empfohlen.

Wie sich herausstellte, wurde der Moment recht lang. Wir grillten gemütlich, aßen den fürchterlich schmeckenden Discounter-Salat, tranken Limonade und fachsimpelten gemeinsam über den Unterschied zwischen himmlischem Schokokuchen und normalen Schokomuffins. Es tat so gut. Der Seele, dem Bauch und meiner Ruhe.

Ich war glücklich. So dermaßen glücklich, dass ich es kaum glauben konnte. Malte war charmant, sexy und lustig. Eine gefährliche Mischung. Doch das war Jan auch gewesen.

Fall nicht wieder auf die gleiche Art Mann herein, hörte ich Mama sagen. Normalerweise ignorierte ich dieses Mama-Stimmchen, doch heute horchte ich auf. *Er ist ein Wassermann. Ein charmanter Frauenschwarm.*

Verdammt!

Musste ich mir Malte aus dem Kopf schlagen? Sollte ich? Konnte ich? Die Fragen ließen mich ratlos zurück, und ich beschloss, die Antworten darauf ein anderes Mal zu suchen.

An diesem Tag holte ich mir den Sonnenbrand meines Lebens, war aber auch schon lange nicht mehr so glückselig gewesen.

Nachdem ich mich von Malte verabschiedet hatte, schlenderte ich nach Hause. Ich überlegte, dass Malte womöglich die neue Schwachstelle meines Verstandes war. Dabei hatten die Sterne mich doch eindringlich gewarnt. Zumindest vermutete ich das.

Zeit, mich wieder mehr an sie zu erinnern. Noch für diese Nacht kaufte ich mir ein Ticket für die Sternwarte. Hier wollte ich meinen rationalen Verstand mit meiner neuen spirituellen Neigung verbinden. Oder so ähnlich.

Schon das Gebäude versprach einen spektakulären Abend. Über einem schlichten, viereckigen Gebäude thronte eine gewaltige Kuppel. Ein älterer Herr begrüßte mich und vier andere Besucher gut gelaunt und führte uns ins Innere der Kuppel. Dort wartete ein gewaltiges Teleskop auf uns.

»Das hier ist ein originaler Carl-Zeiss-AS-Refraktor auf einer parallaktischen Zeiss-Montierung. Das bedeutet, die Rektaszensionsachse ist auf den Himmelspol ausgerichtet, sodass sie parallel zur Rotationsachse der Erde liegt«, sagte der Herr.

Äh? Was? Klang ja wild.

Während der Herr erklärte, was er eigentlich sagen wollte, sah ich mir die beeindruckende Treppe hinauf zum Teleskop an. Allerhand Aufnahmegeräte standen daneben. Mit einem Mal öffnete sich die riesige Kuppel über uns, die kalte Abendluft strömte herein, und der nachtschwarze Himmel breitete sich über uns aus. Ein beeindruckendes Gefühl.

Ein anderer Herr stieg voll in die technischen Details ein und löcherte unseren Sternwarte-Profi mit seltsamen Fragen über azimutale und parallaktische Montierung, bis seine Frau ihn stoppte und das Gespräch geschickt auf den eigentlichen Grund unserer Anwesenheit lenkte: auf die Sterne.

Der ältere Herr lächelte wissend, dann begann er seinen hochinteressanten Vortrag.

Ich erfuhr, dass Anfang April der Stier im Westen unterging. Aha. Über dem südwestlichen Horizont standen Widder und Stier. Doppelaha. Dann durften wir abwechselnd durch das Okular des Teleskops blicken, um die verschiedenen Sternbilder zu suchen. Ein ganz neuer Blick auf mein so abrupt gestartetes Projekt.

Der gelb gesprenkelte Himmel sah hübsch aus, und ich fühlte mich den Sternen so nah wie selten zuvor. Tatsächlich entspannte ich mich beim Blick in den dunklen Himmel noch erfolgreicher als beim Brutzeln in der Sonne im Park. Irgendwo sollte ich auch die Wintersternbilder Orion und Großer Hund finden, aber dafür war ich wohl zu blind oder hatte zu wenig Fantasie. Doch. Da!

Ich spürte ein Lächeln über mein Gesicht wandern, als ich die Formationen endlich sah.

So schön. So alt. So weise.

Ich meinte auch, dass mir der Stern mit dem schrägen Namen Beteigeuze zugezwinkert hatte. Wegen seiner hellen Leuchtkraft hatte ich ihn sofort ins Herz geschlossen. Heimisch im Sternbild Orion war er das Sorgenkind der Galaxie, wie ich gerade gelernt hatte. Monatelang hatte sich Beteigeuze verdunkelt. Experten hatten eine Supernova befürchtet. Das Licht, das wir jetzt sehen konnten, hätte einem Stern angehören können, der in Wahrheit längst vergangen war. Wie traurig.

Zum Glück hatte die Geschichte vom hellsten Stern im Orion eine gute Wendung genommen. Es hatte sich lediglich eine Staubwolke zwischen Erde und Beteigeuze in unser Sichtfeld geschoben.

Uff.

Die Geschichte gefiel mir, sie erschien mir fast wie eine Vorhersage: Eine Zeit lang war Beteigeuze verschwunden. Einfach so. Dann war er wieder hervorgekommen. Strahlend und hell, und um ein Geheimnis und eine spannende Geschichte reicher.

Auch ich wollte bald wieder in neuem Glanz erstrahlen. So wie ich wirklich war. Vielleicht keine Supernova. Auch kein extravaganter Stern, der nach mehr strebte, der anders sein wollte als alle anderen. Ich wollte Anja sein. Nur Anja.

Du organisierst mir jetzt mein neues Leben, flüsterte ich Beteigeuze lautlos zu. Wünsch mir Glück mit meinem Date am Freitagabend. Lass mich einen Mann finden, der ein bisschen so ist wie Malte, nur mit einem passenderen Sternzeichen. Für dich ist die Sache gut ausgegangen. Dann muss das für mich doch ebenfalls möglich sein.

Die Sterne stehen günstig für amouröse Anbandelungen. Eingewachsene Nägel können Sie gut an Krebs-Tagen korrigieren.

Zunehmender Mond

Freitagabend fragte ich mich, auf was ich mich da überhaupt eingelassen hatte. War ich verrückt geworden? Erneut saß ich an einem Restauranttisch und hielt nach einem mir unbekannten Mann Ausschau. Meine Nerven waren zum Zerreißen gespannt. Warum nur hatte ich ihn nicht bereits im Vorfeld nach seinem Sternzeichen gefragt? Womöglich hätte ich mir diesen Abend direkt schenken können. Aber Sarah hatte mich eindringlich davor gewarnt, diese doch sehr unkonventionelle Frage völlig aus dem Nichts zu stellen. Jetzt bereute ich das und nahm mir fest vor, ihre Warnung beim nächsten Mal in den Wind zu schlagen.

Wenigstens hatte ich heute noch allerhand andere Dinge erledigen können, bevor mich die Panik ergriffen hatte. Die Briefe waren bei der Post und vermutlich schon unterwegs zu meinen Freunden, ich hatte meine Kartoffelpflanzen gewässert (das hatte mir der Mondkalender für heute eindringlich empfohlen) und mir eine schnelle Nackenmassage gegönnt. Danach hatte ich mich im Rekordtempo geschminkt, und jetzt saß ich hier. Hypernervös und schrecklich allein.

Da! Ein Mann trat herein, der dem Foto in der App tatsächlich ähnlich sah. Uff. Erste Hürde genommen. Sarah hatte mir Geschichten erzählt ... holla! Da wäre meine Frage nach dem Sternzeichen völlig harmlos gewesen.

Ich hob zaghaft die Hand, um mich bemerkbar zu machen, und er entdeckte mich. Lächelnd näherte er sich, wobei er gar nicht mal so schlecht aussah. In einem Geschäftsmeeting wäre er mir definitiv nicht aufgefallen. Gedeckte Farben, schlichtes Hemd, gut, aber nicht perfekt sitzende Hose. Kurze, dunkelbraune Haare mit einer farblich abgestimmten Brille und erschreckend ... normal. Nicht zu groß, nicht zu klein, nicht dick, nicht dünn.

Er war bei mir angekommen und behielt sein Lächeln bei. »Anja?«, fragte er freundlich.

Ich stand wie bei einem Businesstermin auf und hielt ihm die Hand hin, um sämtliche »Küsschen hier und Küsschen da«-Aktionen im Keim zu ersticken. Dieses Umarmen von völlig Fremden mit dezentem Speichelaustausch war nicht so meins.

»Ja«, sagte ich erleichtert. »Sie müssen André sein.«

»Der bin ich.« Er drückte mir leicht die Hand und deutete auf den Stuhl. »Darf ich?«

»Ich bestehe darauf.«

Gott, waren wir höflich zueinander. Er setzte sich ein wenig umständlich mit zu viel Stuhlgerücke und schob anschließend das Messer auf die gleiche Höhe wie die Gabel.

Mir blieb beinahe die Spucke weg, als ich das sah. »Hab ich auch gerade gemacht«, rief ich begeistert und deutete auf seine Hand.

Er wusste einen Moment nicht, was ich meinte, dann verstand er und lachte. »Ja, das ist so eine Unart von mir. Böse Zungen nennen mich pedantisch. Ich finde mich nur ordentlich.«

Mein Herz klopfte vor Begeisterung schneller. »Ja, so geht es mir auch. Bloß, weil man auf bestimmte Dinge mehr Wert legt als andere Leute, ist man doch nicht gleich überkorrekt.«

»Ganz meine Meinung.«

Wir nickten uns wissend zu, und ich hielt es noch etwa drei Sekunden länger aus, ehe ich herausplatzte: »Was für ein Sternzeichen sind Sie?«

»Jungfrau. Warum fragen Sie?«

Es war, als würde die Sonne hinter seinem Rücken wieder gen Horizont streben und ihre warmen Strahlen auf mich werfen. Okay. Vielleicht hatte der Kellner auch nur endlich den Lichtschalter gefunden, sodass die Gäste nicht mehr bei Dämmerung ihr Essen auf dem Teller suchen mussten.

Jungfrau!

Ich seufzte hörbar auf. »Das passt perfekt«, murmelte ich leider laut.

»Wie bitte? Sie reden wirr.«

Oh nein. Jetzt bloß aufpassen. Sarah hatte mir eingetrichtert, auf gar keinen Fall merkwürdig rüberzukommen. *Volle Konzentration, Anja,* dachte ich streng. *Hier sitzt eine Jungfrau vor dir!*

»Ich bin Fisch«, sagte ich, als würde das alles erklären. So verständnislos, wie er mich ansah, musste ich wohl genauer werden. »Fische und Jungfrauen passen perfekt zueinander. Meine Oma sagte immer, ich sei im Herzen eine halbe Jungfrau, was vermutlich sogar zutrifft. Ordnung ist das halbe Leben. Mein heimliches Lebensmotto.«

»Meins auch!«, rief André.

»Ich wusste es! Schon allein an der Art und Weise, wie Sie hereingekommen sind, habe ich die Jungfrau in Ihnen erkannt.« Okay, das war gelogen, aber ein bisschen Prahlerei war erlaubt. Immerhin hatte ich lange gebüffelt, um die Sternzeichen draufzuhaben. »Sie sind perfektionistisch, sanftmütig und sehr, sehr unabhängig. Gleichzeitig suchen Sie stets nach Geborgenheit, allerdings recht kompromisslos. Lassen Sie mich raten. Sie sind Therapeut?«

»Hals-Nasen-Ohren-Arzt.«

Okay. Es gab sexyere Berufe, aber auch das passte zur Jungfrau. Ich bemühte mich, den Gedanken an Ohrenschmalz und vereiterte Mandeln zur Seite zu schieben und mich auf den Mann beziehungsweise die Jungfrau vor mir zu konzentrieren. »Bestimmt liegt Ihnen dank Ihres Sternzeichens der Analytiker im Blut, was mir wirklich gut gefällt. Ich denke selbst sehr analytisch.«

»Ich dachte immer, Fische wären besonders kreativ und sensibel.«

»Ich bin auch kreativ, aber auf eine ungewöhnliche Art«, sagte ich rasch und ärgerte mich im Stillen ein wenig. Dass mich jeder als seltsamen Fisch bezeichnete, störte mich gewaltig. Selbst Madame Esmeralda hatte missbilligend mit der Zunge geschnalzt und mich einen durch und durch schwierigen Fisch genannt. Pah.

André lehnte sich auf dem Stuhl zurück. Er wirkte erfrischend interessiert und kein bisschen abweisend. Vielmehr gab er mir das Gefühl, die spannendste Person in diesem Raum zu sein. »Inwiefern ungewöhnlich?«, hakte er nach.

Ich konnte nicht antworten, da in diesem Moment der Ober kam und uns die Karte brachte. Die nächsten Minuten waren wir mit Aussuchen beschäftigt. Wir mussten lachen, als wir das gleiche Essen bestellten. Dieser Abend versprach, fulminant zu werden.

Das wurde er dann auch. Nicht funkensprühend und knisternd, aber sehr angenehm, nett und heiter. Je länger ich André betrachtete, desto attraktiver fand ich ihn, selbst wenn mir an seiner Erscheinung das gewisse Etwas fehlte. Ich brauchte keinen Adonis, vielmehr waren es kleine Sachen, die ich an Männern total sexy fand. Bei Jan waren das die Grübchen gewesen, die mir bei jedem schelmischen Grinsen zuzuzwinkern schienen. Bei Malte seine dunkelbraunen Augen, die mir in manchen Sekunden den Atem raubten. Bei André ... na, wir kannten uns nur eineinhalb Stunden. Vielleicht entdeckte ich noch etwas unsagbar Anziehendes.

Kurz bevor der Ober die Rechnung brachte, setzte ich alles auf eine Karte. Ich schob André einen Zettel zu. »Könnten Sie mir Ihr genaues Geburtsdatum, die Stadt und die Uhrzeit aufschreiben?«

André hatte sich bereits an meine merkwürdigen Fragen gewöhnt und schrieb protestlos die gewünschten Daten auf. »Wozu brauchen Sie die? Für ein polizeiliches Führungszeugnis der besonderen Art?«

»Nein, nein. Ich habe ein Experiment gestartet und lasse mich momentan von den Sternen leiten. Meine ... äh ... Lebensberaterin wird für Sie und mich ein Partnerhoroskop erstellen.« Als ich sah, wie Andrés Gesichtszüge entgleisten, hob ich beruhigend die Hände. »Keine Sorge. Das klingt irrer, als es ist.« *Allerdings schieße ich dich in den Wind, wenn die Sterne dich nicht mögen*, setzte ich in Gedanken hinzu.

Wir verabredeten uns locker für die nächste Woche und waren uns einig, dass es ein wirklich schöner Abend gewesen war. Draußen vor dem Restaurant gaben wir uns noch einmal die Hand und gingen dann unserer Wege.

Ich für meinen Teil war euphorisch. Was hatte ich bereits alles von Horrordates gehört! Eins schlimmer als das nächste. Ich hingegen hatte jetzt schon zwei sehr nette Abende verbracht. Gut, die Sache mit Malte stand buchstäblich unter keinem guten Stern, aber André war dafür astrologisch umso vielversprechender. Beschwingt übertrug ich Andrés Daten auf eine extra dafür vorbereitete Karteikarte, um sie am nächsten Tag mit meiner neuen Astrologin zu besprechen, und wollte das Handy bereits wegstecken, als ich eine Nachricht von Malte entdeckte.

Malte: Wie ist das Date gelaufen? Haben die Sterne Alarm

geschlagen und dich vor dem nächsten Axtmörder gewarnt? In dem Fall komme ich gerne zur Rettung. Ich kann zwar kein Karate, dafür aber böse gucken.

Anja: Das Date war toll. Er ist Jungfrau.

Malte: Der Arme. Was willst du mit einem so unerfahrenen Kerl?

Anja: Sternzeichen! Er ist als Sternzeichen Jungfrau. Die passen super zu Fischen.

Malte: Du bist der mieseste Fisch, den ich kenne. Ich habe das Buch über Horoskope halb durch, und eins kann ich dir jetzt schon sagen: Wenn du ein typischer Fisch bist, bin ich noch Jungfrau.

Die Nachricht musste ich zweimal lesen, dann kicherte ich leise.

Anja: Jedenfalls bin ich hochmotiviert. Am Ende meiner Datingrunde eruiere ich und entscheide anhand der Sterne, auf wen ich mich konzentrieren möchte. Sollte jedoch etwas Unvorhergesehenes passieren und ich brauche einen Wassermann in goldener Rüstung, komme ich gerne auf dich zurück.

Malte: Tu das, kleiner Fisch, aber pass auf, dass du dir nicht die Flossen verbrennst. Setz lieber auf den Wassermann. Ich habe übrigens die exakten Daten von meiner Mutter erfragt. Nur um

sicherzugehen. Ich bin am 29. Januar 1992 um 07:05 Uhr in Köln geboren. Vielleicht polieren die genauen Daten mein schlechtes Image bei deiner Sterndeuterin auf.
Ich erwarte dann einen Anruf, um dich zu retten. So viel Glück bei Blind Dates kann niemand haben.

Vertrauen Sie auf Ihre Intuition. Haareschneiden ist heute eine gute Idee.

Zunehmender Mond

»Ich brauche wirklich ganz, ganz dringend noch heute einen Termin. Wirklich!«, beteuerte ich meiner Friseurin nun zum vierten Mal. Leider war nichts zu machen. Sie blieb stur. Heute war nichts frei. Dabei hatte mir mein Mondkalender ausgerechnet für diesen Tag das Haareschneiden ans Herz gelegt. Nun gut.

Wir suchten einen Termin in den nächsten Wochen. Dabei richtete ich mich wieder nach meinem Mondkalender. Meine Friseurin kannte mich nun schon seit Jahren und war entsprechend irritiert, als ich mehrmals sage: »Nein, das ist ein Feuertag. Keine gute Idee, da Haare zu schneiden.«

Schließlich fanden wir einen passenden Termin. Ich legte auf, strich Haareschneiden von meiner To-do-Liste und ging stattdessen zum Yoga, bevor ich meine neue Astrologin kennenlernen durfte.

Wie sich herausstellte, hatte ich von Yoga eine völlig falsche Vorstellung. In meinem Kopf hatte ich unter grünen Bäumen gestanden, mit geschlossenen Augen sphärischen Klängen gelauscht und mich mit mir und meinem inneren Kind oder so verbunden. Die Realität sah anders aus.

Ich musste Sport machen. Sport!

Schon nach zwei Minuten war ich schweißgebadet, verrenkte mich bei mysteriösen Hunden, Kühen und was für Getier auch immer und hatte null Zeit, um mit geschlossenen Augen den durchaus vorhandenen sphärischen Klängen zu lauschen. Verzweifelt bemühte ich mich um inneres Gleichgewicht, hatte aber genug mit meinem äußeren Gleichgewicht zu kämpfen. Dass ich im Fortgeschrittenenkurs gelandet war, kam erschwerend hinzu. Beim Buchen hatte ich gedacht, dass ich auch fortgeschrittene mystische Tänze vollführen könnte. Von wegen!

Nicht das Atmen vergessen. Atmen! Nicht hecheln.

Von den Fachwörtern wie *Asanas*, *Parivritta Trikonasana* und *Marjariasana-Bidalasana* schwirrte mir bald der Kopf. Den herabschauenden Hund kannte ich ja noch, aber das hier ...

Als typischer Fisch passte ich mich an und lächelte. Irgendwie kämpfte ich mich durch die Stunde und war am Ende so fertig, dass ich wie tot auf der Wiese liegen blieb und endlich in meinen wohlverdienten Baum hochblickte. Zumindest so lange, bis sich das Gesicht der Yogalehrerin in mein Blickfeld schob.

»Wollen Sie nicht doch lieber zum Anfängerkurs wechseln?«, fragte sie freundlich.

Und wie ich wollte! Vermutlich hatte noch nie jemand so euphorisch genickt. Sie half mir netterweise auf die Beine, riet mir zu einer heißen Dusche und zur Not zu Schmerzmitteln und entließ mich dann aus der peinlichsten Situation, seit ich in den Zwangsurlaub geschickt worden war.

Kleinlaut und völlig zerstört fuhr ich zu Sarahs Wohnung, schleppte meinen Kadaver in die Dusche und ließ so lange heißes Wasser auf meinen gequälten Körper niederprasseln, bis Sarah im Bad auftauchte.

»Ich muss pinkeln und das schon seit zwanzig Minuten. Jetzt halte ich es nicht mehr aus«, informierte sie mich nüchtern. Ehe ich protestieren konnte, hörte ich den Klodeckel klappern.

»Sorry«, murmelte ich mit heißen Wangen, wobei ich bezweifelte, dass Sarah das über das Rauschen des Wassers hinweg hören konnte.

»Harter Morgen?«, fragte meine Freundin, als sei dieses Gespräch total normal.

»Ich war beim Yoga. Ist nicht so ganz meine Welt, aber es wird.«

Die Klospülung ging, und Sarah wusch sich die Hände, woraufhin ich kreischend aus der Dusche hüpfte. »Heiß«, rief ich hysterisch.

Sarah lachte laut. »Entschuldige. Das hatte ich vergessen.« Umsichtig reichte sie mir ein Handtuch. Im Schneckentempo und mit ganz vielen Jammerlauten trocknete ich mich ab.

Sarah richtete ihre Haare vor dem Spiegel. »Was sind das eigentlich für komische Knollen auf meiner Fensterbank in der Küche? Wo sind meine Pfefferminze und das Basilikum hin?«

»Das tote Zeug war mal Minze und Basilikum?«, entgegnete ich erstaunt.

»Zumindest bevor du es durch Knollen ersetzt hast.«

»Das sind Kartoffeln. Ich musste was säen am Sätag.«

Sarah starrte mich reglos an, dann verließ sie das Bad. Allerdings hörte ich ihr gemurmeltes »Die Frau macht mich fertig« nur zu gut.

Ich grinste und machte mich in aller Ruhe für meinen Besuch bei meiner neuen Astrologin fertig. Es fühlte sich komisch an, mal nicht total hektisch die Haare zu föhnen, sondern jede Menge Zeit zu haben.

Schließlich kam ich überpünktlich und reichlich nervös bei meinem Termin an. Staunend musterte ich das schicke und gleichzeitig schlichte Einfamilienhaus am Burtscheider Kurpark. Irgendwie hatte ich mir den Sitz meiner neuen Astrologin um einiges verruchter und geheimnisvoller vorgestellt.

Noch erstaunter war ich, als mir eine lächelnde junge Frau in Bluejeans und roten Flauschsocken öffnete. Ihr rüschenloses rotes T-Shirt stand in krassem Kontrast zu Madame Esmeraldas tuchgewandeter Erscheinung. Ihr Lächeln wurde breiter, als sie mein überraschtes Gesicht bemerkte.

»Guten Tag! Hatten Sie etwas anderes erwartet?«, fragte sie ruhig.

»Meine letzte Astrologin war komplett mit Tüchern umwickelt und hat mir Angst gemacht«, rutschte es mir heraus.

Nicole Amhild lachte glockenhell. »Die Astrologie ist ein breites Feld, und so unterschiedlich sind auch diejenigen, die damit Geld verdienen. Die einen bedienen Stereotype, die anderen versuchen, sich davon zu lösen. Kommen Sie rein, aber ziehen Sie bitte die Schuhe aus.«

Ich tat wie mir geheißen und folgte ihr in ein sehr gemütlich eingerichtetes Wohnzimmer, das am besten mit dem Wort »plüschig« umschrieben werden konnte. Zwischen Kerzen, Statuen und Traumfängern entspannte ich mich augenblicklich.

Wir setzten uns an einen etwas abseits gestellten Tisch, auf dem Tassen, eine Teekanne und ein Stapel Karten warteten. Dazu ein dickes Buch mit der Aufschrift *Ephemeris*. Aha. Das kannte ich bereits von meinen eigenen Forschungen.

Dass mein Gegenüber so vollkommen normal aussah, machte mir zusätzlich Mut. Vielleicht fand ich hier den richtigen Draht zu den Sternen.

Nicole Amhild schenkte mir Tee ein. »Was genau kann ich für Sie tun?«

Eifrig erzählte ich ihr von den letzten Wochen, mal schneller, mal langsamer, mal ausufernder, mal zusammenfassend. Am Ende meines Berichts starrte sie mich mit weit aufgerissenen Augen an und brauchte eine Weile, um die Informationen zu verdauen, die aus mir hervorgesprudelt waren.

»Ich bin übrigens Nicole«, sagte sie ohne Zusammenhang. »Und das ist die schrägste Story, die ich je gehört habe.« Sie lachte leise in sich hinein. »Okay. Wo fangen wir denn am besten an? Zunächst mal: Wie viel Bedeutung du der Sterndeutung zubilligst, hängt von dir allein ab. Die einen glauben jedes Wort, und für andere ist sie ein Richtwert oder bloßer Zeitvertreib. Meiner Meinung nach ist alles erlaubt. Wollen wir zunächst ein kleines Experiment wagen, das dir und deiner Mentalität womöglich entgegenkommt?«

Ich nickte fleißig.

»Gut. Es geht dabei um deine Lebenszahl, die sich aus deinem Geburtsdatum errechnet. Du zählst alle Zahlen zusammen. Ist die Zahl mehrstellig, wovon ich ausgehe, ziehst du daraus eine Quersumme. Welche Zahl kommt dabei heraus?«

Ich rechnete zügig im Kopf mit. Ich war am 22. Februar geboren. Daher war ich immer davon ausgegangen, dass meine Glückszahl die Zwei war. Nahm ich jedoch mein Geburtsdatum hinzu, kam ich auf 28. Daraus die Quersumme. Also 10. Und daraus die Quersumme war: »Eine Eins!«, platzte ich heraus.

Nicole nahm sich ein dünnes Büchlein und blätterte darin herum. »Was ich jetzt vorlese, sollst du nicht bewerten, sondern fühlen. Überleg, ob du dich darin wiedererkennst oder wiedererkennen willst. Das ist manchmal ein großer Unterschied. Bereit?«

Ich nickte.

»Wer die Lebenszahl 1 hat, ist meist kreativ, setzt sich gut durch und ist in der Karriere oft ganz vorne dabei. Viele Chefs haben die Lebenszahl 1. Sie wollen möglichst alles allein schaffen und ständig die Kontrolle behalten. Das steht manchmal im Kontrast zu ihrer Kreativität. In Bezug auf Liebe sind sie treu und zuverlässig, öffnen sich aber dem Partner ungern. Sie sind ständig unter Druck und können Ruhe und Frieden kaum damit vereinbaren. Das macht es dem Partner häufig schwer, sie einzuschätzen. In Wirklichkeit wollen sie nur zu gerne ankommen und stehen sich dabei selbst im Weg.«

Ich war fassungslos. Das war ich. »Ehrlich gesagt finde ich das gerade etwas unheimlich«, sagte ich tonlos.

Nicole legte lächelnd das Buch zur Seite und nickte. »Ich dachte mir, dass dir die Numerologie gefällt. Allerdings habe ich dir jetzt nur die Passagen vorgelesen, die ich auf Anhieb für dich passend fand. Einiges wird nicht auf dich zutreffen. Das ist genau das, was ich meinte. Alles, was Horoskope, Sterndeutung oder auch die Numerologie betrifft, ist Interpretationssache. Du bist also Fisch?«

»Ja, allerdings kein richtiger.«

»Es gibt kein Richtig oder Falsch. Stress dich damit nicht. Ich persönlich glaube nicht, dass ich meine ganze Zukunft als Pfad in den Sternen finden werde. Ich glaube aber durchaus, dass mir die seit Jahrtausenden abgeleiteten Empfehlungen wertvolle Richtwerte liefern können. Ich sehe Horoskope als meinen moralischen Kompass an, mit dem ich mich jeden Tag aufs Neue hinterfrage. Eine sehr angenehme Art, um an seiner Persönlichkeit zu feilen. Ich sage das so deutlich, weil ich denke, dass du dich etwas verrannt hast. Der Horoskopverfasser weiß weder, was für ein Mensch du bist, noch, wer für dich der beste Partner sein könnte. Das weißt nur du. Aber durch das Horoskop kannst du dich genauer kennenlernen und vielleicht auch einen passenden Partner besser herausfiltern.«

»Oh«, brachte ich schwach heraus und fühlte mich ertappt. Nicole schien das sofort zu bemerken.

»Ich will dich nicht demotivieren. Im Gegenteil. Ich

glaube, dir hat in letzter Zeit ein Kompass im Leben gefehlt. Deine Idee, dich nach den Sternen zu richten, finde ich richtig gut. Auf deine innere Stimme zu hören wird dir helfen, deinen eigenen Weg wiederzufinden. Und wenn das die Sterne sein sollen, ist das eine legitime Entscheidung. Du musst wieder anfangen, dein Handeln mit deinen Werten abzugleichen. Genau das zeigen dir die Tierkreiszeichen.« Nicole legte eine Hand auf das Buch. »Wichtig ist, dass Horoskope positiv formuliert sind. Solltest du jemals eins bekommen, in dem dein Todeszeitpunkt benannt wird, musst du aufpassen. Niemand kann wirklich deinen Todestag vorhersagen, das ist Quatsch. Jedes meiner Horoskope ist positiv. Trifft es nicht zu, schadet es dir nicht. Trifft es zu, wirst du es dir merken und womöglich deine Lehre daraus ziehen. Das ist die wahre Stärke eines Horoskops und vor allem die wahre Stärke der Tarotkarten.«

Sie zauberte von irgendwo einen Stapel Karten hervor und zeigte sie mir, indem sie die Karten vor meiner Nase ausfächerte. »Beim nächsten Besuch möchte ich dir gerne die Karten legen. Für den Moment wäre das vielleicht zu viel. Hast du gerade eine Frage an mich?«

Eine? Tausende! »Ich schwanke zwischen zwei Männern«, platzte ich heraus. »Der eine ist Wassermann, der andere Jungfrau.« Schnell schob ich ihr meine beiden Kärtchen zu, auf denen ich die Daten der potenziell interessanten Partner notiert hatte.

»Datum, Geburtsort, Geburtszeit«, las Nicole. »Das ist gut.«

»Aber hast du nicht gerade selbst gesagt, dass Horoskope eher grobe Richtlinien sind? Gilt bei den Partnern nicht das Gleiche wie für das Todesdatum?«, hakte ich nach.

»Da ist ein riesiger Unterschied. Ich denke schon, dass sich die Sterne auf unsere Persönlichkeit auswirken. Bestimmte Tendenzen kann ich daher ablesen. Meine Horoskope fußen auf jahrhundertealten Beobachtungen von immer wiederkehrenden Ereignissen während bestimmter Planetenkonstellationen. Das ist uraltes, tradiertes Wissen. Ich erstelle dir gerne zwei Horoskope, doch sie werden dir lediglich Perspektiven aufzeigen. Möglichkeiten, die du hinterfragen kannst. Soll ich das für dich tun?«

Ich nickte. »Und beim nächsten Mal legst du mir die Karten?«

»Sehr gerne. Du bist ein spannender Charakter. Ich bin neugierig, was die Karten für dich bereithalten.«

Ich wäre gerne noch länger geblieben, doch Nicole hatte einen weiteren Termin. Daher verabschiedete ich mich und freute mich schon jetzt auf die Partnerhoroskope. Gleichzeitig hatte ich ein wenig Bammel. Was, wenn sich glasklar zeigte, dass ich von Malte die Finger lassen sollte? Allein der Gedanke machte mich traurig. Und André? Da war ich mir absolut sicher, dass das Horoskop passen würde.

Hm. Hatte ich da nicht bereits meine Antwort?

»Vielleicht fehlt ja noch ein Mr Superright. Aller guten Dinge sind drei«, sagte ich laut zu mir im Rückspiegel, während ich wieder zu Sarah fuhr.

Ich beschloss, weiter mein Glück mit Dates zu versuchen. Zumindest so lange, bis Nicole mir grünes Licht für Malte oder André gab.

Dabei erinnerte ich mich nur zu gut an Maltes düstere Prophezeiungen, was meine Dating-Glückssträhne anging. Hoffentlich hielt sie noch lange an. Die Sterne waren mir hold. Da war ich mir sicher.

Lassen Sie Altes ziehen.

Zunehmender Mond

Nein. Die Sterne waren mir nicht länger hold. Zumindest nicht bei meinen nächsten vier Dates.

Schon das nächste Date verlief holprig mit einem schrecklich schwitzenden Mann, der mir deswegen nicht die Hand geben wollte. »Solche Termine stressen mich furchtbar. Da bin ich von oben bis unten nass.«

Ich bemühte mich wirklich, offen an die Sache heranzugehen. Dennoch starrte ich die stetig wachsenden Schweißränder unter seinen Achseln an und dachte mir im Stillen: Neeeee! Am Ende waren wir beide erleichtert, als wir wieder getrennter Wege gingen.

»Das mit dem Daten ist nichts für mich«, gestand mir der Typ zum Abschied, was ihn mir sympathisch machte, nur eben nicht als Mann fürs Leben.

Der nächste Kerl war viel, viel zu anzüglich, machte seltsame Bettwitze und versuchte ernsthaft, unter dem Tisch mit mir zu füßeln. Ich zog die »Ich hab einen total wichtigen

Termin vergessen«-Karte und flüchtete, noch bevor wir Essen bestellt hatten.

Das dritte Date hingegen war so schräg, dass ich bis zum Ende blieb. Es war wie ein Autounfall, bei dem man einfach nicht weggucken konnte. Es startete damit, dass der Mann so gut aussah, dass ich kaum meine Augen von ihm abwenden konnte. Ich hatte noch nie, nie so einen attraktiven Menschen erlebt. Absolut ebenmäßige Gesichtszüge, maskulines Kinn, markante Wangenknochen, ein sexy geschwungener Mund und die blauesten Augen, in die ich je geblickt hatte. Dazu breite Schultern, zum Dahinschmelzen. Vermutlich kannte er derlei ausziehende Blicke bereits, denn er seufzte tief. »Ich weiß: Sie denken, Sie hätten das große Los gezogen, doch warten Sie erst mal ab, bis Sie mich kennenlernen.«

Das war eine so schräge Ansage, dass ich darauf brannte, mehr über ihn zu erfahren – bis mir klar wurde, was er meinte.

Der erste Hinweis kam in Form einer Serviette. Er faltete sie sehr ausgiebig auf, faltete sie neu, band sie sich um den Hals (was schon an und für sich seltsam aussah) und packte das andere Ende der Serviette unter den Teller. Auf diese Weise entstand so was wie eine Rampe von seinem Hals zum Tisch runter.

Als er zu essen begann, verstand ich, warum er das gemacht hatte. Ich hatte noch nie einen Menschen mit so geringer Trefferquote von aufgespießten Speisen Richtung Mund gesehen. Vermutlich lag sein Essproblem daran, dass er permanent redete.

Dabei war sein bevorzugtes Thema seine Persönlichkeit, die er in den düstersten Farben ausmalte. Er zählte so viele Defizite und Macken auf, dass mir schwindelig wurde. Am Ende riet ich ihm dringend zu einem Psychologen, woraufhin er mir versicherte, er sei bereits in Therapie. Seltsamerweise war das ein durchaus spannendes Date, nur definitiv keins zum Entspannen. Ich fragte gar nicht erst nach seinem Sternzeichen. Egal, was die Antwort gewesen wäre: Der Typ hatte mehr Probleme als Sand am Strand.

Also ruhte meine ganze Hoffnung auf dem vierten Date. Mit Malte hatte ich zwischendurch immer mal wieder gechattet und ihn auf dem Laufenden gehalten. Bei jedem Fehlschlag fragte er, wann wir uns wiedersehen würden, was ich total niedlich fand. Ich hielt ihn hin und schrieb stattdessen Nicole eine Mail, damit sie endlich die Partnerhoroskope erstellte.

Zur Überbrückung traf ich mich mit André zum Eisessen in der Aachener Innenstadt. Wir flanierten vom bekannten Puppenbrunnen zum Elisenbrunnen und von dort zum Brunnen »Kreislauf des Lebens«. Keine Ahnung, warum wir uns so auf Brunnen einschossen. Vielleicht, weil ich mit meinem neu gewonnenen Wissen aus der letzten Stadtführung angeben wollte. Es war jedenfalls sehr nett, lustig und abwechslungsreich. Wir trennten uns erst nach vier Stunden Small Talk und vereinbarten ein neues Treffen in der kommenden Woche.

Ein weiterer Punkt für André, sozusagen.

Dann schrieb mir meine Mutter eine besorgniserregende Mail in ihrem typischen Beamtendeutsch:

Liebe Anja,
wir sollten dringend deine Zeit in Singapur planen. Was gedenkst du, mit deiner Wohnung zu tun? Sollen wir sie gegebenenfalls leer räumen und untervermieten? Möglich wäre natürlich auch, sie möbliert zu vermieten.
Des Weiteren würde ich dir gerne die bereits von mir angekündigten Fachbücher über Singapur zukommen lassen. Ein Treffen ist daher unumgänglich. Bitte ruf mich zeitnah zurück, damit wir einen gemeinsamen Termin ausmachen können.
Beste Grüße
Deine Mama

Oh Mann. Worte wie »gedenkst« und »unumgänglich« konnte auch nur meine Mama in einer persönlichen Nachricht unterbringen. Doch ganz davon abgesehen, rührte sie an Entscheidungen, denen ich mich noch nicht stellen wollte.

Singapur.

Ich freute mich auf die Herausforderung und die neue Stadt, die so ganz anders sein würde als mein gemütliches Aachen. Laut, voller Menschen, unterschiedlicher Kulturen und Wirtschaftsexpertise. Ein globales Finanzzentrum, das genau meinem Geschmack entsprach. Ich liebte Zahlen und Verhandlungen. Da hatten Singapur und ich viel gemeinsam. Es war ein Schmelztiegel der besonderen Art. Nicht nur die Bevölkerung war multikulturell, sondern auch die Art, Handel zu treiben. Ich würde in meiner Arbeit aufgehen und mich dort pudelwohl fühlen. Da war ich mir sicher.

Hoffentlich.

Je näher der Moment kam, in dem ich Singapur nicht nur in meinen Träumen, sondern auch ganz real besuchen würde, desto nervöser wurde ich. Ich liebte Aachen. Da hatten meine Freunde wirklich recht. Hier kannte ich jede Ecke. Jedes Gebäude. Genau wie die Menschen und ihre Mentalität. Konnte Singapur mit seiner ungewohnten Vielfalt da mithalten?

Meine Wohnung vermieten. Packen. Fortziehen. Wie unheimlich! Ich verschob die Antwort auf später und konzentrierte mich lieber darauf, schnellstmöglich den Mann fürs Leben zu finden. Vielleicht erübrigte sich dann die Vermietung meiner Wohnung.

Seit zwei Wochen lebte ich nun bereits nach den Sternen. Ich fühlte mich nicht fremdgesteuert, sondern freier in meinem Denken als jemals zuvor. Ab und zu vermisste ich meine Arbeit, doch auch dafür hatte ich ein Schlupfloch gefunden. Theo Habling hielt mich bereitwillig auf dem Laufenden und schickte mir bei allzu schlimmer Langeweile ein wenig Zerstreuung in Form von Excel-Tabellen, die ich an Sarahs altem Laptop aufarbeiten durfte.

Die perfekte Mischung.

Fehlte jetzt halt noch der Mann fürs Leben.

Dritte Phase

Vollmond

Der beste Zeitpunkt, um Ihre Ziele zu überprüfen und sich voller Energie ins Leben zu stürzen. Aber Achtung! Setzen Sie sich keine neuen Ziele, sondern ernten Sie das, was Sie seit Neumond gesät haben. So hell, wie der Mond strahlt, haben Sie endlich den Durchblick.

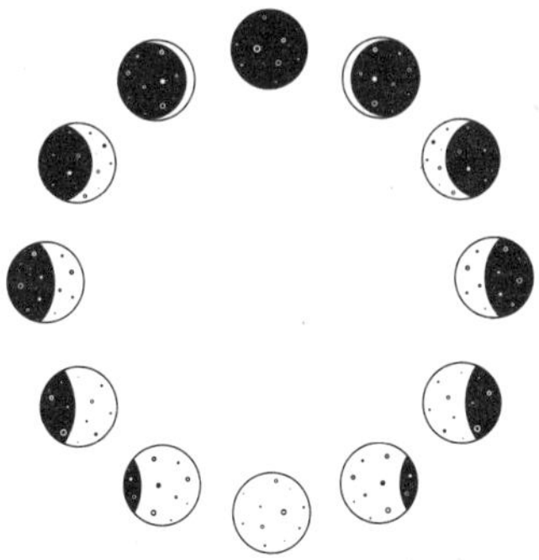

Überlegen Sie, was Sie in den letzten Tagen wirklich glücklich gemacht hat.

Vollmond

Am Morgen meines vierten Dates stellte ich fest, dass abends Vollmond sein würde. Prompt stiegen meine Hoffnungen in das Treffen. Mein Horoskop-Ratgeber verriet mir weiterhin, dass man sich an Vollmond keine neuen Ziele setzen sollte, sondern die bereits gesetzten überprüfen musste. Evaluationen erstellte ich natürlich besonders gerne. Ich vertrieb mir die Zeit mit einer liebevoll aufgearbeiteten Liste meiner bisherigen Dates.

Hm. Da kam überraschend wenig Neues bei rum. Ich mochte Malte sehr, sehr gerne. Entsprechend viele Punkte vergab ich an ihn, allerdings verlor er mehr als die Hälfte wieder, weil er ein Wassermann war. André schnitt erwartungsgemäß deutlich besser ab. Wir harmonierten perfekt. Wie passend, dass ich mich noch mal mit ihm verabredet hatte.

Anschließend recherchierte ich zur Bedeutung von Vollmond. Die Energie des Vollmondes machte viele Menschen reizbar. Hoffentlich kein schlechtes Vorzeichen für mein Treffen. Gleichzeitig galt der Vollmond als die beste Phase überhaupt, um sie in guter Gesellschaft zu verbringen. Das wiederum gab mir Hoffnung für heute Abend.

Bis dahin hatte ich allerdings noch etwas Zeit. In einem Artikel las ich über Rituale, die man an Vollmond machen konnte, um sich optimal auf die kommende Mondphase vorzubereiten. Ich fertigte eine To-do-Liste an und stürzte mich in die neuen Aufgaben.

Ich stiefelte in den nächsten spirituellen Laden, kaufte allerhand Räucherkram und wedelte damit Sarahs Wohnung aus. Ein Bündel Salbei und ein bestimmtes Räucherholz, dessen Namen ich mir partout nicht merken konnte, verbrannten in ruhiger Eintracht zu kleinen Aschewölkchen. Besonders gründlich wedelte ich in dunklen Ecken und vertrieb alle verbrauchte Energie. Zumindest stand das so in meinem Ratgeber. Es war hübsch anzusehen, auch wenn ich Ärger mit Sarah bekam. Sie riet mir eindringlich, meine eigene Wohnung auszuräuchern, um Jan endlich loszuwerden.

Gute Idee!

Oder … nein, doch nicht. Der Mut verließ mich. Ich hatte schreckliche Hemmungen, in meine alte Wohnung zurückzukehren. Als müsste ich mich dort meinem ehemaligen Leben stellen und einsehen, dass es mit Jan komplett vorbei war. Schlummerte da etwa ein trauerndes Herz in meiner Brust?

Kurzerhand ging ich erneut in den Laden und kaufte mir

einen hübsch anzusehenden kleinen Rosenquarz gegen Liebeskummer. Den sollte ich erst mal baden, reinigen und durch die Energie des Mondes neu aufladen. Ob ich jetzt daran glaubte oder nicht, war mir eigentlich egal. Es machte mir Spaß, mich um meinen kleinen Rosenquarz zu kümmern. Danach hängte ich ihn mir um den Hals und freute mich über mein neues Schmuckstück.

Akribisch strich ich den Punkt auf meiner To-do-Liste durch und ging zum nächsten über.

Ich sollte drei Dinge aufschreiben, die ich heute loslassen wollte, und die Zettel anschließend verbrennen. Das war eine tolle Idee. Ich lief zum dritten Mal in meinen mittlerweile lieb gewonnen Laden und kaufte eine kleine feuerfeste Schale. Dann nervte ich Sarah so lange, bis sie mitmachte.

»Hier hast du deine drei Zettel«, erklärte ich ihr. »Schreib auf, was du loslassen willst. Gicht, üble Gerüche oder traurige Gedanken zum Beispiel.«

»Gicht? Wie kommst du denn auf Gicht?«

»War nur so eine Idee.« Ich kritzelte bereits einen halben Roman auf mein erstes Zettelchen. Jan loslassen war das bestimmende Thema. Beim zweiten Zettel musste ich nachdenken. Eigentlich wollte ich nur Dinge dazugewinnen, statt loszulassen.

Meinen Perfektionismus loslassen, schrieb ich nach einiger Überlegung, doch das erfasste es nicht ganz. Ich überlegte und überlegte, kam jedoch nicht auf die richtige Formulierung.

»Jetzt mach endlich«, drängelte Sarah. »Ich hab meine drei Sachen längst aufgeschrieben. Wo ist das Problem?«

Ich zeigte ihr den Schnipsel, obwohl ich unsicher war, ob ich das überhaupt durfte. Egal. »Perfektionismus trifft es nicht ganz exakt«, formulierte ich meine Bedenken, woraufhin sich Sarah totlachte.

»Doch! Genau das trifft es«, bestätigte sie und nahm mir den Zettel weg, bevor ich ihn umschreiben konnte. »Deswegen verzettelst du dich ständig. Ich finde, treffender kannst du es nicht formulieren. Oh! Und als dritten Punkt schreib mal *das Date heute Abend sausen lassen* auf. Sag es ab und triff dich stattdessen mit deinem Wassermann.«

»Das kann ich nicht. Ich ... ich habe große Hoffnungen, dort den perfekten Mann fürs ... hm. Okay. Du hast recht. Ich bleibe bei *Perfektionismus loslassen*.«

Heimlich notierte ich *meinen Wassermann loslassen* auf dem dritten Zettel und zündete diesen als Erstes an. Seltsamerweise schmerzte es in meiner Brust, während ich den Flammen zusah. Ich löschte diesen Zettel ein wenig früher als die anderen, sodass er nur halb verbrannte.

»Und was steht als Nächstes an?«, fragte Sarah amüsiert, die von meinem kleinen Zetteldrama nichts mitbekommen hatte.

»Ich gehe vor dem Date noch Mondbaden. Oder danach. Kommt ein wenig darauf an, wie lange ich für meinen Dankbarkeits-Aufsatz benötige.«

»Dankbarkeits-Aufsatz?«

»Ja, möchtest du mitmachen? Tut nicht weh, macht aber Spaß. Selbst wenn du nicht daran glaubst, dass dich der Mond leitet, hilft es dir weiter.«

Ich hätte niemals gedacht, dass Sarah meinem Rat folgen würde, doch sie schnappte sich genau wie ich ein großes DIN-A3-Blatt und malte und klebte Dinge auf, für die sie dankbar war.

Ich zeichnete ihre Wohnung, kalligrafierte das Wort *Freundschaft*, so gut ich konnte, pinnte ein vergangenes Horoskop dazu und malte Sterne, Sterne, Sterne.

Am Ende fühlten wir uns beide besser – und ich kam beinahe zu spät zu meinem fulminanten Vollmond-Date.

Eine Begegnung weckt Ihre Sehnsucht. Doch Vorsicht! Ihre Bekanntschaft verbirgt etwas.

Vollmond

Es war der absolute Superhorror.

Mein potenzieller Traummann kam unpünktlich, schwitzte Stress und Ablehnung aus jeder Pore, schnaufte beim Hinsetzen, sah komplett anders aus als auf seinem Profilbild und runzelte bei jedem Satz, der aus meinem Mund kam, die Stirn. Als der Ober nicht sofort zu uns eilte, motzte er ihn quer durchs ganze Restaurant an. Anschließend schimpfte er, weil der arme Kerl nicht alles aufschrieb, was er bestellte.

Ich brauchte wirklich meinen gesamten Mut, um die Frage nach dem Sternzeichen zu stellen.

»Skorpion«, grummelte er in seinen mit Vorsuppe beschlabberten Bart.

Auweia. Ich hatte nicht viel über den Skorpion gelesen, weil mir dieses Sternzeichen nicht geheuer war. Dabei passten der verträumte Fisch und der dominante Skorpion theoretisch durchaus gut zusammen. Nur war ich eben kein typischer Fisch und konnte mir nicht vorstellen, mir etwas vorschreiben zu lassen. Ein Satz war mir jedoch besonders im Gedächtnis geblieben: Skorpione entwickelten schnell Rachegedanken, wenn sie von jemandem verletzt wurden.

»Sie sind also auf der Suche nach dem perfekten Mann«, eröffnete mein Gegenüber relativ unerwartet das Gespräch. »Was stellen Sie sich denn da so vor?«

Sie jedenfalls nicht, dachte ich, doch das traute ich mich nicht laut zu sagen. »Ich suche einen einfühlsamen, netten Menschen, mit dem ich viel lachen und das Leben genießen kann«, antwortete ich möglichst neutral.

»Ach ja? Wollen das nicht alle Frauen? Also gut. Um das hier abzukürzen: Ich hab Geld, viel Arbeit und wenig Geduld bei Zickereien. Dafür bin ich absolut treu und erwarte das auch im Gegenzug. Können Sie sich das vorstellen?«

Ich starrte den Typen fassungslos an. Ernsthaft? So was unterbreitete er beim ersten Date? »N...n...nein«, brachte ich schließlich schwach hervor.

Der Typ nickte. »Dachte ich mir schon. Dann beende ich das jetzt an dieser Stelle, bevor wir beide noch mehr Zeit vergeuden. Das habe ich bei meinen letzten zwei Frauen getan. Einen schönen Abend.« Damit warf er seine Serviette auf den Teller, stand auf und strebte gen Ausgang.

»Aber Sie haben doch Essen bestellt!«, rief ich ihm hinterher.

»Zeit ist Geld«, kam die rätselhafte Antwort.

Sekunden später war er verschwunden und hinterließ eine unangenehme Stille sowie etwa zehn Restaurantgäste, die mich neugierig und mitleidvoll anstarrten. Daraufhin kippte ich mein Wasser auf Ex und hob die Hand, um den Ober heranzuwinken. Vielleicht konnte ich unser Essen noch abbestellen?

Mitten in der Bewegung erstarrte ich jedoch. Jan kam herein. Mit seiner unfassbar hübschen Nicht-Putzfrau am Arm, die in ihrem luftigen Kleid einem Modelwettbewerb von Heidi Klum entsprungen schien. Meine Reaktion ließ im Nachhinein betrachtet bedenkliche Rückschlüsse auf meine psychische Verfassung zu.

Ich flüchtete unter den Tisch.

Ja, wirklich. Aus einem Instinkt heraus ließ ich mich einfach zu Boden plumpsen und brachte mich unter der Tischdecke in Sicherheit. Dabei wummerte mein Herz viel zu schnell in der Brust, und ich spürte, wie mir die Röte in den Kopf stieg.

Bitte, bitte, dachte ich. Lass ihn mich übersehen haben.

Dummerweise kam der Ober bereits heran. Er bückte sich, um unter die Tischdecke zu linsen.

»Alles in Ordnung bei Ihnen?«, fragte er besorgt.

Ich hockte zusammengekauert da und ahnte, dass ich hier schlecht sitzen bleiben konnte. Mit dem auffälligen Ober schon mal gar nicht.

»Ich hab nur einen Ohrring verloren«, brachte ich filmreif hervor, schnappte mir einen Krümel vom Boden und tat so, als sei der ein Ohrring. »Da ist er ja.« Mit einem aufgesetzten Lächeln schob ich mich wieder auf die Sitzbank zurück …

… und blickte prompt in Jans viel zu charmante hellblaue Huskyaugen. Mein Tisch stand nah am Eingang, sodass sich direkt daneben der Wartebereich für die hereinkommenden Gäste befand.

»Anja«, rief er überrascht. »Was machst du denn hier?«

Das ist mein Lieblingsrestaurant, das ich dir gezeigt habe, du fieser Möp, dachte ich. Laut sagte ich: »Mein Freund und ich dachten, dass wir mal ausnahmsweise auswärts essen. Wenn du verstehst, was ich meine.«

Gnaaaa. Kein guter Satz. Nein. Keine guten Sätze! Wieso sagte ich denn bloß solche Dinge?

»Dein Freund?« Jan sah sich prompt suchend um, fand aber natürlich niemanden.

»Er musste kurz rausgehen. Ein wichtiges Telefonat.«

»Ah, verstehe. Ja, dann ...« Jan sah seine Nicht-Putzfrau fragend an, danach mich. Die Stille wurde unangenehm. »Ich wünsche euch noch einen schönen Abend.« Nun fokussierte er wieder den Ober. »Wir hatten einen Tisch bestellt. Zwei Personen.«

»Selbstverständlich.« Der Ober winkte die beiden heran.

Nein, dachte ich panisch. *Nein*! Aber ja. Fortuna war mir mal wieder nicht hold. Die beiden bekamen den Tisch direkt neben mir. Jan setzte kurz zum Protest an, hielt dann aber inne.

Was sollte ich denn jetzt tun? Wie immer in solchen Momenten griff ich nach meinem Handy. Es beruhigte mich schon allein, es in den Händen zu halten. Rettung war dadurch gefühlt ganz nah. Tatsächlich fiel mir spontan eine Lösung ein. Sie war bestimmt nicht die allerbeste bei näherer Betrachtung und ... eeegal.

Anja: Lieber Malte, magst du Steak? Leider medium-rare. Ein Bier hätte ich auch anzubieten. Mittlerweile leicht schal, aber trinkbar. Du müsstest jedoch in fünf Minuten hier sein.

Die nächsten zwanzig Sekunden fühlten sich wie zwanzig Minuten an. Jan hatte seiner Nicht-Putzfrau galant den Mantel abgenommen und ihr den Stuhl gerade gerückt. Dabei mied er jeden Blick zu mir. Dass ich einsam und allein an einem gedeckten Tisch saß, war mir dadurch noch mal doppelt bewusst. Ab wann wurde es lächerlich? Wann musste ich ...

Es piepte. Uff.

Malte: Wo ist denn bitte »hier«?

Ah, Mist. Ich schrieb ihm rasch die Adresse und wartete mit angehaltenem Atem. Dabei bemühte ich mich, so zu tun, als würde ich etwas wirklich Lustiges lesen. Außendarstellung war alles, wenn es um ein angekratztes Ego ging.

Malte: Ich schaffe es in etwa zehn Minuten, sehe aber ziemlich ramponiert aus. Nicht so richtig restauranttauglich.

Das war mir völlig egal. Hastig schrieb ich ihm das und setzte nach kurzem Überlegen noch etwas hinzu.

Wenn du reinkommst, darfst du nicht so tun, als würden wir uns heute zum ersten Mal sehen. Du bist nur kurz zum Telefonieren rausgegangen. Könntest du dich ganz liebevoll entschuldigen und dann versprechen, dass du ab sofort dein Handy ausmachst und nur für mich da bist?

Auf diese Nachricht kam leider keine Antwort. Entweder hatte Malte keine Zeit zum Lesen gehabt, oder er hatte kalte Füße bekommen. *Bitte, lass ihn nicht die Flucht ergriffen haben,* dachte ich schaudernd und musste aus den Augenwinkeln einen liebevollen Kuss zwischen Jan und der Nicht-Putzfrau ertragen. Aachen war zu klein für uns drei, beschloss ich verstimmt. Das war so gemein! Ich hatte Jan dieses Restaurant gezeigt. Er hatte kein Recht, seine Liebschaften mit hierherzunehmen.

Bei jedem Türöffnen sah ich hoffnungsvoll auf. Kein Malte. Bis ... da war er endlich!

Als Erstes bemerkte ich den überdimensionalen Werkzeuggürtel um seine Hüften, danach die Sägespäne auf seinem Handwerkeroverall und seltsamerweise erst anschließend den riesigen Blumenstrauß in seinen Händen. Er sah sich für meinen Geschmack etwas zu suchend um und entdeckte mich dann. Sein Lächeln fiel weniger strahlend aus, als ich es mir ausgemalt hatte. Dafür kam er ohne Zögern zu mir rüber und sah mir so tief in die Augen, dass es in meiner Magengegend wild zu kribbeln begann.

»Entschuldige, dass ich dich hab warten lassen. Die hab ich dir als Zeichen meiner unendlichen Zerknirschung besorgt.« Er hielt mir auffordernd den extravaganten Blumenstrauß hin, sodass ich sein Gesicht nicht mehr sehen konnte.

Ich nahm das Ungetüm verwirrt entgegen und bemerkte

danach noch verwirrter, wie nahe mir Maltes Mund plötzlich war. Er hatte sich vorgebeugt, um ...

Wollte er mich etwa küssen?

Ich zog ihm vor Schreck den Blumenstrauß quer durch das Gesicht, woraufhin sich Malte gegen den Begrüßungskuss entschied und sich rasch mir gegenüber setzte. Mittlerweile hatte ich den riesigen Strauß neben mir verstaut.

»Danke«, sagte ich etwas verspätet. »Wo hast du denn dieses Monstrum aufgetrieben?«

»Gegenüber ist ein Blumengeschäft, allerdings macht das gerade zu. Ich hab mir den erstbesten Strauß geschnappt. Schätze, er war nicht ohne Grund noch zu haben.«

Ich musste lachen und vergaß darüber sogar Jan am Tisch neben uns. Als er mir wieder einfiel, erinnerte ich mich auch an meinen zuvor gut überlegten Gesprächseinstieg. »Bist du jetzt fertig mit der Arbeit?«, fragte ich möglichst laut.

Malte verstand sofort. »Ja, Schatz. Ich gelobe, mein Handy wegzulegen, es niemals wieder anzufassen und ganz und gar dir zu gehören. Es tut mir unendlich leid, dass ich es gewagt habe, dich einsam und allein hier sitzen zu lassen. Kommt nicht wieder vor. Zur Entschuldigung werde ich dich heute auf Händen tragen, dir jeden Wunsch von ...«

Ich trat ihn unter dem Tisch, damit er aufhörte. So dick musste er nun auch wieder nicht auftragen.

Malte grinste fies und beendete seine Litanei mit den Worten: »... den Augen ablesen und dich zu Hause ganz besonders verwöhnen.«

Mir schoss prompt das Blut ins Gesicht. So wie er es sagte, klang das verflixt anzüglich. Moment. Er hatte es anzüglich gemeint, wenn ich das Funkeln in seinen Augen richtig deutete. Er amüsierte sich gerade königlich.

Rasch wechselte ich das Thema. »Nicht ganz restauranttauglich trifft es«, sagte ich leise und zeigte auf seine Handwerkerkluft.

Er sah an sich runter und zuckte mit den Schultern. »Es klang nach Notfall, da bin ich sofort los. Du hattest Glück. Momentan sanieren wir ein altes Holzhaus zwei Straßen ums Eck an der Alten Laube.«

»So spät noch?«

Abrupt wirkte Malte müde und abgekämpft. »Was muss, das muss«, murmelte er, nahm einen tiefen Schluck Bier und verzog das Gesicht. »Wie alt ist das denn?«

»Du hast es vor fünfzehn Minuten bestellt.«

»Hab ich das?«

»Ja, hast du.«

Er lachte leise in sich hinein. »Mit dir wird es jedenfalls nicht so schnell langweilig. Darf ich erfahren, was hier eigentlich los ist?«

Durfte er? Ich fand das alles schrecklich peinlich. Gleichzeitig hatte er durchaus eine Erklärung verdient. »Schau mal unauffällig nach links«, flüsterte ich ihm zu.

Er sah prompt dermaßen auffällig nach links, dass Jan es natürlich bemerkte und ihn direkt ansah.

»Hey«, sagte Malte auch noch.

»Hey«, sagte Jan.

Ich stöhnte innerlich auf, doch die beiden Männer hatten wohl alles zueinander gesagt und wandten sich wieder ihren jeweiligen Tischpartnerinnen zu.

»Was ist mit den beiden?«, fragte Malte mich leise.

Ich beugte mich vor, nahm seine Hand und tat so, als würde ich verliebt mit seinen Fingern spielen. Dabei kam ich nicht umhin, seine zerfurchte Haut zu bemerken. Handwerkerhände. »Du musst die dringend eincremen.«

»Du musst mir dringend deine schräge Einladung erklären.«

»Mein Date lief anders als erwartet«, gab ich schließlich flüsternd zu. »Und das neben uns ist Jan. Mein Ex-Freund. Er hat mich mit der Frau ihm gegenüber betrogen und mein Lieblingsrestaurant schändlich gekapert.«

»Aha.« Malte bemühte sich sichtlich, den Zusammenhang zwischen meiner Erklärung und seiner Anwesenheit zu verstehen. Als er begriff, wurden seine Augen riesig. »Nein!«, brachte er hervor. »Das hast du nicht getan. Sag bloß, du hast ihm erzählt, dass du mit deinem neuen Freund hier sitzt.«

»Äh, ja, doch. Leider ist mein eigentliches Date vorhin fluchend und grunzend rausgestampft, nachdem ich ihm klargemacht habe, dass das zwischen uns nicht die große Liebe ist. Das hat Jan zum Glück nicht mitbekommen. Als er dann reinkam und ich so allein am Tisch saß, hab ich etwas zu spontan versucht, die Wahrheit zu vertuschen.« Ich strich Malte möglichst lasziv über den Unterarm, der dank seiner hochgekrempelten Ärmel gut zur Geltung kam. Wieso hatte ich eigentlich bisher nicht bemerkt, was für starke Arme er hatte?

»Du benutzt mich also schamlos«, stellte Malte trocken fest.

Ich überlegte. »Schätze schon«, schlussfolgerte ich. »Schlimm?«

»Ich bin mir noch nicht sicher, was ich davon halten soll. Solange du meinen Arm kraulst, kann ich nicht denken.«

»Dann mache ich besser weiter, sonst hältst du mich für komplett verrückt.«

»Was das angeht, ist der Zug längst abgefahren. Ich bin mir allerdings noch nicht im Klaren, ob mir das Angst macht oder mich fasziniert.« Er legte seine andere Hand über meine und sah mir so tief in die Augen, dass mir ein Prickeln vom Haaransatz über den ganzen Rücken glitt. »Ich bin zurzeit völlig überarbeitet, hab das Gefühl, unterzugehen und meinem Leben nur als Zuschauer beizuwohnen. Mir entgleitet die Kontrolle. Seit Wochen. Monaten. Und dann kommst du daher und zerlegst auch noch meinen festen Vorsatz, Frauen vorerst aus dem Weg zu gehen.«

Ich riss überrascht die Augen auf. »Du wolltest einen auf einsamer Wolf machen?«

»Ich *bin* ein einsamer Wolf.«

»Merkt man aber nicht.«

»Dann bin ich ein einsamer Wolf im Training. Klappt nicht besonders gut.«

»Aber warum sollte man denn überhaupt ein einsamer Wolf sein wollen?«

»Warum will man sein Leben nach den Sternen richten?«

»Nach irgendwas müssen wir uns doch richten. Warum nicht nach den Sternen? Die sind wenigstens hübsch und haben uns seit Millionen von Jahren nicht im Stich gelassen. Die Weisheit der Sterne ist unendlich.«

»Aus welchem Kalender hast du denn den Spruch geklaut?«

Ich tippte gegen meine Stirn. »Ich bin einfallsreicher, als du denkst. Ein kreativer Fisch, schon vergessen?«

Malte seufzte tief. »Ich bin ein einsamer Wolf, der das Alleinsein schon nach kurzer Zeit satthat. Vermutlich bin ich dir deshalb ins Netz gegangen.«

»Hey! Ich hab nicht versucht, dich einzufangen. Das hast du ganz allein geregelt. Außerdem wird mir dieses Gespräch langsam zu heikel. Wassermann und Fisch. Schon vergessen?«

»Ich weiß, ich weiß.« Malte wirkte jetzt noch trauriger und müder als eben. Erschöpft fuhr er sich mit der Hand über die Augen und kniff sich in den Nasenrücken. »Vielleicht hätte ich nicht herkommen sollen. Ich bin heute Abend nicht die beste Gesellschaft. Eigentlich gehöre ich schon längst ins Bett.«

»Aber erst musst du dein Steak essen. Zur Not bin ich gesellige Gesellschaft für uns beide.« Ich blickte auf seine große Hand hinunter, unter der meine begraben lag. Seine rechte lag oben.

Ich stutzte. »Was ist das?«, fragte ich entsetzt. Seine gebräunte Haut war an der Stelle, wo üblicherweise ein Ehering steckte, deutlich heller und ein wenig eingedrückt. Als hätte Malte sehr lange einen Ring getragen und erst vor Kurzem abgenommen. Abrupt zog ich meine Hand zurück. »Bist du etwa verheiratet?«

Malte blickte ebenfalls auf die verräterische Stelle. »Nein. Keine Sorge.«

»Aber das Horoskop …« Ich stockte mitten im Satz, starrte ihn an, wollte ihm so gerne glauben. Mir war Jans Präsenz direkt neben mir nur allzu bewusst. Bei ihm hatte ich es auch nicht kommen sehen.

Er verbirgt etwas vor Ihnen.

Das hatte mein Horoskop vorausgesagt. Vor zwei Wochen hatte es recht gehabt. Mit allem. War das womöglich auch jetzt der Fall?

Malte las in meinen Augen, was ich dachte. Mit einem Schlag wirkte er verärgert. »Jetzt sag nicht, das blöde Horoskop hat dich vor einem miesen Betrüger gewarnt.«

»So in etwa.«

Noch in der gleichen Sekunde stand er auf. »Weißt du, was, Anja? Ich fand dich spannend, eben weil du so anders bist, aber gerade wird mir das zu viel. Ich gehe.«

Baden Sie im Licht des Vollmondes.

Vollmond

Was? Wie? Warum?

Verwirrt sah ich dabei zu, wie mich der zweite Kerl an diesem Abend sitzen ließ. Panisch überlegte ich, wie ich das wieder glattbügeln konnte, doch mir fiel auf die Schnelle nichts ein. Kurzerhand hastete ich Malte hinterher und ignorierte die neugierigen Blicke der übrigen Gäste.

Kühle Aprilluft begrüßte mich und erinnerte mich daran, dass ich meine Jacke im Restaurant zurückgelassen hatte. Tagsüber schien zwar schon länger die Sonne, doch sobald sie weg war, war es weiterhin empfindlich kalt. Mist! Ich fröstelte. Das Problem hatte Malte vermutlich nicht in seiner Handwerkerkluft.

Wo steckte er bloß? Da! Ich entdeckte ihn dank des hell scheinenden Mondes schnell. Er lief mit großen Schritten Richtung Dom und verharrte ganz plötzlich, dachte eindeutig nach. Zögernd drehte er sich um.

Wir blickten uns schweigend an, und da geschah es: Ich

spürte den Zauber der Mondstrahlen auf mir tanzen. Na ja, vielleicht war es auch die Straßenlaterne, die aufgrund einer Fehlfunktion seltsam vor sich hinblinkte, aber was auch immer das für ein Licht war: Es fühlte sich magisch an.

Ein Kribbeln jagte über meinen Rücken. Malte hatte mich in den Bann gezogen. Wie immer.

Geh hin, feuerte ich mich an und schaffte es tatsächlich, die Distanz zu überbrücken. »Es tut mir leid«, sagte ich atemlos. Das lag zum einen an meiner Aufregung, zum anderen daran, dass mir Malte tatsächlich ein wenig die Luft nahm. Verdammt, sah er gut aus. Vor allem in diesem wirklich sehr vorteilhaften Licht. Halt! Nicht träumen. *Das Gespräch, Anja, das Gespräch.*

»Jan hat mich betrogen«, setzte ich rasch hinzu. »Das sitzt tief. Seitdem sehe ich Männer und Beziehungen vollkommen anders.«

Malte wirkte skeptisch. »Ich bin eine ehrliche Haut und mag es nicht, wenn man mir was andichtet. Erst recht nicht, wenn ein mir unbekannter Mensch sich ein Horoskop aus den Fingern saugt, nach dem du dich dann auch noch richtest.«

»Die saugen sich nichts aus den Fingern. Sie deuten Hinweise, Sternkonstellationen und …«

»Bitte, Anja. Verschon mich damit. Vermutlich bin ich im Moment etwas dünnhäutiger. Lass uns ein anderes Mal über Horoskope und Wahrheit diskutieren. Jetzt will ich einfach nur heim.«

»Dann begleite ich dich.«

»Ich finde den Weg auch ohne deine Hilfe.«

»Aber ich möchte es gerne.«

»Dann bin ich anschließend gezwungen, dich wieder nach Hause zu begleiten. Eine Dame lässt man nicht alleine durch die Straßen wandern.«

»Das klingt ja so, als sei Aachen voll die mörderische Metropole.«

»Nein, aber ich bin ein Gentleman. Das lässt meine Erziehung nicht zu.«

»Das klingt für mich eher nach altbackenem Chauvinismus.«

»Du nennst es Chauvinismus, ich nenne es höfliches Benehmen. Worüber diskutieren wir hier überhaupt? Du hast nicht mal eine Jacke an und frierst. Geh zurück ins Restaurant. Hast du eigentlich bezahlt?«

Oh. Mist! Ein Grund mehr, nicht wieder zurückzugehen. Aber wie kam ich dann an meine Jacke? Eins stand fest: Dieses Restaurant konnte ich nie wieder betreten. Mal abgesehen davon, dass mein Ex-Freund es offenbar zu seinem Stammlokal auserkoren hatte, hatte ich mir heute so viele unangenehme Situationen geleistet, dass es für ein ganzes Restaurantleben reichte.

Trotzdem hatte Malte natürlich recht. Ich musste bezahlen. Er wirkte allerdings weiterhin verärgert, und ich wurde das Gefühl nicht los, dass ich ihn verlieren könnte, wenn ich ihn jetzt vom Haken ließ.

Entschlossen zog ich mein Handy aus der Tasche, die ich mir trotz des übereilten Aufbruchs in einem Anflug von weiser Voraussicht geschnappt hatte, und tippte eine Nachricht an Jan.

Anja: Bezahl bitte unser Essen. Wir mussten weg. Notfall. Nimm auch meine Jacke mit und lass sie in der Wohnung.

Die Antwort kam zügig.

Jan: Bist du verrückt geworden? Ich bezahle doch nicht dein Essen.
Anja: Ich habe die Wohnung bezahlt, in der du dich mit deiner Nicht-Putzfrau vergnügt hast. Dein Liebesnest gegen ein Essen. Das bist du mir mindestens schuldig.

Zufrieden mit mir und meiner Lösung steckte ich das Handy wieder ein. »Wir können«, sagte ich zu Malte.

»Hörst du eigentlich nie zu? Du musst mich nicht nach Hause bringen. Ich komme klar.«

»Wir sind Freunde, und so wie du aussiehst, kommst du momentan nicht allein klar. Also bringe ich dich nach Hause. Das gehört zu meinen Pflichten als gute Freundin. Darin übe ich mich nämlich gerade. Mein Monatshoroskop war diesbezüglich ziemlich deutlich. Ich muss mich weniger um meine Arbeit und mehr um die Menschen kümmern, die mir wichtig sind.«

»Dann hör mal zu, was die Menschen, die dir wichtig sind, versuchen, dir zu sagen. Ich will nicht, dass du mich nach Hause bringst.«

Aha. Sofort flammte mein altes Misstrauen wieder auf. Ich kniff die Augen zusammen. »Wieso nicht? Verheimlichst du etwas vor mir?«

»In deinem nächsten Horoskop steht hoffentlich drin,

dass du nicht immer nur vom Schlechten ausgehen darfst und dich dein Misstrauen sonst einsam und griesgrämig machen wird. Du endest noch mit acht Katzen und einem alten Dackel in einer Einsiedlerhütte im Wald.«

Wir starrten uns böse an, bis ich lachen musste. »Einem Dackel? Wie kommst du denn darauf?«

»Ich hasse Dackel. Ich liebe Hunde, aber ich hasse Dackel – und sie mich. Ich bin noch nie von Hunden gebissen worden, nur von Dackeln. Die haben was gegen mich. Darf ich jetzt endlich gehen? Allein?«

Da gab ich auf. Wer war ich, ihn gegen seinen Willen zu begleiten? Wenn er unbedingt verschwinden wollte, konnte ich ihn schlecht an mich ketten, zumal er ohnehin Wassermann war und damit tabu.

»Na gut. Dann bleibt mir nur übrig, dir einen schönen Abend zu wünschen.« Ich winkte ihm bedröppelt zu, wandte mich um und taperte planlos in die entgegengesetzte Richtung. So traurig hatte ich mich selten zuvor gefühlt. Vielleicht noch nie.

»Ach, Anja«, hörte ich Malte hinter mir sagen. »Wie machst du das nur?«

Ich blieb stehen, sah ihn über die Schulter fragend an. »Wie mache ich was?«

»Dass ich jetzt ein schlechtes Gewissen habe.« Er winkte mich wieder zu sich heran. »Lass uns ein kleines Stück zusammen gehen. Wo musst du hin?«

»Ins Frankenberger Viertel.«

»Dann komm. Ich bringe dich.«

Diesmal hatte ich keinen Nerv, erneut mit ihm zu diskutieren. Ich nahm sein Angebot einfach an, weil ich froh um die Zeit mit ihm war. Vielleicht konnte ich das Ruder ja doch noch rumreißen und ihn davon überzeugen, dass ich als platonische Freundin eine gute Wahl war. Mittlerweile machte ich mir große Sorgen, dass er den Kontakt zu mir abbrechen könnte. Ich war anjamäßig übers Ziel hinausgeschossen. Mal wieder.

Krampfhaft bemühte ich mich um einen unverfänglichen Gesprächseinstieg, doch mir fiel nichts ein. Außerdem war mir schrecklich kalt, meine Füße taten weh, und die blöde Strumpfhose rutschte immer runter, sodass sie unangenehm tief zwischen meinen Beinen schlabberte.

»Du schaust so verkniffen«, merkte Malte als guter Beobachter an.

»Meine Schuhe drücken, und ich friere.«

In diesem Moment sprang Malte auf die Straße und wedelte mit den Armen. Ich bekam fast einen Herzkoller. Doch nein. Er war nicht verrückt geworden, er hielt lediglich ein Taxi an und öffnete mir zuvorkommend die Hintertür. »Um quer durch Aachen zu laufen, bist du nicht richtig angezogen. Komm. Ich bringe dich heim.«

Na gut. Ich gab es nicht gerne zu, aber es war wirklich schön, jemanden zu haben, der sich um mich kümmerte. Theoretisch hatte ich das ja für Malte tun wollen, doch ich sah ein, dass ich aufgeben musste. Ich fror wie ein Schneider und konnte vor Zähneklappern kaum noch sprechen.

Die Fahrt verbrachten wir schweigend. Er saß links auf der Rückbank, ich rechts. Möglichst weit voneinander entfernt. Als das Taxi vor Sarahs Haus hielt, geriet ich kurz in

Panik. Wie sollte ich mich denn jetzt verabschieden? Winken? Lediglich nicken?

Malte nahm mir die Entscheidung ab, indem er den Fahrer bat, zu warten, und mit mir zusammen ausstieg. Er kam ums Taxi zu mir herum und blieb vor mir stehen. »Können wir diesen Abend noch mal neu angehen? Vielleicht übermorgen?«

»Da habe ich leider eine Verabredung mit Sarah. Klingt alles sehr mysteriös. Aber komm doch auf ihre Party am Samstag. Sie hat bestimmt nichts dagegen. Ihr kennt euch ja.«

»Äh, okay ... ich komme gerne.« Malte hob die Hand, als wollte er mir zuwinken, und brach die Bewegung wieder ab. »Weißt du, was, Anja? Du könntest als Freundin tatsächlich was für mich tun.«

»Ja? Was denn?« Sofort war ich Feuer und Flamme. Dass uns der Taxifahrer ungeduldig anhupte, ignorierten wir beide.

»Meine Woche war mieser als mies. Schrecklich mies. Ich könnte eine liebe Umarmung gebrauchen.«

Das bekam ich hin. Ich trat auf ihn zu, stolperte dann allerdings über meine eigenen Füße, gefangen in meiner schlecht sitzenden Strumpfhose. Dadurch plumpste ich mehr oder weniger in Maltes Arm und hielt mich an ihm fest.

»Huh!«, machte Malte vor Überraschung. »Nicht so stürmisch.«

Ich drückte ihn hastig und so fest ich konnte an mich und ließ ihn genauso schnell wieder los. Aus einem Abstand von gefühlten zehn Zentimetern starrten wir uns danach an. »Das kann ich besser«, sagte ich schließlich.

»Hoffentlich. Das war die mieseste liebe Umarmung, die ich je bekommen habe. Da umarmt ja sogar mein extrem steifer Papa liebevoller.«

»Okay. Warte.« Ich dehnte mich, als müsste ich mich auf ein sportliches Großevent vorbereiten, woraufhin der Taxifahrer wieder hupte. »Sind Sie Fisch als Sternzeichen?«, brüllte ich ihn an. »Üben Sie sich in Geduld. Stand heute in unserem Horoskop.«

»Ich bin Stier«, brüllte er zurück. »Von Grund auf ungeduldig. Macht hinne da. Jetzt küss ihn endlich, damit wir hier wegkommen.«

Heute hatte ich es aber auch mit Stieren. Bevor ich etwas Finsterböses zurückbrüllen konnte, trat Malte zwischen mich und meinen so unerwartet aufgetauchten Gegner. »Die Umarmung, Anja«, erinnerte er mich.

Also umarmte ich ihn – und diesmal richtig, richtig gut. Anjamäßig-perfektionistisch-gut. Nicht zu viel, nicht zu wenig. Voller Körpereinsatz. Dass es ihm gefiel, war eindeutig, denn er seufzte leise an meinem Ohr und drückte mich ebenfalls leicht an sich. Ich spürte, dass er sich entspannte, obwohl der Taxifahrer weiter hupte.

Ich hingegen bemühte mich, möglichst flach zu atmen. Malte hatte einen ganz eigenen Körpergeruch, der vermutlich durch einen langen Tag harter Arbeit geprägt war. Normalerweise hätte ich das eher unsexy gefunden, doch bei ihm war das anders. Es hatte etwas Animalisch-Sinnliches an sich. Das komplette Gegenteil zu den Anzugträgern, mit denen ich sonst auszugehen pflegte, Jan und André inklusive. Malte war der berühmte Regenbogenfisch unter grauen Karpfen.

Die Wassermetapher erinnerte mich natürlich prompt daran, dass er Wassermann war, was mich wiederum daran erinnerte …

»Hör auf zu denken. Ich spüre förmlich, wie dein Kopf explodiert«, murmelte Malte in meine hysterischen Überlegungen hinein.

»Gar nicht. Ich genieße den Moment.«

»Klar.«

»Spürst du es denn nicht?«

»Was denn?«

Ich atmete Maltes Geruch ein und fühlte dabei noch etwas anderes: Ruhe. Geborgenheit. Entspannung. »Der Vollmond. Wir baden in seinem Licht.«

Kurze Pause. Dann lachte Malte leise auf. »Ernsthaft? Wir baden im Mondlicht?«

Auch ich musste grinsen, regte mich ansonsten aber nicht. »Ja, pure Energie. Merkst du es jetzt?«

Erneutes Schweigen. Dann meinte ich, Maltes Lippen zu fühlen, die an meinem Nacken vorbeihuschten. Ob Absicht oder nicht, wusste ich nicht. Es war jedenfalls ein fulminantes Gefühl.

»Das Mondlicht ist mir egal«, sagte Malte schließlich leise. »Aber dass du hier bei mir bist, das ist mir ganz und gar nicht egal.«

Hach. Wie süüüüß! Den leisen Seufzer konnte ich mir nicht verkneifen. Das war so schön. So wunder-, wunder-,

wunderschön. Leider konnten wir nicht ewig hier rumstehen, zumal der Taxifahrer immer noch hupte.

Ich löste mich widerstrebend von Malte und berührte dabei noch einmal seinen Arm. Seine Brust. Da geschah es. Es britzelte in meinem Bauch. Das Gefühl schoss durch meinen Körper und befreite eine ganze Armee eingesperrter Sternschnuppen. Knisternd machten sie sich auf ihren Weg durch meinen Körper, um mir zuzuzischen: *Malte gefällt dir. Er ist sexy. Charmant. Interessant. Küss ihn.*

Hastig trat ich einen Schritt zurück, um wieder Abstand zu gewinnen. Die Sternschnuppen britzelten weiter in mir herum, doch zum Glück ließ der Taxifahrer den Motor aufheulen und zerstörte damit den Moment endgültig.

»Wir sehen uns Samstag?«, fragte Malte mit leicht belegter Stimme. Ich nickte lediglich, sah ihm dabei zu, wie er zurück ins Taxi stieg, und ließ ihn davonfahren.

Die Sternschnuppen sorgten dafür, dass sich mein gesamter Körper wie elektrisiert anfühlte. Da half ein Vollbad im Vollmondlicht nicht. Und auch nicht, dass ich mir immer und immer wieder gedanklich zurief, dass Fischfrauen Wassermänner niemals küssen sollten. Erst recht nicht, um zu testen, was geschieht.

Vierte Phase

Abnehmender Mond

Besinnen Sie sich auf den Kern Ihres Lebens. Nehmen Sie sich zurück und reflektieren Sie. Laden Sie Ihre Akkus auf, um für den nächsten Neumond gerüstet zu sein.

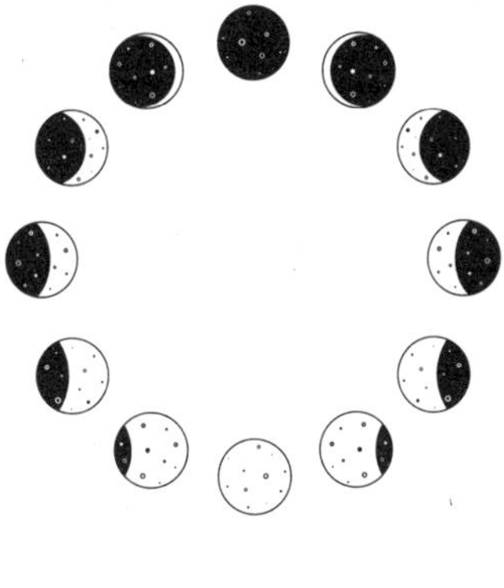

Gönnen Sie sich mal eine Auszeit.

Abnehmender Mond

Ein lauter Schrei riss mich aus meinen Träumereien. Mit einem Quieken sprang ich von der Couch auf, und eine Gurkenscheibe flog von meinem Auge und landete auf dem Boden. Verwirrt und einäugig starrte ich Sarah an, die im Morgenmantel im Wohnzimmer stand und aussah, als hätte sie einen Geist gesehen.

»Anja, bist du es?«, fragte sie.

»Ja, wer sonst sollte denn auf deiner Couch sitzen und sich entspannen?«

Sarah musterte ungläubig das für mich sehr untypische Chaos rund um besagte Couch. »Es ist sechs Uhr morgens«, brachte sie schließlich hervor. »Warum hockst du hier mit Gurken auf den Augen und Quark im Gesicht, statt zu schlafen?«

»Ich entspanne mich. Hat mir mein Horoskop heute dringend angeraten. Besonders soll ich mich um Augen und Füße kümmern. Das erledige ich gerade.«

Sarah besah sich angeekelt den Matsch auf meinen Füßen. »So sieht eine Fußmaske aus?«

»Ja, willst du auch eine? Danach sollen die Füße herrlich weich und die Zehen vollkommen entspannt sein.«

»Anja! Niemand entspannt sich, seine Füße oder sonstige Regionen um sechs Uhr morgens mit irgendwelchen Masken. Kaffee lass ich um diese Uhrzeit gelten. Aber Quark und Gürkchen?«

Ich pappte mir das verirrte Gürkchen zurück aufs Auge und ließ meinen Kopf auf die selbstredend gut vor Matschabdrücken geschützte Couch sinken. »Die Masken sind nur der Auftakt für die absolute Entspannung«, kündigte ich an.

Sarah antwortete nicht. Stattdessen klapperte es lautstark in der Küche, und das himmlische Blubbern von Kaffee erklang. »Willst du auch einen? Dann kipp ich noch Wasser hinterher?«, kam es von Sarah.

»Nein danke. Ich entschlacke heute mit grünem Tee.«

Wenig später kam ich vor Neid fast um, denn Sarah setzte sich neben mich auf die Couch und trank dort extralaut schlürfend ihren verheißungsvoll duftenden Kaffee. Sehen konnte ich sie natürlich nicht, wohl aber hören und riechen.

»Wie war das Date gestern?«, fragte sie schließlich.

Ich brummte.

»So schlimm?«

Ich brummte weiter und hörte erst damit auf, als sie ein Gürkchen lüpfte, sodass ich sie ansehen musste. »Komm schon. Wenn du noch länger bei mir wohnen willst, musst du mich mit Informationen bei Laune halten. Also?«

»Der Typ war ein Skorpion und ist gegangen, bevor das Essen kam. Stattdessen ... Willst du das wirklich hören? Aber du darfst mich nicht auslachen oder schlecht über mich denken.«

Jetzt wirkte Sarah nicht nur interessiert, sondern auch höchst amüsiert. »Was hast du wieder angestellt?«

Also erzählte ich ihr von Jan, von Malte, von seinem und meinem unrühmlichen Abgang und von den Sternschnuppen. Von sehr vielen imaginären Sternschnuppen in meinem Bauch.

»Du hast dich in den Kumpel von meinem Cousin verknallt?«, fragte Sarah ungläubig.

»Nicht verknallt. So weit würde ich nicht gehen, aber ... er hat schon was an sich. Jetzt guck nicht so begeistert. Aus uns wird nichts. Ich suche was Unkomplizierteres als Malte.«

»Wer ist Malte?«

»Der Freund von deinem Cousin?«

»Oh. Ich dachte, der heißt Michael.«

»Nein, Malte.«

»Ich und mein Namensgedächtnis. Ich hab ihn ja auch nur zwei Mal kurz gesehen. Aber egal: Der Typ ist jedenfalls unkompliziert. Total pflegeleicht. Behauptet zumindest Paul.«

»Aber er hat den Abdruck von einem Ehering am Finger.«

»Darüber hat Paul nichts erzählt. Soweit ich weiß, ist er definitiv single. Vielleicht ein Siegelring?«

Hmmm ... Ich dachte darüber nach und schüttelte gleich

darauf genervt den Kopf. »Es ist eigentlich egal, was für ein Ring das war. Er ist Wassermann.«

Ratlos sahen wir einander an. »Das klingt ...«, hob ich an und bemerkte erst dann, was Sarah gerade veranstaltete. »He, hör auf, meine Gürkchen zu futtern! Die gehören auf die Augen.«

»Gürkchen und Quark gehören in eine Schüssel und nicht in dein Gesicht. Glaub mir. Jetzt schrubb endlich die Brösel von deiner Haut und folge mir. Ich lade dich auf ein Frühstück ein. Dabei kann man wirklich entspannen. Was du hier treibst, ist purer Stress.«

»Aber ich habe einen genauen Zeitplan für meine ...«

»Anja, vertrau mir. Du sprichst hier mit der Königin der Prokrastination. Wenn ich eins kann, dann entspannen, obwohl mein Terminkalender platzt. Sieh zu und lerne.«

Das gab den Ausschlag. Ich brauchte erschreckend lange, um die Quarkmatsche von meinem Gesicht zu kratzen, und noch viel länger, um das Zeug auch aus meinem Haaransatz rauszuwaschen. Die Gürkchen hatten meine Augenpartie eher aufgeweicht als gestrafft, sodass ich müde und verquollen aussah. Eindeutig. Runterkommen tat mir einfach nicht gut. Aufs Schminken verzichtete ich trotzdem und verbuchte das unter »neue Wege gehen«. Ohne Kajal und Rouge das Haus zu verlassen gefiel mir immer besser. So war ich viel schneller.

Beim anschließenden Frühstück erholte ich mich tatsächlich mehr, als es bei meiner Couchsession der Fall gewesen war. Ich gönnte mir sogar einen kleinen Kaffee und ein Croissant mit viel Butter. Entschlacken mal anders. Aber hey. Am späten Nachmittag standen für mich noch Sauna und Schröpfen auf dem Programm. Da würde ich alle Gifte dieser Welt ohnehin loswerden.

Als Sarah von meinem Tagesplan erfuhr, lachte sie sich tot. Natürlich wollte sie meine minutiös aufgezeichnete Agenda sehen, aber die rückte ich nicht raus.

»Und was machst du jetzt mit deinem Mann fürs Leben?«, wechselte Sarah abrupt das Thema.

»Ich konzentriere mich auf André. Der ist am erfolgversprechendsten. Vermutlich verabrede ich mich am Mittwoch oder Donnerstag noch mal mit ihm.«

»Lade ihn doch zu meiner Party ein.«

»Bist du sicher? Malte kommt auch. Ich meine, ich will mit ihm nur eine platonische Freundschaft, aber ein wenig seltsam könnte es schon werden, wenn er und André aufeinandertreffen.«

Der Kellner brachte meinen zweiten wirklich ganz kleinen Kaffee und eine Portion Obstsalat mit lediglich ein paar Krokantstreuseln drauf. Zeitgleich klingelte Sarahs Handy. Sie seufzte, als sie die Nummer erkannte.

»Mein absoluter Problemkunde. Ohne ihn wäre ich glücklicher, aber leider auch deutlich ärmer. Da muss ich rangehen.«

»Klar. Ich warte hier.«

Während Sarah hinausging, um in Ruhe zu telefonieren, schnappte ich mir die Tageszeitung, die im Café auslag. Erneut las ich mein Horoskop.

Gönnen Sie sich eine Auszeit.

Sehr witzig. Gönnte ich mir nicht schon seit Wochen

eine Auszeit? Das erinnerte mich an meine Astrologin, die die Dinge scheinbar auch eher langsam anging. Entschlossen zog ich mein Handy hervor und rief sie an. Ich rechnete nicht wirklich damit, dass sie ranging.

Sie nahm aber doch ab und begrüßte mich sogar mit Namen. »Anja, schön, von dir zu hören. Ich hätte dich ohnehin gleich angerufen.«

Klar, dachte ich. Dann erinnerte ich mich an mein Horoskop vom Vortag, das mich zu weniger Misstrauen gegenüber meinen Mitmenschen ermahnt hatte. »Guten Morgen, Nicole«, sagte ich möglichst freundlich, statt ihr Vorhaltungen zu machen.

»Deine Partnerhoroskope sind fertig. So richtig schlau bin ich nicht aus deinen Konstellationen geworden. Bei der Jungfrau sollte die Sache eindeutig sein, doch irgendwie fehlt da etwas. Ich kann es nicht mal genau benennen. Na, vielleicht hilft es dir trotzdem weiter.«

»Und der Wassermann?«, fragte ich und hörte, wie sehr meine Stimme vor Aufregung kiekste.

»Der Wassermann ...«, hob Nicole an und machte eine Kunstpause. »Der hat es dir besonders angetan, nicht wahr?«

»Um ehrlich zu sein, ja.«

»Ist das nicht schon Antwort genug auf deine Frage?«

»Nein, mich interessiert total, was die Sterne sagen.«

Nicole seufzte. »Die zeigen mir interessanterweise zwei Wege. Der eine führt ins Leere, was nicht per se schlecht sein muss. Manchmal heißt es lediglich, dass es ganz von euren Entscheidungen abhängt, ob etwas Gutes entsteht.

Der andere Weg zeigt mir Stolpersteine, aber auch ganz viel Lachen.«

»Stolpersteine? Wie viele?«

»Viele.«

Ach, Mist. »Also sollte ich besser die Finger von ihm lassen?«, fragte ich enttäuscht.

»Nein. Aber vielleicht gibst du dir etwas Zeit, ehe du eine Entscheidung triffst. Denk immer daran. Die Sterne zeigen dir nur Möglichkeiten auf, nicht die Zukunft. Die gestaltest du allein. Weißt du, was? Ich schicke dir die Horoskope zu. Dann kannst du dir in Ruhe selbst ein Bild machen. Außerdem steht noch unsere Tarot-Session aus. Wann hättest du denn Zeit?«

Ich verabredete mich mit ihr für die nächste Woche und legte danach viel trauriger auf als zuvor. Schade. Ich hatte wirklich gehofft, dass mir die Sterne entgegen aller Wahrscheinlichkeit eine fulminante Zukunft mit meinem Wassermann voraussagen würden. Dann wäre die Sache klar gewesen.

Mit einem Schlag schmeckte mir mein Frühstück nicht mehr. Ich war deprimiert.

Als Sarah zurückkam, sah sie nicht viel besser aus. »Hast du was dagegen, wenn wir wieder zurückgehen? Ich hab Mist gebaut und muss das sofort beheben.«

»Klar.« Ich sprang erleichtert auf, bezahlte den Kellner im Stehen und folgte Sarah hinaus, die bereits vorgegangen war. Sie war blass.

»So schlimm?«, fragte ich besorgt.

»Ich glaube nicht, dass er mich noch mal beauftragen

wird. Er war schon das letzte Mal unzufrieden. Scheißdreck.« Sarah fluchte eine Weile vor sich hin, und ich ließ sie aus Erfahrung einfach machen. »So doofe Flüchtigkeitsfehler passieren mir sonst nie.«

»Das klingt, als wärst du völlig überarbeitet.«

Sarah seufzte tief. »Das bin ich auch. Leider ist es schwer, im Grafikbereich die Balance zu halten. Bewerbe ich mich um neue Aufträge und gewinne sie allesamt, steht mir schnell das Wasser bis zum Hals. Bemühe ich mich nur um einen Auftrag nach dem nächsten und es platzt dann einer, hab ich zu wenig zu tun und kann die Miete nicht zahlen. Vielleicht sollte ich mir endlich eine Festanstellung suchen.«

»Aber du liebst die Selbstständigkeit so sehr.«

»Meine Nerven liebe ich aber auch, und die sind in letzter Zeit nicht die besten.« Während sie das sagte, gingen wir zur Wohnungstür. Als sie den Schlüssel ins Schloss steckte, runzelte sie die Stirn. »Nanu, hab ich nicht abgeschlossen?«

»Eigentlich schon.«

Die Tür ging auf, und für den Bruchteil einer Sekunde sah ich ein Baby auf dem Arm einer Frau. Das Baby begrüßte uns mit einem begeisterten Quietscher. Gleich darauf trat Sarah mir so heftig auf die Zehen, dass ich vor Schmerzen aufschrie. Rums. Die Tür war wieder zu. Sarah hatte sie zurück ins Schloss gezogen.

Schwer atmend drehte sie sich zu mir um und starrte mich an, noch blasser als zuvor.

»Was war das denn?«, fragte ich verwirrt und hielt mir den Fuß.

»Welcher Tag ist heute?«

»Montag.«

»Verdammt! So ein Mist. Die sind zu früh zurückgekommen. Ich wollte es dir eigentlich morgen Abend schonend beibringen.«

»Was wolltest du mir schonend beibringen?« Ich verstand kein Wort.

Sarah schluckte hörbar. »Pass auf. Kannst du direkt in die Sauna gehen?«

»Es ist erst halb neun. Die Sauna hat noch gar nicht auf. Sarah, was ist los? Du kannst mir doch ...«

Zack! Die Tür ging wieder auf, und die Frau von eben erschien im Türrahmen. Jetzt erkannte ich sie endlich.

Vanessa! Meine zweite Sandkastenfreundin. Wir hatten uns seit Jahren nicht gesehen oder gehört. Selbst auf meinen liebevoll geschriebenen Brief hatte sie nicht geantwortet.

Auf ihrer Hüfte saß ein sabberndes Baby, das fordernd die Arme Richtung Sarah ausstreckte.

»Mia«, sagte Sarah gespielt fröhlich und nahm das Baby, das beide Arme um ihren Hals schlang und unverständliches Zeug vor sich hinbrabbelte. »Da bist du ja wieder, mein Schatz.« Sie herzte das Baby. Oder war das schon ein Kleinkind? In diesen Sphären kannte ich mich gar nicht aus. Sarah wollte Vanessa ebenfalls umarmen, doch die stand wie versteinert im Türrahmen und starrte mich an, als sei ich eine Erscheinung.

»Anja?«, fragte sie schließlich ungläubig.

»Jawohl. Die bin ich. Überraschung.« Ich wedelte mit den Händen und wusste nicht recht, wie ich auf Vanessa zugehen sollte. Begeisterung sah definitiv anders aus.

»Was machst du denn hier?«

Vage erinnerte ich mich an eine ganz ähnliche Unterhaltung mit Sarah vor ein paar Tagen, nur hatte ich da den Eindruck gehabt, ein paar wenige positive Schwingungen auffangen zu können. Bei Vanessa sah das völlig anders aus. Die wirkte kälter als kalt.

»Ich-«

»Wir reden später«, grätschte Sarah dazwischen. »Neunzehn Uhr? Passt dir das heute Abend, Anja?« Sie sah mich so flehend an, dass ich gar nicht anders konnte, als zu nicken.

»Äh, klar«, sagte ich zögernd. »Bis später dann?«

»Ja, super.« Sarah schob mich regelrecht durch den Hausflur zur Tür. Das Baby auf ihrem Arm fand das ultrakomisch und patschte mit dicken Fingerchen nach meinem Gesicht. Bevor es meine Nase greifen konnte, stand ich bereits draußen, und die Haustür donnerte vor meiner Nase zu.

Was zur Hölle?

Fassungslos starrte ich die Tür an und konnte kaum glauben, was gerade geschehen war. Schon wieder war ich ohne Unterkunft. Erst jetzt fiel mir ein, dass ich neuerdings immer mit leichtem Gepäck reiste. Kein dicker Geldbeutel. Keine tausend Terminkalender. Keine übervolle Handtasche. Ich nahm nur das Nötigste mit, um mich leicht und frei zu fühlen. Leider bedeutete das, dass ich lediglich mein Handy und fünf Euro dreiunddreißig in den Taschen hatte, wie ich schnell nachzählte.

Gönnen Sie sich mal eine Auszeit.

Mit fünf Euro dreiunddreißig würde das schwierig werden, vor allem, wenn ich bis heute Abend durchhalten musste. Wenigstens hatte ich gut gefrühstückt. Ach, Mist. In meine Wohnung kam ich nicht rein, genauso wenig wie in mein Auto. Die Schlüssel lagen in Sarahs Wohnung. Sollte ich klingeln?

Unschlüssig starrte ich die Klingel an und entschied mich dann dagegen. Sarah hatte seltsam panisch gewirkt und mich definitiv dringend loswerden wollen. Da sie mir in der Not geholfen hatte, wollte ich sie jetzt nicht bedrängen, auch wenn ich ihr Verhalten merkwürdig fand.

Hallo? Vanessa war auch meine Freundin – oder war es zumindest mal gewesen. Wieso hatten wir uns nicht einfach aussprechen können? Wieso diese Geheimnistuerei und das Drama um das Baby?

Das Baby ... herrje. Langsam bekam ich wirklich Angst vor der Erklärung.

Vanessa musste die Mutter sein. Das lag auf der Hand, immerhin war das Baby mit ihr aufgetaucht. Aber warum lebten Vanessa und die Kleine bei Sarah und nicht bei Vanessas Mann Dennis in München? Und warum machte Sarah so ein Drama daraus – besonders mir gegenüber? War der Vater womöglich gar nicht Dennis, sondern einer meiner Verflossenen?

All die Fragen würden mir hoffentlich heute Abend beantwortet werden. Bis dahin musste ich mir einen Masterplan überlegen, wie ich bis neunzehn Uhr mit wenig Geld und ohne Unterkunft auskommen sollte.

Wenigstens hatte ich mein Handy dabei.

Ich fragte bei meinem Massagetermin nach, ob sie die

Rechnung auch später stellen könnten. Konnten sie nicht. Ich fragte bei der Sauna an, ob ich auf Rechnung saunieren dürfte. Ging nicht. Ich erkundigte mich bei meiner Friseurin, ob ich auf Pump die Haare gefärbt bekommen könnte. Nein. Unmöglich.

Schließlich sah ich ein, dass Sichentspannen ohne Geld einfach nicht machbar war. Zumindest nicht mit meinen Plänen. Also ging ich in einen Buchladen. Hier hatte ich mich als Jugendliche immer so richtig vertiefen und die Zeit vergessen können. Ich stöberte und las drei Stunden lang, bis mich mein Magen daran erinnerte, dass es langsam Zeit fürs Mittagessen wurde.

Also ging ich zum nächsten Bäcker und rechnete so lange herum, bis ich maximal viel Essen für maximal wenig Geld bekam. Ein belegtes Brot mit Ei, ein Körnerbrötchen und ein normales Brötchen. Das war erschreckend wenig. Wann waren Brötchen so teuer geworden? Auf ein Getränk musste ich verzichten, weshalb mich mein Weg in den nächsten Drogeriemarkt führte, wo ich den Wasserbottich für besonders Durstige leerte.

So. Halb eins. Ernsthaft? Erst halb eins? Rumstreunen war echt zäh.

Wie ganz von selbst führte mich mein Herumgeschlender zur Alten Laube. Mir war wieder eingefallen, dass Malte dort gerade ein Haus sanierte. Ich hatte Glück.

»Anja? Was machst du denn hier?«

Malte stand vor dem Baugerüst und sah in seiner Handwerkerkluft ganz erstaunlich gut aus. Offenbar flog ich voll auf den rustikaleren Look. Wer hätte das gedacht?

Ich bemerkte erst, dass ich ihn anstarrte, als er fragte: »Wolltest du mich besuchen?«

»Oh, äh, nein. Das war … reiner Zufall.« Dass das eine glatte Lüge war, wussten wir vermutlich beide. »Aber jetzt, wo ich gerade schon mal hier bin … Hast du etwa zweihundertfünfunddreißig Euro in bar bei dir? Ich zahl sie dir auch bald zurück.«

»Wofür brauchst du denn das ganze Geld?«

»Für den Friseur, die Sauna und eine Massage. Plus einen Kaffee und vermutlich ein Stück Kuchen. Das gehört zum Entspannen dazu.«

Er musterte mich. »Wo hast du denn deine Handtasche gelassen? Jetzt sag nicht …« Seine Augen wurden riesig. »Bist du etwa schon wieder aus einem Restaurant getürmt und hast die Zeche geprellt?«

»Nein, aber meine Mitbewohnerin hat …« Ich unterbrach meine Ausführungen. Egal, was ich zur Erklärung beizusteuern versuchte – es musste seltsam klingen. »Mein Horoskop sagt, ich soll mich heute entspannen. Leider habe ich kein Geld dabei. Erkläre ich dir demnächst.«

Erleichtert sah ich, wie Malte in seiner Hosentasche kramte und einen Schein hervorzog. »Zwanzig Euro. Weit kommst du damit nicht«, stellte er fest.

»Aber ich könnte mir zumindest ein Taschenbuch kaufen und mich in ein Café setzen, um dort sehr lange und sehr ausgiebig an einer einzigen Tasse Kaffee zu nippen.« Mit neuem Elan schnappte ich mir den Schein und grinste glückselig.

»Oder ich lade dich zu einem kleinen Imbiss ein. Ich

wollte ohnehin gerade Mittagspause machen, bevor ich hier jemanden lynche.«

»So schlimm?«

»Du machst dir keine Vorstellung.« Sein Gesicht verfinsterte sich, als ein noch viel gestresster aussehender Herr aus dem Haus kam. »Was ist jetzt schon wieder los?«, fragte Malte ihn.

»Wir haben eine Besprechung mit Thea. Schon vergessen? In zehn Minuten. Wir sollten los.«

»Ich mach jetzt Mittagspause.«

»Malte, komm schon. Tu das nicht. Geh nicht auf Konfrontationskurs. Lass uns einfach das Treffen mit Thea hinter uns bringen und mit ihr …«

»Anja, komm. Wir haben viel vor.« Malte packte mich am Ellbogen und zog mich vehement von den neugierig guckenden Bauarbeitern fort.

»Das ist eine Scheißidee!«, schrie uns der Mann hinterher. »Futter für Thea. Die schmeißt dich raus!«

»Das soll sie mal versuchen«, brüllte Malte zurück.

»Wer ist Thea?«, fragte ich.

Malte antwortete nicht, sondern zog mich um die Hausecke und damit außer Sichtweite des erbosten Manns. Dort angekommen atmete Malte tief durch und schüttelte sich, als wollte er unliebsame Gedanken loswerden. »Was für ein Katastrophenmorgen«, brummte er.

Ich starrte ihn besorgt an. »Jetzt mal ehrlich, Malte. Geh lieber wieder zurück, bevor du deinen Job los bist.«

»Was sagen denn die Sterne zu diesem Punkt?«, entgegnete Malte trocken.

»Ach, komm. Das ist –«, hob ich an, doch Malte ging dazwischen.

»Nein. Jetzt ernsthaft. Was sagt mein Horoskop? Du hast garantiert eine Zeitung dabei.«

Hatte ich nicht, immerhin war ich übereilt rausgeschmissen worden. Peinlicherweise wusste ich aber durchaus, was in Maltes Horoskop stand. Ich las das nämlich jeden Morgen mit. »Du sollst heute was riskieren«, antwortete ich knurrig. »Aber …«

»Kein Aber. Das Horoskop ist eindeutig. Komm. Ich lade dich ein.«

Mit einem flauen Gefühl im Magen und schlechtem Gewissen im Herzen folgte ich Malte die Pflasterstraße Richtung Innenstadt. Wer in Aachen unterwegs war, zog besser keine Schuhe mit schmalen Absätzen an. Es war sonst beinahe unmöglich, ohne Beinbruch von A nach B zu kommen. Zum Glück hatte ich mich am Morgen für Stiefel entschieden.

Wir setzten uns in ein kleines Café mit jeder Menge Aachener Printen im Angebot. Ob Weihnachten oder nicht: Printen gab es hier immer. Zusätzlich wurden warme Tagesgerichte angeboten, doch mir schmeckte meine heiße Suppe gar nicht. Nach einer Weile ließ ich den Löffel sinken und fixierte Malte so lange, bis er meinen Blick erwiderte.

»Was war das gerade eben? Klang ja schlimm.«

»Ich hab im Moment ein wenig Stress auf der Baustelle und Ärger mit … Thea.«

»Wer ist denn diese Thea? Deine Chefin?«

Er »hrmpfte« dazu lediglich und aß übertrieben konzentriert seine Zucchini-Schafskäse-Taler. Sie rochen himmlisch, doch mir war längst der Appetit vergangen.

»Was hast du jetzt vor?«, hakte ich unbarmherzig nach.

»Ich verbringe den Nachmittag mit dir.«

»Das geht nicht.«

»Ach nein?«

»Nein! Du musst das klären.«

»In etwa so, wie du das mit deinem Chef geklärt hast? Der dich von einem Tag auf den anderen in den Zwangsurlaub gesteckt und dir deine Zugänge gesperrt hat, damit du auch ja nicht arbeitest?«

»Das ist was völlig anderes. Ich wurde nicht rausgeschmissen, sondern ausgebremst. Bei dir klang das dramatischer.«

»Thea kann mich nicht rausschmeißen. Vermute ich zumindest.«

»Ist es denn den Streit wert?«

»Oh ja. Das kannst du mir glauben.« Malte nickte grimmig, vertilgte seinen letzten Taler und zog sich meine bislang kaum angerührte Suppenschüssel heran. »So wie du darin herumlöffelst, isst du das eh nicht mehr. Ich hab Hunger. Weitreichende Lebensentscheidungen zu treffen macht scheinbar hungrig.«

Ich seufzte leise und gab das Thema auf. Malte blockte zu offensichtlich – und wer war ich, mich weiter einzumischen?

»Was steht auf dem Entspannungsprogramm?«, fragte Malte zwischen zwei Löffeln.

»Ich wollte in die Sauna gehen, hatte aber kein Geld dafür. Das Schröpfen hab ich schon abgesagt. Zum Baumyoga könnten wir es noch schaffen.«

Malte verschluckte sich an der Suppe und blickte ungläubig auf. »Baumyoga?«

»Das hat was mit innerer Balance und Seele der Natur zu tun. Vermutlich nicht das Richtige für dich. Also? Sauna?«

Malte zögerte kurz und nickte schließlich grinsend. »Okay ... können wir machen. Glaube ich.«

»Sehr gut. Dann los. Ich muss um neunzehn Uhr wieder bei Sarah sein. Sie will mir dann ein großes Geheimnis erzählen. Frag gar nicht erst.« Ich nötigte ihn, seine beziehungsweise meine Suppe im Rekordtempo aufzulöffeln, drängelte wegen der Rechnung und war schon draußen, bevor er überhaupt aufgestanden war. Jetzt, wo ich durch Malte wieder zu Geld gekommen war, brannte ich vor Feuereifer. Meine Auszeit konnte also doch noch starten!

Ich kam etwa zehn Schritte weit, bis mir mein Denkfehler auffiel. Maltes kurzes Zögern. Die Irritation. Sein amüsierter Blick.

»Wir zwei ... wir können nicht saunieren gehen!«, platzte ich heraus, kaum dass Malte neben mir angekommen war.

Er lachte mich frech an. »Ich hab mich schon gefragt, wann es dir dämmert.«

»Und da sagst du nichts?«

»Hey, wir sind doch nur platonisch befreundet. Da können wir auch ohne Probleme zusammen saunieren. Nackte Tatsachen brauchen uns nicht zu stören – so als platonische Freunde. Oder siehst du das anders? Immerhin haben wir zwei schon einen Nackte-Tatsachen-Film zusammen geschaut. An ... lass mal kurz überlegen ... an unserem ersten Nicht-Date, nicht wahr?« Als Malte meinen panischen Gesichtsausdruck bemerkte, lachte er noch lauter. »Allein dieser Blick war es wert, heute freizumachen.«

Mir schoss die Röte mit solcher Wucht in die Wangen, dass ich mir den Schal vom Hals reißen musste. »Ich gehe nicht mit dir in die Sauna«, stellte ich schließlich klar.

Malte zuckte lässig mit den Schultern. »Es war deine Idee, und du hast so begeistert gewirkt, da wollte ich deinen Enthusiasmus nicht stoppen. Aber Spaß beiseite. Wie wäre es, wenn wir stattdessen mein Pferd besuchen?«

»Du hast ein Pferd?« Malte wurde immer facettenreicher. Wie ein Reitertyp war er mir gar nicht erschienen, wobei ... wie sah denn ein Reitertyp überhaupt aus?

»Ja. Normalerweise besuche ich es am Wochenende und am Mittwoch, aber mir ist letzte Woche eine gewisse Dame dazwischengekommen.« Er sah mich nachdrücklich an.

»Ich weiß nicht ...«, murmelte ich. Eigentlich stand ich nicht so auf Pferde. Die waren mir unheimlich. Ich war grundsätzlich keine Sportkanone. Ich hatte mit Golfen angefangen, um bei Geschäftspartnern mithalten zu können. Es war leider kein Gerücht, dass unglaublich viele wichtige Gespräche während einer Partie Golf stattfanden. So richtig begeistert und talentiert war ich allerdings nicht. Und nun auch noch reiten? »Muss ich aufs Pferd?«, fragte ich bange.

»Nein. Keine Sorge. Scout ist fürs Reiten eh nicht mehr gemacht. Er ist dankbar, wenn wir nur ein wenig spazieren gehen.«

Diese Aussage verwirrte mich. Wer ging denn bitte

schön mit seinem Pferd wie mit einem Hund Gassi? Aber gut. Ich wollte mich nicht als absolut Ahnungslose outen, daher lächelte ich lediglich und nickte. »Dann los.«

Malte freute sich eindeutig über meine Zusage und lotste mich zu einem alten Ranch Rover mit dunkelrotem Lack und blitzblanken Felgen. Der Wagen war ganz klar in die Jahre gekommen, aber gut gepflegt.

Während er mir die Tür aufhielt, klingelte sein Handy – schon zum dritten Mal, seit er die Baustelle verlassen hatte. »Ich stell das gleich ab«, sagte er.

»Geh lieber ran. Ist vermutlich Thea.«

»Das ist der Grund, weshalb ich das Handy gleich abstelle.« Er wartete, bis ich saß, knallte die Tür hinter mir zu und hantierte mit dem Telefon herum, bevor er neben mir ans Steuer rutschte. »Jetzt schau nicht so, Anja. Lass es einfach gut sein.«

»Ich denke nur, dass du gerade einen Fehler begehst.«

»Riskier mal was. Sagt mein Horoskop.«

Das war ein Totschlagargument, daher ließ ich das Thema widerwillig fallen. Wir fuhren schweigend aus der Stadt hinaus, dann räusperte sich Malte lautstark.

»Hast du denn eine Idee, was das für ein großes Geheimnis ist, das du heute Abend erfährst?«

»Sag du es mir – oder frag deinen Kumpel Paul. Sarah ist immerhin seine Cousine.«

»Tja ... was das angeht ...«

»Ja, ja, ich weiß. Sie soll mir das selbst sagen. Es macht mich ganz verrückt. Wusstest du, dass Vanessa aus München zurückgezogen ist? Und dass sie ein Kind hat?«

»Wer ist denn Vanessa?«

»Sarahs und meine Freundin aus Kindertagen. Die beiden scheinen Kontakt gehalten zu haben, im Gegensatz zu mir. Vanessa ist mir eindeutig böse, weil ich mich so lange nicht gemeldet habe. Das macht mir Sorgen. Sarah scheint mir langsam zu verzeihen, und nun habe ich Angst, dass Vanessa sie wieder runterzieht und mich zur bösesten Workaholic-Tante der Nation erklärt. Dabei möchte ich mich gerne mit ihr aussprechen.«

»Ich schätze mal, du hast heute Abend die Gelegenheit dazu.«

»Du kennst Vanessa nicht. Die ist nachtragender als ein Elefant. War sie schon immer. Sie wird es mir sehr, sehr schwer machen, bei ihr zu Kreuze zu kriechen. Mal ganz davon abgesehen, dass ich den Eindruck habe, von einem Minenfeld ins nächste zu tappen.«

»Klingt, als hättest du den Kontakt zu deinen Freunden schon vor längerer Zeit verloren.«

»Ja, und es ist soooo schwer, das wieder aufzuholen. Egal, was ich frage: Die Antworten scheinen immer zwischen uns zu stehen. Dabei bemühe ich mich schon redlich, nicht jedes Fettnäpfchen mitzunehmen.«

»Vielleicht ist das ja gerade das Problem. Du bemühst dich zu sehr, deine Ahnungslosigkeit zu verbergen. Gib doch einfach zu, dass du unendlich viel nicht mitbekommen hast.«

»Das kann ich nicht. Dann fliegt mir alles um die Ohren. Meinem Kumpel Tom hab ich ein Baby angedichtet, dabei hat er nur über seinen Dackel geredet.«

Malte lachte leise in sich hinein. »Hört sich schwer nach dir an.«

»In meinem Freundeskreis gibt es tatsächlich ein geflügeltes Wort für mich. Anjamäßig. Es wird benutzt, wenn jemand übers Ziel hinausgeschossen ist. Das tut schon weh.«

»Für mich hört sich das nicht besonders freundemäßig an. Eher gemein.«

Der Satz ließ mich verstummen. Nachdenklich starrte ich aus dem Fenster und überlegte. War das so? Waren meine Freunde gemein? Schließlich schüttelte ich den Kopf. »Ich glaube, sie meinen es eher liebevoll und ermahnend. Ich habe mich derart in meine Karriere verrannt, dass ich komplett von der Bildfläche verschwunden bin. Dass sie mir das vorhalten, kann ich sogar verstehen. Sarah macht zumindest Anstalten, mir wieder zu verzeihen, und Tom ist ohnehin total entspannt. Aber Vanessa wird eine andere Hausnummer. Wir waren zwar immer Freundinnen, haben uns aber meist nur innerhalb der Clique getroffen. Dass wir mal was allein unternommen haben, war selten. Sie ist ein empfindsamer Mensch, und ich bin jemand, der leider viele Fettnäpfchen mitnimmt. Das hat es schon vor meinem Abtauchen schwierig gemacht, den Kontakt zu halten.«

»Wohnt denn Vanessa jetzt bei Sarah?«

Gute Frage. »Ich habe keine Ahnung. Sie hatte jedenfalls das Baby mit dabei.«

Malte warf mir einen kurzen Blick zu, ehe er sich wieder auf die Straße konzentrierte. »Na, auf die Erklärung bin ich mal gespannt. Hältst du mich auf dem Laufenden?«

»Hat dir Paul denn gar nichts über Sarah verraten?«

Malte schüttelte den Kopf. »Was Sarah angeht, musst du meine geheime Tratschquelle sein.«

»Malte Althaus, sag bloß, du bist eine Klatschtante!«

»Nein! Aber was dein Leben angeht, bin ich tatsächlich merkwürdig interessiert. Da passieren so viele seltsame Dinge.« Malte grinste breit. »Du bist einer der spannendsten Menschen, die mir in den letzten Jahren untergekommen sind.«

»Was kennst du denn für langweilige Leute?« Ich schnaubte empört. Hieß das, dass ich völlig abgedreht war?

»Ich meinte das im positiven Sinne. Nicht ›anjamäßig‹-despektierlich«, sagte Malte prompt.

»Okay, aber das ändert nichts daran, dass ich erschreckend wenig über dich weiß. Mit was für Menschen hängst du rum? Wie ist deine Familie so drauf? Was magst du und was nicht?«

»Das sind alles sehr essenzielle Fragen, die du so ganz nebenbei stellst. Gehören die nicht erst zum dritten Date?«

»Wir hatten keine Dates. Das waren alles nur nette Treffen unter platonischen Freunden.«

Malte lachte wieder leise in sich hinein. »Du und ich werden niemals platonische Freunde sein. Aber gut. Egal, ob Date oder nicht: Ich werde dir deine Fragen beantworten, wenn wir gleich da sind.«

Erst jetzt registrierte ich meine Umgebung. Wir waren aus der Stadt rausgefahren und in eines der kleinen Dörfer rund um Aachen gelangt. Kornelimünster, mein absolutes Lieblingsdörfchen. Die Abtei hier war wunderschön und die Eisdiele im Ort unschlagbar. Leider war ich seit Jahren nicht mehr in der hübschen Altstadt gewesen. Ich hatte nicht viel Ahnung von Architektur, aber die alten Fachwerk- und Bruchsteinhäuser waren immer einen Besuch wert.

Bevor wir zum Ortskern kamen, bog Malte ab, folgte dem Fluss Inde ein Stück und lenkte den Wagen auf eine Zufahrtsstraße mit einem großen Schild *Gutshof Altenberge*. Schneeweiße Zäune, grüne Wiesen und glänzend gestriegelte Pferde säumten die Pappelallee.

»Wow. Das schreit teuer und reich«, kommentierte ich trocken.

»Scout ist ein ehemaliges Rennpferd, er hat früher einige Preise gewonnen. Für meinen alten Freund erlaube ich nur das Beste.«

»Du warst im Renngeschäft?«

»Um Himmels willen, nein! Ich war eine Zeit lang relativ viel auf Rennbahnen unterwegs. Gewettet habe ich nie, aber ... egal. Scout und ich waren uns sofort sympathisch. Ich hab mich dort völlig fehl am Platze gefühlt, genau wie er. Eigentlich springt er nämlich für sein Leben gerne.« Malte fuhr langsamer und deutete auf ein riesiges Pferd mit hellbrauner Mähne und fuchsfarbenem Fell. Anders als die Hochglanzprospekt-Pferde starrte es vor Dreck. »Das Schlammmonster da ist Scout. Er nimmt jedes Drecksloch mit, das er finden kann. Seine Art, zu sagen: Ich wurde lange genug als Champion herausgeputzt. Das muss für mein Leben reichen.«

Ich starrte das Ungetüm an, das gerade genüsslich einen besonders langen Grashalm mümmelte. Malte ließ derweil das Fenster runter. »Hey, Scout! Alter Junge. Komm zum

Stall.« Dann gab er Gas und bretterte mit aufheulendem Motor die Allee entlang.

Ich quiekte vor Schreck und hielt mich am Sitz fest. In der gleichen Sekunde startete das Pferd neben mir durch. Es jagte hinter uns her. Unfassbarerweise holte es rasch auf.

»Der alte Kerl hat es noch drauf«, sagte Malte zufrieden und bremste knapp vor der Hofeinfahrt scharf ab. Scout schoss an uns vorüber und stoppte erst kurz vorm Zaun.

»Ich dachte schon, der springt darüber«, sagte ich mit kieksender Stimme.

»Wäre nicht das erste Mal. Aber Scout weiß, dass er dann kein Leckerchen bekommt.« Malte parkte, schnappte sich zwei Möhren und einen Führstrick vom Rücksitz und zwinkerte mir vergnügt zu. »Bereit, den wichtigsten Mann in meinem Leben kennenzulernen? Na gut. Ein halber Kerl. Er ist ein Wallach.«

»Du hast vergessen, zu erwähnen, dass Scout ein zwei Meter großes nervöses Hemd ist. Ich hatte mir ein putziges altes und sehr gemütliches Shetlandpony vorgestellt.«

»Kein Shetty. Ein Vollblüter, Heißsporn und Angsthase zugleich.«

Malte stieg aus, half mir zuvorkommend aus dem Wagen und geleitete mich danach zu dem riesigen Pferd, das nervös auf der Stelle tänzelte. Ich musste zugeben, dass der Anblick faszinierend war – und beängstigend.

»Mit dem hysterischen Riesenochsen sollen wir spazieren gehen?«, fragte ich ungläubig.

»Reiten werden wir ihn jedenfalls nicht.« Malte begrüßte Scout, indem er seine Nase kitzelte. Weiter oben kam selbst er nicht heran. Erst als das Tier sich den Führstrick anklicken ließ, bekam es eine Möhre.

Ich trat einen großen Schritt zurück, bevor Malte das Tor öffnete und das riesige Pferd von der Weide holte. Dabei musterte Scout mich sehr genau von oben bis unten. Offenbar wurde ich als ungefährlich eingestuft, denn er schnaubte und trottete neben Malte zu den Stallungen.

Erst jetzt bemerkte ich, wie ausladend der Hof war. Der Vorplatz war blitzblank gefegt, kein Hälmchen wuchs in den Rillen des Pflasters. Das weiße Gebäude musste vor Kurzem weiß gestrichen worden sein, genau wie die dunklen Boxentüren und das riesige Stalltor. Aus einigen Boxen schauten Pferde heraus, doch die meisten standen vermutlich auf den grünen Wiesen ringsum.

Eins war klar. Das hier war ein Luxustempel für Pferd und Reiter. Dabei hätte ich von Malte genau das Gegenteil erwartet. Er wirkte so bodenständig. So normal. War er reicher als gedacht?

»Wie kannst du dir dieses Pferdeparadies leisten?«, fragte ich, nachdem ich ihm zugesehen hatte, wie er Scout an einem Pfosten festgebunden hatte.

»Ich habe eine Wette gewonnen. Lange Geschichte. Seitdem hat Scout hier lebenslanges Wohnrecht, solange ich mich um kleinere Reparaturen rund um den Stall kümmere. Ein guter Deal, denn der Anbau ist tipptopp. Bislang musste ich noch nichts tun.« Er grinste mich an, und sofort spürte ich ein seltsames Ziehen in meinem Magen. Nein! Nicht schon wieder. Die Sternschnuppen zischten los und sorgten dafür, dass ich unruhig von einem Bein aufs andere trat.

Malte reichte mir eine Bürste. »Ein Pferd zu striegeln hat etwas Meditatives. Eine ganz andere Art von Auszeit. Willst du es mal versuchen?«

Ich wollte und auch wieder nicht. Bislang hatte ich nur mit braven Ponys auf irgendwelchen Ferienhöfen Kontakt gehabt und nicht mit einem hochdekorierten Rennpferd, das sich vor jeder Fliege an der Wand erschrecken konnte. Aber mein Horoskop war eindeutig gewesen. Entspannung war angesagt.

Also atmete ich drei Mal tief durch, legte den Striegel behutsam auf das warme Fell des Tieres und ließ ihn sanft darübergleiten.

Etwas Erstaunliches geschah. Sowohl das hysterische Pferd als auch ich entspannten uns. Scout hörte endlich mit seiner Tänzelei auf, blieb auf allen vier Hufen stehen, senkte ein wenig den Kopf und gähnte, während ich mit ruhigen Strichen sein Fell bürstete. Es staubte ganz fürchterlich, aber schon bald zeigte sich das fuchsrote Fell darunter.

Malte kümmerte sich derweil um die andere Seite des Pferdes. Auf diese Weise verbrachten wir fast zwanzig Minuten, ohne zu reden. Strich um Strich um Strich. Ein wenig kam ich mir vor wie bei *Karate Kid*, nur dass ich kein Auto polierte. Die Wirkung war vermutlich dieselbe. Ich bewegte mich in gleichmäßigen Bahnen und ließ alle Gedanken fahren.

»So. Ich schätze, Scout ist jetzt hübsch genug für unsere kleine Wandertour. Noch eben schnell die Hufe auskratzen, dann können wir los. Willst du ihn nehmen?«

Nur mühsam kam ich aus meiner meditativen Striegelei

zu mir und sah entsetzt den Führstrick an, den Malte mir auffordernd entgegenhielt.

»Lass mal«, sagte ich inbrünstig. »Ich mag mein Leben.«

Malte lachte vergnügt. »Dachte ich mir schon, aber du verpasst etwas. Nicht umsonst gibt es jede Menge Managertrainings mit Pferden oder geführte Lamatouren, um innere Balance zurückzugewinnen.«

»Nur ist das hier kein Lama, das mich durch seine Ruhe und Sanftmut vollkommen entschleunigt. Scout ist ein Pulverfass, das jeden Moment explodieren könnte.«

»Der tut nur so. In Wirklichkeit ist er lammfromm.« Malte nahm mir die Bürste weg, warf sie achtlos in einen Putzeimer und kratzte danach die vier tellergroßen Hufe des angeblich lammfrommen Scout aus. Das hatte mit Meditation schon weit weniger zu tun. Das Pferd wusste genau, dass es jetzt losging, und war entsprechend nervös.

Malte hingegen ließ sich nicht stressen, bis auch der letzte Dreck aus den Hufen entfernt war. Mit Scout an der Leine fegte er den Schmutz weg und winkte mir zu. »Kommst du?«

Ich hielt genügend Sicherheitsabstand, während wir den Hof verließen und auf einen Feldweg einbogen. Schnell stellte ich fest, dass ein »Spaziergang« mit einem Vollblut keiner war. Vielmehr musste ich traben, um Schritt halten zu können.

»Kann der auch langsamer?«, schnaufte ich.

»Ich bin schon stolz, dass er mittlerweile so ruhig und langsam unterwegs ist. Was meinst du, wie die ersten Spaziergänge aussahen? Ich dachte, der lernt das nie.«

Langsam? Das sah ich aber anders.

Die nächsten fünf Minuten war ich damit beschäftigt, hinter Scout und Malte herzujoggen. Dabei bemerkte ich zwei Dinge: Die Umgebung war der absolute Superwahnsinn und meine Kondition genau das Gegenteil. Wann war ich dermaßen eingerostet? Ich war nicht mal in der Lage, fünf Minuten am Stück langsam zu joggen. Das musste ich dringend ändern.

Wenigstens kam ich nicht dazu, mir über das Gespräch mit Sarah heute Abend einen Kopf zu machen oder mich wegen Jan und der Männerwelt zu ärgern.

Schließlich hielt Malte an einem kleinen Bach an, damit Scout trinken konnte. Ich hingegen ließ mich schnaufend auf einer Baumwurzel nieder und strich mir den Schweiß von der Stirn. »Ich bin nicht so ganz in Form«, gab ich zu.

»Welche Form?« Malte zwinkerte mir zu. »Du bist wie ich, bevor ich zu Scout kam. Eigentlich dachte ich, ich sei dank Fitnessstudio und meinem Job körperlich gut ausgelastet. Dann bin ich mit Scout zum ersten Mal in freier Natur richtig schnell gelaufen und wurde eines Besseren belehrt. Nichts fordert und entspannt mehr als ein flotter Spaziergang durch Wald und Feld.«

»Du könntest Motivationstrainer werden«, brummte ich zwischen weiterem Gehechel.

Malte zauberte von irgendwoher eine Wasserflasche und reichte sie mir. »Sollen wir umdrehen?«

»Nein, aber eine längere Pause wäre nicht schlecht.«

Daraufhin band Malte sein monströses Pferd an einem Baum fest und setzte sich neben mich.

»Schön ist es hier«, bemerkte ich, sobald mein Gehirn wieder über genug Sauerstoff verfügte.

»Hast du deine Horoskop-Tante wegen meiner genauen Geburtsdaten gefragt?«, erkundigte sich Malte auf einmal.

Ich runzelte die Stirn und bemühte mich, den Themenwechsel einzuordnen. Momentan war ich eigentlich bei »wunderschöne Landschaft« und »tolles Wetter«, sprich bei Small Talk. »Bislang nicht«, log ich ungeniert. Auf keinen Fall wollte ich verraten, dass unser Partnerhoroskop nicht der Brüller war.

Malte sah mich so lange herausfordernd an, bis ich die Schultern entschuldigend zu den Ohren hochzog. Ertappt. Er kannte mich erschreckend gut. »Na gut. Ich hab das Horoskop für Fischfrau und Wassermann bereits vorliegen. Sieht finster aus. Die Sterne sagen, dass wir nicht kompatibel sind. Da habe ich mit Axel mehr Chancen.«

»Axel? Ich dachte, der heißt André.«

Autsch. Verdammt! Er hatte recht. »Ich meinte natürlich André.«

»Scheint ja ein toller Typ zu sein. Er hat sich jedenfalls tief in dein Gedächtnis gegraben«, sagte Malte genüsslich.

»Er ist wirklich toll. Übrigens kommt er auch zu der Feier am Samstag.«

Maltes Lächeln gefror. »So ernst ist es dir also mit deinen Sternen«, sagte er traurig und wich meinem Blick aus, indem er auf seine Schuhspitzen blickte.

»Ich habe immer mit offenen Karten gespielt. Und ja, mir ist es ernst. Ich will die Sterne noch mal genauer befragen. Vielleicht bringt mir eine Runde Tarot Klarheit.«

»Tarot? Du willst ernsthaft deine Zukunft vom Kartenlegen abhängig machen? Gilt das überhaupt als Sterndeutung?«

»Jedem Sternzeichen wird eine bestimmte Tarotkarte zugeteilt. Die beiden Dinge sind eng miteinander verzahnt.« Ich tätschelte sein Knie. »Du kannst ganz entspannt sein. Ich bekomme schon heraus, was das zwischen uns ist.«

Malte fing meine kumpelhaft tätschelnde Hand gekonnt ein und behielt sie bei sich. Er sah mir tief in die Augen. So tief, dass meine inneren Sternschnuppen zufrieden eine Runde drehten. »Ich könnte dir jetzt und hier zeigen, was das zwischen uns ist«, sagte er sanft. Prompt bekam ich Gänsehaut.

»Meinst du?«, entgegnete ich und hielt die Luft an, weil Malte mich langsam näher zu sich zog und seine Hand über meinen Arm hoch zu meiner Schulter gleiten ließ.

Das Gefühl war verboten schön.

Vor allem, weil er gleichzeitig seine andere Hand zart an meine Wange legte. Lächelte. Sich mir langsam annäherte.

Ich starrte auf seine Lippen und fragte mich, wie es wohl wäre, Malte zu küssen. Diesen warmherzigen, wunderbaren Mann. Diesen Typ, der mich von der ersten Sekunde an interessiert hatte. Der offenherzig schien und mir nicht nur ein Mal aus der Patsche geholfen hatte.

Der …

… ein Wassermann war!

Ja und?, dachte ich störrisch. Ausnahmen bestätigen die Regel. Sagt jeder.

Ach ja, antwortete ich im Geiste der Stimme der Rebellion. Und wohin hat uns das bislang gebracht? Eine gescheiterte Beziehung nach der nächsten. Weil du ja unbedingt deinem Bauchgefühl vertrauen wolltest. Das hat uns direkt zu Jan geführt.

Aber, hob ich zu einer Verteidigungsrede an, Jan war doch ein ganz anderes Kaliber als …

Maltes Lippen berührten meine. Ganz zart. Ganz vorsichtig. Weich und warm und lebendig. Verheißungsvoll und vor allem sehr, sehr sexy. Ja, auch kleine Berührungen konnten sexy sein. Ungeheuer sexy.

Ich musste all meine Kraft aufwenden, um mich nicht unverzüglich in diese winzig kleine Berührung fallen zu lassen. Um nicht meine Arme um seinen Hals zu schlingen und mich ihm entgegenzuwerfen.

Stattdessen hielt ich ganz still. Wie ein verängstigtes kleines Häschen vor dem großen bösen Wolf, bloß war dieser große böse Wolf überhaupt nicht böse. Zumindest hoffte ich das.

Es britzelte zwischen uns. So heftig und so intensiv, dass ich es auf keinen Fall ignorieren konnte. Ein alarmierendes, wunderschönes Gefühl, das am kleinen Zeh anfing und in meinen plötzlich nervös zuckenden Augenbrauen endete. Ernsthaft. Die rechte Braue hüpfte auf und ab, als hätte sie Schluckauf. Mein Magen zog sich ruckartig zusammen, genau wie mein Herz und meine Kehle. Vermutlich eine Überreaktion meiner völlig angespannten Nerven. Vielleicht lag es aber auch am Sauerstoffmangel, denn ich hatte die Luft angehalten.

Malte ließ sich Zeit. Noch immer machte er keine Anstalten, mich richtig zu küssen. Vielmehr schien er auf eine Antwort von mir zu warten. Eine Antwort, die ...

Ein Pferdemaul schob sich zwischen uns. Scout, der in dieser Sekunde laut schnaubte und uns mit Zeug aus seinen geweiteten Nüstern besprenkelte. Erschrocken fuhren wir auseinander.

»Iiiiih«, quiekte ich.

»Bääh«, machte Malte.

Das Pferd rieb den Kopf an seiner Schulter und schnaufte zufrieden. Aufmerksamkeit bekommen. Ziel erreicht. Ich hingegen blieb in einem absolut chaotischen Zustand zurück.

Malte hatte mich küssen wollen.

Und jetzt?

Heute ist kein guter Tag, um weitreichende Entscheidungen zu treffen.

Abnehmender Mond

Ich stand seit etwa zehn Minuten vor Sarahs Haustür und starrte die Klingel an. Dabei schwirrte mir der Kopf. Maltes Beinahe-Kuss hatte mich aufgewühlt, der anschließende recht steife Rückweg von der Wiese zum Stall noch mehr, von der Fahrt hierher ganz zu schweigen. Ich war völlig fertig. Dabei hatte ich mein eigentliches Problemgespräch noch vor mir.

Was erwartete mich dadrinnen?

Malte, der im Auto wartete, hupte und ließ das Fenster runter. »Jetzt klingel!«, rief er mir zum zweiten Mal zu.

»Jetzt fahr!«, antwortete ich im selben Tonfall.

»Erst, wenn du geklingelt hast.«

Also klingelte ich. So beherzt und schnell wie möglich.

Der Summer ertönte keine fünf Sekunden später, und ich winkte Malte zu, damit er endlich verschwand. Er hatte sogar angeboten, mitzukommen. Als Rückendeckung. Ich hatte abgelehnt. Das hier musste ich allein durchstehen. Außerdem brachte er mich im Moment mehr durcheinander, als dass er mir half.

Mensch. Er hätte mich fast geküsst. Oder ... hatte er mich geküsst?

Ich öffnete die Haustür und sah Sarah an der Schwelle ihrer Wohnung stehen. Sie wirkte mindestens genauso nervös, wie ich mich fühlte. Allerdings vermutlich aus ganz anderen Gründen. Wir umarmten uns fest. Offenbar hatten wir das beide nötig gehabt.

Etwas umständlich nahm sie mir den Mantel ab und legte gleichzeitig den Zeigefinger auf die Lippen. »Wir müssen leise sein. Vanessa bringt Mia ins Bett. Das geht normalerweise recht schnell. Komm. Wir gehen erst mal auf die Terrasse und gönnen uns einen Chai Latte.«

Oh nein. Bitte nicht wieder diesen gruseligen Chai Latte! Als höflicher Gast bedankte ich mich natürlich brav und folgte Sarah in die Küche, wo sie aus einer ... Hilfe! ... aus einer Thermoskanne ein Kaffee-Tee-ähnliches Gebräu schüttete. Was war nur mit ihren Geschmacksnerven los?

Ergeben nahm ich die Tasse entgegen und ging damit bewaffnet nach draußen. Ob ich den Inhalt ganz schnell in den Büschen entsorgen konnte? Nein. Zu spät. Sarah war mir direkt gefolgt und setzte sich in einen der Liegestühle. Seufzend nippte sie an ihrem Chai Latte – oder was auch immer das war.

»Ich gebe zu, dass mich die letzten Tage sehr geschlaucht haben. Tut mir leid, dass ich dich vorhin so abrupt rausgeschmissen habe«, sagte sie.

»An abrupte Abgänge gewöhne ich mich langsam. Meine Spezialität«, flachste ich und nahm die Liege neben ihr. Anders als sie legte ich mich nicht hin, sondern blieb nervös aufrecht sitzen.

»Was ist hier los, Sarah?«, fragte ich schließlich sanft.

»Vielleicht warten wir besser auf Vanessa«, wich sie prompt aus.

»Ich glaube nicht, dass das eine gute Idee ist. Vanessa ist mir schon aus Prinzip böse. Das war sie aus irgendeinem Grund bereits, bevor ich mich in den letzten Jahren rargemacht habe. Sie hat mich gemieden, wann immer es ging. Dass ich mal zwei Sätze mit ihr sprechen konnte, war eine Seltenheit. Die ganze Zeit zermartere ich mir das Gehirn, was ich gesagt oder getan haben könnte, aber so richtig weiß ich es nicht. Als ich sie heute Morgen gesehen habe, war dieses alte ungute Gefühl zurück. Als würde sie mich eigentlich hassen. Das ist ein schrecklicher Gedanke, der mich den ganzen Tag nicht losgelassen hat.«

»Sie hasst dich nicht.«

»Ach nein? Hast du ihren Blick gesehen?«

»Ja, okay. Zugegeben. Es gibt wirklich nettere Empfänge, aber die Situation war überfordernd für alle Seiten. Ich hätte sie vorwarnen müssen, dass du hier kurzzeitig eingezogen bist.«

Ich runzelte die Stirn. »Warum hättest du das tun sollen? Es ist schließlich deine Wohnung. Du brauchst ihre Erlaubnis nicht, um mich bei dir schlafen zu lassen.«

»Na ja, ganz so einfach ist es nicht. Vanessa …« Sarah seufzte tief. »Sie wohnt hier ebenfalls. Um genau zu sein, ist es sogar ihre Eigentumswohnung. Sie hat sie mir abgekauft, weil ich den Kredit nicht mehr zahlen konnte.«

Entsetzt riss ich die Augen auf. »Was? Aber, Sarah! Du hättest doch was sagen können! Ich hätte dir jederzeit Geld geliehen.«

»Ach ja? Und wie genau hätte ich dich fragen sollen? Per Messengerdienst? Über Social Media? Ans Telefon bist du ja nicht gegangen, und live hat man dich ohnehin nie gesehen.«

Okay. Punkt für sie. »Aber ich hätte dir was geliehen«, antwortete ich lahm.

»Ich weiß.« Auch Sarah setzte sich nun auf und stellte die Tasse auf ihren Knien ab, hielt sich quasi daran fest. »Die anderen waren sich immer sicher, dass wir dich komplett verloren haben. Ich habe das nie geglaubt. Eines Tages kommt sie wieder, habe ich gesagt.«

»Tadaaa«, sagte ich wenig enthusiastisch. »Ach, Mensch, Sarah. Tut mir echt leid, dass ich dich so alleingelassen habe.«

»Ich war nicht allein. Nie. Erst hat Tom mich unterstützt, danach Vanessa. Auch sie hat eine schwere Zeit hinter sich. Sie war im zweiten Monat schwanger, als sie sich von ihrem Mann getrennt hat. Wohin sollte sie gehen? Sie war froh, dass sie hier unterkommen konnte.«

»Sie hat sich von Dennis scheiden lassen?«, hakte ich ungläubig nach. Die Neuigkeit war an und für sich schon heftig, aber während einer Scheidung auch noch schwanger zu sein? Hilfe!

»Die arme Vanessa«, brachte ich hervor und kämpfte augenblicklich mit dem schlechten Gewissen, das sich in meinem Magen regte. Da hatte ich noch eine weitere Freundin ganz schön im Stich gelassen mit ihren Problemen. Selbst wenn wir mittlerweile nicht mehr wirklich auf einer Wellenlänge surften, wollte ich nicht, dass ihr solch schreckliche Dinge passierten.

»Vanessa und Dennis haben sich nur noch gestritten. Über alles. Das Baby sollte die Beziehung wieder in neue Bahnen lenken, aber kaum war Vanessa schwanger, wurde es noch schlimmer. Dennis ist völlig in Panik geraten. Da haben sie bemerkt, dass auch ein Baby ihre Ehe nicht mehr retten kann. Sie haben sich getrennt.«

»Und dann ist sie hier eingezogen?«

Sarah nickte. »Es war ein Segen. Vor allem, weil ich dadurch eine Tochter bekommen habe.«

Ich blinzelte irritiert und versuchte, Sarahs Worte zu erfassen. So eindringlich, wie sie mich anstarrte, lauerte sie auf jede einzelne meiner Regungen. *Jetzt mach keinen Fehler*, dachte ich. Was genau wollte mir Sarah durch die Blume sagen? Und warum verriet sie es nicht einfach?

»Sarah und ich sind ein Paar«, unterbrach Vanessas Stimme meine verzweifelt rotierenden Gedanken. »Wir ziehen gemeinsam Mia groß. Ich habe Mia geboren, Sarah hat sie als ihre Tochter angenommen. Zwar noch nicht offiziell, aber wir arbeiten an diesem Punkt.«

Ich hatte mich etwas zu heftig zu Vanessa umgedreht, sodass der Tee übergeschwappt war. Egal. Nasse Klamotten waren nebensächlich, während mir ihre Worte ins Hirn sickerten.

Was?

Ich starrte Vanessa an, die ich – abgesehen von unserem Zusammenstoß heute Morgen – seit Jahren nicht gesehen hatte. Sie trug ihre Haare noch immer lang und offen. Kein Wunder. Sie hatte die schönsten Haare der Welt. Sanft gewellt, stets wie frisch vom Friseur. Ihr Gesicht war etwas spitzer geworden, die Haut ein wenig blasser, aber ansonsten hatte sie sich erstaunlich wenig verändert. Noch immer blitzten ihre braunen Augen mich angriffslustig an, und ihr Mund war leicht zusammengepresst. Als stünde sie permanent unter Stress.

»Vanessa«, brachte ich schließlich heraus. Erst dann fiel mir ein, dass ich nicht wusste, wie ich sie angemessen begrüßen sollte. Umarmen war jenseits aller Vorstellungen. Dazu strahlte sie zu viel Ablehnung aus. In meiner Verzweiflung hob ich die Hand und winkte. »Hey«, sagte ich schwach.

»Hallo, Anja«, antwortete Vanessa ähnlich distanziert. Sie löste sich von ihrem Posten an der Terrassentür, lief zu Sarah, setzte sich neben sie und nahm demonstrativ ihre Hand. »Wir zwei sind ein Paar«, wiederholte sie noch einmal.

Oookay, dachte ich. Das hatte ich wirklich nicht kommen sehen. Reagier ja richtig, war mein nächster Gedanke. Freu dich! Auf jeden Fall darfst du jetzt nichts Blödes sagen!

»Oh«, war alles, was ich hervorbrachte.

Daraufhin sah Vanessa Sarah triumphierend an. »Siehst du? Ich sag doch, dass sie total merkwürdig auf die Neuigkeiten reagieren wird.«

»Jetzt lass ihr erst mal Zeit, die Sache zu verstehen«, antwortete Sarah.

»Meinst du, sie hätte auch mit einem ›Oh‹ reagiert, wenn ich ihr gesagt hätte, dass ich mit Tom zusammen bin?«

Aaaaah! Endlich verstand ich. Daher wehte der Wind. Hastig wollte ich klarstellen, dass jeder jeden lieben durfte, doch Sarah kam mir zuvor.

»Es ist schon eine dicke Nummer, wenn zwei ihrer ältesten Freundinnen sich zeitgleich outen und dann auch noch erklären, dass sie ein Paar sind und gemeinsam ein Kind großziehen.«

»Außerdem wäre ich völlig entsetzt gewesen, wenn du mit Tom zusammengekommen wärst«, platzte es aus mir heraus. Endlich fand ich meine Sprache wieder. »Vanessa! Du denkst doch nicht im Ernst, dass ich homophob bin, oder? Du musst mir schon einen Moment der Überraschung zugestehen. Ich freue mich natürlich für euch. Wirklich. Sarah war so lange allein. Sie hat einen liebevollen Partner … äh … eine liebevolle Partnerin an ihrer Seite verdient. Jaja. Jetzt raste nicht gleich aus. Ich muss mich erst ans Umdenken gewöhnen. Du warst immerhin mit Dennis verheiratet, und Sarah …«

Okay. Jetzt, wo ich das sagte, zockelte so manches Puzzleteil, das mich bislang irritiert hatte, an den richtigen Platz. Sarah hatte als Einzige aus unserer Clique nie einen Freund gehabt. Für mich war sie der ewige Dauersingle gewesen. Ein wenig zu kritisch den Macken anderer Menschen gegenüber. Etwas zu kontaktscheu und ein My zu bequem, um auf jemanden zuzugehen. Dass sie in Wirklichkeit kein

Interesse an Männern hatte, war mir nie in den Sinn gekommen.

Vielleicht war ich doch kleingeistiger als ich bisher gedacht hatte.

Abrupt wandte ich mich von Vanessa ab und Sarah zu. »Du hättest mir jederzeit sagen können, dass du auf Frauen stehst«, sagte ich streng zu ihr.

»Ich weiß.«

»Wieso hast du das nie erwähnt? Du weißt doch, dass mir das total wurscht ist!«

»Auch das ist mir klar, nur habe ich den richtigen Moment verpasst.«

»Den richtigen Moment? Seit wann weißt du es denn?«

Sarah presste die Lippen fest zusammen und schwieg.

»Sie weiß das schon seit Jahren. Seit ihrer Jugend. Seitdem sie schwer in dich verknallt war und du es einfach nicht kapiert hast«, mischte sich Vanessa ein.

»He!«, ging Sarah dazwischen. »Sprich gefälligst nicht für mich. Das kann ich selbst.«

»Dann rede endlich, Sarah. Fang an, zu deinen Gefühlen zu stehen.«

»Aber hier geht es doch gar nicht ums Outen«, korrigierte Sarah scharf. »Hier geht es darum, dass du Anja mal so eben erklärt hast, dass ich jahrelang in sie verknallt war. Findest du nicht, das hätte ich ihr selbst sagen müssen?«

»Hast du aber nicht. Hättest du auch nie getan. Du tust noch immer so, als wäre Anja eine Heilige. Ist sie nicht. Sie …«

Ich sprang auf die Füße, sodass auch der letzte Rest Chai

Latte aus meiner Tasse hüpfte. »Ich habe Tom geküsst. Ja, verdammt. Ich hab Tom geküsst.«

Bumm.

Die beiden verstummten und starrten mich irritiert an. »Über Jahre habe ich ihn heimlich angeschmachtet«, sprudelte es aus mir heraus. »Aber er und Katharina waren das Traumpaar schlechthin. Als Katharina über Silvester mit ihren Eltern in den Skiurlaub gefahren ist, hab ich die Gelegenheit ergriffen und Tom zu Neujahr geküsst. Ich habe alles gegeben, was ich konnte. Es war der schrecklichste, peinlichste und seltsamste Kuss meines Lebens. Tom hat mich angestarrt, als wäre ich eine Außerirdische. Dann hat er total verächtlich gefragt: ›Was war *das* denn?‹, und hat sich geschüttelt. Er hat sich ernsthaft geschüttelt, als ob er eine Nacktschnecke hätte küssen müssen. Daraufhin bin ich aus dem Haus gestürmt und vor ein Auto gelaufen.«

»Was?«, rief Sarah. »Deshalb bist du Silvester ins Krankenhaus gekommen? Ich dachte, der Fahrer wäre besoffen gewesen!«

»War er auch, aber ich bin ihm auf der Flucht vor Toms angeekeltem Gesicht quasi auf die Motorhaube gehüpft.«

»Und das hast du uns nie erzählt?«

»Nein. Das war mir viel zu peinlich, immerhin war Tom in unserer Clique. Er hat kein Wort darüber verloren. Allerdings war unser Verhältnis nie wieder dasselbe. Was ich damit sagen will: Ich weiß genau, wie es sich anfühlt, wenn man jemanden über Jahre hinweg heimlich anschmachtet und leise und still vor sich hinleidet. Ob homo-, bi- oder heterosexuell ist dabei völlig schnurz. Es tut genauso weh.

Also lasst doch bitte die Vergangenheit erst mal Vergangenheit sein und uns über die Gegenwart sprechen. Die kleine Maus ist eure Tochter? Wie cool ist das denn?«

Ich warf mich spontan in Sarahs Arme, die mich zum Glück im letzten Moment auffing und davor bewahrte, mit dem Gesicht voran in Vanessas Schoß zu landen.

»Ich freue mich so für euch«, brachte ich noch hervor, bevor Sarah und ich zu heulen begannen. Kurz entschlossen zog ich Vanessa mit in die Umarmung und brach ihr Sträuben mit purer Kraftanstrengung. »Es tut mir so leid, dass ich euch in diesen bewegenden Zeiten nicht beigestanden habe«, setzte ich hinzu. »Zukünftig wird das besser laufen. Ab sofort bleibe ich an euch kleben wie Kleister. Bestimmt. Ich bin mir ...«

Das Babyfon meldete sich, und ein lautes Quaken ertönte. Mia war von meinem Jubeln aufgewacht.

»Na toll«, seufzte Vanessa gereizt, löste sich ruppig aus meinem Griff und stand auf. »Ich bin gleich wieder da.«

Die Drohung war nicht zu überhören, genau wie ihr Blick nicht falsch zu verstehen war. Es passte ihr ganz und gar nicht, dass sie Sarah allein mit mir zurücklassen musste. Ich hingegen war noch nie so froh über Babygeschrei gewesen.

Höflichkeitshalber wartete ich, bis Vanessa im Haus verschwunden war, dann startete ich meinen Fragenmarathon. »Du weißt doch, dass du mir jederzeit hättest sagen können, dass du auf Frauen stehst? Warum hast du das vor mir verheimlicht? Wie bist du Vanessa nähergekommen? Weshalb ...«

»Ich war über Jahre in dich verknallt«, platzte Sarah dazwischen. »Aber es war immer klar, dass du auf Männer stehst. Sobald ich dir die Wahrheit gesagt hätte, wäre unsere Freundschaft eine andere geworden. Du hättest mich mit anderen Augen betrachtet. Nicht, weil ich lesbisch bin. Sondern weil ich eben in dich verliebt war. Und dann … war der Zug irgendwie abgefahren. Du hast dich ohnehin von mir fortbewegt, und ich habe dich ziehen lassen. Das tat mir ganz gut, um klarer zu sehen. Ich weiß zwar schon seit Jahren, dass ich queer bin, aber mich zu outen bringe ich nur schwer über mich. Weißt du, was meine Mutter gesagt hat, als ich es ihr erzählt habe?«

Besorgt schüttelte ich den Kopf.

»Sie hat gesagt: ›Ach, Sarah, nicht das auch noch.‹ Damit meinte sie alles an mir: dass ich keine feste Anstellung habe, ständig knapp bei Kasse bin, etwas mit Medien mache, keinen Kerl in meinem Leben will und vermutlich niemals eigene Kinder haben werde. Und dann soll ich auch noch auf Frauen stehen? Das fand meine Mutter zu viel des Guten.« Sarah schüttelte den Kopf. »Tom hat es mit einem Schulterzucken aufgenommen und gesagt, das wüsste er doch schon längst. Er hat nur darauf gewartet, dass ich es ihm endlich mal erzähle. Und mein Dad hat zum ersten Mal das Wort *krass* in den Mund genommen. ›Krass, Sarah.‹ Mehr hat er nicht gesagt und vermeidet das Thema, so gut es geht. So viel dazu, dass heutzutage alle Leute tolerant sind. Das sind sie auch – solange es nicht um ihre eigenen Kinder geht.«

»Meinst du nicht, da tust du einigen Eltern sehr unrecht?«

»Vielleicht. Wahrscheinlich. Aber …« Sarah seufzte tief.

»Es waren seltsame Jahre für mich, Anja. Ich übe mich noch darin, zu meiner Sexualität zu stehen, und frage mich gleichzeitig, warum das überhaupt nötig ist. Du musst dich auch nicht dafür rechtfertigen, auf Kerle zu stehen. Und dann … dann kam Vanessa zu mir und hat erneut alles auf den Kopf gestellt.«

Was das anging, brannte ich auf weitere Informationen, doch ich hütete mich, nachzufragen.

»Sie hat mich weinend angerufen und mir vom Aus ihrer Ehe mit Dennis erzählt. Ich habe ihr angeboten, bei mir einzuziehen – schwanger, wie sie war. Das hat sie ohne Zögern getan. In dieser Zeit sind wir uns nähergekommen. Da war auf einmal etwas zwischen uns, das vorher nicht da gewesen war. Ein Prickeln und Knistern. Ich wollte es nicht wahrhaben und hätte niemals den nötigen Schritt getan, aber Vanessa war zum Glück mutig genug für uns beide. Sie hat mich geküsst. Ganz zart. Ganz vorsichtig. Das hat alles verändert.«

Ganz zart. Ganz vorsichtig. Solch einen Kuss hatte ich auch gerade erlebt – und auch er hatte alles verändert. Malte hatte mir damit klargemacht, dass er keine platonische Freundschaft wollte. Scout hatte mir die Entscheidung abgenommen, ob ich darauf eingehen sollte oder nicht. Letztlich stand die Antwort allerdings noch aus. Vielleicht musste ich doch noch mal die Karten befragen. Oder sämtliche Sternbilder dieser Welt. Oder ich wartete das Horoskop für morgen ab. Womöglich brachte es Licht ins Dunkel. Sarahs Stimme holte mich zurück in die Gegenwart.

»Ich bin natürlich nicht offiziell Mias Mama, aber ich

fühle mich so. Vanessa ist Mami. Ich bin Mama. Und ihr Vater … der ist halt Papa.«

»Was ist denn mit Dennis? Und wo waren Vanessa und Mia die letzten Tage über?«

»Wir waren bei ihm«, mischte sich Vanessa in unser Gespräch ein. Erneut stand sie in der Terrassentür. Offenbar war Mia schneller ins Lummerland übergegangen als erwartet. »Da er in München wohnt, bleiben wir meist eine Woche. Sarah kann in der Zeit konzentriert arbeiten, bis wir wieder das Chaos zurückbringen. Möchtest du sonst noch etwas wissen?«

Die Spitze war deutlich – und jetzt reichte es mir endgültig. »Warum diese Feindseligkeit, Vanessa? Ich weiß, dass ich mich rargemacht habe. Das tut mir ehrlich leid, nur kann ich die Zeit nicht zurückdrehen. Ich will den gleichen Fehler nicht noch mal machen und in Zukunft eine bessere Freundin sein. Ich bemühe mich. Kannst du das nicht auch mal versuchen?«

»Das ist mal wieder typisch, Anja! Prompt siehst du dich als Opfer. Es war deine Entscheidung, abzutauchen und dich ganz deiner Karriere zu widmen. Bloß weil du jetzt plötzlich aufgetaucht bist, heißt das nicht, dass sich alles um dich drehen muss. Also bitte verschon mich mit deinen ›Ich bin ja so traurig‹-Ausführungen. Sarah hat dir so gut wie verziehen, Tom ist kurz davor, und der Rest der Clique wird es vermutlich am Samstag mit Kusshand tun. Ich nicht. Ich hab es satt, dass du nur ein Mal mit den Augen klimpern musst und schon ist alles vergeben und vergessen.«

Wow. So viel Wut hatte ich nicht erwartet. Vanessa und

ich waren uns am Ende wirklich nicht mehr grün gewesen, aber solche Töne … das war mir neu. Ich brauchte kurz, um die Worte zu verdauen. Wie sollte ich reagieren? Auf Angriff gehen? Mich vielmals entschuldigen? Wegducken?

»Es tut mir leid, dass du das so siehst. Vielleicht gibst du mir die Möglichkeit, dich eines Besseren zu belehren«, antwortete ich, wie ich fand, sehr diplomatisch.

Urgh. Falscher Weg. Vanessa kniff die Augen zusammen, als würde sie Maß für den Todesstoß nehmen.

Bevor es so weit kommen konnte, ging Sarah dazwischen. »Wie wäre es, wenn wir jetzt schlafen gehen? Es war für alle ein harter Tag. Und was hatte dein Horoskop dir doch gleich vorausgesagt, Anja? *Heute ist kein guter Tag, um weitreichende Entscheidungen zu treffen.* Von daher halten wir uns dran und beenden dieses Gespräch.«

»Fein«, sagte ich.

»Meinetwegen«, sagte Vanessa.

Normalerweise wäre ich jetzt aufgestanden, hätte mir meine Schuhe und die Jacke geschnappt und wäre gegangen, doch leider schlief ich auf der Couch im Wohnzimmer. Da war ein dramatischer Abgang schwierig.

Sarah erahnte meine Gedanken. »Ist Jan noch immer nicht ausgezogen?«, fragte sie sanft.

Gute Frage. Ich hatte mich damit nicht weiter beschäftigt, weil ich mich auf Sarahs Wohnzimmercouch recht wohlgefühlt hatte. »Nein, keine Sorge. Jan ist weg. Ich kann zurück in meine Wohnung«, sagte ich zögernd, weil es von mir erwartet wurde.

Es war also an der Zeit, Sarah zu verlassen und in mein

altes Leben zurückzukehren, um von dort meinen Neustart anzugehen.

Seltsame Zufälle können Zeichen sein.

Abnehmender Mond

Diesmal floh ich nicht kopflos aus Sarahs Wohnung. Ich nahm mir die Zeit, meine Habseligkeiten zusammenzusuchen. Sarah umarmte mich zum Abschied. »Du kannst jederzeit hier schlafen«, raunte sie mir noch ins Ohr.

Ich bezweifelte das. Vanessa hatte deutlich gemacht, dass ich kein willkommener Gast war.

Traurig fuhr ich die mir vertraute Strecke zu meiner kleinen Wohnung. Ich hatte sie vor drei Jahren gekauft und liebte sie sehr. So hübsche Erkerfensterchen. So süße Nischen und Ecken. Eigentlich sollte ich mich auf ein Wiedersehen freuen, doch der Kloß im Hals blieb.

Ich war einfach nur fertig mit mir und der Welt.

Sarahs Wohnung war zu meinem Rettungsanker geworden. Ich hatte dort neuen Mut gewonnen und den Eindruck, mich aus meinem Tief herausarbeiten zu können. Jetzt musste ich zurück und mich den leeren Schränken stellen, die Jan wohl hinterlassen hatte.

Du schaffst das, feuerte ich mich in Gedanken an. Immerhin war ich eine gestandene Geschäftsfrau, die schon so manchen Firmenboss das Fürchten gelehrt hatte.

Trotzdem betrat ich die Wohnung mit angehaltenem Atem und flauem Gefühl. Der kleine Eingangsbereich lag dunkel und unheimlich vor mir. Hastig drückte ich auf den Lichtschalter und stellte fest, dass er nicht funktionierte. Nanu. Stirnrunzelnd legte ich meine Sachen in die Garderobe und ging ins Wohnzimmer. Da blieb ich wie vom Donner gerührt stehen.

Von wegen leere Schränke. Jan hatte die verdammten Schränke einfach mitgenommen!

Die nächsten zehn Minuten verbrachte ich damit, panisch durch meine Wohnung zu irren und nach den Dingen zu suchen, die verschwunden waren. Es waren viele. Das fing bei der kleinen Lampe im Eingangsbereich an und hörte beim Flachbildfernseher an der Wand auf.

Geblieben waren mir das Bettgestell ohne Matratze mit einem netten Post-it drauf (*Fand ich eh immer unbequem*), die Couch (*Viel Spaß damit – sie ist noch unbequemer als das Bett*) und der riesige Kleiderschrank (*zu mühsam, ihn abzubauen*). Einige kleinere Schränkchen hatte er lediglich ausgeräumt, Teppiche liegen gelassen und … nein! Sogar den Klodeckel hatte er mitgenommen.

Fuchsteufelswild wählte ich seine Nummer und schrie ihn nur drei Sekunden später an: »Was fällt dir ein, meine Wohnung auszuräubern?«

»Ruhig Blut, Anja. Wir können doch über alles reden. Vorzugsweise allerdings nicht um kurz vor Mitternacht.«

»Das lasse ich dir nicht durchgehen! Du hast kein Recht, meine Sachen mitgehen zu lassen. Du hinterhältiger Dieb, du!«

»Ich muss dich leider korrigieren. Das waren alles meine Sachen. Ich habe extra deinen wirklich sehr übersichtlichen Rechnungsordner konsultiert und all jene Dinge stehen lassen, die auf deinen Namen liefen. Alles, was ich bestellt hatte, habe ich mitgenommen. Das gehört mir.«

»Aber wir haben die Sachen doch zusammen bestellt!«

»Ach ja? Daran erinnere ich mich nicht. Wochenlang habe ich dich bekniet, dir endlich die Zeit zu nehmen, dich für ein Sideboard zu entscheiden. Keine Reaktion. Also habe ich es selbst bestellt. Du hast nicht mal bemerkt, dass es neu war. Sämtliche Bilder, Vasen und Accessoires habe ich gekauft oder aus meiner alten Wohnung mitgebracht. Bevor ich eingezogen bin, waren deine Wände so kahl, wie sie jetzt sind. Lediglich für die Schmutzränder muss ich mich entschuldigen.«

Fassungslos starrte ich die weißen Flecken an der Wand an. Doch egal, wie sehr ich mich anstrengte: Ich erinnerte mich nicht mehr daran, welche Bilder dort gehangen hatten.

Verdammt. Hatte Jan etwa recht? Nein!

»Du hast meine Kommode mitgehen lassen«, ging ich erneut in den Angriff über, nachdem ich mich vom ersten Schreck erholt hatte. »Die habe eindeutig ich gekauft.« Während ich das sagte, zog ich einen Ordner aus dem Hängeschrank in meinem erstaunlich unberührten Büro. »Die will ich zurück.«

»Du meinst deine alte Kommode, die immer so gehakt

hat und am Ende schief stand? Die habe ich vor Monaten entsorgt. Mit deinem Segen. Dafür habe ich eine neue gekauft, die deiner alten erstaunlich ähnlich sah. Du hast dich gefreut und die Geldfrage nie angesprochen. Da sie auf meinen Namen läuft, gehört sie mir.«

Das stimmte. Entgeistert starrte ich auf die von mir ordentlich abgeheftete Rechnung der Kommode, die nicht meine war.

»Du hast sogar das Geschirr mitgehen lassen«, sagte ich nach einer langen Schweigeminute.

»Dir gefiel meins besser als dein altes. Das hast du gespendet.«

»Trotzdem ist es fies, alles mitzunehmen. Wir hatten zusammen eine Wohnung. Du hättest sie nicht einfach ausräumen dürfen. Nicht ich habe dich hintergangen, sondern du mich. Ich bin hier das Opfer!«

»Auf den ersten Blick gebe ich dir recht, doch auf den zweiten Blick muss ich erwidern: Zu einer gescheiterten Beziehung gehören immer zwei. Im Gegensatz zu mir hast du immerhin noch eine Wohnung. Ich hingegen stand plötzlich auf der Straße.«

»Sei lieber froh, dass ich dir ein Wochenende gegeben habe, um deinen Krempel zu packen. Jetzt tu mal nicht so bemitleidenswert.«

»Aber ich musste mir eine neue Wohnung suchen und mir viele Sachen neu zulegen, die ich wegen dir weggeschmissen habe. Erinnerst du dich an mein altes Sideboard? Das mochtest du nicht. Meinen alten Kleiderschrank? Zu alt und zu hässlich für deine schicke Wohnung. Mein Eisberg-

Teppich? Zu kindlich. Ich könnte immer so weitermachen. Letztlich bleibt es dabei: Eine Trennung ist grundsätzlich hässlich. Für beide Seiten. Find dich damit ab, dass du shoppen gehen musst.«

Mit diesen Worten legte er auf. Er legte auf!

Erneut war ich kurz davor, mein Handy gegen die Wand zu pfeffern. Diesmal besann ich mich in letzter Sekunde – und fing stattdessen an zu heulen.

Und jetzt?

Ich gönnte mir eine Dreiviertelstunde wildes Schniefen, Schnaufen und Fluchen. In dieser Zeit piepte mein Handy drei Mal, doch ich ignorierte es, bis ich mich wieder unter Kontrolle hatte. Währenddessen futterte ich eine einsame Tafel Schokolade. Er hatte sogar meine Chips mitgehen lassen. Das brachte mich wieder aus der Fassung. Eis! Da half nur noch Eis.

Leider war der Kühlschrank nicht mehr da. Genauso wie der Inhalt.

Ich fand in einer Schublade eine Dose Nüsse und aß sie im Stehen halb auf, während ich blicklos die weiße Wand mit den hellen Flecken anstarrte.

Unfassbar.

Erst als die Dose Nüsse leer war, holte ich mein Handy, um Jan noch mal anzurufen. Das konnte nicht sein Ernst sein. Wie hatte ich mich nur so dermaßen in ihm täuschen können?

Auf meinem Display sah ich drei Nachrichten. Allesamt nicht von Jan, sondern von Malte. Ich zögerte, sie zu öffnen, doch letztlich siegte die Neugier.

Malte: Wie ist das Gespräch mit Sarah und Vanessa gelaufen? War das große Geheimnis wirklich so groß?

Malte: Dein Schweigen beunruhigt mich. Entweder du bist noch damit beschäftigt, das große Geheimnis zu verdauen, oder du hast einen schönen Abend mit Sarah und Vanessa oder ... bist du mir böse? Wir müssen dringend über den Moment zwischen uns sprechen.

Malte: Du bist mir böse. Ich spüre es genau. Bitte entschuldige. Ich weiß auch nicht, was da über mich gekommen ist. Melde dich jederzeit bei mir. Ich wäre froh, wenn wir das zwischen uns besprechen könnten.

Ach, Mensch. Malte machte sich aber viele Sorgen um mich. Das warme Gefühl in meinem Bauch verdrängte die Frustration über meine ausgeräumte Bude ein wenig. Gleichzeitig formierte sich die Sternschnuppentruppe. Bereit, wieder loszuschnuppen.

Das trieb mir aus irgendeinem Grund erneut die Tränen in die Augen. Bevor ich darüber nachdenken konnte, rief ich Malte an. Er nahm nach dem dritten Klingeln ab und klang schrecklich verschlafen.

»Anja? Alles in Ordnung?«, fragte er mit rauer Stimme.

»Jan hat meine Bude ausgeräumt, Vanessa hat mich aus Sarahs Wohnung verbannt, und Sarah ... nein. Das sollte sie dir besser selbst sagen. Oder weißt du das schon längst von Paul? Bin ich die Letzte, die es kapiert?«

»Worüber redest du denn?«

»Über Sarah und Vanessa. Über Mia. Über … na, wenigstens bin ich nicht die einzige Ahnungslose auf dieser Welt.«

Malte schwieg einen langen Moment. Vermutlich überlegte er. »Wo bist du gerade?«

»In meiner Wohnung. Jan hat mein Eis geklaut.« Ich fing wieder an zu weinen.

»Soll ich kommen?« Malte fragte es sehr, sehr sanft und sehr, sehr vorsichtig. Gleichzeitig klang er durch seine raue Bettstimme vermutlich unabsichtlich verdammt sexy.

Die erste Sternschnuppe startete ihren Rundflug. Ich verhängte unverzüglich für den Rest ein Abflugverbot.

»Anja? Bist du noch da?«, hakte Malte nach.

»Ja. Ich musste nur kurz die Sternschnuppen stoppen.«

»Die … was?« Es raschelte. Offenbar stand Malte aus dem Bett auf. »Soll ich kommen?«, wiederholte er.

»Hast du Eis da?«

»Klar. Vanille oder Schokolade?«

»Pistazie.«

»Oh, okay. Da muss ich schauen. Ich beeile mich. Bis gleich.«

Malte legte auf und ich mich auf meine unbequeme Designercouch. Die hätte Jan auch mitgehen lassen können. Blödes Teil.

Bis zu Maltes Ankunft tat ich mir selbst sehr leid und vertrieb mir die Zeit damit, mein taufrisches Tageshoroskop zu studieren, immerhin war es schon nach Mitternacht. Es war eindeutig uneindeutig.

Seltsame Zufälle können Zeichen sein.

Was sollte *das* denn bitte bedeuten? Dass Malte mir geschrieben hatte, war ja eher kein Zufall. Auch dass er jetzt vorbeikam, zählte kaum dazu.

Es klingelte. Erst in dem Moment wurde mir klar, in was für einem furchtbaren Zustand ich mich befinden musste. Hektisch strich ich mir die chaotischen Haare aus der Stirn und erinnerte mich schwach an eine Zeit, in der ich einen strengen Dutt und Schminke getragen hatte. Es fühlte sich wie ein anderes Leben an.

Hastig eilte ich zum Spiegel im Flur, doch ... der hing da nicht mehr. Mist. Ins Bad? Es klingelte erneut. Weil ich Angst hatte, dass Malte den Rest des Hauses wecken würde, drückte ich schließlich auf den Summer und öffnete die Haustür, betend, dass ich nicht allzu schlimm aussah. Sobald Malte mich sah, stockte er im Lauf und riss ganz leicht die Augen auf. Unverzüglich starb meine Hoffnung, dass er meinen Zustand nicht bemerkte.

Schweigend hielt er mir eine riesige Schachtel Eis hin. »Tut mir leid, dass ich unsere platonische Freundschaft beinahe pulverisiert habe. Es freut mich, dass du angerufen hast.«

Ich nahm das Eis dankbar an. »Kein Ding. Komm rein.«

Kein Ding?, schrie mich eine Sternschnuppe in meinem Bauch hysterisch an.

Plötzlich nervös wuselte ich vor Malte in die Küche, zog die Besteckschublade auf und schnaufte. Zwei Löffel. Eine Gabel. Etwa zwanzig Messer. Jan hatte eine merkwürdige Auswahl getroffen. Aber hey. Zwei Löffel.

Seltsame Zufälle können Zeichen sein.

Jetzt machte das fast Sinn. Okay. Vielleicht war das gerade die vielbesungene sich selbst erfüllende Prophezeiung. Man konnte in Horoskoptexte so ziemlich alles hineininterpretieren.

Ich trug die verbliebenen Löffel zur Couch, setzte mich und schaufelte bereits Eis in mich hinein, da hatte Malte noch nicht mal die Schuhe ausgezogen. Neugierig sah er sich um.

»Hier sieht es wirklich so aus, als hätte ein Umzugsunternehmen die schäbigsten Sachen dagelassen und den Rest mitgenommen«, merkte er trocken an, während er mein letztes verbliebenes Sideboard musterte. Vor zwanzig Jahren war es mal modern gewesen. Zumindest moderner als jetzt.

Ich sparte mir eine Antwort und nahm stattdessen einen weiteren großen Löffel Eis. Das kühlte nicht nur meinen Mund, sondern auch meinen Kopf – und meine heißen Wangen.

Malte sah gerade irgendwie noch anziehender aus als heute Nachmittag. Sein Out-of-bed-Look gefiel mir viel zu sehr. Zerstrubbelte Haare, unrasiert, cooler Strickpulli, der heiß an ihm aussah, Bluejeans.

Er beendete die Inspektion meines geräuberten Wohnzimmers und ließ sich auf die Couch plumpsen. Er verzog das Gesicht vor Schmerz. »Mann, ist die hart!«

»Was meinst du, warum Jan sie hiergelassen hat?«

Wir sahen uns an und mussten lachen. In meinem Kichern schwang ein wenig Hysterie mit. Aber nur ein wenig.

»Mann, Anja, du hast echt einen miesen Lauf«, brachte Malte schließlich hervor. »Hast du die Welt dermaßen gegen dich aufgewiegelt?«

»Offenbar schon.« Plötzlich nachdenklich ließ ich den Löffel ins Eis fallen und runzelte die Stirn. »Es ist erstaunlich, was alles durch bloße Abwesenheit ausgelöst werden kann. Dass mir meine Freunde so böse sind, erschüttert mich zutiefst.«

»Ich bin der Meinung, so was muss eine gute Freundschaft aushalten. Mit meinem Kumpel aus Kindertagen telefoniere ich nur alle zwei, drei Monate, aber jedes Gespräch bleibt locker und leicht. Wir haben uns dann eben sehr viel zu erzählen. Braucht er mich, bin ich allerdings jederzeit für ihn da.«

»Das ist vermutlich der springende Punkt. In der Hinsicht hab ich keine so gute Figur abgegeben.«

»Der Wille zählt. Du willst es ändern. Wenn sie dir nicht verzeihen wollen, dann ist das ihr Problem. Manchmal muss man Freunde auch ziehen lassen.«

Der Stich in meinem Magen zeigte mir, dass ich an diesem Punkt noch nicht angekommen war. Ich wollte Vanessa nicht ziehen lassen. Wie denn auch? Mit ihr zu brechen hätte bedeutet, mit Sarah zu brechen. Immerhin waren sie jetzt ein Paar. Was an und für sich schon eine Knallernachricht war.

»Ich muss mit Vanessa Frieden schließen. Irgendwie«, sagte ich bitter. »Sie in den Wind zu schießen ist keine Option.«

»Du könntest ihre Bude ausräumen. Auf die Weise sicherst du dir zumindest ihre ungeteilte Aufmerksamkeit.« Malte betrachtete kopfschüttelnd die Umgebung. »Ums Renovieren kommst du jedenfalls nicht herum. Die Wände müssen gestrichen werden. Mann. Der hat ja sogar die Glühbirne im Flur mitgenommen.«

»Vermutlich hat er eine alte Rechnung in meinen Akten gefunden, dass er mal eine Glühbirne gekauft hat. Was das angeht, bin ich sehr penibel.« Ich stand auf und holte den Ordner rüber, blätterte die Seiten durch.

Malte rückte interessiert näher und brach gleich darauf in lautes Gelächter aus. »Ist das dein Haushaltsbuch? So ein akribisch geführtes Büchlein hab ich ja noch nie gesehen. Und so handlich.« Seine Stimme triefte vor Ironie.

»Ich mag es eben, wenn ich über meine Ausgaben Bescheid weiß. In diesem Fall hat es mir aber das Genick gebrochen. Jan hat viele Sachen gekauft. Ich hab das dann mit Lebensmitteln verrechnet. Er fand das dämlich, jetzt fällt es mir auf die Füße. Gott sei Dank hatten wir immer getrennte Kassen. Nicht auszudenken, wenn er auch mein Konto geplündert hätte.«

»Du weißt schon, dass du gerichtlich was dagegen machen könntest?«

»Und dann? Das bedeutet nur eine Menge Papierkram, vermutlich ein Schiedsgericht und ganz viel peinliche Fragen. Ich will mit Jan abschließen, und wenn es heißt, dass er die Sachen behält, ist das halt so. Jetzt, wo ich drüber nachdenke, gehören ihm die Möbel wirklich. Ich mochte die Dinger nicht mal besonders. Sie waren mir schlicht egal. Solange ich ein Bett hatte, um zwischen den Arbeitstagen darin zu schlafen, war ich zufrieden.«

»Die alte Anja war ein wenig schräg drauf, oder?«

»Ein wenig? Wie sehr, wird mir erst jetzt klar. Du kratzt

nur an der Oberfläche, mein Freund.« Ich überlegte, während ich den nächsten Löffel Eis zu mir nahm und den Ordner zuschlug. »Aber ich mag auch einiges an der alten Anja. Sie ist ordentlich, zuverlässig, geistreich, organisiert und hochkonzentriert bei der Sache.«

»Und sexy.«

Ich sah Malte tadelnd an. »Das ist die neue Anja ebenso.«

»Selbstredend ist sie das. Ich wollte nur etwas beisteuern. Entschuldige. Fahr gerne fort.«

»Die alte Anja hat allerdings ein wenig den Fokus verloren. Nein. Halt. Es gibt da ein Wort für. Sie war *manisch*, was ihre Arbeit angeht.«

»Ein Workaholic.«

»Nein, eher manisch.« Ich runzelte die Stirn, dachte an die vielen Überstunden, an lange Nächte voller Aktenberge, an Videocalls dicht hintereinander und an Fast Food im Stehen. Dann erinnerte ich mich an meinen Berufseinstieg. Auch damals hatte ich lange gearbeitet, aber genauso viel gefeiert. Dampf abgelassen. Bis ... »Wenn ich einmal eine Sache beginne, muss ich sie beenden. So genau wie möglich, so akribisch wie nötig. Ich bin Perfektionistin. Ich glaube, das ist mir bei der Arbeit zum Verhängnis geworden. Für das bestmögliche Ergebnis musste ich quasi all meine Energie in den Job stecken. Da blieb keine Kraft mehr für meine Freunde.« Ich stöhnte und lehnte den Hinterkopf gegen die unbequeme Couch. »Jetzt, wo ich das merke, rebelliert mein perfektionistisches Herz. Es will unbedingt ins andere Extrem umschlagen und allen beweisen, dass ich doch eine großartige Freundin bin.«

»Was jetzt nicht das Schlechteste ist«, warf Malte ein.

»Aber was mache ich denn zukünftig mit meiner Arbeit? Ich kann keine halben Sachen. Das siehst du schon an meinem Horoskop-Wahn. Ganz oder gar nicht. Anjamäßig. Du erinnerst dich?«

»Vielleicht ist das gerade Sinn und Zweck der Übung. Trainier dich in Gelassenheit. Finde einen Weg, beides zu vereinen. Andere schaffen das ja auch.«

Ich drehte den Kopf, um ihn anzusehen. Er hatte sich mit Sicherheitsabstand zu mir in eine Ecke der Couch gesetzt und die Beine hochgezogen. Da er selbst recht groß war, wirkte das Möbelstück gleich weniger klobig. »Wie schaffst du das denn?«

Malte lachte trocken. »Gar nicht. Ich hab mein Leben genau wie du vor die Wand gefahren. Mit Vollkaracho.«

Interessiert richtete ich mich auf. »Du warst bisher ziemlich geschickt darin, von dir und deinen Problemen abzulenken«, schalt ich ihn milde. »Die ganze Zeit reden wir nur über meine Dramen, dabei weiß ich so gut wie gar nichts über dich ... überhaupt gar nichts, eigentlich.« Ich reichte ihm feierlich den zweiten Löffel. »Also? Was ist dein Problem?«

Malte nahm den Löffel, stach ihn jedoch nicht in das angebotene Eis. Stattdessen spielte er damit herum und seufzte. »Ich mag Tiefenpsychologie nicht besonders. Das bringt einen im Leben nicht weiter. Ich muss nicht meine Vergangenheit durchwühlen, um zu wissen, dass ich einige Fehler gemacht habe. Die Frage ist, wie sie sich auf meine Zukunft auswirken.«

»Aha. Damit hast du alles und nichts gesagt. Jetzt rück schon raus mit der Sprache. Wer ist Thea? Was hat sie heute zu dir gesagt? Woher kommen deine beruflichen Probleme? Und die Wette, wegen der Scout umsonst auf dem teuersten Hof von ganz Aachen steht, interessiert mich auch.« Auffordernd wackelte ich mit dem Eisbecher vor seiner Nase herum.

»Hat dir eigentlich schon mal jemand gesagt, dass du wahnsinnig anziehend bist, wenn du so streng wirst?«

»Lenk nicht ab. Ich bin verheult, zerzaust und verzweifelt. Daran ist nichts anziehend. Erzähl mir endlich mehr von dir oder lauf schreiend weg.«

»Eigentlich bin ich derjenige, der vor dir wegrennen sollte. So viele Probleme, wie du am Hals hast, sind wirklich ungesund. Dadurch steckst du in einer handfesten Lebenskrise, bist total weinerlich und völlig von der Rolle.«

»He!«

»Und damit nicht genug. Als Ausweg wählst du den beklopptesten Pfad, von dem ich je gehört habe, faselst ständig was von Sternen und Schicksal und jammerst viel zu viel.«

»Doppel-He!«

»Stimmt doch. Ich sollte mich also tunlichst von dir fernhalten und mich in Enthaltsamkeit üben. Nur was mache ich? Schneller, als ich gucken kann, schicke ich dir eine Nachricht nach der anderen. Frag mich nicht, warum. Ich verstehe es selbst nicht. Vielleicht kasteie ich mich gerne. Vielleicht bin ich momentan nicht zurechnungsfähig, oder dein Wahnsinn hat abgefärbt …«

»Also hör mal!«

»... und trotzdem bist du für mich der anziehendste Mensch, den ich je getroffen habe.« Malte warf den Löffel mit Schwung auf den nicht vorhandenen Couchtisch, sodass er klappernd auf den nicht vorhandenen Teppich und damit aufs Parkett fiel. Gleichzeitig schob er den Eisbecher zur Seite, den ich als Schutzschild vor mich gehalten hatte. »Ich werde dich jetzt küssen, wenn du nichts dagegen hast«, erklärte er feierlich und wenig romantisch.

Trotzdem starteten sämtliche Sternschnuppen durch, und diesmal ließ ich sie fliegen.

Ich bekam nur am Rande mit, dass der Eisbecher auf den Boden plumpste. Stattdessen ließ ich mich in Maltes sanftes Lächeln fallen. Als er seine Arme um mich schlang, lehnte ich mich mit einem leisen Seufzen an seine Brust und genoss das Gefühl seiner großen Hände auf meinem Rücken.

Und dann erst der Kuss.

Eine interessante Mischung aus Sanftheit, Vorsicht und Unanständigkeit. Seine Lippen waren weich und sinnlich, warm und anziehend, während seine Technik ... sagen wir, sie war fulminant. Ehrlich gesagt hatte mein Körper noch nie so auf einen schlichten Kuss reagiert. Mein Herz pumpte plötzlich viel schneller, in meinem Magen brodelte es, und meine gesamte Haut kribbelte. Mein Nacken wurde heiß, genau wie meine Wangen und meine Stirn.

Malte spürte bestimmt meine Euphorie, denn er nutzte die Chance, den Kuss zu vertiefen. Und wie! Spielerisch ließ er seine Hände über meinen Rücken gleiten, liebkoste meine Haaren und strich über meinen ohnehin schon euphorisch glühenden Nacken. Dass ich meine Hände in seinen Wollpulli gekrallt hatte, bemerkte ich erst jetzt. Ich entspannte sie und fuhr ihm nun ebenfalls sanft über den Rücken.

Hilfe. Der Mann war definitiv besser gebaut als erwartet. Kein Wunder. Er war zwar Ingenieur und verbrachte bestimmt viel Zeit am Schreibtisch, aber wie seine Arbeitskluft bewiesen hatte, packte er auch mit an.

Ich seufzte, als ich über seine muskulösen Schultern strich. Das fühlte sich gut an. Verboten gut.

Sobald er mich nach einer gefühlten Ewigkeit vorsichtig noch näher an sich zog, schmiegte ich mich in seine Arme. Das war nicht nur wesentlich bequemer, sondern auch unsagbar sexy. Irrte ich, oder ging sein Atem jetzt schneller? Nein, definitiv. Wir kamen so richtig in Fahrt. Gleich darauf bekam ich den Beweis, als er seine Finger zart, aber eindeutig forschend unter meine Bluse schob. Kaum hatte er meine nackte Haut berührt, schickte er einen so intensiven Schauer los, dass ich zusammenzuckte.

Sofort verharrte er. »Zu schnell?«

»Mach weiter.«

Er grinste frech. Das Funkeln in seinen Augen gefiel mir außerordentlich gut, genau wie die Grübchen, die sich rechts und links von seinem Mund offenbarten. Mannomann, war der Typ attraktiv. Und so was sollte ich im Namen der Sterne ziehen lassen?

»Bist du sicher, dass du Wassermann bist?«, murmelte ich zwischen zwei Küssen.

»Für dich bin ich heute ein Stier oder ein Skorpion oder

…« Er lachte leise. »Okay. Das klang jetzt anzüglicher, als ich wollte.«

Ich kicherte, bis mir das Lachen abrupt verging. »Was genau machen wir eigentlich?«

»Knutschen?«

Genervt verdrehte ich die Augen. »Du Witzbold. Aber … worauf läuft das hinaus?«

»Auf noch mehr Knutschen?«

Ich überlegte. »Okay«, sagte ich schließlich und beschloss, nicht über die Zukunft nachzudenken.

Wir knutschten.

Eine Stunde lang.

Zwischendurch wurde es mal heißer, mal ruhiger, wieder heißer, beinahe zu heiß, wieder kühler, mittelkühl, seeeehr heiß … So heiß, dass ich mir langsam Gedanken machen musste. Wollte ich das? War das okay? Zu viel? Zu schnell?

Als Malte mit mir auf den Armen aufstand – was schon an und für sich eine bewundernswerte Leistung war – und mich Richtung Schlafzimmer trug, wurde die mahnende Stimme in meinem Inneren immer lauter. Hallo? Wassermann-Alarm!

Leider war die mitreißende Art des Wassermanns genau das: mitreißend. Sie ließ mir kaum Raum zum Denken. Vor allem, wenn Malte mich so küsste, wie er mich gerade küsste.

Ich schreckte erst auf, als er mich rücklings aufs Bett fallen lassen wollte. Der Aufschlag wäre zweifellos denkwürdig gewesen.

»Halt!«, rief ich, bevor mein Kopf gegen den harten Lattenrost krachte.

»Scheiße«, antwortete Malte und starrte entsetzt das an, was eben fehlte. Eine Matratze.

»Die Matratze hat Jan mitgehen lassen«, bemerkte ich überflüssigerweise.

»Der Typ war gründlich.« Malte stellte mich wieder auf die Beine. »Wer nimmt denn die Matratze mit und lässt das Bettgestell zurück?«

»Ist das jetzt dein größtes Problem?« Ich stand völlig zerzaust vor ihm und atmete zum ersten Mal tief durch. Uff. Das war nötig gewesen.

Malte seufzte, als er sah, wie ich mir die Bluse entschlossen zurück in die Hose stopfte. Wann war die denn da rausgehüpft? »Du bekommst kalte Füße, nicht wahr?«

»Ich habe immer kalte Füße.«

»Anja, im Ernst. Wenn die Matratze da gewesen wäre, dann ...«

»Ist sie aber nicht.« Ein Licht ging mir auf. Ich ging einen Schritt zurück, brachte Abstand zwischen uns. »Seltsame Zufälle können Zeichen sein. Hat mir mein Horoskop gesagt.«

»Bitte nicht ...«

»Du musst zugeben, dass das ein wirklich schräger Zufall ist.«

»Kein Zufall. Jan hat deine Matratze mitgehen lassen.« Genervt verdrehte Malte die Augen. »Okay, ich gebe es zu. Das Horoskop passt tatsächlich zu dieser Situation.«

»Ha!«

»Können wir nicht einfach auf der Couch weitermachen?«

Ich starrte Malte an und schüttelte schließlich langsam den Kopf. »Ich weiß nicht ... eigentlich bin ich doch dringend auf der Suche nach dem Mann fürs Leben.«

»Warum eigentlich? Warum dieser Stress? Warum der Zeitdruck?«

Aaaah! Gefährliches Terrain. Dass ich wohl bald nach Singapur umziehen würde, hatte ich ihm noch nicht gebeichtet, dabei war das langsam mal nötig. Bevor ich mich aber erklären konnte, redete Malte weiter.

»Wenn du dermaßen angestrengt die große Liebe suchst, findest du sie nie. Die bekommt nur Angst vor deiner obsessiven Art.«

»Obsessiv?« Puff. Mein zuvor in Wallungen geratener Körper schaltete augenblicklich in den Verteidigungsmodus um. Ich war schon sehr, sehr oft als obsessiv bezeichnet worden. Normalerweise prallte das an mir ab, denn ein klein wenig stimmte es auch. Aus Maltes Mund hörte es sich allerdings wie ein Schimpfwort an. »Besser obsessiv als total zugeknöpft! Glaub ja nicht, dass ich dein Ablenkungsmanöver nicht bemerkt hätte. Ich wollte was über dich erfahren. Du hast nur gebrummt und mich mit deiner fiesen Kusstechnik abgelenkt.«

»Ich bin halt nicht so der Redner.« Malte verschränkte die Arme, die mich eben noch gehalten hatten, vor der Brust.

»Bist du wohl. Nur nicht, wenn es um dich persönlich geht.«

»Was willst du wissen?«

»Erzähl mir von dieser Thea. Von deinem Jobproblem. Von deiner Lebenskrise. Von dem komischen Abdruck an deinem Finger, der verdächtig nach einem Ehering aussieht.«

»Ich würde viel lieber weiterknutschen.«

»Ich aber nicht«, log ich. »Wenn ich nicht etwas über dich erfahre, mache ich hier gar nichts mehr.«

Malte zog mich als Antwort an sich heran und legte seine Hände verführerisch auf mein Kreuz. »Lügnerin«, sagte er sanft.

Ich sah krampfhaft nicht in sein Gesicht, sondern starrte seine Brust an. Waren das Muskeln, die sich unter dem Hemd abzeichneten? Hilfe! Nicht drüber nachdenken. »So wird das nichts«, stellte ich schließlich nüchtern fest. »Genau davor hat mich das Horoskop gewarnt. Ich falle ständig auf einen gewissen Typ Mann herein und lerne dann auf die harte Tour, was das für mich bedeutet.«

Sofort wirkte Malte alarmiert. Wir standen noch immer sehr nah beieinander. Jetzt rückte er von mir ab. »Ich bin nicht so wie Jan.« Er klang verletzt.

»Ach nein? Jan und ich haben unsere Beziehung auf jeder Menge Missverständnisse aufgebaut, weil wir nicht miteinander gesprochen haben. Er dachte ernsthaft, es sei für mich in Ordnung, dass er noch andere Frauen trifft. Mit ihm über seine Gefühle zu sprechen war beinahe unmöglich. Klingelt es da bei dir? Genau so verhältst du dich gerade auch.«

»Bloß weil ich nicht meine Vergangenheit ausbreiten

will, heißt das doch nicht, dass ich emotional unfähig bin. Jetzt mach mal halblang.«

Ich sah ihn traurig an. »Dann erzähl mir endlich was von dir.«

Malte wollte nicht, das war offensichtlich.

Für einen winzigen Moment meinte ich, er würde sich endlich öffnen. Von sich aus etwas erzählen. *Sag etwas, damit ich dich nicht endgültig aus meinem Leben verbannen muss,* flehte ich ihn lautlos an.

Doch da kam nichts. Kein Wort. Meine romantische Stimmung war nun komplett dahin. Das musste er mir angesehen haben. »Sollen wir nicht lieber wieder knutschen?«, fragte er mit einem aufgesetzten Lächeln. »Das war schöner.«

Ich schüttelte traurig den Kopf. »Kein wildes Knutschen mehr. Du und ich können dann nicht klar denken. Ich gebe zu, dass da was zwischen uns ist. Es knistert, sobald du mich berührst. Aber ich denke, dass wir erst beide unsere Leben auf die Reihe bekommen sollten, bevor wir uns noch weiter annähern. Du bist so in deine eigenen Probleme verstrickt, dass du nicht mal darüber sprechen kannst.«

»Kannst du mir nicht einfach vertrauen, wenn ich dir verspreche, dass meine Vergangenheit nichts mit meiner Zukunft zu tun hat? Wenn ich bei dir bin, fühle ich mich endlich wieder wie ich selbst. Ich bin glücklich. Zufrieden. Absolut bei dir und mir. So etwas habe ich noch nie gefühlt. Sobald ich deine Fragen beantworte, wirst du mich mit anderen Augen sehen.«

»Werde ich nicht.«

»Wirst du doch.«

»Ich fürchte, du wirst es darauf ankommen lassen müssen, denn ohne Antworten lasse ich dich nicht noch näher an mich heran. Das wird mir alles zu kompliziert und zu unheimlich. Vielleicht können wir ja als Freunde weitermachen? Dann kannst du meinetwegen auch deine Geheimnisse für dich behalten.«

Malte runzelte die Stirn. »Du machst das hier alles kompliziert, Anja. Für mich steht fest, dass ich dich sehr mag, dich weiter treffen möchte und *keine* platonische Beziehung will. Das klappt eh nicht.«

Im Stillen gab ich ihm recht. Er musste mich nur kurz berühren, schon war mein Gehirn Matsche. Trotzdem blieb ich bei meiner Meinung. Malte war viel zu zugeknöpft für mich und gleichzeitig seltsam flatterhaft. Wie ein echter Wassermann eben.

»Ich glaube, du musst jetzt gehen«, sagte ich.

»Das habe ich befürchtet. Wirklich? Wir könnten doch noch …«

»Nein, Malte. Du musst jetzt gehen. Der heutige Abend hat nur bewiesen, dass ich erst nachdenken und dann handeln muss. Sonst verstricke ich mich nur noch weiter in schwierige Situationen.«

Malte wirkte zutiefst traurig. Sein Blick war geradezu flehend. Wenigstens diskutierte er nicht länger. »Gehen wir getrennte Wege?«, fragte er unsicher.

»Das weiß ich noch nicht. Sobald ich es weiß, rufe ich dich an. Okay?«

»Okay.« Er klang nicht überzeugt. Schweigend gab er mir

einen sittsamen Kuss und verließ meine Wohnung. Hoffentlich nicht für immer.

Höchste Zeit, sich klar zu werden, wie es weitergehen soll. Hören Sie mehr auf Ihr Herz und nicht nur auf den Verstand.

Abnehmender Mond

Was für ein Satz. Ungläubig starrte ich die erste Zeile meines Horoskops an.

Es war fast schon unheimlich, wie zutreffend diese Worte in Anbetracht meiner aktuellen Lebenskrise waren. Seit ich Malte gestern aus der Wohnung geworfen hatte, befand ich mich im Stadium völliger Selbstauflösung. War es richtig gewesen, ihn zunächst aus meinem Leben zu verbannen? Oder hatte ich erneut einen gigantischen Fehler gemacht?

Verdammt. Zeit, mir darüber klar zu werden, wie es weitergehen sollte. Mein Horoskop hatte recht. Aber so was von.

Ich starrte eine Weile blicklos auf meine leer geräumte Wohnung, und es machte plötzlich klick in meinem Hirn.

Ich wusste genau, was ich jetzt tun musste. Also legte ich los.

Malte war theoretisch einer meiner wichtigsten Punkte. Doch an dieser Stelle kam ich nicht weiter. Solange er hartnäckig schwieg, kam er für mich nicht infrage. Okay. Vermutlich nicht infrage. Womöglich allerdings ... gegebenenfalls ... sollte ... Argh! Der Kerl hatte es mir angetan. Komplett. Obwohl er augenscheinlich nicht gut für mich war. Sein Schweigen. Seine potenziellen Probleme. Sein Abblocken von Gesprächen. Das versprach Ärger.

Nein. Ich musste an anderer Stelle weitermachen.

Zunächst wollte ich meine Mutter anrufen und stellte in letzter Sekunde fest, dass es erst sechs Uhr morgens war. Keine gute Idee. Also lieber eine Nachricht schreiben.

Anja: Mama, entschuldige, dass ich auf deine letzte Mail nicht reagiert habe. Ruf mich doch bitte an.

Danach tippte ich eine Nachricht an Sarah.

Anja: Wollen wir uns heute vielleicht mal treffen? Ich würde Mia gerne kennenlernen. Vanessa kann natürlich mitkommen, falls sie möchte. Ich freue mich jedenfalls auf Samstag.

Die Antwort kam prompt.

Sarah: Heute kann ich leider nicht. Ich muss erst noch meinen Stammkunden beruhigen und Vanessa klarmachen, dass ich mir eine Festanstellung suche. Ziemlich viel los. Ich bin aber total froh, dass du mir nicht böse bist. Lass uns gerne treffen, nur nicht heute. Morgen?

Ich sagte sofort zu und meine Verabredungen für Blind Dates wieder ab. Sarah war mir wichtiger. Ich schnappte mir mein Notizbuch und vervollständigte im Stehen meine Prioritätenliste. Die Suche nach dem perfekten Mann fürs Leben musste ich vorerst zurückstellen. Erst mal Freunde und Familie. Mein Herz musste warten.

Warum nur kam mir direkt Malte in den Sinn? Schon wieder.

Genervt verdrängte ich den Gedanken, schrieb stattdessen eine Mail an einen Trödeltrupp und lud sie ein, bei mir vorbeizukommen. Danach sortierte ich aus. Welche Möbel wollte ich behalten? Welche sollten weg?

Was ich nicht mehr mochte, stapelte ich im Flur. Was bleiben durfte, schob ich vorerst an eine Wand im Wohnzimmer. Viel schieben musste ich nicht. Viel stapeln hingegen schon.

Gegen neun Uhr war ich schweißgebadet, aber seltsam euphorisch. Das Ausmisten von alten Dingen war längst überfällig gewesen. Eine kleine Stimme in meinem Kopf flüsterte mir zu, dass ich die Sachen vermutlich eh nicht mehr brauchen würde. Wenn ich in drei Wochen nach Singapur ging, musste ich die Wohnung ohnehin vermieten oder sogar ganz verkaufen. Der Gedanke beunruhigte mich auf seltsame Art und Weise und ermahnte mich, dass mir Mama genau die gleiche Frage stellen würde. Was sollte ich antworten?

Wie ernst war es mir, nach Singapur zu gehen? Schon bald wollte ich Bilanz ziehen.

Mein Handy brummte. Mit klopfendem Herzen holte ich es hervor. Mama oder Malte? Hups. Warum sollte mir Malte schreiben? Ich war schließlich recht deutlich geworden. Vermutlich nahm er an, dass er nie wieder von mir hören würde.

Es war tatsächlich nicht Malte. Es war Mama, die auf meine Nachricht von vorhin antwortete:

Mama: Ich habe mir wirklich bereits Sorgen um dich gemacht. Urlaub scheint dir nicht zu bekommen. Ich habe den beunruhigenden Eindruck, dass du dich in eine seltsame Richtung bewegst. Was unseren Termin betrifft: Heute könnte ich dich spontan noch dazwischenquetschen. Wie wäre es am frühen Nachmittag?

Das war vollkommen untypisch für meine Mutter. Spontaneität war ein Fremdwort für sie. Dass sie ihre Grundsätze dermaßen über Bord warf, zeigte mir, dass sie äußerst beunruhigt war.

Anja: Gerne. Sollen wir uns in unserem Restaurant treffen? 15 Uhr?

Mama: Ich bin dann noch im Golfklub. Lass uns dort treffen. Sollen wir gleich eine Partie spielen?

Nie im Leben! Ich hasste Golfen mit Mama. So viel Kritik bekam ich sonst in einem ganzen Jahr nicht ab wie bei einer

Golfpartie mit meiner Mutter. Anschließend fühlte ich mich wie der unfähigste Mensch auf Erden.

Anja: Ich laufe gerne nebenher. Leider habe ich einen Tennisarm.

Mama: Schon wieder?

Mist. Offenbar hatte ich die Ausrede bereits angewendet. Ich versprach Mama, mit dem *gesunden* Arm ihre Golfausrüstung zu schleppen. Das besänftigte sie. Uff. Das war geschafft. Jetzt musste ich nur das Treffen mit ihr überstehen, ohne die Worte Horoskop und Sterndeutung in den Mund zu nehmen. Sonst brach gegebenenfalls die Hölle los.

Bis zum Treffen mit Mama um fünfzehn Uhr lenkte ich mich mit Renovieren ab. Da sich der Trödeltrupp nicht zurückgemeldet hatte, buchte ich einen Sperrmülltermin und schleppte danach alle meine Klamotten aus dem Schlafzimmer ins Wohnzimmer. Ein Businessanzug nach dem anderen stapelte sich auf meiner unbequemen Couch. Bunte T-Shirts oder Bluejeans waren Mangelware. Also schrieb ich *Shoppen* auf meine Liste. Dann schnappte ich mir den Autoschlüssel und fuhr in den nächsten Baumarkt, um mir dort die Zeit zu vertreiben. Ich schlenderte durch die Abteilung mit dem Malerzubehör. Welche Wandfarbe sollte ich nehmen?

Mir fiel eine Farbe ins Auge, die ich früher nie in Erwägung gezogen hätte. Violett. Zusammen mit einem Elefantengrau sah das bestimmt ziemlich cool aus, oder?

Ich ließ mich von einem Mitarbeiter beraten, kaufte alles, was er für ein erfolgreiches Streichvorhaben empfahl, und packte an der Quengelware noch jede Menge Süßigkeiten ein. Immerhin hatte ich viel vor.

Jetzt musste ich mich allerdings beeilen, um pünktlich bei Mama zu erscheinen. Hektisch brachte ich meine Einkäufe in die Wohnung, zog mir einen Pullover mit blauen und violetten Blümchen darauf an, den buntesten, den ich in meinem Kleiderhaufen entdecken konnte, und ließ meine Haare nach kurzem Überlegen offen. Ganz unten im Haufen fand ich eine violette Hose und entschied, dass das heute die Farbe des Tages sein sollte.

Auf der Fahrt zum Golfplatz bekämpfte ich konstant mein ungutes Gefühl. Golfen mit Mama. Da ging ich lieber zur Zahnreinigung.

Es piepte in meiner Tasche. Eine Nachricht.

Kein Handy am Steuer, ermahnte ich mich. Das kann warten. Oder doch nicht? Es könnte ja schließlich Malte sein, der sein Schweigen brechen wollte. Oder Mama, die absagte. Oder ...

Genervt über mich selbst fuhr ich rechts ran, um aufgeregt mein Handy hervorzupulen. Bitte nicht Mama. Lass es Malte sein.

Ja, es war Malte!

Malte: Seit Stunden tüftele ich an dieser Nachricht, aber sie klingt nie richtig. Es tut mir leid, dass ich dir nicht die Antworten gegeben habe, die du hören wolltest. Ich stehe mir momentan selbst im Wege und weiß nicht, was ich tun soll.

Ehrlich gesagt habe ich den Eindruck, dass ich dich mit jeder Erklärung verlieren könnte. Keine Sorge. Ich bin kein Axtmörder oder habe sonst etwas verbrochen, aber ... ich weiß auch nicht. Können wir nicht einfach nach vorne schauen statt ständig zurück? Ich mag dich, selbst wenn ich davon genervt bin. Melde dich, wenn du dich sortiert hast und weißt, ob du mit meinem Schweigen leben kannst.

Aua. Die Nachricht war deutlich. Was sollte ich bloß darauf antworten?

Ratlos tippte ich ein paar Wörter, löschte sie wieder und gab schließlich auf. Das musste warten. Erst mal galt es, nicht zu spät zum Treffen mit Mama zu kommen. Eine schlecht gelaunte Mama beim Golfen war der Super-GAU.

Also fuhr ich weiter und war in Gedanken trotzdem bei Malte. Wie sollte ich das wieder geradebiegen? Und wollte ich das überhaupt?

Schon von Weitem erkannte ich meine Mutter. Sie wartete vor dem Eingang zum Golfplatz. Ein knallrotes Polohemd, weiße Hose. Perfekt geschminkt. Das erinnerte mich daran, dass ich nicht den Statuten des Golfplatzes gemäß gekleidet war.

Mist, Mist, Mist.

Jetzt war es allerdings zu spät zum Umkehren. Ich parkte, stieg aus und kämpfte dabei gegen meinen Fluchtimpuls an. Ich lief zu Mama und ließ das so abrupt aufgekommene Gefühl auf mich wirken. Wieso bekam ich kalte Füße?

Die Wahrheit war ernüchternd: Mir war klar, was Mama

sagen würde, und ich wollte es nicht hören. Sie würde Singapur loben, auf Männer schimpfen und mir einschärfen, dass ich den Job als Teamleiterin verdient hatte. Ich solle kämpfen, kämpfen, kämpfen.

Bloß war ich es gerade leid, zu kämpfen.

Ich wollte eigentlich nur meine unerwartet gewonnene Freiheit genießen und ein Leben ausprobieren, von dem ich nicht mal geahnt hatte, dass ich es wollte. Mama würde das nicht verstehen. Niemals.

Tief durchatmen, dachte ich. *Du schaffst das.* Problematische Gespräche mit Mama hatte ich schließlich schon oft geführt. Die meisten Treffen mit ihr fühlten sich ohnehin eher wie Teammeetings an. Mama war immer auf meiner Seite. Immer. Sie wollte nur mein Bestes. Oder das, was sie für mein Bestes hielt. Das hieß allerdings nicht, dass sie besonders charmant mit mir und meinen Schwächen umging.

Dass ich den Sternen folgte, würde sie jedenfalls total bescheuert finden und mir garantiert ausreden wollen.

Ich zwang mich, zu Mama aufzuschließen, und hatte wie immer das Problem, wie ich sie begrüßen sollte. Sie umarmte andere Leute ungern. Sich die Hand zu geben kam als Mutter-Tochter-Gespann jedoch auch nicht infrage. Daher taten wir wie immer … nichts.

»Ich bin froh, dass du angerufen hast«, sagte sie schließlich in ihrer typischen leicht distanzierten Art.

»Ja, entschuldige bitte mein Schweigen«, antwortete ich und ermahnte mich gleichzeitig selbst. *Jetzt hör aber auf, Panik zu schieben.*

»Gut siehst du aus«, log Mama deutlich hörbar und musterte mich eingehend. *Oh weh*, dachte ich. *Jetzt kommt es dicke.* »So ungewohnt ... bunt. Du trägst eine violette Hose?«

»Öh, ja. Schlimm?«

»Etwas gewöhnungsbedürftig. Die Sachen solltest du besser nicht mit nach Singapur nehmen. Gut, dass ich dem Golfklub eine Menge Geld gespendet habe. Da dürften sie über deine Bekleidung hinwegsehen.«

Okay. Anja, du bist total cool. Denk an dein Horoskop. Entspann dich.

Beherzt schnappte ich mir Mamas Ausrüstung, ging voraus zum ersten Loch und legte alles bereit. Wenn ich mal meinen Job als Unternehmensberaterin an den Nagel hängen musste, würde ich mich als Golfjunge bestimmt super machen.

»Du lässt dich gehen«, eröffnete Mama das Gefecht, kaum hatte sie mit all ihrem Frust den ersten Ball in den Orbit gepfeffert.

»Ich bin im Urlaub.«

Mama »hmpfte« vor sich hin und ging dann zur Tagesordnung über. Sie zeigte auf einen Beutel, den ich ihr abgenommen hatte und ahnungslos mit mir rumschleppte. »Die Bücher darin werden dir als Vorbereitung auf Singapur sehr nützlich sein.«

Und diese Wälzer sollte ich die nächste Stunde quer über den Golfplatz tragen? Warum ließ sie sie nicht im Auto? Als ich in Mamas glänzende Augen blickte, sah ich die Antwort: Das war ihre Art, mich zu bestrafen. Sie wusste ganz genau, dass ich keinen Tennisarm hatte, und zahlte es mir heim.

Die Kröte musste ich also schlucken. Besser schleppen

als golfen. Ich stellte den Beutel neben mich, ohne hineingesehen zu haben.

Mama runzelte missbilligend die Stirn. »Was ist mit dir los?«, fragte sie mit leichtem Tadel in der Stimme. »Ist es, weil Jan deine Wohnung geplündert hat?«

»Das auch, aber vor allem …« Mooooment mal. »Woher weißt du das?«

»Ich war bei dir, weil ich dich tagelang nicht erreicht habe. Die Wohnung war leer, gespickt mit fiesen Zetteln. Ich bin fast ausgerastet. Was meinst du, warum ich dich so oft angerufen habe? Eigentlich habe ich Besseres zu tun, als hinter meiner erwachsenen Tochter herzurennen, doch das konnte ich nicht einfach ignorieren. Unglaublich, was dieser Mann sich geleistet hat. Aber das hat er nun davon.«

Ich wappnete mich. »Mama? Was hast du getan?«

»Ich hab den Steuerprüfer auf seine Firma gehetzt.«

Einen Moment starrte ich sie verwundert an, dann musste ich lachen. So laut und so herzlich, dass die anderen Golfer neugierig guckten.

»Nicht so auffällig!«, zischte Mama mich prompt an. »Das muss nicht jeder mitbekommen.«

»Du hast dich echt für mich an Jan gerächt?«, hakte ich zwischen zwei hysterischen Kicherlauten nach.

»Was hätte ich denn sonst machen sollen? Niemand verfährt so mit meiner Tochter. Niemand!« Mama packte ihren Golfschläger wie einen Baseballschläger und haute wild auf den Ball. Rasen flog. Autsch. Das gab Ärger mit dem Platzwart. So gut wie möglich flickte ich den Rasen und ließ Mama noch ein bisschen in ihrem Zorn dünsten.

»Ich kann meine Kämpfe selbst ausfechten«, sagte ich sanft, nachdem sie sich wieder beruhigt hatte. »Jan war fies, aber ich bekomme das hin.«

»So wie du aussiehst, bezweifle ich das. Du hast violette Farbe im Haar.«

»Ja und? Ich hab renoviert.«

»Dafür gibt es Handwerker. Du scheffelst Tausende im Jahr. Da kannst du dir ja wohl einen vernünftigen Maler leisten. Hol dir einen Innenarchitekten, der deine Wohnung mal modern einrichtet.«

»Ich mag meine Wohnung, und ich mag das Streichen. Mama, hör auf, in meinem Leben rumzuschnüffeln.«

»Ich schnüffel nicht, ich sorge mich.«

»Dann hör *damit* auf. Ich komme klar.«

Wir stapften zum nächsten Loch. Nun war ich doch dankbar für unseren Ausflug auf den Golfplatz. Nicht auszudenken, wenn wir diesen Streit in einem Restaurant hätten ausfechten müssen.

»Ich mache mir trotzdem Sorgen. Du benimmst dich so seltsam. Willst du Singapur etwa sausen lassen?«

Mama hatte gute Antennen. Das musste ich neidlos anerkennen. »Nein, aber ich eruiere gerade, ob es wirklich das ist, was ich möchte.«

Mama starrte mich entgeistert an. Ihr Mund klappte leicht auf, und zum ersten Mal überhaupt bemerkte ich unter der vielen Schminke die Falten in ihrem Gesicht. Sie war alt geworden, ohne dass ich es bemerkt hatte. »Natürlich ist es das, was du möchtest. Dafür hast du all die Jahre hart gearbeitet. Du liebst deinen Job!«

»Klar liebe ich meinen Job. Ich frage mich aber auch, ob er mich auf Dauer vollkommen glücklich macht.«

»Du und ich sind nicht fürs Nichtstun geschaffen. Wir brauchen Herausforderungen.«

»Du hast aber auch nicht nur gearbeitet. Irgendwann hast du geheiratet und mich bekommen.«

Mama hob ernsthaft den Golfschläger und fuchtelte damit vor meiner Nase herum. So aufgebracht hatte ich sie noch nie gesehen. »Und was hat mir diese Heirat gebracht? Nur Leid und Kummer. Zum Glück habe ich nie meinen Job aufgegeben, sonst hätte ich alt ausgesehen. Mach dich niemals abhängig. Niemals!« Plötzlich erstarrte sie. »Du schmeißt doch wohl deine Karrierepläne nicht über den Haufen, bloß weil du einen neuen Kerl kennengelernt hast?«

»Nein, wo denkst du denn hin. Ich …« Ach, Mist. Maltes Gesicht tauchte vor meinem geistigen Auge auf und strafte mich Lügen. »Also da ist schon jemand, der mich interessiert. Er …«

»Anja Elisabeth Lichtenstein. Das ist doch nicht dein Ernst. Du versaust hoffentlich nicht deine Karriere wegen eines dahergelaufenen Casanovas«, kreischte Mama so laut, dass der Mann zwei Löcher weiter vor Schreck den Abschlag versaute.

»Pssst!«, zischte ich Mama an. »Beruhige dich. Er ist kein Casanova, sondern wirklich sehr nett. Ein Schwiegermamatraum.«

»Wohl eher mein persönlicher Albtraum. Kind! Bist du von Sinnen?«

War ich das? Langsam fragte ich mich das ebenfalls.

Warum erzählte ich Mama von einem Mann, den ich hochkant aus meiner Wohnung geschmissen hatte? »Er heißt Malte«, setzte ich neu an. »Ist Ingenieur, wohnt hier in Aachen und ist wirklich sehr nett, auch wenn ... Du würdest ihn mögen.«

»Das bezweifle ich, immerhin versaut er die Zukunft meiner Tochter. Willst du wirklich als Hausfrau im Halbtagsjob und Mamataxi enden?«

»Mama, auf welchem Trip bist du denn gerade? Ich sage doch nicht, dass ich meinen Job hinschmeiße und Malte vom Fleck weg heirate, um mit ihm eine Fußballmannschaft großzuziehen. Ich sage lediglich, dass ich einen sehr netten Mann kennengelernt habe, der mich wachgerüttelt hat. Ich treffe meine Freunde wieder regelmäßig, lache so viel wie seit Langem nicht mehr, genieße den Sonnenschein und verliebe mich gerade neu in diese herrliche Stadt, in der wir leben. Aachen ist toll. Ich hab nur vergessen, wie schön es hier ist. Singapur und meine Karrierepläne, die damit einhergehen, sehe ich seitdem in einem neuen Licht. Ich frage mich, was ich wirklich von Herzen will: hierbleiben oder nach Singapur gehen?«

»Natürlich willst du nach Singapur. Unbedingt. Für Mann, Freunde und Haus ist danach noch Zeit. Du bist nicht mal dreißig. Heutzutage bekommen ständig Vierzigjährige Babys. Diese Karrierechance kommt nie wieder. Niemals.«

Da hatte sie vermutlich recht. »Ich sage auch nicht, dass ich Singapur nicht mache. Ich sage nur, dass ich mir erst richtig sicher sein möchte. Können wir jetzt wieder golfen?«

»Ich golfe. Du bist dir dafür ja zu fein.«

Wütend stapfte Mama voraus. Ich folgte ihr mit einigem Abstand und konzentrierte mich dabei ganz auf meine Atmung. *Genieß den Sonnenschein. Genieß die Umgebung. Es ist nur ein schöner Spaziergang über grüne Wiesen. Ommm.*

Zum ersten Mal überhaupt sah ich Mama aus einem neuen Blickwinkel. Dabei war mir immer klar gewesen, dass sie keine andere Meinung als ihre zuließ. Dass sie mich nach ihrem Willen formen wollte. Mir war das recht gewesen, denn wir waren uns unglaublich ähnlich. Zum Glück war da auch noch meine Oma gewesen, die meinen Perfektionismus durch ganz viel Liebe eingedämmt hatte. Sie hatte mir einen anderen Weg aufgezeigt. Einen Weg, den ich gehen konnte – oder eben nicht.

Oma. Mit ihr verband ich heiße Schokolade mit extraviel Schlagsahne. Kekse und Bücher. Ganz viele Bücher. Im Gegensatz zu Mama hatte sie immer Zeit gehabt, mir eine Geschichte vorzulesen. Sie war das Herz unserer Familie gewesen. Diejenige, die mich getröstet hatte. Die mir Mut zugesprochen hatte, wenn Mama mein Können infrage gestellt hatte. Statt Ehrgeiz hatte ich nur Güte bei ihr gefunden.

Für sie war ich perfekt, egal, was für Noten ich heimgebracht hatte. Sie hatte an das Schicksal, an die Sterne und an die große Liebe geglaubt. Ganz fest.

Omas Bemühungen in spiritueller Hinsicht hatte Mama mit einer Vehemenz abgeschmettert, die mir im Nachhinein leidtat. »Deine Oma ist mir mit ihrem Mondkalender und den Sterndeutungen schon als Kind auf den Geist gegangen«, hatte Mama immer zu mir gesagt. Vermutlich war sie deshalb in die komplett andere Richtung abgedriftet.

Und ich? Tat ich gerade das Gleiche? Rebellierte ich mit meinem Versuch, nach den Sternen zu leben, gegen meine Mama? Und falls ja: Wie handhabte ich den sich anbahnenden Riesenstreit? Sollte ich nicht nach Singapur gehen, hatte ich ein ernsthaftes Problem mit Mama.

Ich kam erst bei ihr an, als sie längst ihren Schlag getan hatte. Sie wirkte verkrampft. Genervt. Wütend.

Als sie mich mit funkelnden Augen anblickte, beschloss ich, diesen Tag nicht weiter zu vergeuden. »Ich hab dich lieb«, sagte ich.

Das brachte Mama so dermaßen aus dem Konzept, dass ich für den Rest der Partie Ruhe hatte. Kopfschüttelnd vor sich hin murmelnd verschlug sie einen Ball nach dem anderen.

Ich nutzte die Zeit, um nachzudenken, und kam zu dem Schluss, dass ich auf meinem Weg der Sterne gerade ins Straucheln geriet. Zeit, meine Wünsche noch mal mit meinem moralischen Kompass abzugleichen. Dafür kam nur eine Person infrage.

Kaum war ich Mama losgeworden und saß im Auto, rief ich auch schon Nicole an.

»Wir müssen reden. Sofort«, sagte ich. »Ein Notfall.«

»Es gibt so was wie einen spirituellen Notfall?«, fragte sie verdutzt.

»Aber so was von. Das kann nicht warten. Ich brauche sofort einen Rat.«

Ihr Leben steht an einem Scheideweg.

Abnehmender Mond

»Was ist los?«, fragte Nicole nur eine halbe Stunde später. Ich saß noch in Jacke in ihrem Wohnzimmer und war schrecklich aufgebracht. Nicole hatte das vermutlich längst bemerkt und ignorierte es so gut wie möglich. Konzentriert schenkte sie mir heißen Tee ein.

Ich holte tief Luft. »Also, meine Oma war sehr esoterisch. Wenn ich bei ihr war, wurde streng nach Mondkalender erzogen, ständig hat sie Wahrsagerinnen im Fernsehen angerufen, um mit ihnen über ihre und meine angeblichen Lebenskrisen zu fachsimpeln, und Horoskope waren ihre Bibel. Sie hat danach gelebt. Meine Mama ist das komplette Gegenteil. Sie ist ordnungsliebend, pedantisch und absolut rational.«

»Aha«, machte Nicole und setzte sich mir gegenüber. »Nur fürs Protokoll: Von Wahrsagern im Fernsehen halte ich nicht wirklich viel. Vom Mondkalender hingegen schon. Der Mond beeinflusst nicht nur die Gezeiten, sondern auch den

Menschen, die Pflanzen und die Tiere. Da bin ich absolut sicher.«

Ich war langsam nicht mehr sicher, was ich glauben sollte. »Meine Oma war wegen der Planetenkonstellation zu meiner Geburt sicher, dass meine Mama mich in eine falsche Richtung drängen würde. Als Fisch, sagte Oma, sei ich ein kreativer Kopf. Eher spirituell. Herzgeführt. Meine Mama hat mich das komplette Gegenteil gelehrt. Hör auf deinen Kopf. Lern fleißig. Hab immer einen Plan. Das hat mich geprägt. Heute Morgen stand in meinem Horoskop, dass ich mehr auf mein Herz hören muss. Und dann hat mich ein Gespräch mit meiner Mutter komplett aus der Bahn geworfen. Denn genau das ist der Punkt: Mein Kopf und mein Herz wollen definitiv zwei unterschiedliche Dinge. Das macht mich noch wahnsinnig.«

Nicole dachte kurz nach, dann nickte sie. »Die Planetenkonstellationen zu deiner Geburt sind tatsächlich sehr ungewöhnlich. Viele Dinge scheinen einander auszuschließen. Gleichzeitig besitzt du eine wunderbare Gabe: Dir ist egal, ob du deine Umgebung aus dem Konzept bringst. Solange du dich mit einem Weg wohlfühlst, beschreitest du ihn weiter.«

»Nur weiß ich in letzter Zeit nicht mehr, womit ich mich wohlfühle«, gab ich zu bedenken.

»Sicher? Oder hat dich deine Umgebung nur überschrien, sodass du deine eigene innere Stimme nicht gehört hast? Vielleicht ist das der Grund, warum du plötzlich nach Horoskopen leben willst. Sie stellen deine Werte jeden Tag auf die Probe. Stehe ich wirklich an einem Scheideweg?

Nein! Oder womöglich doch?« Nicole zauberte erneut einen Stapel Karten hervor. »Ich möchte dir gerne die Karten legen. Vielleicht bekommst du dann mehr Klarheit. Setz dich bitte neben mich. Auf dem Kopf die Karten zu lesen ist so anstrengend.«

Ich rutschte rasch zu ihr herum. Nicole mischte die Karten, während sie erzählte. »Ich wollte dir eigentlich Tarotkarten legen, doch ich glaube, das ist zu unübersichtlich für dich. Du müsstest dich auf das verlassen, was ich aus den Karten lese, und hättest kaum eigenen Interpretationsspielraum. Also nehme ich lieber die Madame-Lenormand-Karten. Sie lassen sich auch von Laien gut lesen, weil sie einen erklärenden Satz zu den einzelnen Lebensbereichen bereithalten. Außerdem sprechen die Bilder für sich. Jetzt überleg dir bitte eine Frage, die dir auf der Seele liegt.«

Hmm ... War ich glücklich in meinem Leben? Nein. Zu offen. Sollte ich nach Singapur gehen? Nicht die Frage, die mir wirklich auf der Seele brannte. Letztlich gab es nur eine.

Sollte ich Malte und mir eine Chance geben?

Allein, dass mir diese Frage dermaßen auf dem Herzen brannte, sagte schon viel aus. Malte beschäftigte mich mehr, als ich gedacht hätte.

»Fertig?«, fragte mich Nicole sanft.

Ich nickte fleißig, während sie weiter mischte. »Du musst ›stopp‹ sagen, wenn ich mit dem Mischen aufhören darf«, sagte sie.

»Stopp.«

»Jetzt heb von diesem Stapel noch zwei weitere ab, sodass wir drei Stapel haben.«

Ich tat wie geheißen. »Ist Kartenlegen nicht genau das, was du nicht wirklich magst? Wahrsagerei?«

»Im Gegenteil. Das Kartenlegen bringt dich ähnlich wie Horoskope dazu, über deine Gegenwart und deine Wünsche für die Zukunft nachzudenken. Es ist eine spielerische Art, sich mit sich selbst auseinanderzusetzen. Du hast zum Beispiel die Stapel mit der linken Hand abgenommen. Das bedeutet, dass du momentan sehr emotional bist. Hättest du sie mit rechts abgenommen, wärst du rationaler unterwegs.«

Aha. Gespannt beobachtete ich Nicole dabei, wie sie die drei Stapel umdrehte. »Der Blumenstrauß steht für Glück. Das ist eine sehr gute Karte. Der Schlüssel steht für einen Neubeginn und der Storch ... werd nicht gleich nervös. Er kann für Schwangerschaft stehen, bedeutet meist aber einen Umzug oder hohe Flexibilität.«

Auweia. Singapur. Hieß das, ich würde definitiv dorthin gehen?

»Ich lege jetzt das große Bild für dich, weil es am aufschlussreichsten ist. Das sind acht Karten in einer Reihe und insgesamt vier Reihen. Vier Karten bleiben übrig. Diese symbolisieren die entferntere Zukunft. Die Karten darüber sind die direkte Zukunft.«

Mit angehaltenem Atem wartete ich, bis sie die sechsunddreißig Karten verteilt hatte. »Die Dame symbolisiert dich«, sagte sie und tippte auf die zweite Karte ganz unten von links. Sie zögerte kurz. »Es ist eher ungewöhnlich, dass sich die Dame so weit unten befindet. Es zeigt, dass du unglaublich viel in deinem Kopf herumspuken hast. Alles über der Dame beschäftigt sie, alles darunter liegt hinter ihr – bloß liegen unter deiner Dame keine Karten.«

»Mein Kopf explodiert«, bestätigte ich trocken.

»Das sehe ich. Hier kommt auch wieder der Storch vor. Er liegt ganz rechts unten. Daneben das Schiff.«

Ich las den kleinen Text unter dem Schiff. »Sie treten eine Reise an ... Erfolg im Beruf ... positiv. Hm. Plus der Storch ... Ich ziehe definitiv um?« Huch? Wieso war ich nur so entsetzt über diesen Gedanken? Das erstaunte mich selbst.

Nicole musterte mich. »Gibt es denn einen Umzug, der ansteht?«

»Ja, ich soll nach Singapur gehen und dort ein neues Team für die Arbeit aufbauen. Ist noch nicht hieb- und stichfest, aber so gut wie beschlossen.«

»Klingt doch nach Beförderung und nach einer guten Nachricht.«

Ich brummte unbestimmt vor mich hin. Ja, noch vor ein paar Wochen hätte ich das als *die* Knallernachricht bewertet. Warum nur grummelte es jetzt tief in meinem Magen? »Und was heißt der Park links neben der Dame?«, lenkte ich rasch ab.

»Den interpretiere ich so, dass du voll im Leben stehst und viele Menschen um dich herum hast, die dich begleiten. Auch beruflich bist du sehr kommunikativ. Das ist eine schöne Karte.«

Generell war die untere Kartenreihe recht positiv. Ich entspannte mich ein klein wenig und fragte mich gleichzeitig, warum ich mich nicht mehr freute. Den Umzug nach

Singapur plante ich schließlich schon seit einer gefühlten Ewigkeit.

»Das hier ist nicht deine festgelegte Zukunft«, sagte Nicole in die Stille hinein. »Es ist nur eine Möglichkeit oder eine Wahrscheinlichkeit. Du hast jetzt die Gelegenheit, darüber nachzudenken, ob du das wirklich willst oder einen anderen Weg einschlagen möchtest.« Sie ließ ihre Worte kurz auf mich wirken, dann tippte sie auf die äußeren Karten in der nächsten Reihe. »Die Ecken betrachte ich quasi als Überschriften deiner nahen Zukunft. Links oben ist der Reiter. Der steht für eine Nachricht, die du noch erhalten wirst und die dich beunruhigen wird. Rechts unten ist der Berg. Er steht dafür, dass du dich selbst blockierst oder von jemandem blockiert wirst. Nehme ich die beiden Karten zusammen, gibt es eine Information, die zurückgehalten wird. Ein Geheimnis.«

Bitte nicht. Ich hatte von Geheimnissen langsam die Nase voll.

»Links unten liegt der Schlüssel. Der sagt, dass das Geheimnis mit Sicherheit bald gelüftet wird. Rechts oben ist die Sense …«

»Klingt übel.«

»Ja, es ist nicht die beste Karte. Sie steht für Gefahr und einen gravierenden Vertrauensbruch.«

Sofort wurde ich unruhig, was Nicole natürlich bemerkte. »Soll ich lieber wieder positiver lesen?«

»Ne, lies ruhig das, was da vor dir liegt. Was ist denn mit dem Kerl hier?« Ich tippte auf die Männerkarte, die rechts am Rand lag.

»Das ist dein Symbol für deine Liebe.«

»Und wenn ich auf Frauen stehe?«

»Dafür gibt es Extrakarten, doch nach allem, was du bislang erzählt hast, habe ich nicht angenommen, dass wir die brauchen.«

Erwischt. Eigentlich hatte ich auch nur ablenken wollen. »Okay. Ich stehe auf Männer. Was sagen die Karten?«

»Hmmmm ...« Schweigen.

»Nicht so gut?«

»Sagen wir so: Die Wolke und der Mond, die bei ihm liegen, sind jetzt nicht die optimalen Karten. Ich würde sagen, er steckt in einer handfesten Krise und kann nicht schlafen, weil ihn so viel beschäftigt. Der Bär hingegen ist toll. Er steht für einen starken Charakter, der Fels in der Brandung. Genau wie der Baum. Der bedeutet Treue. Lebenslang. In Verbindung mit dem Mond heißt das, dass er ein ruhiger, beständiger und sensibler Kerl ist.«

Ich freute mich so, dass ich mein Grinsen kaum verbergen konnte. »Du magst deinen Wassermann wirklich sehr«, stellte Nicole fest. »Warum zögerst du dann so?«

Ich tippte auf die Karte mit der Sense. »Darum. Ich habe den Eindruck, dass er was vor mir verbirgt. Etwas Großes. Etwas, das ihn so sehr beschäftigt, dass er kaum klar denken kann. Mein letzter Freund hat mich betrogen. Ich habe es auf die harte Tour herausfinden müssen. Das prägt. Die ganze Zeit über frage ich mich, ob ich mir das schlechte Gefühl nur einbilde. Ob mich das Partnerhoroskop vielleicht auf die falsche Fährte geleitet hat. Jetzt, wo ich diese Karte sehe, bin ich mir sicher. Er verbirgt etwas vor mir, und solange das so ist, kann ich mich nicht auf ihn einlassen. Ob Wassermann oder nicht.«

Nicole schien zu überlegen, was sie mir noch sagen konnte. Schließlich tippte sie auf die Reihe über meiner Dame. »Diese Karten sind immens wichtig für dich. Über dir ist die Rute. Sie kündigt einen großen Streit an. Darüber die Eulen, die für Verlieben und Herzklopfen stehen. Doch leider liegt zwischen den Eulen und dem Herzen die Schlange. Die absolute Warnkarte. Sie deutet Betrug und Gefahr an. Ich will dir den Mann keinesfalls madig machen. So aufgeregt, wie du reagierst, sobald du gute Nachrichten über ihn bekommst, liegt die Antwort schon auf der Hand. Du willst ihn näher kennenlernen, und du hoffst, dass das mit euch etwas werden könnte. Gleichzeitig trennt euch derzeit einiges. Geheimnisse, Gefahren, Betrug. Das solltest du klären, vor allem, weil dich dein Bauchgefühl ohnehin bereits warnt.« Sie blickte wieder auf das große Kartenbild hinunter. »Was überhaupt nicht in deinem Umfeld liegt, ist dein Beruf. Die Karte liegt völlig abseits. Sagtest du nicht, du wärst Workaholic?«

»Gerade nicht so. Momentan konzentriere ich mich ganz auf mich und ... die Liebe. Meine Freunde. Das wird sich allerdings bald wieder ändern, wenn man den Karten glaubt. Denn es steht ja die große Reise an. Fragt sich nur, ob das gut oder schlecht ist.«

»Was fühlst du denn, wenn du dir die Karten anschaust?«

Ich zögerte keine Sekunde. »Ich fühle mich nicht bereit für die angekündigte Reise. Im Gegenteil.« Ich deutete auf die Karte mit dem Mann, umgeben von düsteren, aber auch schönen Karten. »Ich will Malte kennenlernen. Wäre doch gelacht, wenn ich sein Geheimnis nicht aus ihm herausquetschen könnte.«

Nicole tippte auf eine Karte, die ein Haus zeigte. »Die Madame-Lenormand-Karten muss man oft auch in Kombination lesen. Vielleicht bedeutet der Storch nicht zwingend eine große Veränderung wie einen Umzug. Es könnte auch eine Veränderung an deiner Wohnung sein.« Sie grinste, als sie meine Begeisterung bemerkte. »Ich merke schon. Die Vorstellung gefällt dir besser. Wie wäre es, wenn du damit anfängst und schaust, wohin es dich bringt? Die Interpretation der Karten ist ein Erfolg, wenn sie bei dir gute Gefühle hervorruft. Es ist wichtig, deine Zukunft mit dir selbst in Einklang zu bringen. Nur dann wirst du nicht das Gefühl haben, erneut in eine Sackgasse zu geraten. Die Karten haben dir einen möglichen Weg gezeigt. Nun musst du herausfinden, ob du ihn gehen möchtest – und wie weit.«

Ich nickte und beschloss, mich zunächst auf kleine Ziele wie die Renovierung meiner Wohnung zu konzentrieren. Danach ... würde ich mit Malte sprechen. Das war ich meinem Herzen schuldig. Immerhin hatte ich es schon viel zu lange ignoriert.

Beherzt schrieb ich Malte endlich die noch ausstehende Nachricht:

Anja: Auch ich mag dich sehr und möchte dich nicht verlieren. Wollen wir uns am Wochenende aussprechen? Hast du Karfreitag was vor? Du könntest zum Frühstück kommen.

Mit angehaltenem Atem wartete ich auf Antwort von ihm. Er ging online. Er tippte. Und tippte. Und tippte. Ich sah es in seinem Status, doch die Nachricht blieb aus. Schließlich piepte es.

Okay, stand da. Mehr nicht. Trotzdem war es das schönste Okay, das ich seit Langem gesehen hatte.

Denken Sie nicht nur über Veränderungen nach. Verändern Sie etwas.

Abnehmender Mond

Den Rest der Woche war ich damit beschäftigt, meine Wohnung auf Vordermann zu bringen. Viel Ahnung vom Renovieren hatte ich nicht, aber es machte Spaß, mir jede Menge Youtube-Videos übers Heimwerken reinzuziehen und es dann stümperhaft und mit viel Leidenschaft selbst zu versuchen.

Immer wieder erwischte ich mich dabei, Malte eine Nachricht schicken zu wollen. Hier ein Bildchen von meinem neuen Anstrich. Da eine Frage zu einem Handwerkerproblem. Letztlich löschte ich jedes einzelne Bild und jede Nachricht wieder.

Nein. Was wir zu klären hatten, sollten wir von Angesicht zu Angesicht besprechen. Das musste bis Freitag warten. Nur mit Anstrengung schaffte ich es, mich auf anderes zu konzentrieren.

Die Wand in Weiß, Violett und Elefantengrau sah jedenfalls fulminant aus, wenn auch etwas gewöhnungsbedürftig. Ich fing an, die alte Kommode per Hand abzuschleifen, gab nach fünf Stunden auf und kaufte mir ein funkelndes Schleifgerät, mit dem ich überhaupt nicht klarkam und stattdessen tiefe Rillen ins Holz fräste. Letztlich landete ich wieder bei Schmirgelpapier. Als ich nach einem weiteren Tag endlich die erste Schicht Farbe auf die Kommode streichen konnte, fühlte ich mich wie eine Superheldin.

Wer hätte gedacht, dass Handwerken so befreiend sein konnte?

In meinem Wohnzimmer gab es nun eine Kuschelecke mit der violett-grauen Wand, einem schneeweißen Wandregal und einem gemütlichen Lesesessel zum Verweilen. Der Erker kam voll zur Geltung. Dort hatte ich mir eine Sitzbank mit Schubladen gezimmert und flauschige Kissen darauf drapiert. Zugegebenermaßen musste da noch mal ein Fachmann dran, denn das Ding war windschief geworden und wackelte, aber hey: Der Anfang war gemacht. Es sah hübsch aus, nur durfte man sich halt nicht draufsetzen. Dazu kamen luftige Vorhänge und eine grüne Zimmerpflanze, die ich streng nach Mondkalender goss.

Der Essbereich war durch einen schlichten grauen Teppich vom Rest des Wohnbereiches abgehoben. Mittlerweile hatte ich mich von der alten Couch verabschiedet und mir eine neue, unglaublich gemütliche Sofagarnitur zugelegt, die perfekt zum Sideboard passte. Frisch, hübsch, ordentlich. So mochte ich es. Nur der Esstisch fehlte noch, und einen neuen Couchtisch musste ich auch finden. Momentan missbrauchte ich den alten als Schreinerwerkstatt.

Die eine Wand vom Schlafzimmer strich ich in einem beruhigenden Sandton, setzte das mit Stuckleisten ab, nachdem ich mir Trillionen Youtube-Videos darüber angesehen hatte, und stellte ein neues, ausladendes Bett davor. Allein die Anlieferung kostete mich ein Vermögen, doch das war es mir wert. Rechts und links zwei Kommoden, hinzu kam ein Schrank mit riesigem Spiegel. Mit der Auswahl der Bilder tat ich mich schwer. Dann fand ich zwei Ölgemälde auf dem Trödelmarkt und hängte sie krumm und schief auf. Egal. Sonst hätte das Zimmer zu perfekt ausgesehen, und Perfektion versuchte ich mir gerade abzugewöhnen. Die Gemälde passten wunderbar. Ein Sonnenbild und ein verträumtes Bild vom Mond. Sehr schön.

»Es ist so toll geworden«, freute ich mich, als ich die letzte niedliche Lampe aufstellte. Vor Glück klatschte ich in die Hände. So musste das aussehen.

In der gesamten Zeit dachte ich viel über mich, meine Familie und meine Freunde nach. Die längste Wand im Wohnzimmer hatte ich zu einer riesigen Mindmap umfunktioniert, bevor ich sie streichen wollte. Wahllos schrieb ich mit Edding essenzielle Fragen, neue Ziele, alte Möglichkeiten und abgebrochene Pfade auf. Ich hatte das Gefühl, mich selbst zu erfinden, indem ich zu mir selbst zurückfand.

Mein Handy nahm ich nur selten in die Hand. Meist schrieb mir Sarah. Sie bemühte sich sehr, Kontakt zu halten, allerdings ging sie in beruflicher und familiärer Hinsicht fast unter. Wir verabredeten uns zwei Mal zum Brunch, zwei Mal sagte sie kurz vorher ab. Ich ging trotzdem ins Café und frühstückte allein. Eine ganz neue Erfahrung.

Insgesamt hatte ich den Eindruck, mich endlich entspannen zu können. Runterzukommen. Von meinem beruflichen Höhenflug. Von meinem Stresspegel. Von meinem verzweifelten Streben nach Erfolg.

Insgeheim freute ich mich sehr auf Freitag. Dann würde ich Malte endlich wiedersehen. Bis dahin lenkte ich mich mit wirklich tollen Dingen ab.

Ich ging zum Yoga für Anfänger, besuchte einen Malkurs in freier Natur, war entsetzt vom Schröpfen und total entspannt von der Massage davor. Entgiften gab ich schnell wieder auf. Schokolade war für die Seele besser als ein grüner Smoothie mit Spinat, den ich nur mit viel Willenskraft und zugehaltener Nase herunterwürgen konnte. An einem Abend half ich meinem Team heimlich bei einem weiteren Excel-Problem und schaffte es, nur so lange wie nötig daran zu sitzen und danach einen Film zu sehen.

Tatsächlich traf ich mich sogar mit Tom und Katharina – plus Dackel. Der kleine Hund eroberte mein Herz im Sturm, sodass ich regelrecht aufblühte und eine halbe Stunde mit ihm im Park tobte, ehe ich zu meinen Freunden zurückfand. Die lagen knutschend auf einer Decke und waren noch immer das unglaubliche Traumpaar, das ich kannte. Manche Dinge änderten sich eben nie.

»Das mit Sarah und Vanessa hättet ihr mir auch früher sagen können«, schalt ich sie sanft, zog den Dackel auf meinen Schoß und knuddelte ihn so lange, bis es ihm zu viel wurde.

Tom und Katharina tauschten diesen speziellen Blick, den nur Paare mit langer Beziehungserfahrung draufhatten.

Dann seufzte Tom leise. »Ich bearbeite Sarah seit Jahren, dass sie es dir stecken muss, aber das Outing hing immer eng mit ihrer heimlichen Liebe zu dir zusammen.«

»Kapier ich nicht.«

»Wenn sie gesagt hätte, dass sie lesbisch ist, wären dir ihre verträumten, verzweifelten, sehnsuchtsvollen Blicke garantiert irgendwann aufgefallen.«

Hmmm ... da konnte was dran sein. Ich hatte Sarahs intensive Blicke tatsächlich ab und zu bemerkt und sie nie einordnen können. Weil ich von meiner Mutter kritische Blicke gewohnt war, hatte ich nicht viel reininterpretiert.

»Ach, Kacke«, fasste ich meinen momentanen Gemütszustand zusammen. »Trotzdem hättet ihr mir Hinweise geben müssen. Vor allem, als das mit Vanessa anfing.«

»Glaub mir. Das hat auch uns mehr als überrascht«, mischte sich Katharina ein. »Immerhin war sie über Jahre mit Dennis verheiratet. Es war *das* Gesprächsthema.«

Nur ich hatte nichts mitbekommen. Aber gut. Ich war ja auch wirklich kaum zu erreichen gewesen.

Müde legte ich mich neben meine beiden Freunde ins Gras, blinzelte in den Himmel und genoss die warmen Sonnenstrahlen auf der Haut. Bald würde die Sonne untergehen, immerhin war es schon nach neunzehn Uhr. Wenn ich mir vorstellte, dass ich normalerweise noch mindestens vier Stunden im Büro saß und Zahlen von einem Programm ins nächste übertrug, wurde ich wehmütig. Allerdings nicht auf die gute Art und Weise.

Ich genoss die Sonnenstrahlen so sehr. Wie hatte ich das Gefühl nur vergessen können?

Gleichzeitig vermisste ich aber auch meinen Job. Ich schob gerne Zahlen von einer Ecke in die andere. Nur ob ich das an jedem Tag in jeder Woche für zehn Stunden machen wollte, blieb fraglich.

»Vanessa hasst mich«, murmelte ich, um die Gedanken an die Arbeit zu verdrängen.

»Vanessa platzt vor Eifersucht. Sie hat Panik, dass Sarah sie wegen dir verlassen könnte.«

Oh Mann! Abrupt setzte ich mich auf. Wie hatte ich das bloß übersehen können? »Sie ist ernsthaft eifersüchtig auf mich?«

»Voll. Schon seit eurer Kindheit.« Tom schob sich lässig seine Sonnenbrille höher und sah dabei unverschämt gut aus. Fast so gut wie Malte.

Hups. Wo kam denn dieser Gedanke auf einmal her?

»Aber wir waren doch wie Pech und Schwefel. Das Traumtrio. Das kleinste Schwärmchen der Welt. Vanessa –«

»… war total genervt davon, dass Sarah und du ständig was ohne sie gemacht habt. Dementier das gar nicht erst. Ihr zwei seid enger befreundet gewesen. Vanessa stand oft im Abseits.«

Das stimmte. Wann immer wir nur Karten für zwei Personen ergattern konnten, waren eben nur Sarah und ich zum Konzert gegangen und hatten Vanessa gar nicht erst davon erzählt. Wir hatten zu zweit unsere Zukunftspläne aufgeschrieben, hatten sehr oft noch abends das Freibad besucht oder uns heimlich getroffen, ohne jemandem Bescheid zu geben. Sarah wäre ohne Wenn und Aber meine Trauzeugin geworden. Nicht Vanessa.

»Die Dynamik ist jetzt eine andere«, warf ich schwach ein.

»Klar. Trotzdem bist du sofort zu Sarah gegangen, als du ins Schwimmen geraten bist. Sarah hat das umgekehrt auch bei dir versucht, nur warst du abgetaucht. Vanessa war die zweite Wahl. Sie weiß das ganz genau. Die beiden sind erst richtig eng miteinander geworden, seitdem du von der Bildfläche verschwunden bist. Jetzt störst du das Gefüge. Dadurch fühlt sich Vanessa bedroht.«

»Hört, hört, Doktor Freud«, frotzelte Katharina und warf ihrem Langzeit-Freund Gras ins Gesicht. »Du hast ja tiefen Einblick in das Seelenleben deiner Freundinnen.«

»So viel Gejammer, wie ich mir deswegen anhören musste! Das prägt. Ich bin froh, dass die Katze aus dem Sack ist. Dann kann ich jetzt immer sagen: Erzähl das nicht mir. Erzähl das Anja.« Tom lachte gehässig. »Ihr drei werdet euch zerfleischen.«

Bitte nicht, dachte ich bekümmert. Ich wollte lediglich meine Freundinnen zurück. Das musste doch machbar sein. Leider bezweifelte ich das mittlerweile selber. Sarah war für mich nur noch per Telefon zu erreichen. Persönliche Treffen waren unmöglich. Vermutlich schob Vanessa diesbezüglich einen Riegel vor.

»Ich werde für unsere Freundschaft kämpfen«, erklärte ich mit hochgereckter Faust.

Tatsächlich rief ich Sarah am nächsten Tag an, quatschte fünf Minuten mit ihr und fragte Vanessa per SMS, ob wir nicht mal miteinander sprechen könnten. Keine Antwort.

Am Tag danach besuchte ich einen Meditationskurs,

schrieb Vanessa noch eine Nachricht und konzentrierte mich ansonsten auf meinen Alltag, den ich wirklich zu genießen begann. An mein Lotterleben konnte ich mich gewöhnen.

Mir ging es gut. Erstaunlich gut.

Bis es an der Haustür klingelte und ein Bote mit einem gigantischen Präsentkorb davorstand. Er schob mir das klobige Teil quasi in die Arme, murmelte was von einer Karte und war verschwunden, ehe ich protestieren konnte.

Was zur Hölle?

Neugierig stellte ich das Monstrum auf der Anrichte ab, ignorierte die Bananen und pflückte einen Schokoriegel heraus, bis ich endlich die Karte zwischen dem Zellophan entdeckte. Ich ließ die Schoki fallen und faltete rasch den Brief auseinander.

Liebe Frau Lichtenstein,
es ist offiziell: Sie gehen nach Singapur und leiten dort das Team. Herzlichen Glückwunsch! Die Seafish Company hat Sie in den letzten Wochen sehr vermisst und schnell festgestellt, was sie an Ihnen hat. Bitte setzen Sie sich baldmöglichst mit unserer Personalabteilung in Verbindung, da wir Sie so zügig wie möglich zurück an Bord haben wollen. Bis Sie nach Singapur gehen, ist viel zu tun.
Genießen Sie noch ein wenig Ihren Urlaub, allerdings nicht mehr allzu lange. Nach Ostern können Sie gerne wieder an Ihren Arbeitsplatz zurückkehren. Anbei das Flugticket nach Singapur. Wie Sie sehen, geht es am 01. Mai los. Der Tag der Arbeit. Wie passend, nicht wahr?

Ihr Traum geht nun endlich in Erfüllung. Ich freue mich für Sie und bin stolz auf Sie.
Mit freundlichen Grüßen
Hannes Schellwig

Ich las den gesamten Brief noch mal. Anschließend starrte ich das Flugticket an, den Präsentkorb, die Zeilen.

Und was fühlte ich dabei?

Panik. Pure Panik.

Lassen Sie das Glück zu und die Zwänge los.

Abnehmender Mond

Es ging nach Singapur. Ich hatte Starterlaubnis. Ein Team. Verantwortung. Ein eigenes Projekt. Mein Mentor lobte mich endlich mal für meine harte Arbeit.

Und was tat ich?

Hektisch stopfte ich alle Sachen zurück in den Präsentkorb, stellte ihn in die Spüle, damit ich ihn nicht mehr sehen musste, und handwerkelte wie eine Verrückte weiter. Dabei schob ich den Gedanken an die Arbeit vehement von mir.

Singapur! Umziehen!

Ich war nicht so weit. Weder hatte ich mich mit Vanessa ausgesprochen noch mich mit Sarah komplett vertragen oder mich Mama emotional angenähert – falls das überhaupt möglich war. In meiner Wohnung herrschte für meine Verhältnisse Chaos pur, und …

… ich wollte unbedingt meinen Mann fürs Leben finden!

Allein der Gedanke an Malte bereitete mir Magenschmerzen. Ich vermisste ihn. Ernsthaft. Obwohl ich ihn nur so kurz kannte, wollte ich ihn gerade jetzt anrufen. Ihm endlich von Singapur erzählen. Ihm mein Herz ausschütten.

Klar. Er wird total begeistert sein, die letzten Wochen umsonst mit dir verbracht zu haben, dachte ich finster. Verdammt. Ich hätte ihm das mit Singapur früher erzählen müssen.

Er hatte ein Geheimnis? Möglich. Ich allerdings auch.

Stöhnend vergrub ich mein Gesicht in meinen Händen und erinnerte mich zu spät daran, dass sie weiß beschmiert waren. Jetzt hatte ich Farbe im Haar.

Reiß dich zusammen, Anja.

Vielleicht sollte ich Malte direkt anrufen und ihm alles erzählen. Ja, genau. Reinen Tisch machen. Ihm sagen, dass ich nach Singapur ging, es sei denn ...

... äh. Ja, was denn?

Wir kannten uns erst seit drei Wochen. Es war vollkommen unsinnig, solch eine weitreichende Entscheidung von einer kurzen Bekanntschaft abhängig zu machen. Außerdem hatte Malte genug eigene Sorgen. Da brauchte ich ihm nicht noch zusätzlich meine Probleme aufzuhalsen.

Klar. Als ob das der einzige Grund für mein Schweigen gewesen wäre. Ich hatte Schiss vor seiner Reaktion! Das war die Wahrheit. Schiss, dass er mich direkt in den Wind schießen würde.

Aber ... ich wollte ihn soooo gerne wiedersehen. Am liebsten sofort. Außerdem machte ich mir Sorgen um ihn. Er hatte an unserem letzten Abend so müde und so frustriert ausgesehen. Traurig.

Die Karte mit dem Mond ging mir nicht aus dem Kopf.

Sie hatte völlige Erschöpfung angedeutet. Die Wolke eine tiefe Lebenskrise.

Bis zum nächsten Treffen konnte ich nicht mehr warten. Mir rann die Zeit davon. Zwischen Farbtöpfen und einem windschiefen Regal, das sich einfach nicht gerade an der Wand anbringen ließ, schrieb ich ihm schließlich eine Textnachricht.

Anja: Feierabendbier bei mir?

Kaum hatte ich das abgeschickt, bereute ich es. Mann. Jetzt verbrachte ich meine Zeit mit hysterischem Warten statt mit entspanntem Gesumme. Um mich abzulenken, bestellte ich Essen beim Chinesen. Sehr viel Essen. Handwerkeln machte hungrig. Lebenskrisen ebenfalls. Liebesfrust noch viel mehr.

Also nicht, dass ich mich in Malte verliebt hatte. Auf keinen Fall. Nur ein klitzekleines bisschen verschossen war ich vielleicht. Aber nur ganz vielleicht.

Ich konzentrierte mich darauf, die Bodenleisten an der Wand anzubringen. Keine leichte Aufgabe. Entsprechend froh war ich, als mein Handy begann zu klingeln. Wie eine Ertrinkende warf ich mich darauf und ging ran, ohne zu sehen, wer anrief.

»Frau Lichtenstein«, begrüßte mich eine männliche Stimme. »Wir haben soeben die frohe Botschaft erhalten.«

»Äh. Ja. Toll«, stammelte ich verwirrt und erkannte dann Theo Habling, meinen Projektleiter.

»Herr Schellwig hat uns darüber informiert, dass Sie für

uns nach Singapur gehen werden. Ich freue mich ehrlich für Sie.«

»Wirklich?«, rutschte es mir heraus. »Ich dachte immer, Sie wären auch scharf auf den Job.«

»Ich?« Theo Habling lachte glucksend. »Hilfe, nein. Meine Verlobte hätte mich gelyncht. Ich bin froh, wie es gekommen ist. Ich darf weiterhin die Schnittstelle sein und freue mich, dass ich mit Ihnen eine absolut zuverlässige und hoch ambitionierte Kollegin in Singapur sitzen habe. Besser geht es nicht. Frau Nowaski und Herr Dimir werden übergangsweise mit Ihnen reisen, bis Sie vor Ort neue Leute akquiriert haben. Das wird ein ganz neues Arbeiten. Spannend und anders. Wir wollten Sie auch gar nicht lange stören, nur kurz gratulieren.«

Ein Jubeln ertönte im Hintergrund. Mir wurde ganz warm ums Herz. Allzu viel wusste ich gar nicht über die Kollegen, die sich so für mich freuten und mit mir reisen würden. Herr Dimir war single und ließ nichts anbrennen. Über Frau Nowaski hatte ich mir nur gemerkt, dass sie ihren Kaffee schwarz trank und lieber mit blauer statt mit schwarzer Tinte schrieb. Nicht sehr aussagekräftig, um eine freundschaftliche Beziehung anzufangen.

Trotzdem. Sie klangen ehrlich erfreut.

»Danke schön«, sagte ich geschmeichelt, und zum ersten Mal freute ich mich wirklich über die Beförderung. Es tat gut, die Anerkennung des Teams zu spüren.

»Dann bis nächste Woche«, sagte Herr Habling und legte auf.

Ich starrte eine Weile ins Nichts und bemühte mich, den

Jubel in mir weiter nachklingen zu lassen, doch so richtig wollte es nicht gelingen. Seltsam.

Entschlossen schüttelte ich das sonderbare Gefühl ab und nahm den Pinsel zur Hand. Streichen war jetzt genau das Richtige. Ich malte gerade die Kommode zum dritten Mal weiß an, als es an der Wohnungstür klingelte. Mein chinesisches Essen! Hastig legte ich den Pinsel weg, hüpfte zwischen den in verschiedenen Stadien trocknenden Holzgegenständen im Flur durch und kam atemlos an der Tür an.

Mit einem strahlenden Lächeln riss ich sie auf. Wenn ich etwas liebte, dann das chinesische Essen aus meinem Lieblingsrestaurant, gebracht vom schnellsten Lieferservice dieser Welt.

Doch dann starrte ich in die schönsten braunen Augen dieser Welt.

Malte.

In seinen Armen trug er ein Sixpack Bier. Natürlich! Feierabendbier! Ich hatte ihn dazu eingeladen und selbst gar keins im Haus. Wie hatte er das nur wissen können?

Wir standen keinen halben Schritt voneinander entfernt. Er starrte mich an. Ich ihn.

Wie ging Atmen doch gleich? Mein Gehirn war leer. Ich spürte einzig das unglaubliche Flirren, das sich erst zwischen uns und dann in mir ausbreitete.

Malte war da. Endlich.

All die Anspannung der letzten Tage verflog und machte einem tiefen Glücksgefühl Platz, das ich noch nie gefühlt hatte. Wie sehr ich diesen Mann vermisst hatte, wurde mir erst jetzt bewusst.

»Du bist hier«, stellte ich leicht verwirrt fest.

»Klar. Du hattest mich doch eingeladen.« Er hob das Bier an. »Oder hast du es dir wieder anders überlegt?«

»Nein! Nein! Nein! Wirklich! Nein!«

Malte lachte leise. »Okay. Ich glaub es dir.«

Danach starrten wir uns erneut unendlich lange an. Er mich. Ich ihn. Ein atemloser, wunderschöner Moment, in dem mir klar wurde, dass das zwischen uns etwas ganz Besonderes war. Trotz der vielen unbeantworteten Fragen. Trotz meiner Unsicherheit. Trotz all der Probleme, die Malte zu haben schien.

»Ich –«, hob ich an.

»Ich –«, sagte er.

»Es tut mir leid, dass ich so zugeknöpft bin«, sagte er.

»Dann hör einfach auf damit und rede mit mir«, sagte ich.

Da sprudelte es auf einmal aus ihm heraus. »Ich stehe beruflich am Abgrund, und das ist mir vor dir peinlich. Du als Businessfrau hast garantiert kein Interesse an einem Kerl, der sein eigenes Unternehmen an die Wand gefahren hat. Ich habe vor Jahren zusammen mit zwei meiner Studienfreunde ein kleines Bauunternehmen gegründet. Wir errichten Holzhäuser im schwedischen Stil. Ein durchaus lukrativer Markt. Dann wurde einer meiner Freunde krank. Krebs. Er wollte mir seine Anteile verkaufen, nur konnte ich ihn nicht auszahlen. Mein anderer Kumpel hatte geerbt. Er übernahm die Anteile und hatte damit die deutliche Mehrheit am Unternehmen. Meine Familie hat mich gewarnt, aber was hätte ich denn tun sollen? Ich war naiv und habe ihm vertraut. Als er neu geheiratet hat, wurde es ungemütlich. Seine Frau war unglücklich in Aachen. Sie wollte zurück nach Bayern, zu ihrer Familie. Mein Kumpel hat mir angeboten, dass ich seine Anteile komplett übernehmen könnte, nur fehlte mir weiterhin das Geld. Also hat er sie an jemand anderes verkauft.«

»An diese Thea? Die Chefin, mit der du nicht klarkommst?«

»Genau. Es war ein absoluter Schlag ins Gesicht für mich. Mein Kumpel wusste, dass ich mit Thea nicht gut zurechtkomme. Es gab da ... Differenzen. Eine gemeinsame Geschichte. Jedenfalls bin ich mir bis heute sicher, dass Thea die Anteile nur gekauft hat, um sich an mir zu rächen. Mit Thea zu arbeiten ist unglaublich kräftezehrend. Sie schaut nach Gewinn, nicht nach Machbarkeit. Die Aufträge, die sie angenommen hat, haben uns beinahe in den Ruin getrieben. Sie sind eine Nummer zu groß für uns und haben nichts mehr mit unserer Kernkompetenz Schwedenhäuser zu tun, sondern ganz allgemein mit Häusersanierung. Etwas, das ich nur bedingt beherrsche. Das hat meinen Ruf beschädigt, und jetzt kann ich weder vor noch zurück. Übergebe ich ihr meine Anteile, habe ich meine Firma und meine Reputation verloren. Bleibe ich, werde ich wahnsinnig.«

Das konnte ich durchaus nachvollziehen. So wäre es mir vermutlich ebenfalls gegangen. »Thea zu ignorieren und vor den Meetings wegzulaufen kann aber auch nicht die Lösung sein.«

»Ich weiß. Ich weiß.« Malte wirkte schrecklich traurig und erschöpft. Kein Wunder.

»Du kannst mit mir immer über so etwas reden«, unterbrach ich seine Gedanken. »Das muss dir nicht peinlich sein. Ich hab mein Leben schließlich auch nicht unter Kontrolle. War das etwa das große Geheimnis, das du vor mir verbergen musstest?«

Malte zögerte. »Nein«, gab er schließlich zu. »Nur die Spitze vom Eisberg, aber ... den Rest muss ich dir ein anderes Mal erzählen. Sobald ich mich selbst sortiert habe und weiß, was es bedeutet.«

Aha. Das klang ja wirklich mysteriös. Natürlich hätte ich jetzt verärgert reagieren können. Natürlich hätte ich ihm die Tür vor der Nase zuschlagen können.

Natürlich tat ich das nicht. »Okay«, sagte ich stattdessen leise.

»Okay«, sagte er, und allein in diesem Okay schwang so viel Erleichterung mit, dass es mich tief berührte.

Wir verstummten und versanken wieder in diesen traumhaften Moment, der nur uns gehörte. Bis es neben uns knisterte, ich den Kopf drehte und in die Augen meines geliebten Essenslieferanten blickte, der reglos neben uns stand und uns anstarrte, die Tüten mit dem Essen in den Händen haltend.

»Ich stell das eben hier ab. Macht ruhig weiter, Leute. Bezahlt haste ja schon online. Trinkgeld gibste mir beim nächsten Mal, ne?«, sagte er im Flüsterton und breit grinsend. Zwinkernd stellte er die Tüten ab und huschte davon.

Ich sah ihm nach, allerdings nur kurz. Dann wandte ich mich wieder Malte zu, der in dieser Sekunde meine Hand in seine nahm und seltsam ernst guckte.

»Ich bin froh, dass du dich gemeldet hast«, sagte er.

Ich schluckte. »Ich auch«, brachte ich hervor, dann besann ich mich und deutete fahrig in die Wohnung. »Komm doch rein.«

Malte ließ meine Hand nicht los, als er hinter mir durch die Tür trat. Er schüttelte sich halb im Gehen die Turnschuhe von den Füßen, während er die vielen Tüten mit chinesischem Essen balancierte. »Anja, du …« Er unterbrach sich selbst abrupt. Anscheinend hatte er soeben den Zustand meiner Wohnung bemerkt. Die Farbeimer hatte ich ganz anjamäßig nach Farbe sortiert an der Wand aufgereiht, die Pinsel ordentlich gereinigt und der Größe entsprechend auf Zeitungspapier zum Trocknen aufgereiht, aber ansonsten war es offensichtlich: Meine Wohnung war Chaos pur. »Was ist denn hier passiert?«

»Ich hab renoviert.«

»Überall gleichzeitig?«

»So renoviere ich nun einmal. Hab ich an einer Stelle keine Lust mehr, fang ich woanders an, um die alte Stelle später weiterzumachen oder jemanden zu finden, der es für mich erledigt. Das ist sonst nicht mein Stil, aber ich trainiere meinen Libertinismus.«

»Was ist das denn?«

»Das Gegenteil von dem, was andere Leute an mir gewöhnlich in den Wahnsinn treibt: Perfektionismus.«

Schweigend sah sich Malte um. »Wie immer bist du in deiner neuen Arbeitsweise wirklich gründlich.«

»Hey! Das Handwerkeln ist Neuland für mich. Da musste ich mich erst eingrooven.«

Malte lachte leise und warm, woraufhin sich die erste Sternschnuppe in meinem Bauch zum Start bereit machte. Ich hinderte sie gerade noch am Abflug, war mir aber klar darüber, dass ich das nicht mehr lange durchhalten würde.

Malte war hier!

Mit einem Schlag war ich so nervös wie vor meinem ersten Kuss als Jugendliche. Vor allem, weil er mir diese speziellen Blicke zuwarf, die mir klarmachten, dass die platonische Freundschaft so was von vom Tisch war.

»Hast du Hunger?« Ich schnappte mir die Tüten aus seinen Händen und setzte mich vor meinen mit Farbe bekleckerten Couchtisch. Es hatte mich viel Überwindung gekostet, ihn nicht ordentlich abzudecken. Jetzt sah er aus, als ob ein Eimer Farbe daraufgefallen wäre. Erstaunlicherweise fand ich diesen Look sogar ganz cool.

Schnell zog ich eine Leckerei nach der nächsten hervor und platzierte sie um mich herum. Malte ließ sich neben mir nieder und hatte dabei etwas Probleme, seine langen Beine zu sortieren. Meinen Esstisch gab es allerdings nicht mehr, also mussten wir improvisieren.

»Mit welcher Armee hattest du eigentlich gerechnet?«, fragte Malte amüsiert, als ich die fünfte Pappschale aus den Tüten zog und ordentlich neben den anderen aufreihte. Vorspeise, Hauptgang, Nachspeise. So ganz hatte ich meine alte Ordnungsliebe nicht vergessen. Eine Komplettumwandlung strebte ich auch gar nicht an. Nur ein kleines bisschen mehr Freiheit.

»Ich habe gerne Auswahl. Außerdem esse ich die Köstlichkeiten über die Woche verteilt auf. Frühlingsrollen als zweites Frühstück, die Suppe als Zwischensnack, die Ente aufs Brot. Ich liebe chinesisches Essen.«

»Ich ebenfalls, nur mit diesen Stäbchen komm ich nicht klar. Ich hol mir eben eine Gabel. Du auch?«

Als ich sah, wie er die Stäbchen hielt, musste ich lachen. »Für mich nicht.«

Während er in der Küche eine Weile nach einer, nein, nach *der* Gabel suchte, fuhr ich mir noch mal prüfend mit den Händen über die Haare und feuerte mich gedanklich an. *Du schaffst das! Nur keinen Blödsinn reden und keinen Streit vom Zaun brechen!*

»Wie kam eigentlich dein Sinneswandel zustande?«, fragte Malte, sobald er bewaffnet mit der Gabel wieder neben mir saß. »Ich dachte, du wolltest erst am Freitag *das* Gespräch führen.«

»*Das* Gespräch? Was meinst du?«

»Das Gespräch nach dem Motto: Wir passen nicht zueinander, bla, bla, bla. Du und ich haben zu viele eigene Probleme, bla, bla, bla. Alles zu kompliziert, bla, bla, bla ...«

»So ein Gespräch hatte ich nie geplant«, ging ich erschrocken dazwischen. »Die Karten haben mir gezeigt, wie sehr ich dich mag. Daher habe ich mich früher bei dir gemeldet und ... na ja ... weil ich dich unbedingt wiedersehen wollte.«

Malte musterte mich eingehend. Dann lächelte er. »Das freut mich. Dieses Wiedersehen ist auch viel schöner als das Gespräch, das ich befürchtet hatte.«

Wir grinsten uns verlegen an.

»Und du hast wirklich die Karten über mich befragt?«,

lenkte Malte schließlich ab. »Was haben die denn so über mich verraten?«

»Hmmm«, brummte ich unbestimmt und seufzte leise. »Um ehrlich zu sein, war die Vorhersagung für dich und mich nicht so prickelnd, aber ich habe beschlossen, mich auf die positiven Dinge zu konzentrieren.« Ich nahm ihm die mitgelieferte Flasche Cola aus den Händen und trank einen Schluck. Als er mich komisch anblickte, verschluckte ich mich fast. »Was?«

»Eigentlich hatte ich mir fest vorgenommen, mit dir Klartext über den Rausschmiss zu reden. Du hattest durchaus gute Gründe dafür. Trotzdem hat es wehgetan«, sagte er ruhig.

»Du hast mir keine Wahl gelassen. Dein Schweigen hat mich genervt.«

Malte spielte mit der Gabel in den Nudeln herum. Schließlich seufzte er. »Mir ist klar, dass ich nicht der offenste Gesprächspartner bin. Über meine Gefühle spreche ich ungern, weil ich mich ihnen dann stellen muss. Ich ignoriere sie lieber so lange, bis es nicht mehr geht. Du hast mir beim letzten Mal die Pistole auf die Brust gesetzt, abgedrückt und mich danach rausgeworfen. Blutend. Das war nicht gerade nett.«

»Wenn du geredet hättest, wäre das nicht passiert.«

»Ich weiß. Aber wie wäre es, wenn du mir einfach noch ein wenig mehr Zeit gibst? Warum die Eile? Warum hetzt du so auf dem Weg zu deiner wahren Liebe? Womöglich vergraulst du sie dadurch.«

Jetzt, dachte ich. Sag es ihm. Sag ihm das mit Singapur.

Verrate ihm, dass dir sogar die Karten vorausgesagt haben, dorthin auszuwandern – falls sie sich nicht auf die Renovierung der Wohnung bezogen haben. Doch kein Ton kam über meine Lippen.

Ich hatte zu große Angst, ihn in diesem Moment zu verlieren. Offenbar verbargen wir beide zwei viel zu große Geheimnisse voreinander. Geheimnisse, die zwischen uns standen. Geheimnisse, die unseren gemeinsamen Weg verbauten.

Bloß lag seins in der Vergangenheit und meins in der Zukunft.

»Okay. Ich gebe nach«, sagte ich schließlich leise.

»Wobei?«

»Ich lasse dir deine Geheimnisse, wenn du mir meine lässt.«

Malte zögerte. Vermutlich war ihm nicht klar gewesen, dass ich ebenfalls das ein oder andere Riesendrama vor ihm verbarg. Schließlich nickte er. »Für den Moment können wir das so machen«, antwortete er. »Es sei denn, das hat was mit deinen Horoskopen und Finger-weg-von-Wassermännern zu tun. In dem Fall wäre ich gerne im Bilde.«

Ich atmete erleichtert auf. »Die Horoskope und ich sind mittlerweile auf einem anderen Level angekommen. Ich versuche jetzt, nur noch Gutes darin zu lesen.«

»Aha.« Malte klang nicht überzeugt.

Vehement deutete ich auf das Chaos um uns herum. »Ich gestalte mein Leben neu, bringe Farbe und Entspannung hinein. Das funktioniert erstaunlich gut.« Dass ich die Wohnung vermutlich bald vermieten und verlassen würde, behielt ich für mich. Auch, weil ich mir gar nicht so sicher war, ob ich das überhaupt noch wollte.

Ja, ich wollte nach Singapur. Ich wollte aber auch hierbleiben. In Aachen. Bei Sarah. Bei meiner Mama. Vor allem bei Malte.

Dass er ein wichtiger Grund war, meine Karrierepläne zu überdenken, war mir ihm gegenüber peinlich. Wir kannten uns erst drei Wochen und hatten noch nicht einmal besprochen, wo wir genau standen.

Ja, es hatte mich schwer erwischt. Das zwischen Malte und mir bedeutete mir mehr, als ich zugeben wollte.

»Mir ist jedenfalls beim Herumwerkeln auch klar geworden, dass ich dich und deinen sexy Hintern vermisse«, sagte ich nach einer kurzen Pause. »Daher meine Textnachricht.«

»Du wolltest mich also vernaschen?«

Ich wurde rot. »Nein, nein. Also ... ich ... ach, iss deine Nudeln und sei still.« Wir mussten beide lachen und aßen eine Weile zufrieden vor uns hin.

Bis Malte auf die Mindmap an der Wand zeigte. Garantiert hatte er sie längst entdeckt, sie bislang aber nicht erwähnt. »Was ist das denn?«

Ich erstarrte mit den Stäbchen auf halbem Weg zum Mund. Wie hatte ich vergessen können, dass ich alle meine Gedanken der letzten Tage an die Wand gekritzelt hatte?

Um Malte abzulenken, plapperte ich los. »Ach, nichts Wichtiges. Mein Leben in Edding, Strichen und Wölkchen. Hilft mir nur nicht weiter. Es zeigt lediglich, dass ich alles auf einmal möchte. Ich will meinen Job, weil ich ihn liebe. Ich will eine Karriere, weil ich zielstrebig bin. Ich will mehr

Freizeit, wieder Zeit für Freunde und einen festen Partner, der total tolerant meinen anderen Plänen gegenüber ist. Ich will selbst eine Familie gründen, mich mit meiner Mutter vertragen und rehabilitiert werden in meinem Freundeskreis. Ich will, ich will, ich will. Bloß schließt sich häufig das eine mit dem anderen aus. Wenigstens ist mir jetzt klar geworden, dass ich nicht alles haben kann. Ich muss priorisieren. Aber egal. Bist du schon satt?«

»Da steht Malte in rosafarbenen Lettern.«

»Ich weiß.« Mein Kopf wurde warm.

»Links davon ist ein Herz, rechts davon ein Fragezeichen. Muss ich beunruhigt sein? Darüber stand nämlich noch mal Malte, aber der Name durchgestrichen.«

»Ein Moment der Hysterie. Danach hab ich dich ja wieder draufgeschrieben.«

»Axel ist nicht durchgestrichen. Dabei heißt der arme Kerl André.«

Verdammt. Was hatte ich nur mit diesem blöden Namen? Genervt stand ich auf, nahm den schwarzen Edding und strich *Axel* vehement durch.

»Wehe, du schreibst jetzt André auf die Wand und versiehst ihn auch mit einem Herzchen«, rief mir Malte vom Sofa aus zu.

Ich zögerte nur kurz. Dann legte ich den Stift auf den Boden und setzte mich wieder neben ihn. »Kein André. Dem sag ich ab«, sagte ich.

Ich spürte Maltes Grinsen, obwohl ich ihn nicht ansah. Tatsächlich tätschelte er mir sanft den Rücken. »Braves Mädchen. Endlich hast du es kapiert.«

»Was hab ich kapiert?«

»Dass wir zwei zwar sternentechnisch inkompatibel sind, ansonsten aber perfekt zueinander passen.«

Malte und ich. Der Wassermann und die Fischfrau. Vielleicht konnte das doch was mit uns werden.

Jetzt drehte ich mich doch so, dass ich ihn ansehen konnte. Mein Herz setzte einen Schlag aus. Malte blickte in dieser Sekunde so eindeutig auf meine Lippen, dass ich genau wusste, was er wollte.

Einen Kuss. Vielleicht sogar mehr.

»Wir sollten es langsam angehen«, sagte ich mit plötzlich belegter Stimme. »Sonst geht das wieder schief.«

»Hmmhmm«, machte Malte nur und rutschte zu mir heran. Ich lächelte glücklich, als er mir sanft eine Strähne aus dem Gesicht strich. »Du machst mich wahnsinnig, weißt du das?«

»Auf die gute oder auf die schlechte Art?«

»Momentan auf die gute. Jetzt, wo du mit dem Wassermann deinen Frieden gemacht hast.«

Zack. Bum.

Da passierte es. Wir standen uns so nahe. Fühlten uns so nahe. Waren uns so nahe. Da wusste ich es einfach:

Ich wollte hierbleiben. Hier in meiner kleinen Wohnung in Aachen. Umgeben von Freunden und von Malte.

Kein Singapur. Kein Wegzug. Kein neues Leben.

Ich wollte das hier. Mit allem Wenn und Aber. Ob das klug war, blieb abzuwarten. Malte war noch immer eine Wundertüte, aber bei ihm fühlte ich mich wohl – und das war niemals wirklich falsch.

Ich küsste ihn. Genau so, wie eine Fischfrau eben keinen Wassermann küssen sollte.

Streit lässt sich heute nicht immer vermeiden.

Abnehmender Mond

Ich stand im Badezimmer und zog meinen Lidstrich nach. Dabei war ich schrecklich nervös, weil ich bei Sarahs Party eine Menge alter Freunde und Bekannte treffen würde. Hoffentlich ging mich niemand an. Hoffentlich blieb Vanessa friedlich. Hoffentlich …

Denk lieber an Malte, ermahnte ich mich. Das half mir in letzter Zeit immer, um ungute Gefühle loszuwerden. Auch jetzt funktionierte mein System perfekt.

Kaum hatte ich Malte vor Augen, verpufften meine finsteren Überlegungen und machten einem warmen, wunderschönen Gefühl Platz. Die Sternschnuppen tanzten, mein Bauch kribbelte, und mein Herz schlug schneller.

Wir hatten uns geküsst. Und zwar so richtig. Er würde mit mir auf diese verflixte Party gehen. Wir würden uns wiedersehen!

Juchhu!

Ich hatte mich extra in Schale geworfen und mich derart

aufgehübscht, dass ich mich kaum wiedererkannte. Zum einen wollte ich Malte noch mehr um den Finger wickeln, zum anderen meine alten Freunde und Bekannten beeindrucken. Allerdings ... hm. Ich sah so anders aus. So verändert. Aufgetakelt. Kurzerhand wischte ich einen Großteil der Schminke wieder weg. Besser.

Als mein Handy auf dem Waschbecken summte, putzte ich mir gerade die Zähne. Malte. »Hmmhmm?«, grunzte ich hinein.

»Anja? Bist du das?«

»Hmmhmm.« Ich spuckte die Zahnpasta aus. »Wer sonst?«

»Du klingst so seltsam.«

Ich spülte mit Wasser. »Um acht bei Sarah?«, fragte ich, nachdem mein Mund wieder frei war.

»Deswegen rufe ich an. Ich schaffe es nicht, tut mir leid. Dieses Projekt ist der pure Horror.«

»Es ist Samstagabend. Was willst du denn noch an dem Haus herumwerkeln? Mach Feierabend! Die Nachbarschaft wird es dir danken.«

»Ich muss dringend ins Büro.«

Ich spürte, wie tief in mir Misstrauen aufflackerte. Das klang verdächtig nach einer Ausrede. »Willst du dich etwa vor der Party drücken?«

»Mhmh«, brummte Malte.

»Wehe, wenn du ...«

Ein Pressluftbohrer oder was auch immer röhrte wie auf Kommando los und sorgte dafür, dass die Lautsprecher meines Handys schepperten. Hastig stellte ich leiser, konnte dadurch aber Maltes Worte kaum noch verstehen. Klang wie »melde mich später«. Tuuuut.

Verärgert starrte ich mein Handy an. Malte hatte sich schon die letzten Tage über geziert, sobald das Gespräch auf Sarahs Feier kam. War er generell ein Partymuffel? So richtig vorstellen konnte ich es mir nicht. Oder war ich vielleicht nicht die Einzige, die Bammel vor diesem Abend hatte? Nur wieso?

Genervt nahm ich meine ultralangen Ohrringe wieder raus und schminkte mich noch weiter ab. Ein wenig hatte ich mich auch für Malte hübsch gemacht. Wenn der wüsste, was ihm entging.

Ach, Mann. Ich war ernsthaft niedergeschlagen. Ehrlich gesagt hätte ich gerne etwas mit Malte angegeben und ihn als Rückendeckung dabeigehabt. Es war angenehmer, zu zweit auf eine Party zu gehen. Dann hatte man immer einen Ansprechpartner.

Egal. Es war ja nicht so, dass ich die Leute dort nicht gut genug kannte. Womöglich kannte ich sie zu gut, um normal mit ihnen umgehen zu können. Mein Magen ziepte unangenehm, doch ich zwang mich, loszugehen. Aber das schlechte Gefühl ging einfach nicht weg. Ausgerechnet heute hatte mich auch mein Horoskop im Stich gelassen.

Streit lässt sich momentan nicht immer vermeiden.

Eine gruselige Ansage – und das ausgerechnet am Tag der Party.

Schluss jetzt. Entschlossen schob ich den Gedanken zur Seite und fuhr zu Sarah und Vanessa. Ursprünglich hatte ich gehofft, mich mit beiden vorher ordentlich aussprechen zu können. Aber Vanessa hatte mich ignoriert, sodass mir nur noch der Sprung ins kalte Wasser übrig blieb.

Schrecklich nervös stand ich vor der Haustür und klingelte. Partymusik schallte bereits zu mir. Wie immer bewies Sarah einen richtig guten Geschmack. Meine Beine wippten unwillkürlich mit.

Der Summer ertönte. Mit klopfendem Herzen huschte ich in den Flur und schluckte, als ich Vanessa die Tür öffnen sah. Ihr Lächeln gefror.

»Anja, du hast es also tatsächlich geschafft«, sagte sie und klang dabei eher enttäuscht.

»Klar«, erwiderte ich betont fröhlich und gab ihr ein Küsschen auf die Wange, ehe sie es verhindern konnte. Ein wenig Rache musste sein. »Ich freue mich sehr über deine Einladung«, setzte ich noch einen drauf.

»Komm rein.« Vanessa machte Platz und nahm mir meine Jacke und den mitgebrachten Prosecco ab. »Du kennst dich hier ja bestens aus. Fühl dich wie zu Hause.«

Autsch. Die Spitze war deutlich. Ich ignorierte sie und warf mich stattdessen ins Getümmel. Uff. Tom und Katharina waren bereits da. Ich umarmte beide und war froh, dass meine Umarmung genauso herzlich erwidert wurde. Bevor wir uns allerdings unterhalten konnten, kam Sarah von der Seite heran und begrüßte mich enthusiastisch.

»Ich hatte wirklich Angst, dass du kneifst«, rief sie über den Lärm der Musik hinweg. Ihr Lächeln erreichte sogar ihre Augen. Sie war glücklich. »Schön, dass du da bist. Wo ist denn deine große Liebe?«

»Meine große Liebe?« Ich runzelte die Stirn. Große

Liebe? Waren wir wirklich schon so weit? »Der kommt doch nicht. Er muss arbeiten.«

»Oh. Wie schade. Paul sagt, sein Kumpel schwärmt nur noch von seiner neuen Freundin.« Sarahs Lächeln vertiefte sich. »Ich freue mich total, dass ihr jetzt zusammen seid.«

Ui. Da wusste sie schon mehr als ich. Malte und ich hatten über unseren Beziehungsstatus bislang kaum gesprochen. Wir hatten alles auf uns zukommen lassen wollen, immerhin war unser erster richtiger Kuss erst wenige Tage her. Und da redete Malte bereits von der großen Liebe?

Mein Magen verkrampfte sich vor Schreck. *Ruhig*, ermahnte ich mich. *Jetzt mach mal keinen auf Beziehungsphobikerin.* Bevor ich Sarah antworten konnte, wurde sie bereits von anderen Gästen in Beschlag genommen. Also wandte ich mich wieder Tom und Katharina zu, die mich neugierig anschauten.

»Du hast einen festen Freund?«, platzte Katharina prompt heraus.

Meine Wangen wurden heiß. »Er scheint das jedenfalls so zu sehen. Ich ... ich mag ihn sehr.«

»Aber?«

»Er ist Wassermann.«

»Aaaah«, machte Tom wissend und runzelte gleich darauf die Stirn. »Und das heißt was?«

Ich winkte ab. »Nicht so wichtig. Viel spannender ist Sarahs Reaktion. Habt ihr das auch bemerkt? Sie wirkte ehrlich erfreut.«

»Schätzchen, Sarah hat sich längst mit der Realität abgefunden. Sie freut sich wirklich für dich, weil sie schon seit

Jahren weiß, dass du unerreichbar für sie bist. Nun musst du nur noch Vanessa davon überzeugen, dass du keine Gefahr darstellst. Du hättest gerade eine gute Gelegenheit. Sie schenkt Sekt ein. Du könntest ihr helfen.« Tom deutete zur Küchentür.

Ich musterte Vanessa, die sich konzentriert mit den Sektgläsern beschäftigte. Hm. Sollte ich?

»Du willst ja nur einen Skandal provozieren«, sagte Katharina verärgert zu Tom, doch da war ich bereits losgelaufen. Vorwärts immer, rückwärts nimmer.

»Kann ich dir helfen?«, fragte ich, kaum dass ich neben Vanessa angekommen war.

»Geht schon.«

Ich seufzte. Das fing ja heiter an. *Jetzt lass bloß nicht das Gespräch versiegen*, feuerte ich mich an. »Wo ist eigentlich Mia?«

»Bei meinen Eltern. Hältst du uns etwa für Rabenmütter?«

Aua. »Nein, natürlich nicht«, beteuerte ich rasch. »Ich wollte lediglich ein Gesprächsthema mit dir finden.«

»Das ist dir prima gelungen.« Königin des Zynismus, du hast einen Namen. Vanessa. Ihr Blick war kühler als der Eisbottich neben ihr. »Hier. Schnapp dir lieber das Tablett und bring die Gläser rum. Unsere Gäste sind durstig.«

Okay. Dann nicht. Ich gab auf. Schlecht gelaunt lief ich zu Tom und Katharina und nötigte beiden gleich vier Gläser auf. Plus zwei für mich. Aufgabe erledigt. Ich exte beide Gläser und ächzte, als mir die Bubbels sofort in den Kopf stiegen. Mit tränenden Augen warf ich Vanessa einen bösen Blick zu. »Die Frau ist eine härtere Nuss als gedacht.«

»Sie hegt einen vier Jahre gärenden Groll auf dich. Was hast du erwartet?« Tom lachte frech und reichte mir sein unangetastetes Glas. »Hier. Du siehst aus, als könntest du das auch noch vertragen.«

Ich konnte. Leider ging es mir danach nicht wesentlich besser. Im Gegenteil. Meine Zunge wurde prompt schwer, und mein Gehirn fühlte sich klebrig und müde an. Mist. Ich vertrug Alkohol nicht so gut. Mich ausgerechnet jetzt zu betrinken war eine ganz dumme Idee.

Von der Tür her ertönte ein erfreuter Schrei. Sarah, die einen riesigen Kerl voller Freude begrüßte. Statt ihm wie den anderen Gästen zunächst den Mantel abzunehmen, schnappte sie sich sofort seine Hand und zog ihn quer durch den Raum zu uns herüber.

»Anja, schau mal, wer doch noch gekommen ist«, rief sie.

Hä? Musste ich den Typen kennen? Verwirrt starrte ich ihn an.

Seltsamerweise schob sie ihn mir in die Arme. »Ich freue mich so für euch. Bin gleich wieder da, dann will ich alles wissen«, rief sie über die Musik hinweg.

Der durchaus ansehnliche Mann und ich starrten uns verwirrt an, bis ich ihm die Hand gab. »Hallo. Ich bin Anja.«

»Ah. *Die* Anja. Paul hat mir schon viel von dir erzählt. Was war los mit dir beim Blind Date? Ich gebe zu, ich hatte mich eine Viertelstunde verspätet, aber warum bist du direkt abgehauen? Kalte Füße bekommen?«

Doppel-Hä. Was zur Hölle war hier los?

»Blind Date?«, fragte ich komplett konfus. Hilfe. Der

Sekt musste kräftiger reingehauen haben als vermutet. Ich verstand kein Wort.

»Wir waren doch vor ein paar Wochen verabredet. Sarah hatte das zusammen mit Paul arrangiert, nur bist du nicht erschienen oder warst schon gegangen.«

»Du –«

»Ich bin der Kumpel von Sarahs Cousin Paul. Michael.«

»Aber …« Hilflos sah ich Sarah an, die gerade mit zwei Gläsern Sekt in der Hand wieder zu uns trat. »Ist das ein Scherz?«

»Was meinst du? Das ist doch dein neuer Freund.«

Jetzt war es an Michael und mir, sie sprachlos anzustarren. »Das ist *nicht* der Kumpel von deinem Cousin«, protestierte ich schwach.

»Klar. Ich hab nur einen Cousin, und der hat nur einen Kumpel in Aachen. Und zwar den hier.« Sie tätschelte den breiten Rücken des mir völlig unbekannten Mannes.

»Aber der Kumpel von Paul heißt doch Malte.«

Jetzt war es an Sarah, verwirrt dreinzublicken. Vor allem, als sie den höflichen Abstand zwischen Michael und mir bemerkte. »Ihr kennt euch gar nicht?«

»Äh, nein. Deine Freundin ist bei dem Blind Date nie erschienen. Hab ich dir das gar nicht erzählt?« Der Mann namens Michael runzelte die Stirn. »Stimmt, ich hab das komplett verdrängt. An dem Abend habe ich nämlich Nora kennengelernt. Meine neue Freundin. Von der hab ich Paul heute Morgen berichtet.«

»Aber deine neue Freundin ist Anja«, entgegnete Sarah vehement.

»Ne. Nora.«

Jetzt sahen alle mich fragend an, woraufhin ich Katharina das halb leer getrunkene Sektglas aus der Hand nahm und den restlichen Inhalt hinunterkippte. Japsend deutete ich auf den fremden Mann. »Das hier ist nicht mein Blind Date«, stellte ich klar.

»Aber … wenn du nicht den Freund von Paul getroffen hast, wen hast du dann gedatet?«

Die Frage traf den Kern des Problems. Hektisch sah ich mich nach weiterem Sektnachschub um, doch Tom hielt sein zweites Glas hastig aus meiner Reichweite.

»Anja? Denk nach. Wenn Michael der Kumpel von Sarahs Cousin Paul ist, wer ist dann Malte?«, sagte er ruhig, doch ich meinte, die Belustigung in seiner Stimme zu hören und die Gier nach einem Skandal in seinen Augen zu sehen. So war Tom. Er zündelte gerne im Hintergrund und war ein schlimmeres Klatschweib als so manche Sechzigjährige im Kirchenchor.

Wer war Malte? Gute Frage.

»Ich muss kurz weg«, sagte ich finster und stapfte bereits los Richtung Tür. Sarah versuchte, mich aufzuhalten, doch ich entriss ihr meine Hand und ging weiter.

Malte konnte was erleben, wenn ich ihn erwischte!

»Anja, warte! Du hast zu viel getrunken. Wo willst du denn hin?«

»Den angeblichen Freund von Paul lynchen.« Ich schnappte mir meine Jacke und war draußen, ehe mich jemand aufhielt. Gleichzeitig riss ich mein Handy aus der Tasche und rief den Grund meines lodernden Zorns an.

War klar, dass er nicht ranging. Cleveres Bürschchen. Er hatte genau gewusst, was ihm auf der Party drohte.

»Anja, stopp!« Sarah kam hinter mir hergerannt, ganz ohne Jacke und sogar ohne Schuhe. Dahinter folgte Tom, der wenigstens etwas an den Füßen hatte. »Du kannst nicht fahren!«

»Stimmt. Dann geh ich halt zu Fuß.«

»Ich fahre dich«, sagte Sarah atemlos.

»Vergiss es. Ich fahre sie. Geh du mal schnell wieder zurück zu Vanessa, bevor die Anjas nächsten Sekt vergiftet«, ging Tom dazwischen.

»Was?« Sarah sah Tom schockiert an. »Wovon redest du?«

»Vanessa hasst Anja, weil du für sie ohne Nachdenken in ein brennendes Haus laufen würdest. Allein, dass du hier ohne Jacke und Schuhe stehst, sagt eine Menge aus. Das wird Vanessa nicht lustig finden. Tu mir bitte den Gefallen und beruhige sie. Sonst muss ich mir morgen jede Menge Gejammer anhören, und das hängt sogar mir langsam zum Hals raus.«

»So also denkst du über mich?«

Aaaah! Wir fuhren herum. Niemand hatte bemerkt, dass Vanessa herangekommen war. Mit funkelnden Augen starrte sie Tom in Grund und Boden.

Ich hingegen kniff verzweifelt die Augen zusammen, um klarer sehen zu können. Verflixt. Warum hatte ich ausgerechnet heute Abend zu viel getrunken? Dabei brauchte ich einen funktionierenden Verstand dringender als jemals zuvor.

Tom erwiderte gelassen Vanessas Blick des Todes. »Es

stimmt. Du behandelst Anja wie ein lästiges Anhängsel unserer Clique. Das ist sie nicht, und ich bin auch nicht bereit, sie dazu zu machen. Sie ist ein Teil unserer Vergangenheit. Ein sehr bedeutender Teil. Für eine Weile mag sie vom Kurs abgekommen sein, aber jetzt, wo sie wieder zurück ist, werde ich sie nicht wegen deiner Eifersüchtelei schneiden. Also komm mit ihr klar.«

»Tom!« Das war Katharina. Auch sie war mittlerweile aus dem Haus gekommen und trug in ihren Armen einen gewaltigen Jackenberg. »Es gibt Wahrheiten, die sollte man behutsamer formulieren.«

»Wahrheiten? Ihr denkt wirklich, dass ich eine völlig hysterische, übertrieben eifersüchtige Furie bin?« Vanessa deutete aufgebracht auf Sarah, die nur in Socken und ohne Jacke vor mir stand. »Kaum stürmt Anja raus, wackelt Sarah hinterher. Anja hier, Anja da. Erzählt mir nicht, dass ich ohne Grund eifersüchtig bin!«

Ei, ei, ei. Ich wünschte mich ganz schnell ganz weit weg.

Sarah hingegen seufzte tief, drehte sich zu Vanessa um und ging zu ihr. »Du musst damit aufhören, Schatz«, sagte sie sanft. »Sonst verlierst du mich wirklich, und zwar nicht wegen Anja, sondern wegen deines Misstrauens. Ich liebe dich. Aus tiefstem Herzen. Mit voller Seele. Doch wenn dich diese alles verschlingende Eifersucht packt, machst du mir die Liebe erschreckend schwer. Ich habe dir nie Grund gegeben, mir zu misstrauen. Nie. Also schieb deine Ängste zur Seite und wach auf. Ich gehöre dir. Mit Haut und Haaren. Zerstör das bitte nicht. Anja gehört zu meinen besten Freunden. Nein, sie ist meine beste Freundin. Du hingegen bist etwas völlig anderes für mich. Du bist so viel mehr. Meine Geliebte. Die Frau, mit der ich mein Leben verbringen will. Die Mutter meiner Tochter und hoffentlich ...«

Sarah zögerte kurz, dann griff sie entschlossen in die Tasche ihres luftigen Kleides und zog etwas heraus, das verdächtig nach einer Ringschachtel aussah. Während sie sie aufklappte, ging sie auf die Knie.

Tom murmelte hörbar: »Ach du Scheiße. Damit hab ich jetzt echt nicht gerechnet.«

»... hoffentlich bist du bald auch meine Ehefrau. Vanessa Margenfeld. Ich liebe dich und möchte mein ganzes Leben mit dir verbringen. Mein Herz gehört dir. Nur dir. Das ist schon seit vielen Jahren so, und das wird auch so bleiben. Möchtest du mich heiraten?«

Vanessa war mindestens so verblüfft wie wir alle zusammen. Eine schrecklich lange Sekunde starrte sie erst Sarah, danach den Ring, dann wieder Sarah an. Tom räusperte sich schließlich lautstark und kassierte einen heftigen Knuffer von Katharina. Ich hingegen stand ganz still und wagte es nicht, auch nur einen Muskel zu rühren.

Und endlich, endlich kam die Antwort.

»Ja!«, rief Vanessa. »Ja, ich will deine Frau sein.« Sie ging neben Sarah auf die Knie und ließ sich von ihr den Ring anstecken. Beide weinten, und auch mir liefen die Tränen übers Gesicht, genau wie Katharina und ... Tom.

Als er meinen ungläubigen Blick bemerkte, wischte er sich rasch die Tränchen aus den Augenwinkeln und brummte: »Ist die überhaupt schon von ihrem Kerl geschieden?«

»Tom, benimm dich«, zischte Katharina.

»Ist doch wahr …«

Wir durften einem sehr sinnlichen Kuss beiwohnen, der zwischendurch ins Nichtjugendfreie abdriftete.

Tom beendete das auf seine typisch ungehobelte Weise, indem er Vanessa und Sarah in die Arme nahm und knuddelte. »Ihr macht mich noch wahnsinnig, ihr zwei Turteltäubchen. Können wir uns darauf einigen, dass ihr zwei hemmungslosen Sex haben werdet, sobald die Party vorüber ist. Die Betonung liegt auf *vorüber*.«

Katharina seufzte. »Manchmal frage ich mich echt, warum ich mit dem Typen zusammen bin.«

Ich lachte und zog sie zu den anderen, um mit ihnen gemeinsam in eine Umarmung zu versinken und den Frischverlobten zu gratulieren. Selbst Vanessa ließ sich von mir umarmen, wobei die Berührung kaum als solche zu spüren war. Immerhin. Ein Anfang.

»Und wann ehelichst du endlich deine Katharina?«, revanchierte sich Sarah für Toms freche Sprüche.

»Die will mich nur als Sextoy und nicht als Ehemann«, antwortete der prompt.

»Hey! Das hab ich nie gesagt. Mein ›Noch will ich nicht heiraten‹ ist jetzt etwa zehn Jahre her. Meine damalige Betonung lag auf *noch*.«

Toms Lachen ging in ein Krächzen über, was er mit einem Kuss für Katharina zu überspielen versuchte. Dass er jedoch keinen Spruch auf Lager hatte, sagte alles. Er war verwirrt und beunruhigt.

Geschieht ihm recht, dachte ich amüsiert. Voller Euphorie

gratulierte ich Sarah, betrachtete danach eingehend den wirklich hübschen Verlobungsring und folgte meinen aufgewühlt herumkreischenden Freunden nach drinnen, wo Sarah und Vanessa die große Nachricht verkündeten. Die Partystimmung änderte sich prompt von chillig zu völlig ausgelassen. Sektkorken knallten mir um die Ohren, wir stießen etwa zehn Mal auf die frisch Verlobten an, und die Musik wurde deutlich lauter. In dem ganzen Trubel vergaß ich glatt, warum ich die Party hatte verlassen wollen.

Bis Malte wie aus dem Nichts vor mir auftauchte und mich wie selbstverständlich in die Arme nahm. »Ich hab es doch noch geschafft«, raunte er mir ins Ohr. »Entschuldige die Verspätung.«

Ich kippte ihm den Inhalt meines mittlerweile bestimmt siebten Sektglases ins Gesicht. »Du verdammter Lügner«, sagte ich mit kieksender Stimme. »Mein Horoskop hatte recht. Du hast mich von Anfang an belogen, du betrügerischer Wassermann.«

Nichts ist umsonst. Auch Verluste machen Sie stark.

Abnehmender Mond

Malte wirkte nur eine Sekunde lang verwirrt, dann nickte er. »Wir müssen reden.«

»Hau ab.«

»Komm schon, Anja. Lass uns reden.«

Mir war klar, dass er so schnell nicht gehen würde. Da ich auf dieser plötzlich zur Verlobungsfeier gewordenen Party keine Szene riskieren wollte, war ich geneigt, ihm zu folgen. Dann jedoch entdeckte ich Michael zwischen den Tänzern. Ehe ich mich besinnen konnte, hatte ich den verwirrten Mann zu Malte rübergezerrt.

»Das hier ist der wahre Freund von Sarahs Cousin Paul! Mein eigentliches Blind Date«, sagte ich scharf. »Jetzt erklär mir gefälligst, wer du bist.«

Malte schien wenig überrascht. »Komm mal mit.« Er nahm meine Hand und zog mich durch die Partywütigen zur Terrasse. Ich warf Michael über die Schulter einen entschuldigenden Blick zu.

Draußen war es nach wie vor recht kühl, sodass ich fröstelte. Auch hier waren wir nicht allein, doch das ignorierte Malte. Er legte mir seine großen Hände auf die Schultern und sah mich flehend an. »Sei nicht böse.«

»Nicht böse? Ich bin fuchsteufelswild!«

»Die Erklärung, die ich dir gleich geben werde, ist wirklich niedlich und schmeichelt dir sehr.«

Ich kniff die Augen zusammen. »Ach ja? Du hast dich mit einer Lüge in mein Leben geschlichen. Was ist daran niedlich?«

»Als ich dich vor drei Wochen in diesem Café vor deinem Boss sitzen sah, konnte ich nicht wegschauen. Nachdem dein Chef gegangen ist, hast du unfassbar verlassen gewirkt. Eine Stunde lang habe ich mich bemüht, einfach zu gehen und dich nicht anzusprechen. Ich konnte nicht. Du hast so unglaublich süß ausgesehen, dabei warst du am Boden zerstört. Und nachdem ich mit dir gesprochen hatte, war es komplett um mich geschehen. Du hast etwas in mir ausgelöst. Eine Art Kettenreaktion. Dann bist du gegangen, und ich war mir sicher, dich niemals wiederzusehen. Dass du mich anrufst, schien mir völlig unwahrscheinlich.«

Da war was dran. Er hatte mir zwar seine Karte gegeben, doch hätte ich ihn vermutlich nicht angerufen. Das war nicht mein Stil.

»Ein paar Tage später war ich abends im Restaurant verabredet, allerdings hat mich meine Gesprächspartnerin versetzt. Genervt wollte ich schon wieder rausgehen, als ich plötzlich dich neben dieser völlig verrückten Frau sitzen sah. Du hast geguckt, als würdest du dich ganz weit wegwünschen. Da hat es erneut bei mir Bum gemacht. Es war wie ein Zwang. Ich musste wieder zu dir gehen und dich ansprechen, selbst wenn du mich für einen Stalker gehalten hättest.«

Dumpf erinnerte ich mich, dass ich tatsächlich recht irritiert gewesen war. »Und dann hast du dich einfach als mein Blind Date ausgegeben?«, fragte ich empört.

»Nein. Ich habe nie behauptet, dein Blind Date zu sein.«

»Natürlich hast du das gesagt!«

»Nein. Ich habe lediglich gesagt, dass ich nichts von einem Erkennungszeichen wusste. Das war nicht gelogen. Dass ich dein Blind Date war, hast du immer nur reininterpretiert.«

»Also ... also ... das ist doch wohl Wortklauberei! Natürlich wusstest du genau, dass ich auf ein Blind Date gewartet habe, und hast dich ganz frech als solches ausgegeben.«

Malte zögerte und gab dann schließlich klein bei. »Na gut. Ich gebe es zu. Ich habe dich mit Absicht in dem Glauben gelassen. Was blieb mir anderes übrig? Du hättest sonst nie wieder auch nur ein Wort mit mir gewechselt. Also habe ich es durchgezogen. Der Abend war wundervoll. Anders. Spannend. Mir wurde klar, dass ich dich besser kennenlernen wollte. Leider sprach viel gegen mich. Die Sache mit dem Horoskop und meinem Sternzeichen, dein Misstrauen gegenüber Wassermännern, dein eigenes Chaos ... Hätte ich dir auch noch sagen sollen, dass ich dich bezüglich des Blind Dates angelogen habe?« Er nahm mein Gesicht zwischen seine Handflächen und strich mir mit den Daumen sanft am Kinn entlang. »Ich mag dich. Gib mir noch eine Chance.«

Ich starrte ihn an und wusste nicht so recht, was ich sagen sollte. Die alte Anja hätte ihn verletzt und empört von sich gewiesen und aus ihrem Leben verbannt. Die war unnachgiebiger und verzieh selten – ganz meine Mama eben. Die alte Anja hätte ihm all seine Verfehlungen vorgehalten. Die neue Anja hingegen fühlte mit ihm. Ich hatte meine weiche Seite wiederentdeckt. Das Mitgefühl. Die Sanftheit. Ich sah nicht nur die Tatbestände, die gegen Malte sprachen, sondern auch seine Gründe.

Er hatte sich um mich kümmern wollen, als es mir schlecht ging. Das war nicht selbstverständlich, selbst wenn ich ihn damals rüde hatte abblitzen lassen. Als er mich dann beim Blind Date gesehen hatte, hatte er unbedingt mit mir ins Gespräch kommen wollen. Eigentlich wirklich schön. Ein Kompliment an mich. Offenbar hatte ich trotz meines desaströsen Zustandes und meiner ruppigen Art im Café genug Eindruck geschunden, dass er trotzdem mit mir reden wollte. Dass er sich als mein Blind Date ausgegeben hatte, war natürlich ein Minuspunkt. Allerdings war der Abend mit ihm einfach zauberhaft gewesen.

Sein Frohsinn und seine Abenteuerlust hatten direkt beim ersten Nicht-Date auf mich abgefärbt. Wenn wir uns nahe waren, verblassten all die negativen Gedanken. Malte sorgte dafür, dass ich im Hier und Jetzt lebte. Den Moment genoss.

Ich hatte ihm gefallen. So sehr, dass er hartnäckig an mir drangeblieben war. Das war wirklich bewundernswert, genau wie sein unerschütterlicher Glaube an mich. Er war sicher, dass wir zwei zusammengehörten. Trotz der verrückten Sternesache. Trotz meiner Wassermann-Abneigung. Trotz der Tatsache, dass er die ganze Zeit gewusst hatte, dass ihm alles um die Ohren fliegen würde.

Dass ich irgendwann die Wahrheit herausfinden würde, musste ihm klar gewesen sein. Natürlich hätte er eine Menge Gelegenheiten gehabt, alles richtigzustellen, aber offenbar hatte er Angst gehabt, mich zu verlieren.

Auch das war irgendwie charmant. Vor allem, weil er mich ehrlich zerknirscht ansah und eindeutig echte Panik schob, dass ich ihn von mir weisen würde.

Also theoretisch sollte ich das wirklich tun. Praktisch auch, aber ... Ach, wieso machte ich mir was vor? Ich mochte Malte total. Er war lustig, herrlich unkonventionell und brachte Spaß und Schwung in mein Leben. Da passte das erschlichene Blind Date irgendwie auch ganz gut ins Bild. Es war definitiv schräg, aber ... hey! Was Irrsinn anging, spielte ich immerhin in der oberen Liga mit. Vielleicht passte Malte erstaunlich gut zu mir.

Er hatte mich nicht aufgegeben, obwohl ich ihn immer wieder abgewiesen hatte. Konnte ich ihm dann nicht seine Lüge verzeihen, die dafür gesorgt hatte, dass wir uns überhaupt erst richtig kennenlernen konnten?

Als er meine nachdenkliche Miene bemerkte, schöpfte er Hoffnung. Vorsichtig nahm er meine Hand und hielt sie fest. Als ich sie ihm nicht entzog, wurde er mutiger und nahm mich in seine Arme. Ich stolperte gegen ihn.

»Es tut mir leid«, sagte er sanft. »Ich mag dich, und wir zwei passen auf eine schräge Art und Weise zusammen. Ich gelobe, nie wieder eines deiner Blind Dates zu kapern, aber du musst meine hehren Absichten anerkennen. Ich wollte dich unbedingt kennenlernen, und mir war klar, dass mir das nur mit einer Lüge gelingen würde.«

»Aber du hattest inzwischen ausreichend Gelegenheiten, alles zu beichten«, wandte ich ein.

»Ich war mir unsicher, wie du reagieren würdest. Ich dachte, du würdest mich in den Wind schießen.«

»Das sollte ich vermutlich auch.«

»Aber du tust es nicht. Weil ich mir durch meine kleine Lüge genug Zeit erschlichen habe, damit du mich besser kennen- und schätzen lernst. Du willst mich nicht in den Wind schießen. Nicht wirklich jedenfalls. Du musst nur deinen Stolz runterschlucken und mir verzeihen.«

»Ach ja? Warum sollte ich das tun?«

»Weil ich dich mag. Sehr sogar. Und weil ich dich so mag, wie du bist.«

»Das hätte ich gerne ausgeführt.«

Malte entspannte sich, sobald er meine interessierte Miene bemerkte. »Weil du faszinierend bist. Ungewöhnlich.«

»Und sexy.«

Er grinste. »Ja, vor allem sexy.« Frech ließ er seine Hand an meiner Seite herabwandern. »Sehr anziehend und unglaublich-«

»Sucht euch ein Zimmer«, ging einer der rauchenden Gäste dazwischen.

Ich ignorierte den Frechdachs und hatte nur Augen für Malte. »Fahr fort«, sagte ich huldvoll.

Malte lachte leise. »Du bist die schönste Fischfrau dieser

Welt«, flüsterte er mir ins Ohr, woraufhin sich alle kleinen Härchen an meinem Hals aufstellten. »Und wahnsinnig anziehend.«

»Anziehend hatten wir schon. Denk dir was Neues aus.«

»Sympathisch?«

Ich überlegte und nickte. »Kann ich akzeptieren.«

»Dann verzeihst du mir?«

Diesmal brauchte ich nicht zu überlegen. »Ja. Ich verzeihe dir.« Das tat ich wirklich. Sein Grund, sich in das Blind Date einzuschleichen, war wirklich ziemlich niedlich.

Wir grinsten uns wie zwei frisch verliebte Teenager an und versanken in einen Kuss, der sich für Jugendliche eher nicht gehörte. Es stimmte. Wir passten gut zusammen. Vor allem, was das Knutschen anging. Hilfe, konnte der Dinge mit mir anstellen! Wir lösten uns erst voneinander, als Sarah mit Vanessa im Schlepptau auf die Terrasse gestolpert kam und uns grölend umarmte.

»Das ist also dein Wassermann!«, rief sie vergnügt und begutachtete Malte genau. »Du siehst besser aus, als Anja behauptet hat. Richtig schnuckelig. Wenn ich auf Kerle stehen würde, kämst du jedenfalls auf meine Liste. Da du mit meiner Freundin rumknutschst, nehme ich an, dass sie dir deine freche Lüge verziehen hat?«

Malte kam nur zu einem kurzen Nicken, schon flatterte Sarah Arm in Arm mit Vanessa wieder davon. Bevor sie ins Haus zurückging, formte sie allein für mich bestimmt das Wort »heiß« und zwinkerte mir vergnügt zu.

Die Party wurde episch. Mit viel Alkohol. Lachen. Feiern.

Ich tanzte mit meinen Freunden, mit völlig Fremden,

doch vor allem mit Malte. Meinem Malte, dem ich mich näher als je zuvor fühlte.

Als nur noch der harte Kern übrig geblieben war, machten er und ich uns auf den Weg nach Hause. Wir bestellten uns ein Taxi und knutschten die gesamte Fahrt, während ich mich fragte, wie der Abend weitergehen würde.

Für Malte stand das jedenfalls fest. Er stieg mit mir aus, begleitete mich zur Wohnungstür und zog mich dort fest an sich. Parallel küsste er mich. Und wie!

»Darf ich mit rein?«, fragte er zwischendurch, und allein der Klang seiner Stimme ließ die Sternschnuppen komplett verrücktspielen.

Ich bekam als Antwort irgendwie die Wohnungstür auf, und wir fanden uns gleich darauf küssend im Türrahmen wieder.

Maltes große Hand vergrub sich in meinen Haaren, während er den anderen Arm um mich herumschlang, sodass ich kaum Luft bekam. Womöglich lag das aber auch an dem Kuss, der intensiver nicht hätte sein können.

Er wollte mich.

Seine Hand war gefühlt überall, huschte über meine Schultern, meinen Nacken, meinen Rücken entlang. Am Po hielt er sich besonders lange auf und unterbrach dabei keine Sekunde diesen einen unglaublichen Kuss, der mir durch alle Adern schoss. So etwas hatte ich wahrhaftig noch nie erlebt. Die Sternschnuppen in mir sirrten und summten so laut, dass ich zu keinem Gedanken fähig war.

Ich bemerkte plötzlich, dass sich meine Hände ebenfalls selbstständig gemacht hatten. Hups. Wo war denn seine Jacke hin? Wieso lag die da unten neben mir auf dem Boden? Und wo war mein Kleid? Das hatte sich wie von selbst auf und davon gemacht. Als ich an seinem verflixten Gürtel herumnestelte, bemerkte ich zum ersten Mal das Glitzern in Maltes Augen. War das Triumph? Nein. Das war pure Freude. Er war glücklich darüber, dass ich das gleiche Feuer fühlte wie er.

»Du musst den Gürtel schieben, nicht aufknöpfen«, murmelte er an meinen Lippen und ließ zeitgleich meinen BH aufspringen. Respekt. Durch zwei Lagen Stoff hindurch konnte das nicht jeder. Oder … Moment. Das Kleid war ja längst Geschichte. Wie lange standen wir schon halb in der Wohnung, halb auf dem Flur?

Hups. Wie peinlich. Hoffentlich …

Malte stoppte jeden weiteren Gedanken, indem er mich in die Wohnung schob und mir gleichzeitig das Top über den Kopf zog.

»Zu schnell?«, murmelte er zwischen kleinen Küssen an meinem Hals.

»Die Tür«, antwortete ich.

Malte fluchte und brachte es irgendwie fertig, mich küssenderweise zurück zur Tür zu manövrieren und sie mit dem Fuß zu schließen.

Danach hob er mich hoch, trug mich ins Wohnzimmer zurück und stolperte dabei über meine obligatorischen Farbeimer.

Ein weiterer Fluch ertönte, als Malte in einen noch nassen Pinsel trat. Er wollte sich umschauen, doch ich zog seinen Kopf zu mir runter und küsste ihn auf eine Weise, dass er garantiert nicht länger an Pinsel, Lacke und Werkzeug dachte.

Nur diesen blöden Gürtel, den bekam ich partout nicht auf.

»Was stimmt eigentlich nicht mit diesem Ding?«, brummte ich verärgert und quietschte, als Malte sich nicht nur ruckartig den Gürtel von den Hüften zog, sondern mich halb auf die Couch warf und sich selbst gleich hinterher.

»Ich nehme an, du hast immer noch keine Matratze auf dem Bett?«, fragte er und zog mir ganz nebenbei meine Strumpfhose aus. Das machte er so geschickt, dass ich nicht mal mit den Füßen hängen blieb. Als ich Ähnliches bei den Socken an seinen Riesenfüßen versuchte, brachte das allerdings unsere gesamte Auszieherei ins Stocken.

Malte half mir erneut mit einem leisen Lachen und wiederholte seine Frage. »Die Matratze?«

»Hab endlich wieder ein richtiges Bett«, antwortete ich mit einiger Verspätung, da er gerade fulminante Dinge mit meinem Körper anstellte. Der Typ konnte verführen. Definitiv.

Also ließ ich meine Sternschnuppen los und klinkte meinen Verstand aus, um mich ganz dem Wassermann hinzugeben, der mir total den Kopf verdreht hatte.

Mit einem Keuchen wachte ich auf. Ich hatte von einer Schlange geträumt. Sie hatte mich finster angezischelt und ihre gemeingefährlichen Giftzähne gezeigt. Dabei hatte sie irgendwie verdächtig nach Malte ausgesehen.

Ich fand mich in Maltes Armen wieder. Während sein

Atem an meinem Hals gleichmäßig zu hören war, starrte ich blicklos in die Dunkelheit. Dabei versuchte ich herauszufinden, was ich fühlte. Gar nicht so einfach.

Ich war durcheinander. Der Traum hing mir nach. Hallte in mir, machte mich kribbelig und nervös. Gleichzeitig war ich glücklich. Verwirrt. Euphorisch. Müde. Hellwach. Ein wenig verknallt. Ängstlich. Beschwipst. Alles auf einmal.

Doch vor allem war ich beunruhigt.

Der Traum. Da hatte mir mein Unterbewusstsein offenbar etwas in Erinnerung rufen wollen. Die Schlangen-Karte, die Nicole mir gezeigt hatte. Geheimnisse. Verrat. Schlechte Nachrichten, die zurückgehalten wurden.

Malte. Der nicht der Kumpel von Sarahs Cousin war. Malte, der sich als ... mein echt schräger Zufallsfang entpuppte. Dass er mich belogen hatte, beunruhigte mich. Gleichzeitig fand ich es niedlich. Da hatte er sich direkt in mich verguckt und die erste Gelegenheit genutzt, mich zu daten. Konnte ich ihm das vorwerfen?

Hmmm ...

Meine Gedanken wanderten zu Jan. Immerhin lagen wir in einem neu gekauften Bett, umgeben von Farbeimern und Werkzeug, weil mein Ex ohne Absprache meine Bude ausgeräumt hatte. Von seinem Betrug ganz zu schweigen. Das steckte mir noch in den Knochen. Woher sollte ich wissen, ob Malte mein Vertrauen verdient hatte?

Hinzu kam, dass Malte schwer zu durchschauen war. Gab es noch mehr Sachen, die er beharrlich verschwieg?

Mist. Mist. Mist.

Ich bemühte mich wirklich, gegen den Knoten in meinem Magen anzugehen, nur saß das Misstrauen zu tief. Warum nur konnte ich diese blöde Karte mit der Schlange nicht einfach aus meinem Kopf verbannen? Warum torpedierte ich mein eigenes Glück?

Entschlossen kuschelte ich mich wieder an Malte und beschloss, jede Sekunde mit ihm zu genießen. Nächste Woche musste ich mich meiner längst gefällten Entscheidung stellen. Ich musste meinem Chef sagen, dass ich nicht nach Singapur gehen würde. Der würde ausrasten, sobald er es erfuhr. Und – noch viel schlimmer – ich musste das irgendwie Mama beibringen, vom Rest meiner Freunde und von Malte ganz zu schweigen. Hoffentlich fühlte der sich nicht unter Druck gesetzt, wenn er erfuhr, dass ich seinetwegen meine Lebenspläne änderte.

Wobei ... wenn ich die Sache mit Singapur ohnehin absagte, musste er davon ja eigentlich nie etwas erfahren. Ja! Genau! Das war die Lösung.

Aber was machte ich mit meiner Mama?

Mann. Jetzt startete das Gedankenkarussell erst richtig. Weil ich ihm nicht entkommen konnte, gab ich schließlich auf und stand auf, um zu duschen. Die Nacht war so gut wie rum, und die Party klebte mir an der Haut. Also hüpfte ich unter die Dusche.

»Willst du auch nen Kaffee?«, rief mir Malte zu, sobald ich das Wasser abgestellt hatte.

»Klar. Schön schwarz. Bitte keine Milch.« Ein warmes Gefühl breitete sich augenblicklich in mir aus. Es war schön, von jemandem umsorgt zu werden. Jan hatte das nie gemacht.

Stopp. Hör endlich auf, ständig über Jan nachzudenken.

Ich trocknete mich ab und überlegte, splitterfasernackt aus dem Bad zu gehen und Malte auf eine ganz besondere Weise für den Kaffee zu belohnen. Ich verwarf den Gedanken wieder. So mutig war ich dann doch nicht, um auf diese Weise bei helllichtem Tag einen mir noch immer recht unbekannten Typen zu verführen. Beim nächsten Mal.

Ich zog mir ein einfaches T-Shirt und eine Leggings an und trat aus dem Bad. Malte rumorte in der Küche und pfiff dabei leise vor sich hin. Allerdings hörte er mitten im Lied abrupt damit auf.

»Alles okay?«, fragte ich und schaute in die Küche. Er stand mit dem Rücken zu mir und starrte etwas in der Spüle an.

Nein! Mist. Bitte nicht. Verdammt. Da stand noch immer der blöde Präsentkorb plus Flugticket nach Singapur ganz offen herum.

Lass es ihn übersehen haben, dachte ich panisch, doch so viel Glück hatte ich natürlich nicht.

Prompt drehte sich Malte mit dem Ticket in der Hand zu mir herum. »Ein Flug nach Singapur?«, fragte er irritiert.

Tu was. Sag was. Mach was, feuerte ich mich an.

Letztlich konnte ich aber doch nur nicken.

»Nächste Woche? Du fliegst nächste Woche nach Singapur?«

Wieder nickte ich und schüttelte gleichzeitig den Kopf.

»Ohne Rückflugticket.«

Ach, Mist. Malte war besser im Kombinieren, als gut für mich war. »Ich soll da ein Team übernehmen.«

»In Singapur? Für wie lange?«

»Lange.«

»Jahre?«

Ich nickte.

»Und das sagst du mir erst jetzt?« Er klang gekränkt. Traurig. Verwirrt.

Ich konnte es nachempfinden. Mit zitternden Beinen lief ich auf ihn zu, doch er hob abwehrend die Hände. »Wie lange weißt du das denn schon?«

»Das mit Singapur ist seit Jahren im Gespräch. Es war mein erklärtes Karriereziel. Aber dann hat mich mein Chef in den Zwangsurlaub gesteckt, und alles wurde anders. Du warst auf einmal da. Meine Freunde. Mein altes Leben. Das Ticket kam vor ein paar Tagen an. Ich soll meinen Urlaub verkürzen, um früher hinzufliegen.« Ich schluckte. »Nur werde ich nicht fliegen. Ich mach das nicht. Ich sag ab.«

Jetzt wirkte Malte noch schockierter. »Was? Wieso? Weshalb?«

»Weil …« Hilflos wedelte ich mit der Hand herum und zeigte auf die frisch gestrichene Wand, ihn, mich. »Weil ich nicht mehr nach Singapur gehen will«, schloss ich lahm.

Daraufhin legte Malte sehr sorgfältig, beinahe zärtlich das Ticket auf dem Tresen ab und ließ sich auf einem meiner brandneuen Cocktailsessel nieder. Er war weiß wie die Wand. »Sag nicht, dass du wegen mir auf das verzichten willst, worauf du Jahre hingearbeitet hast.«

»Nicht nur wegen dir. Wegen allem, was in den letzten drei Wochen passiert ist. Ich will nicht mehr fliegen. Weil ich mich verändert habe. Weil … weil ich dich getroffen habe. Ich will erst herausfinden, was das zwischen uns ist. Ich will das nicht beenden.«

Malte starrte mich an. Eine Sekunde. Zwei. Drei.

Dann sprang er abrupt vom Sessel auf. »Du musst fliegen«, sagte er knapp.

»Was? Wieso das denn?«

»Weil ich nicht will, dass du den Fehler deines Lebens begehst. Du darfst nicht alles über Bord werfen, was dir in den letzten Jahren wichtig war, bloß weil dir ein Kerl den Kopf verdreht hat.«

Ernsthaft? Hatte er das gerade wirklich gesagt? Seine Worte taten weh. Tief in meinem Inneren hatte ich gehofft, dass er sich geschmeichelt fühlen würde. Das Gegenteil war der Fall. Er wirkte panisch.

»Ich dachte, du magst mich auch«, brachte ich schwach hervor.

»Natürlich mag ich dich, aber ... Anja! Das kann nicht dein Ernst sein. Du und ich ... wir wissen nicht mal, ob aus uns jemals etwas werden wird. Wir kennen uns erst seit drei Wochen und streiten uns seitdem ständig. Statt uns langsam kennenzulernen und uns anzuschmachten, belügen wir uns gegenseitig in den wichtigsten Dingen. Das ist keine gute Voraussetzung für irgendeine Art von Beziehung. Schon gar nicht, um eine solch wichtige Karrierechance in den Wind zu schießen.«

»Aber wir können uns doch darauf einigen, ab sofort ehrlicher zueinander zu sein. Ein Neustart sozusagen.«

Malte schüttelte vehement den Kopf. »Du wirst dein Misstrauen mir gegenüber nie wieder loswerden, und ich ...

ich will das nicht. Ich will nicht, dass du wegen mir nicht nach Singapur gehst.«

»Lass das doch bitte meine Sorge sein. Ich bin alt genug, für mich zu entscheiden.«

»Den Eindruck habe ich nicht. Immerhin lebst du nach den Sternen und fällst seitdem eine bedenkliche Entscheidung nach der nächsten. Du kannst nicht klar denken.«

»Ich denke klarer als jemals zuvor. Mein Sternenexperiment hat dafür gesorgt, dass ich mir Gedanken darüber gemacht habe, was ich will und was nicht. Ich möchte nicht mehr mein ganzes Leben nur mit Arbeit verbringen. Ich möchte wieder draußen sein. Freunde treffen. Etwas erleben. Und ich möchte mit dir zusammen sein und dich besser kennenlernen.«

Warum nur starrte mich Malte an, als hätte ich gerade mit ihm Schluss gemacht? Dieses Gespräch entwickelte sich in eine völlig verkehrte Richtung.

»Du weißt so vieles über mich nicht«, sagte Malte schließlich tonlos. »Dinge, die du erst wissen musst, bevor du auch nur daran denken kannst, Singapur wegen mir aufzugeben.«

»Dann sag mir endlich alles.«

»Ich bin beziehungsunfähig. Komplett und absolut. Ich dachte, mit dir würde es anders werden, aber da habe ich mich wohl geirrt. Ich habe dich belogen und dir absichtlich wichtige Dinge vorenthalten, ich ...«

»Dann red doch endlich mal mit mir!«, brüllte ich dazwischen. So langsam reichte es mir. »Ich offenbare dir mein Herz und erzähle, dass ich dich so dermaßen mag, dass ich meine Karriere opfern würde, und du blubberst hier schwachsinnigen Bockmist vor dich hin.«

»Das ist es doch gerade! Ich will nicht, dass du deine Karriere für mich opferst. Das bin ich nicht wert. Das ist niemand wert. Anja! Hör dir doch mal selber zu.«

»Was ist denn falsch daran, auf mein Herz hören zu wollen? Das sagt mir ganz klar, dass ich dich mag. Ich fühle mich bei dir so wohl wie bei keinem anderen Menschen. Wieso stößt du mich ausgerechnet jetzt von dir weg?«

»Weil ich ein Wassermann bin. Wir tun nun mal solche Sachen.«

»Ach, hör mir doch mit diesem Wassermann-Scheiß auf. Erzähl mir lieber, was los ist.«

»Ich bin geschieden.«

Da war es endlich. Die Wahrheit. Sie überraschte mich vor allem, weil ich sie lange nicht so weltbewegend fand, wie er im Vorfeld angekündigt hatte. »Eine gescheiterte Ehe ist kein Verbrechen«, sagte ich irritiert.

»Zwei aber schon.«

Ich brauchte einen Moment, um die Information zu verdauen. »Du warst schon zwei Mal verheiratet?«, kiekste ich.

»Genau diese Reaktion hatte ich befürchtet.«

»Entschuldige mal, aber was hast du denn erwartet? Wie alt bist du? Dreißig?«

»Einunddreißig.«

»Da sind zwei gescheiterte Ehen schon eher ungewöhnlich.«

»Ich weiß. Deswegen habe ich auch nichts gesagt. Meine erste Ehe war mit meiner Jugendliebe Yvonne. Wir haben uns nach drei Jahren im Guten getrennt, weil wir uns auseinandergelebt hatten. Die zweite Ehe sollte für ein Leben halten, nur wurde sie zu einem Albtraum.«

Die Art und Weise, wie er mich ansah, gefiel mir gar nicht. Was kam denn noch dazu?

»Es ist Thea. Ich war mit Thea verheiratet«, sagte er schließlich finster.

»Mit deiner Chefin?«

»Sie ist nicht meine Chefin. Also irgendwie schon. Es ist kompliziert.«

»Dann erklär es mir einfach.«

»Ich will es dir nicht erklären. Es ist mir peinlich, okay? Du bist in deinem Job so erfolgreich. So begehrt. Und ich? Ich habe meine Firma fast an meine Ex-Frau verloren. Sie hat die Anteile aus purer Gehässigkeit gekauft, um mir eins auszuwischen. Stell dir vor: So eine habe ich geheiratet. Obwohl die halbe Welt mich gewarnt hat, dass ich ihr nicht trauen kann, habe ich sie zu meiner Frau genommen. Weil ich sie geliebt habe. Das Erwachen war heftig – und ihre Rache ist noch deftiger. Sie fährt mein Lebensprojekt mit voller Absicht gegen die Wand. Ein Rosenkrieg der besonderen Sorte. Das ist nicht sehr attraktiv. Ich schäme mich und rede über dieses Kapitel nur äußerst ungern. Aber du hast ein Talent, die Finger immer genau in die Wunde zu legen.«

»Wenn ich weiß, dass da eine Wunde ist, pule ich auch nicht darin herum«, empörte ich mich. »Wenn du aber nicht …«

»Das ist genau das, was ich meine. Wir streiten uns schon wieder. Was soll das für eine Beziehung werden? Und dafür willst du Singapur ziehen lassen?« Malte schüttelte vehement den Kopf. »Auf gar keinen Fall. Wir müssen das jetzt und hier beenden.«

Ich konnte vor Schock kaum atmen. Noch vor einer Stunde hatte ich in seinen Armen gelegen und beschlossen, sämtliche meiner Pläne über Bord zu werfen, um mit ihm zusammen zu sein. Ich hatte Singapur aufgeben wollen. Für ihn. Und jetzt machte er mit mir Schluss. Ernsthaft Schluss!

Das tat mehr weh, als ich es in Worte fassen konnte. »Ich glaube eher, dass du kalte Füße bekommen hast. Dir ist klar geworden, wie ernst es mir ist, und jetzt machst du hier einen auf Wassermann, wechselst den Kurs und verziehst dich«, antwortete ich hitzig. Wenn ich angegriffen wurde, reagierte ich mit Wut. Mein Schutzschild. Meine Waffe, um nicht unterzugehen.

»Fein. Dann hast du mich ja endlich genau so hingebogen, wie du mich von Anfang an sehen wolltest: als Wassermann, von dem eine Fischfrau von Welt besser die Finger lassen sollte.«

Ruuuuhig bleiben, dachte ich noch, bevor ich losbrüllte: »Du lässt mir gar keine andere Wahl! Sprunghafter geht es doch nicht! Erst schleichst du dich mit einer Lüge in mein Leben, machst mir alle anderen potenziellen Typen madig, und wenn ich auf dich eingehen will, dann lässt du mich fallen.«

»Ich lasse dich nicht fallen. Ich will nur nicht, dass du wegen mir deine Karriere aufgibst. Das ist ein bisschen viel Verantwortung. Glaub mir. Solch einen Druck hält keine Beziehung auf Dauer aus.«

»Ach? Und das weißt du, weil du bisher so großartige Beziehungen geführt hast? Bei zwei Scheidungen solltest du dich nicht unbedingt als Beziehungsberater aufspielen.«

Malte starrte mich an, als hätte ich ihn kräftig geohrfeigt. Zu meinem Entsetzen nickte er schließlich. »Du hast recht. Ich habe von Beziehungen keine Ahnung, aber von Freundschaft. Und weißt du, was? Als Freund sage ich dir jetzt: Geh nach Singapur und vergiss den Wassermann! Wir passen wirklich nicht zusammen.«

Während er an mir vorüberging, klatschte er mir das Flugticket gegen die Brust. Ich hielt es in letzter Sekunde fest, bevor es zu Boden segeln konnte. Fassungslos sah ich dabei zu, wie Malte seine wenigen Habseligkeiten aufsammelte und sich die Schuhe anzog.

»Du willst doch wohl nicht ernsthaft abhauen?«, fragte ich ungläubig.

»Wonach sieht es denn aus?«

»Lass uns in Ruhe drüber reden!«, protestierte ich.

Malte hatte die Schuhe schon an, schnappte sich seine Jacke und verharrte dann doch noch in der Bewegung. Als er mich jetzt ansah, wirkte er müde und so traurig, wie ich mich fühlte.

»Geh nicht«, setzte ich schwach hinzu.

Da kam er noch mal zu mir, um mich sanft in den Arm zu nehmen. Ich klammerte mich an ihm fest und schwor mir, ihn so schnell nicht wieder loszulassen. Leider klappte das nicht.

Er trat zurück und löste sich mit sanfter Gewalt. »Du findest deinen Weg«, sagte Malte schließlich ruhig. »Vielleicht haben wir keinen guten Zeitpunkt erwischt. Ich merke, dass mir das zu viel wird. Am Ende meiner letzten Ehe knapse ich noch immer. Es tut weh. Jeden Tag. Du warst wie Medizin für mich. Aber was du jetzt von mir verlangst, kann ich nicht leisten. Ich will nicht die Verantwortung dafür übernehmen, dass du deine Karriere hinschmeißt. Vor allem nicht an diesem Punkt unserer sich nur ruckelig anbahnenden Beziehung. Lass es uns jetzt beenden, bevor es noch komplizierter wird.«

»Ich will das nicht.«

»Ich weiß.« Er trat noch mal vor und gab mir einen zarten Kuss auf die Lippen. »Ich auch nicht«, flüsterte er. »Aber wenn du nicht vernünftig sein willst, muss ich es für dich sein. Glaub mir. Deine Sterne werden mir recht geben.«

Als er durch meine Wohnungstür trat, fing ich haltlos an zu weinen. Das Ticket flatterte schließlich doch noch zu Boden. Ich ließ es liegen und sank gleich hinterher. Dort hockte ich gut eine halbe Stunde, ehe ich es über mich brachte, auf mein Tageshoroskop zu blicken.

Nichts ist umsonst. Auch Verluste machen Sie stark.

Verschieben Sie alle wichtigen Entscheidungen auf später.

Abnehmender Mond

Den Rest des Tages verkroch ich mich. Ich wollte niemanden sehen, nichts hören, wenig denken. So traurig war ich selbst nach Jans Abgang nicht gewesen. Die bunte Wohlfühlatmosphäre in meiner Wohnung bekam düstere Flecken.

Immer und immer wieder ging ich das Gespräch mit Malte durch. Hätte ich seine Meinung ändern können? Hatte er womöglich recht?

Mir schwirrte der Kopf. Zum Glück kannte ich mittlerweile gute Möglichkeiten, um diesem Karussell zu entkommen. Als es gegen Mittag zu schlimm wurde, ging ich nach draußen in den Park, legte mich in die Sonne und beobachtete die Menschen um mich herum. Das half mir, einen klaren Kopf zu bekommen.

Wenn man selbst nicht weiterkam, brauchte man Denkanstöße von außen. Entschlossen nahm ich mein Handy zur Hand und fragte Tom und Sarah, ob sie Zeit für mich hätten. Vermutlich lasen sie schon aus meiner knappen Textnachricht, dass es ernst war. Beide sagten zu und tauchten eine halbe Stunde später mit Schokolade und Cola bei mir auf. Sie kannten mich wirklich gut.

Tom trug eine große Sonnenbrille, um seine vom Kater gebeutelten Augen zu schonen. Sarah sah hingegen aus wie der junge Morgen. Vermutlich hatte sie rechtzeitig mit dem Trinken aufgehört.

Beide umarmten mich und fütterten mich erst mal mit Schokolade.

»Ich hätte gedacht, dass du mit Malte im Bett rumliegst statt hier alleine im Park«, startete Tom dann das Verhör.

»Wir haben Schluss gemacht!« Kaum hatte ich das gesagt, liefen wieder die Tränen. »Also nicht, dass wir je zusammen gewesen wären, aber ich hätte das durchaus für möglich gehalten. Ich mag ihn sehr. Und jetzt ist er weg!«

Sarah und Tom schwiegen betroffen.

»Aber was ist denn passiert?«, fragte Sarah schließlich.

»Er hat herausgefunden, dass ich nach Singapur gehen soll. Mein Chef hat vor ein paar Tagen bestätigt, dass ich das Team dort leiten darf. Und dass ich das gar nicht mehr will, fand Malte ganz doof. Er ist gegangen, damit ich nach Singapur gehe.« Ich schniefte lautstark und recht undamenhaft.

»Du gehst nach Singapur?«, fragte Tom schockiert, und Sarah fügte genauso irritiert hinzu: »Dein Chef hat dir wirklich den Posten in Singapur angeboten?«

Erst jetzt wurde mir klar, dass ich Tom noch gar nicht von meinen Jobplänen erzählt hatte und auch Sarah nicht auf dem neuesten Stand war. Also erzählte ich alles von Anfang an.

»Die Leitung des Teams war immer mein Traum«, schloss ich müde. »Aber jetzt hat sich dieser Traum verändert. Ich bin mir nicht mehr sicher, ob ich das will.«

»Dafür hast du über Jahre geackert wie eine Irre. Natürlich musst du nach Singapur gehen«, mischte Tom sich ein. »Malte hat völlig recht. So langsam wird mir der Kerl sympathisch.«

»Tom!«, schimpfte Sarah. »Dieser Kerl hat unsere Anja einfach fallen gelassen.«

»Aber was hätte er denn tun sollen? Die beiden kennen sich wirklich erst seit Kurzem. Hilfe! Da hätte ich auch kalte Füße bekommen, wenn mir am Anfang einer Beziehung derart die Pistole auf die Brust gesetzt worden wäre. ›Ich liebe dich so sehr, dass ich für dich mein Leben über Bord werfe.‹ Das ist doch unheimlich!«

»Wer spricht hier denn von Liebe?«, ging ich dazwischen.

»Liebe wäre die einzige Erklärung, weshalb du so etwas Verrücktes tun und die Karrierechance deines Lebens in den Wind schießen würdest.« Tom sah mich fragend an. »Und? Ist es die große Liebe?«

War sie es? Ich wusste es nicht. Wie denn auch? Im Moment herrschte in mir das reinste Chaos. Zu Beginn des Monats war ich am Boden gewesen, denn ich hatte nichts gehabt: keine Beförderung, keine Beziehung, keine Freunde. Jetzt hatte ich all das gehabt, zumindest für einen Moment, und es machte mich überhaupt nicht glücklich.

»Ich glaube, ich bin unfähig, richtiges Glück zu empfinden«, platzte es aus mir heraus. »Das steckt nicht in mir drin. Sobald ich das erreicht habe, was mich eigentlich glücklich machen müsste, gerate ich in Panik und sehe alles nur noch trüb und problembehaftet.«

»Im Moment schließen sich ja auch einige Dinge, die dich deiner Meinung nach glücklich machen würden, gegenseitig aus«, wandte Sarah ein.

»Genau!«, nickte ich eifrig. »Ich habe euch doch gerade erst wiedergewonnen. Wenn ich fortgehe, schläft der Kontakt nachher wieder ein. Ich möchte Mia kennenlernen. Mit Vanessa Frieden schließen und ... was mache ich denn überhaupt mit meiner Wohnung? Sie ist so hübsch geworden. So wollte ich schon immer leben. Aber sie ist nur halb fertig. Ich kann sie unmöglich so lassen und nach Singapur abdampfen. Außerdem ...«

»Ruhig Blut, Anja. Wir finden bestimmt eine Lösung für all das«, versuchte Tom, mich zu bremsen.

Ich ignorierte ihn und sah stattdessen Sarah panisch an. »Was mache ich denn jetzt?«

»Das kann ich dir nicht sagen.«

»Was würdest du denn tun?«

»Ich ...« Sarah runzelte die Stirn und überlegte. Schließlich seufzte sie. »Ich würde an deiner Stelle nach Singapur gehen. Du bist eine Karrierefrau. In den letzten Wochen magst du das aus den Augen verloren haben, doch letztlich bleibt es dabei: Die Arbeit hat dich über viele Jahre sehr glücklich gemacht. Also wander aus und schau, was draus wird.«

Tom nickte bestätigend.

Unwillkürlich dachte ich an meine Mama. Wenn sie nur

meine Überlegungen gehört hätte, wäre sie schon ausgeflippt. Sie erwartete, dass ich nach Singapur ging. Alles andere war in ihren Augen völlig indiskutabel. Das wäre es vor ein paar Wochen auch für mich gewesen. Und jetzt?

Ich dachte an mein Tageshoroskop. So einfach und simpel: Verschieben Sie alle wichtigen Entscheidungen auf später.

Mir gefiel die Vorstellung, das Erlebte und all die Gefühle in mir erst mal sacken zu lassen. Vielleicht sah ich morgen klarer. Denn das war etwas, das ich in den letzten Wochen gelernt hatte: Nicht immer hatte der Verstand recht. Manchmal half es auch, sich keinen Stress zu machen und auf den eigenen Bauch zu hören. Sich zur Ruhe zu zwingen und aufmerksam sich selbst gegenüber zu sein. Dann kam die Entscheidung von ganz allein und fühlte sich meist auch richtig an.

Sarah hatte meinen inneren Kampf beobachtet und lächelte, als ich den Kopf Richtung Sonne hob und die Augen schloss. »Weißt du, was, Anja?«, sagte sie dann.

Kaum hatte ich die Augen geöffnet, um sie fragend anzusehen, warf sie sich auf mich und riss mich um. Quietschend umarmte sie mich so fest, dass ich kaum Luft bekam. »Selbst wenn du nach Singapur gehst, werden wir diesmal nicht den Kontakt verlieren«, rief sie lachend. »Die Lektion hast du gelernt.«

Ich lachte mit ihr und ächzte, als sich Tom auch noch in die Umarmung warf. »Ich weiß jetzt zumindest, wie wichtig gute Freunde sind«, bestätigte ich, als ich wieder japsend atmen konnte. »Freunde, die mir auch mal Fehler verzeihen und nicht nur da sind, wenn die Sonne scheint. Das seid ihr zwei für mich. Beste Freunde.«

Sarahs Augen glitzerten verräterisch und, ja, Toms Augen ehrlich gesagt auch. Er räusperte sich. »Man muss sich aber auch selbst verzeihen können«, sagte er mit leicht belegter Stimme.

Wir sahen ihn ungläubig an. »Solch weise Worte aus deinem Mund?«, fragte ich lachend.

»Katharina hat mich gezwungen, so ein bescheuertes Achtsamkeitsbuch zu lesen. Sie sagt, ich müsse mehr auf mich und meine Umgebung eingehen. Ein bisschen was ist hängen geblieben. Vor allem, dass man sich selbst auch mal verzeihen sollte. Ich kann das ziemlich gut, du hingegen nicht, Anja. Du bist deine größte Kritikerin. Vielleicht hast du deshalb den Eindruck, nie richtig glücklich zu sein. Denn dann müsstest du dir erlauben, deine Leistung anzuerkennen und dich selbst zu mögen. Darin seid ihr beide ziemlich schlecht, wenn ich das mal so sagen darf.«

»He!«, empörten wir uns synchron.

»Ist doch so. Sarah, du bist in deinem Job total gut, lässt dich aber von so einem Hanswurst fertigmachen, weil er sich als Auftraggeber extrem wichtig fühlt. Ist er aber nicht. Stattdessen zweifelst du an deinem Können. Warum nur? Der Typ ist ein Arsch. So einfach ist das. Und du, Anja? Du hattest total vergessen, wer du eigentlich bist und was du willst. Ich fand die Sternesache am Anfang ja wirklich total bescheuert, aber mittlerweile bin ich echt froh, dass du das einfach durchgezogen hast. Anjamäßig halt. Du weißt jetzt wieder, was dich ausmacht. Jetzt musst du nur noch zulassen, dich selbst zu mögen. Dann klappt es auch mit deinen intuitiven Entscheidungen und dem Glücksgefühl. Da brauchst du keinen Kerl, keine Mama und keine Freunde für. Das steckt in dir selbst.«

Sprachlos starrten wir Tom eine ganze Weile an, ehe Sarah ihre Stimme als Erste wiederfand. »Was war das für ein Buch?«, fragte sie. »Und was hat es mit unserem Tom gemacht?«

»Euer Tom hat im Gegensatz zu euch die Gabe, sich selbst zu mögen. Das kommt ab und zu als Selbstverliebtheit rüber, aber jetzt mal ehrlich: Wie soll euch jemand anderes lieben, wenn ihr es nicht mal selbst tut? Hm. Vielleicht sollte ich selbst ein Buch schreiben. *Über die Gabe, sich selbst so zu lieben, dass alle anderen Meinungen scheißegal sind.* Klingt doch nach nem Bestseller.«

Wir lachten und alberten entspannt herum. Gut eine Stunde schaffte ich es, keine Sekunde an die anstehenden Entscheidungen zu denken. An Maltes Abgang aus meinem Leben. An Mama. An Singapur.

Dann jedoch ging mir durch den Kopf: Ich werde das hier sehr vermissen, wenn ich weg bin.

Und da hatte ich es. Meine Entscheidung. Ich würde nach Singapur gehen. Das war ich meinem alten Leben schuldig. Und meinem neuen Leben womöglich auch.

Und wenn ich dafür Malte aufgeben musste, dann war das leider so. Er hatte ziemlich deutlich gemacht, dass ich diesbezüglich ohnehin keine Wahl hatte. Die hatte er mir kurzerhand abgenommen. Ob mir das gefiel oder nicht.

Um Malte zu kämpfen brachte nichts. Womöglich war

Singapur ja doch meine Bestimmung, und es war Zeit, ihr zu folgen.

Letzte Phase

Ihr Monatshoroskop im Mai

Spüren Sie die ganz eigene Kraft des Neumondes. Es ist Zeit für einen radikalen Rückschnitt. Entledigen Sie sich alter Lasten, um neu zu wachsen. Während des zunehmenden Mondes beginnen Sie zu heilen, bis Sie endlich wieder Ihre ganze Kraft spüren.

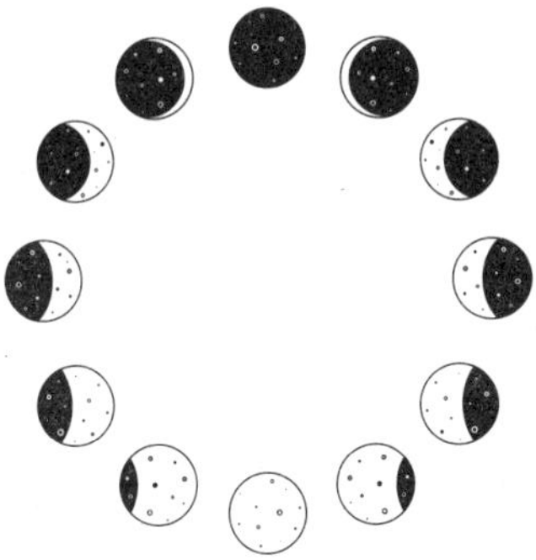

Akzeptieren Sie die Grenzen Ihrer Mitmenschen, genau wie Sie Ihre eigenen Grenzen erkennen sollten.

Zunehmender Mond

Den Rest der Woche bereitete ich mich anjamäßig auf Singapur vor. Es war ein seltsames Gefühl, wieder auf ein Ziel hinzuarbeiten und mich nicht nur treiben zu lassen. Seltsam, aber gar nicht mal so schlecht. Ich schlief trotzdem ausreichend, setzte mich nachmittags in den Park und kochte in aller Ruhe für mich. Ansonsten war ich jedoch emsig wie eine Biene.

Meine Wohnung halbwegs fertig zu bekommen war eine Aufgabe für sich. Tom und Sarah kamen jeden Abend vorbei, um mir zu helfen. Die Farbeimer verschwanden, das Handwerkszeug ebenfalls, und letztlich blieben nur noch ein paar unerledigte Dinge übrig, die ich auch in ein paar Wochen, Monaten oder Jahren nachholen konnte, wenn ich wieder in Aachen sein würde.

In ein paar Jahren.

Allein bei der Vorstellung bekam ich ein flaues Gefühl im Magen. Ich hatte beschlossen, die Wohnung zunächst zu behalten. Sarah wollte regelmäßig vorbeikommen, um nach dem Rechten zu sehen. Natürlich hätte ich sie auch vermieten können, doch in Singapur verdiente ich genug, um mir eine leer stehende Wohnung leisten zu können. Dass jemand Fremdes darin wohnte und sie womöglich wieder umgestaltete, war im Moment undenkbar für mich.

Parallel organisierte ich sämtlichen Papierkram, der noch aufkam, telefonierte fast jeden Tag mit meinen Kollegen, loggte mich zum ersten Mal wieder ganz legal ins Firmennetz ein und fand auf diese Weise langsam zurück in die Arbeitswelt.

Es fühlte sich gut an und doch nicht gut genug.

Malte fehlte mir. So unendlich, dass es wehtat. Das Blitzen seiner Augen, wenn er einen Witz gemacht hatte, über den ich herzlich lachen konnte. Sein freundliches Lächeln. Die lockerleichten Gespräche und seine Finger auf meiner Haut. Ja, wenn ich ehrlich war, war es auch die körperliche Nähe, die wir nur so kurz geteilt hatten und die ich vermutlich niemals wieder erleben durfte.

All das fehlte mir.

Ich seufzte, als ich die Wahrheit erkannte: Wir konnten nicht einfach so auseinandergehen. Wir mussten noch einmal miteinander reden, bevor ich fortflog. Nur wie? Ich hatte Angst vor einem Treffen. Angst davor, dass wir uns wieder streiten würden. Angst davor, mich erneut verabschieden zu müssen. Angst davor, dieses Kapitel in meinem

Leben endgültig zu schließen und den Wassermann verloren zu geben.

Vor allem hatte ich Angst davor, dass ich womöglich doch nicht nach Singapur gehen würde, wenn ich Malte erst mal gegenüberstand.

Morgen würde Neumond sein. Der Inbegriff für den Neubeginn. Wenn ich an den letzten Neumond dachte, musste ich lächeln. Damals war ich am Boden zerstört gewesen und hatte keine Ahnung gehabt, was ich tun sollte. Jetzt hatte ich einen Plan und fühlte mich eigentlich ganz gut. Wenn nur die Sache mit Malte anders gelaufen wäre.

Kurz entschlossen schrieb ich ihm eine Kurznachricht. Keine Reaktion. Ich rief ihn mit wild klopfendem Herzen an. Er ging nicht ran. Ich tippte eine Mail. Keine Antwort. Als ich drauf und dran war, ihn über das Kontaktformular auf seiner Firmenwebsite anzuschreiben, kam ich zum Glück zur Vernunft. Halt! Ich ging mal wieder anjamäßig zu weit, fast schon stalkermäßig. Malte ignorierte mich eindeutig absichtlich. Offenbar wollte er, dass wir auf diese Weise auseinandergingen.

Die Erkenntnis zog mir erst mal erneut den Boden unter den Füßen weg. Für so arschig hätte ich ihn gar nicht gehalten. Selbst Jan war ans Handy gegangen, als ich ihn mitten in der Nacht wegen der ausgeräumten Bude angerufen hatte. Jan war nachweislich ein Arsch. Bei Malte hatte ich eigentlich aufs Gegenteil gehofft.

So konnte man sich irren.

Ein letztes Mal zog ich den Aktenordner über die Sternzeichen hervor, las mir die Einträge zum Wassermann von vorne bis hinten durch und fühlte mich in meiner Meinung über Malte bestätigt. Dann erinnerte ich mich an das Kartenblatt, das Nicole mir gelegt hatte, und sah es plötzlich mit neuen Augen. Die Schlange, der Bär, die Geheimnisse. Ein Mann, der vor so großen Problemen stand, dass er nicht weiterwusste. Jemand, der zunächst mit sich selbst klarkommen musste.

Das heutige Tageshoroskop fiel mir in die Hände. Es passte nur allzu gut. Akzeptieren Sie die Grenzen Ihrer Mitmenschen, genau wie Sie Ihre eigenen Grenzen erkennen sollten.

In der Sekunde akzeptierte ich die von Malte gezogene Grenze. Er wollte mich aus seinem Leben verbannen. Das tat weh, doch ich musste es respektieren. So schwer es mir auch fiel. Ich fühlte mich von Malte falsch verstanden und zurückgestoßen. Ihn weiter zu verfolgen, ließ mein Stolz aber nicht zu. Also rief ich mein jammerndes Herz zur Raison und nordete mich neu ein. Kein Malte. Ich musste den Blick nach vorne richten.

Nach Singapur.

Also sortierte ich meine gesamten Unterlagen über Horoskope und Sternbilder neu. Ich schmiss so einige Akten weg, heftete ein paar lose Blätter ab, klebte eine Menge Papierschnipsel ein und schloss mit jeder einzelnen Seite das Kapitel Horoskope ab. In Singapur würde ich ein ganz anderes Leben führen. Da würde ich mich nicht mehr so detailliert mit den Sternen befassen können. Zumindest würde mich das Wissen, dass sie über mir schwebten und mir jederzeit einen Ratschlag geben konnten, begleiten. Das tröstete mich darüber hinweg, dass ich mich erst mal ein wenig von ihnen lösen musste.

Am Ende malte ich noch schöne Ornamente auf die verschiedenen Ordner und schob sie in das unterste Regal. Die vier Wochen waren verrückt und einzigartig gewesen. Ich würde sie niemals vergessen. Doch jetzt musste ich loslassen. Ein Teil davon würde für immer in mir nachhallen, denn ich hatte viel gelernt.

Nur das Ende mit Malte fühlte sich wie ein Versagen an. Ein Verlust, der sich tief in mir eingegraben hatte und die Erinnerung an mein so fröhliches Sternenexperiment verdüsterte.

Ich musste Malte vergessen. Über ihn hinwegkommen. Sonst würde ich immer traurig sein, sobald ich in den Himmel blickte.

Seufzend löste ich mich von meinem Regal mit den vielen Ordnern und wandte mich stattdessen meinen Koffern zu. Es gab viel zu tun und noch mehr zu erledigen.

Zunächst schrieb ich mir eine längst überfällige To-do-Liste. Ein seltsames Gefühl, erinnerte es mich doch auf schräge Art und Weise an die alte Anja, die immer alles protokolliert und kontrolliert hatte. In dem Fall ging es aber nicht anders. So ein Umzug war schließlich kein Pappenstiel.

Ich packte streng nach Plan, erledigte sämtlichen Papierkram und organisierte generalstabsmäßig meinen Abschied. Das letzte Treffen mit Tom und Katharina verlegte ich kurzerhand in den Park, um mich nicht nur von ihnen und dem Dackel zu verabschieden, sondern auch von meinem neu gewonnenen Lieblingsplatz. Ich würde ihn vermissen, aber gewiss konnte ich in Singapur einen ähnlichen schönen Park entdecken. Wenn ich mich nur genug anstrengte.

Der Abschied von Sarah war deutlich tränenreicher. Sie fragte so oft, ob ich es mir nicht doch noch mal überlegen wollte, dass Vanessa ärgerlich wurde.

»Anja hat sich die Entscheidung nicht leicht gemacht. Jetzt rede ihr kein schlechtes Gewissen ein«, ging sie dazwischen.

Sarah wischte sich mit einem Taschentuch die Tränen ab und schniefte. »Aber wir haben uns doch gerade erst wieder gefunden. Dass du jetzt wieder gehst, finde ich unerträglich.«

»Wir können doch skypen. Oder zoomen. Oder chatten. Oder telefonieren«, sagte ich sanft und nahm meine beste Freundin in die Arme. Auch für mich war es schwer. Viel schwerer als erwartet. »Diesmal bleiben wir in Kontakt.«

»Versprochen?«

»Aber so was von!«

Mia unterbrach unseren tränenreichen Abschied, indem sie selbst zu weinen begann. Kein Wunder, immerhin war die Stimmung mehr als seltsam. Ich nahm die Kleine liebevoll in die Arme und küsste sie auf die Stirn. »Ich hab ja auch Urlaub und werde euch ganz oft besuchen kommen. Schließlich will ich miterleben, wie Mia das erste Mal läuft und Anja zu mir sagt. Das lass ich mir doch nicht entgehen.«

Daraufhin heulten wir alle. Inklusive Vanessa.

So tränenreich dieser Abschied gewesen war, so tränenarm war der mit meiner Mama. Sie schob mich zwischen zwei Meetings, um mir noch jede Menge Ratschläge zu geben. Dann reichte sie mir ernsthaft die Hand, um Auf Wiedersehen zu sagen. Ich ignorierte die Geste und nahm Mama kurzerhand in die Arme.

Sie ließ es für einen Moment zu, ehe sie sich von mir löste und mir fest in die Augen blickte. »Zeig es allen, Anja«, sagte sie, und ich seufzte in Gedanken leise auf. Mama änderte sich vermutlich nie.

An diesem Abend lag ich emotional völlig erledigt in meinem Bett und starrte die Decke über mir an. So viele Abschiede. So viel Herzlichkeit. So viel, das ich zurückließ.

Verstohlen blickte ich zum bestimmt dritten Mal in fünf Minuten auf mein Handy. Noch immer keine Nachricht von Malte. Da würde vermutlich auch nichts mehr kommen.

Das machte mich noch trauriger als all die lieben Abschiede zuvor. Bei Sarah, Vanessa, Mia, Tom, Katharina und meiner Mama war ich mir sicher, dass ich sie wiedersehen würde.

Bei Malte hingegen sah es ganz anders aus.

In jeder Verabschiedung steckt auch ein Neuanfang.

Neumond

Trotz meiner guten Vorsätze drehte ich mich am Tag meiner Abreise etwa dreihundertfünfundneunzig Mal um. Ein kleiner Teil von mir hoffte weiterhin, dass Malte sich blicken ließ. Dabei hatte er das Datum meines Abflugs sicher schon längst wieder vergessen.

Am Flughafen war es noch schlimmer. Kannten wir nicht alle diese herzzerreißenden Szenen, wenn sich die Liebenden in letzter Sekunde am Flugschalter doch noch in die Arme fielen? Leider kam bei mir nur ein Betrunkener vorbei, der mich fürchterlich lallend zu einer kleinen Reise nach Malle einlud. Nein danke. So verzweifelt war ich dann doch nicht.

Meine Kollegen Frau Nowaski und Herr Dimir hatten schon längst eingecheckt. Ich war zwar vor ihnen da gewesen, hatte dann jedoch rumgetrödelt. Kam denn wirklich keiner? Doch! Da!

Sarah, Tom und Katharina kamen filmreif auf die letzte

Sekunde in die Wartehalle gelaufen. Mir liefen die Tränen über die Wangen.

»Kein Malte?«, fragte Sarah mit Blick in die Runde, und ich verstand: Ähnlich wie ich hatte sie auf eine romantische Szene gehofft. Vermutlich war sie deshalb gekommen. So was war genau ihr Ding.

Ich schüttelte schweigend den Kopf und umarmte Sarah genauso fest wie Tom und Katharina.

»Melde dich«, sagte Katharina ernst. »Per Skype, Messenger, total egal. Nur melde dich. Tom macht mich sonst wahnsinnig.«

Ich schwor ihr hoch und heilig, regelmäßig ein Lebenszeichen zu schicken. Am liebsten wäre ich einfach dageblieben, doch kneifen funktionierte nun wirklich nicht mehr. Ich lief durch die Sicherheitskontrolle und winkte den anderen zu, bis ich sie nicht mehr sah und mein Handgelenk wehtat.

Auf einmal ging alles ganz schnell: Ich saß in der Businessclass eines Jumbojets, um zusammen mit zwei mir seltsam fremden Menschen in ein neues Leben zu starten. Beide hatten ihre Laptops vor sich und bereiteten sich auf die kommenden Wochen vor. Ich hingegen klammerte mich an meiner Frauenzeitschrift fest und weigerte mich, jetzt schon in den Arbeitswahn abzudriften.

Wann würde sich das wohl rächen?

Die Antwort bekam ich nur zwei Tage später. Wir gingen unter vor lauter To-dos. Ich hatte nicht mal Zeit zum Auspacken. Stattdessen lebte ich im Büro, aß im Stehen, hetzte von einem Meeting zum anderen und verlor mich bald im

Alltagstrott. Ich vergaß den Muttertag und entschuldigte mich erst am nächsten Tag bei Mama. Sie hatte dafür natürlich Verständnis und versicherte mir, dass meine Arbeit jetzt vorgehen würde. Dennoch klang sie ein wenig enttäuscht. Wir hatten eigentlich einen Videotermin ausgemacht, damit ich ihr alles von meinem neuen Leben erzählen konnte.

Leider ließ mein Terminplan solche Plaudereien kaum zu. Ich wurde eingesaugt von meinem Job.

In meiner zweiten Woche in Singapur riss mich plötzlich mein vehement klingelnder Handywecker aus dem Arbeitsmodus. Ich hatte mir extra eine Erinnerung eingespeichert, damit ich Tom und Sarah auf keinen Fall vergaß. So was wie mit Mama sollte sich mit ihnen nicht wiederholen. Im Gegensatz zu ihr hätten die beiden es gar nicht verzeihen können, wenn ich sie versetzt hätte.

Eigentlich hatte ich gar keine Zeit, doch dann rief ich die beiden heimlich zwischen zwei Sitzungen an.

»Ist das dein Büro?«, fragte Sarah statt einer Begrüßung.

Mist. Warum hatte ich den Videoanruf gewählt? Das musste ich mir dringend abgewöhnen. »Klar.«

»Ist es bei euch nicht total spät, Anja?« Das war Toms Stimme.

»Viel zu tun.«

»Aha.« Sarahs Stirnrunzeln sagte alles. »Zeig mal deine Umgebung.«

Ich schwenkte mein Handy halbherzig herum und bemühte mich dabei, die noch immer unausgepackten Kartons in den Ecken nicht zu zeigen. Die Ordner, die wir momentan nicht brauchten, hatte ich zur Seite geschoben, sodass sie sich dort als hässlicher brauner Berg türmten. Die kahlen Wände, das leere Regal und der mit Papieren vollgepackte Schreibtisch verstärkten den Eindruck, den Sarah vermutlich längst hatte.

»Hockst du da in einem dunklen Loch?«, fragte sie entsetzt. »In meiner Vorstellung hast du einen unglaublichen Ausblick auf die Skyline von Singapur und thronst in deinem gläsernen Büro über allem. Du hast eine voll angesagte Minibar neben deinem Glasschreibtisch und eine gemütliche Couch gegenüber, um dort in angenehmer Atmosphäre deine Unterlagen durchzugehen. Stattdessen sehe ich Beton, einen altersschwachen Schreibtisch und den unbequemsten Bürostuhl der Welt. Du könntest wenigstens Bilder an der Wand haben. Fotos auf dem Schreibtisch und ein bunter Teppich wären auch nicht schlecht.«

Ich musterte mein Büro mit neuen Augen. Dass die Glühbirne erst seit heute nicht mehr flackerte, verschwieg ich lieber. Das hatte ich bereits unter Erfolg verbucht. »Ich arbeite an deiner Vorstellung, Sarah«, murmelte ich defensiv.

»Sind das Fast-Food-Verpackungen neben deinem Laptop? Eins, zwei, drei, vier, fünf ... Scheiße, Anja! Lebst du wieder nur in deinem Büro? Und was sind das für tiefe Krater unter deinen Augen? Sind das Augenringe, oder hast du dich nur schlecht geschminkt? Du siehst total bleich aus!«

»Das liegt an der unvorteilhaften Beleuchtung. Mir geht es gut. Ehrlich. All das sind die üblichen Startschwierigkeiten. Sobald es ruhiger wird, richte ich mich gemütlich ein, und dann verschwinden auch meine Augenringe.«

»In dem Fall brauche ich gar nicht erst zu fragen, wie dir Singapur gefällt. Von der Stadt hast du vermutlich noch nicht viel gesehen.«

»Doch. Den Flughafen.«

Immerhin lachte Sarah über meinen Witz, während Tom nur tief seufzte.

»Ernsthaft. Selbst der Flughafen ist eine echte Sehenswürdigkeit. Die haben da einen Schmetterlingsgarten und genauso viele Brunnen wie in ganz Aachen. Da hätte ich einen Tag lang shoppen können, ohne auch nur ein Geschäft zwei Mal betreten zu müssen. Ich war völlig erschlagen.« Okay. Nach zwölf Stunden Flug war das auch nicht weiter verwunderlich gewesen. Vom Schmetterlingsgarten hatte ich nicht viel mitbekommen. Ehrlich gesagt hatte ich das alles nur in einer Reisebroschüre gelesen. Statt Sightseeing zu machen, war ich direkt ins Hotel gefahren, um zu schlafen und zu arbeiten.

»Mal die Wände an!«, riss mich Tom aus meinen Gedanken. »In Regenbogenfarben. Vielleicht kannst du dann der anklopfenden Depression entkommen. Gefällt es dir denn sonst?«

»Ja, total«, versicherte ich rasch und erging mich in einer Lobeshymne auf meine Kollegen, die spannende Arbeit und die viele Anerkennung, die mir zuteilwurde. Meine Freunde waren so lieb, nicht nachzubohren, sondern freuten sich für mich. Erst danach erzählte Sarah von einem anstehenden Bewerbungsgespräch und Tom von seinem Dackel. Es war ein seltsames Gespräch, aber ich lachte mehr als in den letzten drei Tagen. Als ich schließlich Schluss machen musste, fühlte ich mich einerseits glücklicher, andererseits einsamer.

Mist. Sollte das wieder mein Normalzustand werden?

Ganz ungefragt kam mir das letzte Horoskop in den Sinn, das ich noch in Aachen gelesen hatte.

Akzeptieren Sie die Grenzen Ihrer Mitmenschen, genau wie Sie Ihre eigenen Grenzen erkennen sollten.

Mit Schrecken erkannte ich, dass meine persönliche Grenze erreicht war. Ich war erschöpft. Vom Flug. Von der Aufregung, in ein neues Leben zu starten. Von den vielen Aufgaben, die auf mich eingeprasselt waren. Dumpf starrte ich meine nicht enden wollende To-do-Liste an und ...

... schaltete den Laptop aus, stand auf und verließ mein Büro.

»Schon Feierabend?«, fragte mich Melanie Nowaski überrascht.

»*Schon* ist gut. Schauen Sie mal auf die Uhr. Ich gehe in mein Hotel. Wissen Sie, wann wir endlich unsere Wohnungen beziehen können?«

»Angeblich nächste Woche. Soll ich noch mal nachfragen?«

Unter normalen Umständen hätte ich abgewunken. Ich würde ohnehin so gut wie nie zu Hause sein. Ob ich im Hotelzimmer oder in den eigenen vier Wänden schlief, war eigentlich auch egal. Doch heute Abend war es mir eben nicht egal. Ich wollte ein Zuhause haben. So schnell wie möglich.

»Ja, bitte. Fragen Sie noch mal nach.« Ich nickte ihr grüßend zu und verschwand nach draußen.

Die Hitze erschlug mich beinahe. Selbst um einundzwanzig Uhr waren es noch fast dreißig Grad. Hilfe! Ich mochte es warm, doch die riesigen Glasbunker um mich herum heizten die Umgebung unangenehm auf. Schwül und drückend. Das beschrieb es wohl am besten. In Singapur gab es keine Jahreszeiten, nur Regenmonate und trockenere Monate. Eigentlich war der April mit durchschnittlich acht Sonnenstunden am Tag einer der besten Monate überhaupt. Mit den sonst üblichen Monsunen war nicht zu rechnen.

Hups. Ich war im Strom der Passanten nicht schnell genug gelaufen und wurde prompt angerempelt. Anders als in New York hielt man in Singapur normalerweise höflich Abstand. Das klappte aber nur, wenn alle ordnungsgemäß mitliefen. 5,6 Millionen Menschen lebten in Singapur, zusammengedrängt auf einer Fläche so groß wie Hamburg. Da war Platz Mangelware. Ich murmelte eine Entschuldigung auf Englisch. In diesem wahren Schmelztiegel der Kulturen kam man mit Englisch ziemlich weit.

Plötzlich kam mir alles noch viel enger vor. Die hohen Bauten um mich herum nahmen mir den Blick zum Himmel. Autos hupten, Menschen eilten vorbei, gigantische Flatscreens warfen flackerndes Licht. Uff. Zu viel. Viel zu viel.

Mit letzter Kraft schleppte ich mich ins Hotel, fiel dort in mein Bett und schlief acht Stunden durch. Als ich wieder aufwachte, fühlte ich mich trotzdem wie erschlagen. Müde blinzelnd mischte ich mir einen Instantkaffee zusammen und überlegte, was an diesem neuen Tag anstand. Durch die Zeitverschiebung hatte ich jedes Gefühl für Rhythmus verloren. Welcher Tag war überhaupt?

In der Sekunde beschloss ich, heute nicht ins Büro zu gehen. Ich brauchte einen Tag zur Akklimatisierung. Einen Tag, um Luft zu holen. Im Stehen schrieb ich meinem Team eine Mail, sagte sämtliche Onlinetermine ab und holte stattdessen meinen Stadtplan hervor.

Das hätte ich schon längst tun sollen!

Ein wenig ärgerte ich mich über mich selbst, dass ich sofort in alte Muster verfallen war. Wie sehr hatte ich mir vorgenommen, nicht komplett im Arbeitswahn zu versinken. Das hatte so gar nicht geklappt. Zeit, auf Pause zu drücken und etwas zu ändern.

Ich brauchte nicht lange, um mir einen groben Tagesplan zusammenzustellen. Heute wollte ich die bekanntesten Touristenattraktionen besuchen. Wer wusste schon, wann ich dazu wieder die Gelegenheit hatte?

Als Erstes buchte ich mir ein Ticket für den Hop-on-hop-off-Bus. Nicht das eleganteste Fortbewegungsmittel, aber effektiv. Damit ging es direkt von meinem Hotel rüber zum Wahrzeichen des Insel-Stadtstaates: eine gigantische Steinskulptur, halb Fisch, halb Löwe. Der Merlion. Sie befand sich direkt an einem künstlich erschaffenen Pier. Steinstufen führten ins Wasser, mittig thronte die über acht Meter große Statue und spuckte eine Fontäne ins Meer.

Pflichtschuldig las ich mir die Hintergründe zum Maskottchen von Singapur durch. Der Löwe bezog sich auf Singapurs Beinamen »Löwenstadt«: Von einem kleinen Fischerdorf war die Stadt zur Weltmetropole geworden.

Ich hingegen sah noch etwas anderes in der Skulptur. Den kreativen Fisch. Mein Sternzeichen. Dahinter ragte die gläserne Skyline von Singapur auf. Jedes einzelne Gebäude dünstete Reichtum, Erfolg und emsige Arbeit aus. Die Stadt war nicht umsonst so erfolgreich. Das Bruttoinlandsprodukt erreichte mittlerweile fast das von Deutschland. Innerhalb der letzten fünfzig Jahre war Singapur eine der wichtigsten Handels- und Finanzstädte geworden. Eigentlich hätte ich mich hier wohlfühlen müssen. Eigentlich.

Trotzdem konnte ich mir kaum vorstellen, dass das meine neue Heimat sein sollte.

Reglos stand ich da. Vermutlich fast eine halbe Stunde lang. Abwechselnd betrachtete ich den Merlion, dieses fantastische, abstrakte Wesen. Danach die glänzende Skyline. Von hier aus hatte ich auch einen guten Blick auf den Jachthafen. Dahinter erhoben sich drei riesige Wolkenkratzer, die durch ein futuristisch aussehendes Dach miteinander verbunden waren und auf denen grüner Rasen und bunte Pflanzen wuchsen. Solch schwebende Gärten sah man hier überall. Die Wolkenkratzer waren begrünt, um das Klima zu verbessern. Das sah hübsch aus, war für mich aber kein richtiger Ersatz für die schönen Parks in Aachen.

Was nun? Unschlüssig drehte ich mich um, sank auf die Treppenstufen nieder und starrte das Wasser an. Ich liebte das Meer. Sollte ich an den Strand fahren? Vielleicht brachte mich das ja auf andere Gedanken.

Ich hatte Heimweh. Ganz klar. Nichts Besonderes. Als Achtundzwanzigjährige sollte ich mit diesem Gefühl klarkommen. Das würde vergehen. Nur kleine Anpassungsschwierigkeiten.

Als mein Handy piepte, nahm ich es nicht aus der Tasche. Vermutlich ging es ohnehin nur um die Arbeit. Ich hatte gerade keine Lust auf Stress und wollte mich lieber in Selbstmitleid suhlen. Dass ich mir mit Singapur dermaßen schwertat, hätte ich nicht erwartet. Natürlich war ich ein Aachener Gewächs. Das war mir schon klar gewesen. Aber New York hatte ich geliebt, genau wie Barcelona oder Frankfurt. Wolkenkratzer und Menschenmassen schreckten mich normalerweise nicht ab. Im Gegenteil. Ich liebte die emsige Atmosphäre und war gerne ein Teil der Menge. Ein Rädchen im gut funktionierenden System.

Und gleichzeitig war ich auch wie der Löwenfisch neben mir. Fantasievoll, wundersam und unbezähmbar. Eine verträumte junge Frau, die ihren eigenen Weg suchte. Am liebsten in der Natur.

Es piepste wieder. Endlich zog ich mein Handy aus den Tiefen der Tasche. Es war eine Nachricht. Von ... von ...

Malte.

Die erste Nachricht:

Malte: Fisch
Hören Sie auf Ihr Herz. Es weist Ihnen die Richtung.

Die zweite Nachricht:

Malte: Wassermann
Wagen Sie einen Neuanfang und kämpfen Sie für Ihre Wünsche.

Die dritte Nachricht:

Malte: Ich hoffe, dein Herz hat dir die richtige Richtung gewiesen und du bist glücklich am Ziel angekommen. Du hast es verdient. Ich selbst habe endlich auch die entscheidenden Schritte eingeleitet, um ein neues Leben zu beginnen. Ich habe Thea gebeten, mich auszuzahlen. Ich verlasse meine eigene Firma, um neu anzusetzen. Das war längst überfällig. Durch dich habe ich den Mut dazu gefunden. Ich danke dir dafür.

Wenn ich nicht ohnehin bereits gesessen hätte, wäre ich spätestens jetzt auf den Po geplumpst. Ungläubig las ich die Nachricht noch einmal, bis die nächste eintrudelte.

Malte: Mir ist klar, dass ich diese Zeilen zu spät schreibe. Das tut mir unendlich leid. Ich stehe mir oft selbst im Weg. Auch das habe ich durch dich erkannt. Das sind Dinge, die ich zukünftig besser machen werde. Lies die nächste Nachricht lieber nicht, wenn du nie wieder mit mir sprechen möchtest. Das könnte ich verstehen. Deine letzten Anrufe zu ignorieren war schrecklich schwer, aber ich wollte dir nicht im Weg stehen. Dich nicht aufhalten.

Mein Herz überschlug sich regelrecht, während ich auf die nächste Nachricht wartete. Natürlich würde ich sie lesen. Aber so was von.

Malte: Ich vermisse dich. Jeden Tag. Jede Minute. Mehr, als ich je gedacht hätte. Dass ich dich habe gehen lassen, nagt an mir. Es fühlt sich gleichzeitig richtig und wie der größte Fehler meines Lebens an. Ich mag dich, kleiner Fisch. Und ich wünschte, dass ich der Krebs oder die Jungfrau oder der Stier sein könnte, den du die letzten Wochen über gesucht hast. Da ich aber leider nur ein alter hysterischer, chaotischer, unzuverlässiger und offenbar auch egoistischer Wassermann bin, habe ich dich verloren und dich freigeben müssen. Ich hoffe, du kannst mir das eines Tages verzeihen. Dein Malte.

Ungläubig las ich die Zeilen immer und immer wieder. Erst wurde es mir ganz warm ums Herz. Dann gewann wieder die Panik die Oberhand. Was sollte ich denn nur tun?

In dieser Sekunde piepste mein Handy erneut. Diesmal war es jedoch nicht Malte, sondern eine mir unbekannte Nummer.

Unbekannt: Hab ich heute erst in der Zeitung entdeckt. Schräg, oder? Das Horoskop wurde an dem Tag veröffentlicht, an dem du in den Flieger gestiegen bist.

Ein Foto folgte. Der Zeitungsausschnitt war eindeutig auf die Schnelle abfotografiert worden, doch er war trotzdem gut zu erkennen. Ich las die wenigen Zeilen und bekam riesige Augen.

Mein Tageshoroskop am Tag meiner Abreise. Das Horoskop, das ich nie gelesen hatte. Weil ich zu traurig und deprimiert gewesen war. Weil ich mein Experiment für beendet erklärt hatte. Weil ich kurzfristig wieder zur alten Anja mutiert war.

Ich las es noch einmal durch. Dann entschied ich mich. Ich sprang auf und rannte los.

Hören Sie auf Ihr Herz. Es weist Ihnen die Richtung.

Zunehmender Mond

»Du bist wo?« Sarahs Stimme kiekste in den höchsten Tönen.

»Gerade am Aachener Bahnhof angekommen«, antwortete ich gelassen. »Ich benötige deine Hilfe, um hier wegzukommen.«

»Aber ... aber ...«

»Ich erkläre dir alles später, okay? Jetzt bin ich total erschöpft, meine Füße tun weh, und ich bin pleite. Für ein Taxi habe ich kein Bargeld mehr, und bis zu meiner Wohnung kann ich nicht laufen. Da klappe ich vorher zusammen. Holst du mich?«

»Bin schon unterwegs.« Ich hörte an Sarahs Atem, dass sie rannte.

Wir verabschiedeten uns, und ich ging nach draußen, um mich in die Sonne zu setzen. Vor Müdigkeit konnte ich kaum die Augen offen halten. Letztlich verlor ich den Kampf und döste im Sitzen ein, bis mich ein Hupen aufschreckte.

Sarah hatte mich gefunden und winkte mir wie wild aus ihrem Auto heraus zu.

Ich schlurfte zu ihr und ließ mich auf den Beifahrersitz plumpsen. »Endlich wieder zurück«, murmelte ich.

»Na, so lange warst du nicht weg«, erwiderte Sarah. »Abzüglich Flug- und Reisezeiten bist du nicht mal zwei Wochen in Singapur gewesen.«

»Es fühlt sich wie ein ganzes Leben an.«

Sarah wirkte weiterhin skeptisch, doch dann strahlte sie und warf sich regelrecht auf mich. Da sie ein recht kleines Auto besaß, donnerte sie dabei ihren Kopf gegen das Dach, doch das störte sie nicht. »Du bist wieder zurück!«, jubelte sie. »Was hab ich dich vermisst.«

Ich drückte sie fest an mich und lächelte. »Ich dich auch. Euch alle. Tom, Katharina, den Dackel, deine kleine Mia und vor allem Vanessa. Ganz besonders Vanessa.«

»Du Lügnerin.« Wir grinsten uns wissend an. »Jetzt mal im Ernst. Was machst du hier?«

»Ich ... ich hab Singapur gehasst. Vor allem die Person, zu der ich in Singapur wieder wurde. Ich will nicht mehr nur noch für die Arbeit leben. Ich will es einfach nicht. Ich will euch nicht wieder verlieren. Ich habe selbst Mama vermisst und ...« Ich verstummte.

Sarahs Augen wurden riesig. »Jetzt sag nicht, dass du wegen Malte zurückgekommen bist!«

»Er hat mir eine Nachricht geschrieben. Um genau zu sein, mehrere.« Ich holte mein Handy heraus und zeigte Sarah die SMS.

»Süüüüüß«, seufzte sie nach dem ersten Durchlesen.

»Hach, wie romantisch. Und soooo kitschig. Da wäre ich auch direkt in den Flieger gehüpft und heimgekommen.«

»Er weiß nur noch nichts davon.«

»Ui. Da wird er bestimmt wieder Muffensausen bekommen. Wenn der wüsste, was er mit diesen Nachrichten angerichtet hat. Dass du direkt zurückkommst – damit rechnet er nie.«

»Du hingegen wirkst nicht besonders überrascht.«

»Ich kenne ja auch noch die Jugend-Anja und weiß, wie impulsiv sie sein kann. Die Business-Anja hätte zunächst in ihrem Terminkalender nachgesehen, alles mit dem Arbeitgeber lupenrein abgesprochen, den Abflug minutiös geplant und nach gut zwei Jahren schließlich die Kurve bekommen. Die jugendliche Anja packt ihren Rucksack und folgt ihrem Herzen – auch wenn das zwölf Stunden Flug ins Ungewisse bedeutet.«

Ich kicherte glückselig. »Ich hab nicht mal mehr meinen Rucksack gepackt. Ich hab nur das dabei, was ich für meine Sightseeingtour mithatte. Du willst lieber nicht wissen, was dieses spontane Ticket gekostet hat.«

»Wo fahren wir überhaupt hin?«, fragte Sarah, die bislang offenbar einfach in der Gegend rumgekurvt war. »Zu dir? Zu mir? Zu Malte?«

Malte? Hilfe. Nein! »So kann ich ihm nicht gegenübertreten. Ich sehe aus wie eine Landstreicherin.«

Sarah schnüffelte. »Vor allem riechst du so.«

»He!« Wir lachten wieder und ignorierten dabei, dass ich definitiv hysterisch klang.

Mein abrupter Aufbruch würde mir noch eine ganze

Menge Probleme bescheren. So viele, dass ich es kaum überblicken konnte.

»Lass uns zu mir fahren«, entschied ich schließlich. »Da kann ich mich frisch machen, Malte eine Nachricht schicken und mich mit ihm verabreden.«

Sarah trat so abrupt auf die Bremse, dass der Hintermann fast in ihrem Kofferraum gesessen hätte. Er hupte verständlicherweise. Sarah ignorierte ihn. »Du darfst doch den Überraschungseffekt nicht zunichtemachen!«, empörte sie sich. »Finde heraus, wo er steckt, tauch vor ihm auf und schmeiß dich in seine Arme.«

»Und was ist, wenn er sie wie beim letzten Mal ablehnend verschränkt und mir zu verstehen gibt, dass ich viel zu impulsiv handle und er der Einzige mit Durchblick ist? Wenn er wieder auf vernünftig und Singapur-ist-dein-Ding macht?«

»Dann hau ihn. Küss ihn. Mach ihm klar, dass er total dämlich ist. Aber schreib ihm ja keine Nachricht.« Das Hupen hatte sich vervielfacht, immerhin standen wir mitten auf der Straße und blockierten sie.

»Okay, in Ordnung«, beeilte ich mich zu sagen. »Nur fahr endlich weiter.«

Grummelnd gab Sarah Gas und bog schon bald in meine Straße ein. Sofort wurde ich ruhiger. Hier fühlte ich mich wohl. Hier war ich zu Hause. Die Bäume am Straßenrand standen mittlerweile in voller Blüte. Alles war grün und bunt. Ganz anders als in Singapur.

»Was sagt denn überhaupt Herr Schellfisch zu deiner Singapur-Flucht?«

»Herr Schellwig«, korrigierte ich sie und unterdrückte dabei ein Schaudern. »Der ist nicht gerade begeistert.«

Sarah warf mir einen fragenden Blick zu. »Gefeuert?«

»Aber so was von. Fristlos.«

»Autsch.«

Ich nickte finster und schwieg, bis Sarah geparkt hatte. »Wie geht es dir damit?«, fragte sie mitfühlend.

Ich horchte in mich hinein. »Eigentlich ganz gut. Ich hatte auf dem Flug hierher reichlich Zeit, mich mit dem Gedanken an Arbeitslosigkeit und Jobsuche auseinanderzusetzen. Vielleicht muss ich mir was Neues suchen. Womöglich lief es schon länger auf diesen Tag hinaus. Spätestens in dem Moment, als ich in den Urlaub geschickt worden bin, habe ich mich von meinem Job verabschiedet.«

»Aber du liebst ihn doch!«

»Ich liebe es, zu arbeiten. Ich mochte meine Kollegen. Aber die Arbeitszeiten waren schon in Aachen viel zu lang, ganz zu schweigen von Singapur. Ich finde mit Sicherheit eine neue Arbeit, und die werde ich auch lieben. Ganz anjamäßig.«

Wir stiegen aus und liefen zur Haustür. Ich genoss jeden Schritt. Gegen zehn Uhr morgens an einem Montag war hier nicht viel los. Die meisten Menschen waren bei der Arbeit. Die Ruhe fühlte sich gut an. Von Menschenmassen hatte ich vorerst die Nase voll.

Ich freute mich so dermaßen auf meine Wohnung, dass ich ganz zappelig wurde. Vor meiner Abreise hatte ich Sarah und meine Mutter gebeten, die Schlüssel zu verwahren. Sarah öffnete die Tür und drückte mir den Schlüsselbund danach in die Hand. »Willkommen daheim«, sagte sie feierlich, ging voraus in den Flur – und erstarrte.

Wir waren nämlich nicht allein.

Hätte Jan auf meinem Sofa gesessen, wäre ich nicht überraschter gewesen. Ernsthaft. Denn wer hatte es sich unter meiner Kuscheldecke vor meinem Fernseher bequem gemacht? Mama. Sie hatte meine Herzchen-Lieblingstasse in der Hand, und ihre Füße ruhten auf einem Kissen, das wiederum auf meinem Couchtisch lag.

Es war ein so surrealer Anblick, dass ich Mama eine Weile nur genauso verdutzt anstarren konnte wie sie mich.

»Anja!«, rief sie schließlich mit einiger Verzögerung. Offenbar hatte auch ihr Hirn gebraucht, um die Szene zu erfassen. Sie stand hastig auf, stellte die Tasse ab und schaltete den Fernseher aus. Allerdings zu spät. Ich hatte die Serie längst erkannt. Eine Realityshow über Bräute, die ihre Hochzeitskleider aussuchten. Ernsthaft? So was guckte Mama?

Sie war leicht rot angelaufen und kam zögernd auf mich zu. »Was machst du denn hier?«

»Ich ... ich ... Was machst *du* denn hier?«

»Ich hab nach dem Rechten gesehen.«

»Und bist dabei zufällig auf meine Fernbedienung gestürzt, hast dich in meiner Kuscheldecke verfangen, und mein Kaffee hat dich angefallen?« Ich war ernsthaft verwirrt. Vor allem, als mein Blick auf ihre Füße fiel. »Du läufst ja sogar barfuß!« Das machte sie nicht mal in ihrem eigenen Haus.

Als Antwort seufzte sie tief. »Okay. Ertappt. Ich mag

deine Wohnung. Die ist so heimelig. Gemütlich. Außerdem erinnert sie mich auf angenehme Weise an dich. Ab und zu komme ich hierher, lüfte und bleibe ein wenig, um mich zu entspannen.«

Wir starrten einander an. Dann trat ich einfach auf sie zu und nahm sie in die Arme. So fest und lange wie vermutlich noch nie in meinem Leben. »Ich habe dich auch vermisst«, flüsterte ich.

Als sie meine Umarmung zaghaft erwiderte, war das Antwort genug. Sobald ich spürte, dass sie sich von mir lösen wollte, ließ ich sie los. Nähe musste Mama erst in kleinen Dosen ertragen lernen. Ich für meinen Teil kämpfte mit den Tränen. Dieser so seltene Mutter-Tochter-Moment ging mir unter die Haut. Nach all den Jahren hatten Mama und ich uns umarmt. Und zwar richtig. Nicht nur körperlich. Auch mit dem Herzen. Wir zwei! Umarmt!

Mama weinte natürlich nicht, doch sie wirkte weitaus rührseliger, als ich sie jemals gesehen hatte. »Nun ja«, brachte sie schließlich hervor. »Wo wir geklärt hätten, was ich hier tue, stelle ich meine Eingangsfrage erneut: Was machst du hier? Solltest du nicht in Singapur sein?«

Der Moment der Wahrheit war gekommen. *Bring es einfach hinter dich*, feuerte ich mich an. Wie ein Pflaster. Ratsch. Ab ist es. »Singapur hat mir nicht gefallen. Ich wollte heim. Da hab ich gekündigt oder wurde gekündigt. So ganz klar ist das noch nicht. Jedenfalls bin ich arbeitslos, aber voller Euphorie. Ich bin wieder zurück!« Ich warf die Hände in die Luft und tanzte eine kleine Runde durch mein Wohnzimmer. Sarah und Mama sahen mir etwas besorgt zu.

»Wie viel Schlafmangel hat sie?«, fragte Mama schließlich in Richtung meiner Freundin.

»Viel, aber ich glaube, an solch ein Verhalten müssen Sie sich gewöhnen. Das ist die neue Anja.«

»Ach herrje!« *Das* war jedenfalls die alte Mama.

Ich blieb stehen und strahlte sie an, obwohl sich ihr Gesicht mit jedem Atemzug etwas verfinsterte. »Ich habe in meinem Zwangsurlaub ein paar wichtige Lektionen gelernt. Ich hab beschlossen, mein Leben nicht nur im Urlaub mehr zu genießen und mich selbst und meine Bedürfnisse zu respektieren. Dazu musste ich mich erst selbst richtig kennenlernen. Dank meines Sternexperiments ist mir das gelungen. Ich weiß jetzt, dass mich der Job in Singapur langfristig unglücklich gemacht hätte. Es war Zeit, was zu ändern. Sei nicht sauer, Mama. Ich weiß, dass du das als riesige Karrierechance für mich angesehen hast, aber die nächste Gelegenheit kommt bestimmt. Ich muss nur die Augen und Ohren offen halten.«

»Wenn du meinst ...«, sagte sie schmallippig.

Jetzt kommt es, dachte ich und wappnete mich für eine lange Rede, doch die blieb aus.

»Du scheinst dir die Sache reichlich überlegt zu haben. Ich bin sicher, dass du bald einen neuen Job finden wirst. Einen, der dich nicht auffrisst. Und vielleicht ist ein toller Job auch nicht alles.«

Ich riss die Augen auf.

Mahnend hob Mama die Hände. »Ich bleibe dabei, dass ein gut bezahlter Job mit das Wichtigste überhaupt ist.« Sie blickte plötzlich recht sanftmütig zu Sarah. »Neben Familie und Freunden«, setzte sie hinzu. »Und ... ja. Ich freue mich, dass du wieder bei uns bist.«

Diesmal trat sie vor und nahm mich in die Arme. Zwar nur kurz, aber es war ein Anfang. Als sie mich losließ, rümpfte sie jedoch die Nase. »Du müffelst wie ein alter Lappen.«

Meine Mama. Ich gab ihr einen dreisten Kurz-Kuss auf die Wange und flitzte los Richtung Dusche. Singend wusch ich mir den Flugzeugmuff vom Körper und überlegte mir meine weitere Vorgehensweise. Ich hatte wirklich Angst, dass Malte mich noch mal abblitzen lassen würde. Er war der Meinung gewesen, mir im Weg zu stehen. Dabei war *er* mein Weg! Ich hatte nur etwas gebraucht, um das zu erkennen. Hoffentlich kam er langsam ebenfalls auf den Trichter. Von Anfang an war da etwas zwischen uns gewesen, das ich noch nie gespürt hatte. Etwas Vertrautes. Bekanntes. Wunderschönes. Außerdem war Malte unheimlich anziehend. Und ich hatte den Eindruck, bei ihm ganz ich selbst sein zu dürfen. Auch mal irre. Etwas seltsam. Und gleichzeitig extrem akkurat.

Ich stellte das Wasser ab und fasste einen Entschluss: Wenn ich Malte anrief, verlor ich den Überraschungseffekt, diesbezüglich hatte Sarah durchaus recht. Seine Nachrichten waren so süß und lieb gewesen. Nun galt es, einen großartigen Auftritt hinzulegen. Ganz anjamäßig. Ich musste live und in Farbe vor ihm auftauchen.

Im Schlafzimmer zog ich mir unter vielen guten und widersprüchlichen Ratschlägen von Sarah und Mama ein schlichtes rosafarbenes T-Shirt und eine luftige helle Hose an. Sandalen dazu. Fertig. Nicht zu schick, nicht zu sexy. Einfach ich.

»Und was ist jetzt der Plan?«, erkundigte sich Sarah, während sie mir beim Haareföhnen zuschaute.

»Ich fahre zu ihm, und wir fallen uns knutschend in die Arme. Die Sterne stehen günstig für so was.«

»Aha. Weißt du denn, wo er steckt?«

Öh. Hm. Das konnte durchaus ein Problem werden. Hatte er nicht geschrieben, dass er seinen alten Job kündigen wollte? War er dann überhaupt noch auf der Baustelle anzutreffen? Mist.

»Ich probiere es erst bei der Arbeit«, entschied ich. »Danach sehen wir weiter.«

Ich schnappte mir die Autoschlüssel und war halb aus der Tür, als mir Mama in den Weg sprang. »Darf ich mit?«, fragte sie.

»Ich auch?«, setzte Sarah hinzu.

Ich lachte und schüttelte den Kopf. »Bestimmt nicht. Aber ich rufe euch an und berichte, wie es gelaufen ist. Versprochen.« Hastig gab ich beiden ein Küsschen und saß nur wenig später im Auto, um zu Maltes alter Baustelle zu fahren.

Lass ihn da sein, dachte ich flehentlich.

Ein wenig mulmig war mir schon zumute. Seine Nachrichten hatten mir die Kraft gegeben, eine längst überfällige Entscheidung zu treffen. Ich bezweifelte allerdings, dass er mit meinem Auftauchen rechnete. Vermutlich wartete er eher auf einen Anruf von mir aus Singapur. So hätten es normale Menschen gemacht. Bloß war ich nicht normal.

Als ich endlich einen Parkplatz gefunden hatte, war ich ein seelisches Wrack. Mein Herz wummerte so heftig in meiner Brust, dass ich kaum das Knattern des Bohrhammers hörte. So nervös war ich schon lange nicht mehr gewesen. Ich hatte Schiss vor meiner eigenen Courage.

Je näher ich dem alten Fachwerkhaus kam, desto mehr sank mein Mut. Kein Malte in Sicht. Nur eine Dame im Businesskostüm, die sich mit dem Mann stritt, den ich von meinem ersten Besuch auf der Baustelle wiedererkannte. Vermutlich der Vorarbeiter.

Die Frau brüllte herum, dass ich es bis hierher vernahm. Irgendwas mit Inkompetenz, Feuern und Vollidioten.

»Aber –«, versuchte der arme Mitarbeiter dazwischenzukommen, doch keine Chance.

»Ich schwöre Ihnen, wenn ich mit Ihnen fertig bin, bekommen Sie nirgendwo mehr einen Job«, keifte die Frau.

Ich wurde langsamer und überlegte, ob ich besser an anderer Stelle nach Malte suchen sollte. Doch zu spät. Die beiden hatten mich bemerkt, verstummten und wandten sich mir zu. Ich wäre wirklich gerne auf dem Absatz umgedreht, doch da musste ich jetzt wohl durch.

Während ich mich näherte, musterte ich die Frau. Sie wirkte mit ihren schwarzen Haaren, dem dunkelroten Lippenstift und den perfekt geschminkten Augen wie die Teilnehmerin einer Schönheitsshow. Als Bauunternehmerin konnte ich sie mir kaum vorstellen, doch ich hatte so eine Vermutung, dass sie genau das war.

»Hallo«, begrüßte ich beide, sobald ich bei ihnen angekommen war. »Ich suche Malte.«

Der Bauarbeiter riss die Augen auf, als er mich vom letzten Mal wiedererkannte. Die Frau hingegen musterte mich genervt.

»Und Sie sind …?«, fragte sie schnippisch.

»Eine Freundin von Malte. Ist er da?«

»Nein. Malte arbeitet nicht mehr für mich. Sie dürfen also gerne wieder gehen und damit aufhören, mich und meine Mitarbeiter zu belästigen.«

Für mich. Meine Mitarbeiter. Soso. Also stand da wirklich Thea vor mir. Maltes Ex-Frau. »Ah«, sagte ich. Sie wollte Zickenkrieg? Konnte sie haben. »Sie müssen Maltes Ex-Freundin sein.«

»Ex-Frau.«

»Ach, stimmt. Sie waren ja verheiratet.« Ich legte so viel Desinteresse in meine Worte, wie ich konnte. Ich wandte mich an den Mann, der mich mit schreckgeweiteten Augen musterte und wohl Böses ahnte. »Wissen Sie vielleicht, wo ich Malte finden kann? Jetzt, wo er endlich die Kurve gekriegt und das Unternehmen verlassen hat?«

»Äh … Ja, nun … äh«, stotterte er herum.

»Sie sind also seine neue Flamme«, ging Thea dazwischen. »Die Frau, die ihn für Singapur verlassen hat. Armer Kerl. Das hat ihn wirklich tief getroffen.«

»Dann ist es ja gut, dass ich wieder zurück bin. Extra für ihn. Um ihm beizustehen. Dass er seine Firma in inkompetente Hände legen musste, hat ihn nämlich ebenfalls tief getroffen. Armer Kerl. Ex-Freundinnen können echt lästig sein.«

»Ex-Frauen.«

»Wie auch immer. Haben Sie vielleicht den Hauch einer Ahnung, wo er ist?«

»Schon, aber ich weiß nicht, ob ich Ihnen das verraten sollte. Ich achte seine Privatsphäre, wissen Sie?«

»So wie Sie ihn auch bei der Arbeit geachtet haben, als Sie ihn kackendreist aus seinem eigenen Unternehmen gedrängt haben? Sehr sensibel. Wirklich. Wissen Sie, was? Ich finde ihn auch ohne Ihre Hilfe.«

Ich warf ihr den besten Vernichtungsblick zu, den ich im Repertoire hatte, dann wandte ich mich wieder zum Gehen.

»Er ist bei seinem Pferd«, rief mir da der Bauarbeiter hinterher.

»Seinem Pferd?«, keifte Maltes Ex-Frau. »Das ist immer noch mein Pferd, selbst wenn der Gaul schon wieder lahmt. Die größte Fehlinvestition meines Lebens. Nein. Halt. Das war Malte. Oder diese Firma.«

Ich hätte eine ganze Menge zu sagen gehabt, doch das war es nicht wert. Möchtegernbusinessfrauen mit zu viel Macht fraß ich normalerweise zum Frühstück, doch heute hatte ich erstens keine Lust darauf, und zweitens war ich mir nicht sicher, ob Malte das so toll gefunden hätte. Das war sein Kampf, den er vermutlich selbst ausfechten wollte.

Ich drehte mich noch einmal zu den beiden zurück und sah, wie Thea ihren Mitarbeiter mit Blicken erdolchte. Offenbar gefiel es ihr gar nicht, dass er mir den Aufenthaltsort ihres Ex-Mannes mitgeteilt hatte. Dankend nickte ich dem armen Mann zu und verschwand, so schnell ich konnte. Dabei dachte ich verwirrt über Theas Worte nach. ›*Mein* Pferd‹? Gehörte Scout etwa ihr?

Mit großen Schritten eilte ich zum Auto zurück, brauchte etwas, um das Navi zu programmieren, und brauste wenig später durch die Aachener Innenstadt nach Kornelimünster. Mit jedem Kilometer ebbte meine Nervosität zunächst ab, nur um kurz vorm Ortseingang wieder anzusteigen.

Malte, ich komme, dachte ich und rief mir immer wieder die Vorhersage in meinem Horoskop ins Gedächtnis.

Hören Sie auf Ihr Herz. Es weist Ihnen den Weg.

Während ich an der grünen Hofweide entlangfuhr, hielt ich Ausschau nach dem größten Pferd der Welt. Kein Scout. Vermutlich hatte Malte ihn von der Weide geholt. Gleich darauf entdeckte ich seinen Wagen. Ich parkte daneben und atmete tief durch.

Jetzt zählt's, dachte ich und kletterte aus dem Auto. Der Duft von Pferden, Leder und Heu stieg mir in die Nase. Sofort wurde ich ruhiger. Das war der perfekte Ort, um sich auszusprechen. Mein Herz hatte mir tatsächlich den richtigen Weg gewiesen. Jetzt fehlte nur noch mein Wassermann.

Ich fragte mich bei fremden Reitern durch und erfuhr, dass Malte mit Scout spazieren gegangen war. Hmm. Sollte ich auf ihre Rückkehr warten? Nein. In dieser Zeit wäre ich tausend Tode gestorben. Ich kannte die Route und konnte ihnen entgegengehen. Hoffte ich zumindest.

Tapfer stapfte ich los und verfluchte meine Idee, Riemchensandalen anzuziehen. Nicht das beste Schuhwerk für eine Wanderung.

Keine negativen Gedanken. Genieß den Tag. Entspann dich. Bleib cool. Dann wird das schon.

Während ich mich im Stillen anfeuerte und schnaufend meinen Weg suchte, bemerkte ich zwei Dinge: Ich hatte mittlerweile deutlich mehr Kondition, und ich wurde tatsächlich ruhiger, was ich nur begrüßte.

Als ich jedoch Scouts glänzenden Pferdearsch zwischen den Büschen entdeckte, schnellte mein Adrenalin doch wieder in die Höhe. Das Pferd stand am Bach und trank. Wo war Malte? Ich entdeckte ihn auf einem Baumstumpf sitzend und aufs Wasser schauend. Scout hörte mich natürlich viel eher als Malte und hob den Kopf, um mich zu begrüßen. Überraschung passé.

Malte war mittlerweile von seinem Baumstumpf aufgestanden, um sich neugierig umzusehen. Was hatte sein Pferd da entdeckt? Als er mich erkannte, entgleisten ihm kurz die Gesichtszüge, sodass ich stockte. Dann jedoch stahl sich ein Lächeln auf seine Züge. Hell und freundlich, anziehend und überaus beruhigend für meine Nerven.

Ich lachte, rannte die letzten Meter und warf mich unverzüglich in seine Arme. Keine langen Reden. Kein großes Geschwafel. Ich ließ meinen Körper sprechen. Als wir uns küssten, wusste ich, dass ich alles richtig gemacht hatte. Malte war genauso froh wie ich. Wassermann und Gefühlsverweigerer hin oder her ... das hier war der Kerl, der mir schon seit Wochen den Kopf verdreht hatte.

Mein ideales Sternzeichen. Zumindest im Herzen.

Lassen Sie ihn nicht einfach fallen. Kämpfen Sie um ihn.

Zunehmender Mond

»Was machst du denn hier?«, fragte Malte, sobald er seine Lippen von meinen gelöst hatte.

»Singapur war gestern. Ich bin wieder zurück. Deine Nachricht hat mich mitten ins Herz getroffen. Sie kam nicht zu spät. Sie kam genau richtig. Meine Sterne haben mir den Weg zurückgewiesen. *Hör auf dein Herz.* Das hab ich getan. Außerdem sagen mir die Sternschnuppen, dass ich momentan verknallt bin, und daran kann eigentlich nur einer schuld sein.«

Malte riss spielerisch die Augen auf. »Etwa Anton? Ne, wie hieß er doch gleich? Albert? Ach ja: André.«

»Spinner. Du natürlich. Ich hab mich ein wenig in dich verguckt.«

»Nur ein wenig?«

»Wird mit jedem Tag mehr.«

Maltes Lächeln wurde breiter. »Bei mir auch«, flüsterte er und küsste mich zart. »Schrecklich viel mehr sogar. Ich hab nur viel zu lange gebraucht, um das zu verstehen. Es tut mir ehrlich leid, wie ich dich ignoriert habe, und auch mein unsäglicher Abgang, nachdem ich das mit Singapur erfahren habe. Ich war mir aber wirklich sicher, dass ich das Richtige tue. Dich von deinem Weg abzubringen fühlte sich falsch an.«

»Ich war schon auf dem richtigen Weg, nur ging der nicht Richtung Singapur.«

»Das hab ich jetzt auch verstanden, allerdings ... Ich bin nicht das beste Material für lange, glückliche Beziehungen. Das mit Thea ist in einem Fiasko geendet, und meine erste Ehe hat nur einen Wimpernschlag lang gehalten. Wenn man der Empirie glaubt, bin ich beziehungsunfähig. Diese Tatsache gepaart mit dem Wissen, deiner Karriere im Weg zu stehen, hat mich in Panik versetzt. Theoretisch halte ich mich für den Schwiegermuttertraum schlechthin. Die Wahrheit sieht anders aus. Ich weiß nicht, ob ich im Alltag zu kompliziert bin, zu viel erwarte, klammere oder mich sonst wie blöd verhalte, aber ...«

»Malte! Beruhige dich. Zwei gescheiterte Ehen sind kein Grund, mich in den Wind zu schießen.«

»Aber ich will, dass du glücklich bist. Nach Glück hast du doch gesucht. Wenn ich dich jetzt genauso unglücklich mache wie Thea oder Yvonne, könnte ich mir das niemals verziehen. Ich-«

»Ich bin eine gestandene Frau und weiß, was ich tue. Ich will dich. Mit allen Risiken und Nebenwirkungen. Allerdings müssen wir noch mal ernsthaft über deinen Frauengeschmack reden. Dass du dich in mich verliebt hast, ist ein kluger Zug gewesen, aber Thea? Ernsthaft? Ich hab sie eben kennengelernt. Mit so einer warst du mal zusammen?« Jetzt sah ich ihn streng an.

»Die Gefahr zieht mich anscheinend an.« Er schob mir eine Haarsträhne hinters Ohr. »Sei froh. Sonst hätte ich schon nach unserem ersten Date das Weite gesucht.«

»Ich bin total harmlos im Vergleich zu Thea. Die Frau macht mir Angst. Apropos. Hast du wirklich gekündigt?«

»Aber so was von. Thea war sogar froh. Jetzt muss sie sich nicht mehr jeden Tag mit mir auseinandersetzen. Im Gegensatz zu mir wollte sie damals unserer Ehe noch eine Chance geben. Vermutlich hat sie das als Niederlage verbucht, und Thea hasst es, zu verlieren.« Malte seufzte leise. »Jedenfalls steht hier ein Mann vor dir, der alles verloren hat. Ehefrau, Firma, Haus. Alles weg.«

»Du hattest ein Haus? Warum hast du mir das nie gezeigt?«

»Weil ich wusste, dass ich es bald verlieren würde. Es gehörte Thea und mir, und sie hatte es eingerichtet. Du hättest nur den Flur betreten müssen und sofort Bescheid gewusst. Jedes Möbelstück schreit, dass ich es garantiert nicht ausgesucht habe. Nur das Haus an sich – da hing mein Herz dran. Ich hab es entworfen und gebaut, aber ... so ist es besser. Durch den Verkauf hatte Thea genug Geld, um mich auszuzahlen. Ganz mittellos bin ich also nicht, allerdings hab ich keinen Job mehr.«

»Ich auch nicht«, platzte ich heraus und nahm Malte gleichzeitig in die Arme. »Mein Sternexperiment scheint sich auch auf mein Umfeld auszuwirken. Sarah hat ihre

Selbstständigkeit ebenfalls hinterfragt. Im Gegensatz zu uns hat sie aber bereits ein Vorstellungsgespräch und mit Sicherheit bald schon einen neuen Job.«

»Du findest bestimmt schnell was Neues.«

»Du auch.«

Wir grinsten uns an wie zwei verliebte Teenager und knutschten genauso drauflos, bis Scout sich uns ins Gedächtnis rief. Er rieb seinen gigantischen Schädel an Maltes Rücken, sodass der ins Stolpern geriet. »He!«, rief er empört. »Lass das.«

Ich zeigte auf das Pferd. »Und er hier? Raus mit der Sprache. Wie bist du zu Scout gekommen, was hat Thea damit zu tun, und was für eine Wette hast du gewonnen, damit er hier kostenlos stehen darf?«

Malte zog das Pferd zu sich heran und klopfte seinen Hals. »Theas Familie ist reich, und Rennpferde sind sozusagen das Hobby. Thea hat Scout als Jährling gekauft. Ich war dabei, als er zugeritten wurde, und war danach total schockiert. Scout war doch noch ein Baby! Thea fand mich zu sensibel. Das Pferd sollte schließlich bald schon bei seinem ersten Rennen antreten. Scout gewann tatsächlich, nur verletzte er sich beim nächsten Rennen so schwer, dass er beinahe eingeschläfert werden musste. Ich hab Thea überredet, ihn mir zu schenken. Leider habe ich das nur mündlich, aber bislang hat sie nicht versucht, ihn mir wegzunehmen. Ich hab Scout jedenfalls wieder gesund gepflegt. Das hat eine Menge Geld gekostet, aber seitdem ist er ein treuer Freund. Er gehört zur Familie.«

»Und die Wette?«

Das Pferd schnaubte und scharrte mit den Hufen. Offenbar war Scouts Geduld erschöpft.

Malte klopfte ihm beruhigend auf die Flanke. »Ich habe mit Thea gewettet, dass er eines Tages wieder ein Rennen gewinnen würde. Sie hielt dagegen. Als Scout drei Jahre alt geworden ist, habe ich ihn dann tatsächlich zu einem Rennen angemeldet.« Jetzt lachte Malte richtig. »Das hätte dir gefallen«, sagte er geheimnisvoll.

»Raus mit der Sprache. Spann mich nicht auf die Folter.«

»Ich habe ihn zu einem Dackelrennen angemeldet. Es war nie die Rede davon, dass es ein Pferderennen sein musste. Der Dackelklub war entsetzt und wollte uns nicht starten lassen, musste dann aber zugeben, dass in den Statuten nirgendwo stand, dass nur Dackel oder Hunde mitmachen dürfen. Scout hat unter unfairen Bedingungen gewonnen. Die Hunde sind alle nicht losgelaufen, weil sie Angst vor dem Riesenkerl hatten. Scout hat eher gemütlich seine Runde gedreht und ging als Sieger hervor. Thea war fuchsteufelswild und wollte zunächst nicht zahlen, aber weil die Sache durch die Presse ging und sie Angst hatte, dass ich sie als unehrenhafte Verliererin oute, gab sie klein bei. Seitdem zahlt sie die Zeche für Scouts Unterbringung. Bis an sein Lebensende. Ich kümmere mich nur um sein Wohl.«

Ich lachte jetzt ebenfalls herzlich. »Scout ist der großartige Sieger eines Dackelrennens?«

»Aber ja. Warte kurz.« Malte scrollte auf seinem Handy herum und zeigte mir einen abfotografierten Zeitungsartikel. Allein die Überschrift war genial: *Ausgemustertes Rennpferd kapert Dackelrennen.*

In der Sekunde wusste ich es. Malte war genau der Richtige für mich. Schon nach unserem ersten Treffen hatte er alles darangesetzt, mich wiederzusehen. Seine Hartnäckigkeit war bewundernswert. Außerdem war er gewitzt, kreativ und total lustig. Allein beim Funkeln seiner Augen wurden meine Knie so weich wie Butter.

Ich hatte mich total verknallt. In diesen humorvollen, schrägen Wassermann. Schweigend schob ich das Handy zur Seite. »Du bist der anziehendste Wassermann, den ich je getroffen habe«, flüsterte ich und drückte mich an ihn. »Mein Fischherz hast du jedenfalls im Sturm erobert.«

Er grinste, während er meinen Kuss erwiderte. »Dann müssen wir ja nur noch an unseren Kommunikationsschwierigkeiten arbeiten.«

Ich nickte bestätigend. »Ich will dich. In meinem Leben, in meiner Welt, einfach generell. Wehe, du stößt mich noch mal derart von dir! Dann ziehe ich dir deine Wassermannohren lang.«

»In Ordnung. Kommt nie wieder vor. Solange du mir nicht mehr ständig in den Ohren liegst, dass Wassermann und Fischfrau nicht zusammenpassen. Tun sie nämlich wohl.«

»Auch die Sterne können sich zwischendurch mal irren. Schau. Hier.« Ohne ihn loszulassen, zog ich mein Handy aus der Hosentasche, rief ein Foto auf und hielt es ihm unter die Nase. »Das ist das beste Partnerhoroskop überhaupt. Ich weiß nicht, wer es mir geschickt hat. Eine unbekannte Nummer. Es kam jedenfalls am Tag meiner Abreise.«

Malte las den Schnipsel laut vor. »Fische: Ein Wassermann hat Ihnen den Kopf verdreht. Lassen Sie ihn nicht einfach fallen. Sagen Sie ihm, was Sie fühlen, und kämpfen Sie um ihn.« Erschüttert ließ er das Handy sinken. »Ernsthaft? Das stand in der Zeitung? Wie unheimlich.«

»Fand ich auch. Aber ... die Sterne sind in ihrer Weisheit eben unergründlich.« Es war tatsächlich die unheimlichste Sache, die ich bei meinem Sternexperiment überhaupt erlebt hatte. Zufall oder nicht?

Wer auch immer hinter diesem unglaublichen Horoskop steckte, ich war ihm zutiefst dankbar. Meine Zukunft lag in Aachen. Bei meinen Freunden, meiner Familie und vor allem bei Malte.

Epilog

Dem Vollmond so nah

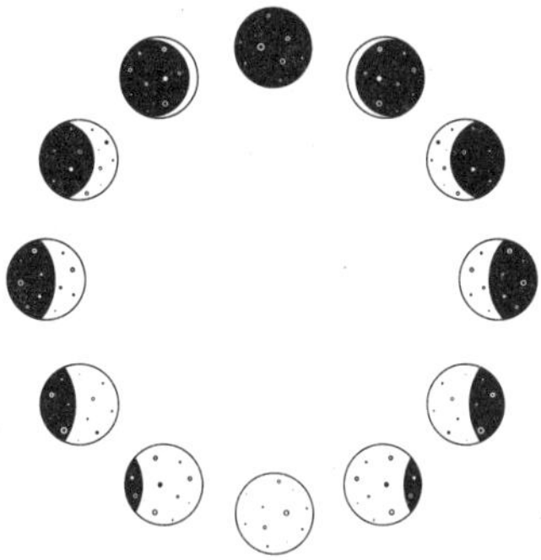

Lebe. Liebe. Lache.

Die Hochzeitszeremonie war wunderschön. Sarah und Vanessa hatten sich für einen freien Redner entschieden, der sie im Stadtpark unter einem weißen Rosenbogen traute. Sarah trug Mia auf dem Arm, während wir in einer kleinen Gruppe um die drei herumstanden.

Ich heulte mir die Augen aus vor Rührung, und selbst Tom tupfte sich verdächtig oft übers Gesicht. Beinahe hätte ich meinen Einsatz verpasst und vergessen, die Ringe vorzureichen. Ups. Mein kleiner Fauxpas ging zum Glück im Klatschen der Menge unter. Die Ringe waren getauscht, meine beiden Freundinnen verheiratet.

Wir fielen uns allesamt in die Arme, beteuerten unsere unendliche Freundschaft, herzten und küssten uns. Malte war die ganze Zeit an meiner Seite, und ich wurde nicht müde, ihn als meinen Freund vorzustellen. Ein halbes Jahr waren wir nun bereits ein Paar. Wir hatten es langsam angehen wollen, nur so richtig gelungen war uns das nicht. Malte war mehr oder weniger längst bei mir eingezogen. In seiner kleinen, hässlichen Übergangswohnung war er eigentlich nie anzutreffen. Ich hatte nichts dagegen, denn mit ihm fühlte sich alles richtig an.

Dauerhaft. Voller Liebe und Vertrauen.

Ich ließ dem Wassermann in ihm genügend Raum zum Herumstreunen, und er fing mich bei zu wilden Träumereien ein. Mein Kopf lief noch immer gelegentlich heiß, doch die meiste Zeit ließ ich mein Herz bestimmen. Das hatte dazu geführt, dass ich ein eher ungewöhnliches Jobangebot angenommen hatte. Das kleine Start-up gab Seminare für gestresste Manager. Die Ansätze waren teils spirituell, teils psychologisch. In meinem vorherigen Job hatte ich genau dieses Start-up beraten und mit dem Team im Austausch gestanden. Als das Unternehmen expandieren wollte, hatte der Chef sich bei Herrn Schellwig nach mir erkundigt und war entsetzt gewesen, dass ich nicht mehr zur Verfügung stand. Herr Schellwig war so nett gewesen, den Kontakt herzustellen, wodurch ich völlig überraschend ein Jobangebot erhielt. Die Bezahlung war nicht grandios, aber die Arbeitszeiten perfekt. Ich hatte wieder ein Leben und einen Job, den ich spannend und erfüllend fand. Noch immer bestimmten Zahlen und Abrechnungen mein Leben, doch ganz langsam tastete ich mich auch an das Leiten von Seminaren heran. Mein erstes Seminar würde sich mit eigenen Wünschen, Zielen und dem Kennenlernen des Selbst beschäftigen. Genau mein Ding. Wenn jemand wusste, wie man sich wieder genügend Raum und Aufmerksamkeit schenkte und sein Leben umkrempelte, dann ich.

Nach der Trauung zogen wir zum Sektempfang in ein kleines Café um, auf dessen Terrasse wir es uns gemütlich machten. Die Sonne schien, die Blumen blühten, es roch nach frisch gemähtem Gras, und die Welt war in Ordnung. So musste sich das Leben anfühlen. In diesen Stunden war ich so glücklich wie selten zuvor. Wir tanzten auf einer improvisierten Tanzfläche, hielten kurze Reden, lachten, tranken und quatschten, bis es dunkel wurde und kleine Lampions überall in den Bäumen ihr Licht entfalteten. Der Vollmond tauchte über den Bäumen auf. Mein Werk. Ich hatte mich bei der Terminfindung eingemischt, denn nichts war schöner als eine Hochzeit bei Vollmond.

Ich nahm mir die Zeit, um in Ruhe zu den Sternen hinaufzublicken und den Moment der Stille zu genießen. Sie hatten mir tatsächlich den Weg gewiesen. Noch immer bezweifelte ich, dass sie wirklich einen Plan für mich gehabt hatten, aber sie hatten zumindest dafür gesorgt, dass mir meine eigenen Pläne bewusst wurden. Sie hatten mein Leben bestimmt. Nicht als eine übergeordnete Supermacht, sondern durch mich selbst. Ich war glücklich.

Bis Vanessa vor mir auftauchte und mich ernst musterte.

Auweia. Die letzten Monate waren wir betont höflich miteinander umgegangen, aber so richtig nah standen wir uns nach wie vor nicht. Es war ein ständiges Herantasten, Abwägen und Zurückweichen. Wir waren einander fremd geworden und hatten noch immer keinen gemeinsamen Nenner gefunden, um eine neue Freundschaft aufzubauen.

Schweigend überreichte sie mir ein kleines Päckchen. »Mein Friedensgeschenk«, sagte sie geheimnisvoll. Sie trug noch immer ihren Schleier, der ihr beinahe unverschämt gut stand. Als wäre sie einem Märchen entsprungen.

Verwirrt nahm ich das Päckchen an mich. »Aber du bist doch die Braut. Ich müsste dir was schenken.«

»Mach es auf«, sagte sie und ignorierte dabei wie so oft meine Worte.

Meine Neugierde siegte zum Glück über meine Prinzipien, sodass ich rasch das Bändchen abstreifte und das Papier abriss.

Plötzlich stand Sarah neben uns und blickte erwartungsvoll auf das Geschenk in meinen Händen. »Oh, ist es endlich so weit? Ich dachte schon, du gibst ihr das nie.«

»Ich habe nur auf den richtigen Moment gewartet«, antwortete Vanessa.

Ich hingegen starrte verdattert den Inhalt des Päckchens an. Es war der Zeitungsschnipsel. Das Horoskop der Horoskope. Eingerahmt und mit kleinen Sternenornamenten hübsch in Szene gesetzt. Seitdem ich es in Singapur gelesen hatte, rätselte ich vor mich hin. Dass mir die Sterne dermaßen genau den Weg wiesen, hatte ich eigentlich für ausgeschlossen gehalten. Das war ein wenig zu viel des Guten. Oder?

»Wir haben lange überlegt, ob wir dich aufklären, aber die Zeitung hat uns darum gebeten«, begann Vanessa zu erzählen. »Der Redakteur hat sich beschwert, dass du ständig bei ihnen anrufen würdest, um zu fragen, wer das Horoskop verfasst hat.«

Ich spürte, dass ich rot anlief. Tatsächlich hatte ich mich darin verbissen, dem Geheimnis auf den Grund zu gehen.

Leider mauerte die Zeitung besser, als ich nachforschen konnte.

Mittlerweile war auch Malte zu uns gekommen. Er hatte wie selbstverständlich den Arm um meine Hüfte gelegt und musterte das eingerahmte Bild in meinen Händen.

»Unsere Rettung«, sagte er schließlich. »Sehr passend. Vielen Dank.« Er nickte Vanessa zu.

Die deutete etwas verlegen auf das Geschenk. »Wir wollten den Zauber nicht lüften, aber da Anja ganz anjamäßig nicht lockerlässt, müssen wir das leider tun. Dieses Horoskop ... Ich hab ja lange bei der Zeitung gearbeitet und kenne die Leute da. Ich habe die Abteilung kontaktiert und so lange bearbeitet, bis sie dieses Horoskop geschrieben haben. Leider kam es etwas zu spät. Es sollte ein paar Tage früher erscheinen, noch vor deinem Abflug, nur passte es da von den Sternenkonstellationen nicht. Die Verfasserin wollte es erst bringen, wenn es wirklich vertretbar war. Du kennst sie übrigens.«

Ich riss die Augen auf. »Woher sollte ich sie kennen?«

»Sie hat gesagt, sie betreut dich als Kundin. Nicole Amhild. Sie ist eine Koryphäe auf ihrem Gebiet. Als sie hörte, was für einen Text ich in Auftrag geben wollte, hat sie nur laut gelacht und gesagt, dass sie genau weiß, für wen das bestimmt ist. Daraufhin sind wir nett ins Plaudern gekommen. Ich glaube, normalerweise hätte sie sich nie auf die Sache eingelassen, aber in diesem Fall hat sie eine Ausnahme gemacht. Du hast eine Menge Menschen mit deiner verrückten Idee inspiriert, Anja.« Sie wandte sich zu Sarah und gab ihr einen liebevollen Kuss. Dann schaute sie wieder mich an. »Ich weiß, dass wir unsere Schwierigkeiten haben, aber mittlerweile bin ich positiv gestimmt, dass …«

Ich warf mich in ihre Arme und drückte sie so fest an mich, dass der Schleier verrutschte. »Danke, danke, danke«, flüsterte ich in ihr Ohr. »Du bist die Beste.«

Sie erwiderte die Umarmung diesmal. »Gerne«, antwortete sie leise.

Vielleicht war unsere Freundschaft doch noch nicht vorüber. Wir mussten nur komplett anders ansetzen. Vanessa hatte mir ein riesiges Geschenk und einen Schritt auf mich zu gemacht.

Wir wurden von den ersten Tönen eines Walzers unterbrochen. Vanessa und Sarah lösten sich sofort von mir und eilten auf die Tanzfläche. Ich haderte noch mit mir, doch Malte zog mich bereits mit sich.

»Ich kann nicht besonders gut tanzen«, protestierte ich.

»Das, was du als *nicht besonders gut* bezeichnest, nennen andere *total begabt*«, antwortete er gelassen. »Du alte Perfektionistin.«

Er brezelte mich gekonnt in eine Drehung und zog mich dann an sich, um gemeinsam mit mir über die Terrasse zu gleiten. Die Sterne funkelten über uns, während sich eine kleine Wolke vor den Vollmond schob.

Malte schmunzelte. »Das mit dem Vollmond geht vermutlich auf dein Konto?«

»Natürlich. Ich hab auch extra gutes Wetter bestellt, damit er hübsch zur Geltung kommt.« Wir sahen beide zum Himmel hinauf.

Der Vollmond. Er stand für das Ende einer alten Ära. Für

die Weiblichkeit. Für frische Energie und Emotionen. Angeblich gelangen große Vorhaben unter seinem Licht ganz besonders gut – und was war ein größeres Vorhaben als eine Ehe? Anders als der Neumond stand er nicht für den Beginn, sondern für das Erreichen eines Ziels. Sarah und Vanessa hatten es endlich geschafft. Sie standen zueinander. Als Paar. Als Liebende. Als Gemeinschaft.

Genau wie Malte und ich.

Mit einem stillen Seufzer schloss ich die Augen und nutzte den Moment, um ganz heimlich im Licht des Vollmondes zu baden. So wie wir es an jenem wunderschönen Abend getan hatten, an dem mich ein absolutes Horrordate erneut in Maltes Arme getrieben hatte. Genau wie damals spürte ich sofort die beruhigende, betörende Wirkung der Mondlichtstrahlen.

»Ich liebe dich«, sagte ich leise zu Malte. »Selbst wenn du ein Wassermann bist.«

»Und ich liebe dich, mein kleiner Fisch. Ich lass dich nie wieder vom Haken.«

Das hoffte ich ebenfalls. Ich legte meinen Kopf an seine Brust und ließ mich treiben, akzeptierte seine Führung. Denn auch das hatte ich dank der Sterne gelernt. Nicht immer war es klug, mit dem Kopf durch die Wand zu gehen. Manchmal war es besser, zu lauschen und den leisen Zwischentönen zu folgen.

So wie die Sterne es mir gezeigt hatten.

- Ende -